KB271586

나를 찾는 게임

양승근 소설집

나를 찾는 게임

양승근 소설집

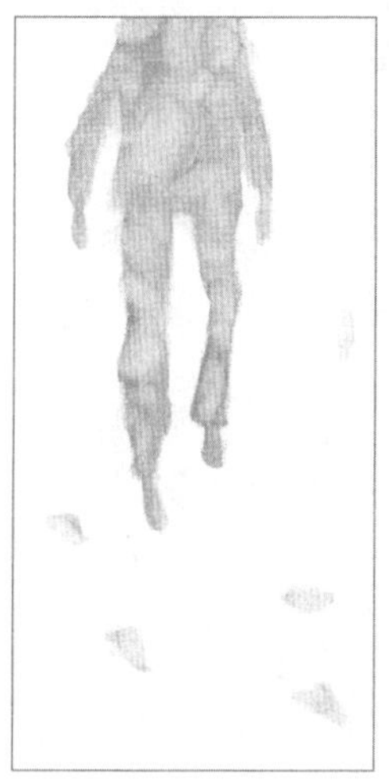

메세나

| 차 례 |

| **작품 해설** | 吳仁文(소설가)

어머니

어머니

"내려오너라. 니 어미가 위독허다."

토요일 오후, 아내가 잠시 작은 아이 학부형 모임에 나간 사이 어머니1 에게서 온 거역할 수 없는 통고였다. 분명 어머니2의 목소리가 아닌 어머니1의 음성으로 어머니2의 위독하심을 통고하는 전화였다.

"갑자기 그게 무슨 말씀이세요? 그동안 어디 아프셨어요?"

"아프긴, 점심까지 같이 먹었는걸! 그런데 일하다 들어가 보니 글세 테레비 앞에 쓰러져 있지 뭐니."

"그래서 지금 어디세요? 병원이세요?"

"그래. 지금 응급치료 중인데 선상님이……."

"선생님이 뭐래요?"

급한 마음에 재우쳤다.

"어려울 것 같다는구나! 니 어미 가기 전에 너한테 해줄 말이 있었는데……."

어머니1과 또 한 분의 어머니2.

용수에게는 어머니가 두 분이다. 말을 배우면서부터 불러온 '엄마'와 '엄마'. 유전자를 나누어 받고 몇 달씩 아기집을 옮겨 다니며 양분을 공급받은 터도 아니지만 큰 엄마와 작은 엄마가 아닌 '엄마'와 '엄마'로 불렸다. 그러나 어느 한 순간도 작은엄마를 엄마가 아닌 글자 그대로 작은엄마로 생각해 본 적이 없고, 또한 큰엄마를 엄마가 아닌 큰엄마로 불러본 적도 없다. 작은엄마를 작은엄마로 불러야 한다면 작은아빠가 있어야 했을 것이고 큰엄마를 큰엄마로 불러야 한다면 큰아빠가 있어야 했을 것이겠지만, 우리 집에는 작은아빠도 큰아빠도 없다. 오직 아빠만이 있을 뿐이었다. 때문에 아버지 쪽에서 보자면 큰마누라와 작은마누라가 있는 셈인데 용수가 은연중 자연스레 받아들이게 된 것은 나이가 많은 쪽을 '큰엄마' 젊은 쪽을 '작은엄마'라고 생각하게 되었으면서도 부르기는 늘 똑같이 '엄마'라고 불러온 것이다.

그렇다면 실제 생모는 누구인가?

초등학교 5학년 때였다.

"야, 니네 엄마 바보 천치라매?"

우리 마을 아이도 아닌 타동에 사는 철웅이라는 아이였다. 짓궂기로 소문난 아이여서 또래들도 함께 놀기를 꺼려 할 정도였다.

"누가 그래? 어떤 놈이야? 니가 봤어? 넌, 국어 책도 잘 읽고 산수도 잘하는 사람이 바보라고 생각하니?"

지지 않고 강하게 억박지르자 철웅이는 슬며시 꽁무니를 뺐다.

그날 저녁 용수는 어머니2 앞에 국어 책을 내놓았다.

"읽어 봐."

밑도 끝도 없이 대지르는 소리에 어머니2는 멀뚱멀뚱 쳐다만 보았다. 산수 책을 내놓고 풀어보라고 해도 마찬가지였다.

"왜 못 읽어! 왜 더하기 빼기도 못해! 바보야? 천치야? "

어머니2가 말도 거의 못한다는 것을 잘 알면서도 다짜고짜 심통부터 내질렀다. 어머니2는 글을 깨우치기에 앞서 말부터 배워야 할 처지였다.

"엄마. 용수야, 해 봐. "

그러나 어머니2는 말려 들어가는 혀 때문에 매번 제대로 된 발음이 나오지 않았다. 결국 용수는 그날 저녁 어머니2가 해주신 밥상머리에서 뒤중을 파고 말았다.

"엄마, 엄마 정말 엄마 맞아? "

어머니2는 멀뚱멀뚱 용수와 시선을 마주쳤고, 어머니1은 입으로 가져가던 김치조각을 당신의 몸뻬바지 위에 떨어뜨렸다.

"아니, 용수야. 그기 무슨 해괴한 소리여? "

떨어진 김치조각은 괘념치 않고 어머니1이 다그쳤다. 그러나 용수는 대답은커녕 한 술 더 떴다.

"밥만 잘하면 뭐해! 바보 천치면서. "

빼락 소리치며 상 바닥에 밥그릇까지 뒤집어 엎어버리게 되었고, 이런 뜻하지 않은 행동에 대한 대가는 어머니2가 아닌 어머니1에게서 후하게 받아야 했다. 사과나무 회초리로 생전 처음, 그야말로 하마터면 죽을 뻔할 만큼 매를 맞았던 것이다. 어머니2가 말리지 않았더라면 얼마나 더 맞았어야 했을지 짐작할 수 없을 정도로 어머니1은 슬피 우시면서 때렸다. 웬일인지 어머니2보다 어머니1의 노여움이 엄청 큰 모양이었다. 천만 다행으로 아버지는 외출 중이어서 모르고 넘어갔는데 아버지가 알았더라

면 어떻게 확대 재생산되었을지 예측 불가능했을 것이었다. 자상하기도
했지만 엄격하기 그지없는 아버지였기에 그러한 용수의 행동은 아버지
에게 있어서 상상할 수 없는 일이었을 것이다. 한데 이 딱 한 번 있었던
사건의 기억은 웬일인지 도둑도 안 맞았다. 기억의 문을 활짝 열어 제 스
스로라도 나가주길 바라면 바랄수록 더욱더 안쪽으로 깊게 음각 되어질
뿐이었다.

사실 용수에게 있어서 어머니가 둘이라는 것은 아무런 문제가 되지 않
았다. 어머니가 한 사람일 수도 있는 것처럼 둘일 수도 있는 일이라고 생
각하면 그만이었다. 한 아버지와 두 어머니 사이에 존재하는 용수일 따
름이었고 또 그것이 용수의 존재 이유일 따름이었다.

"너, 정말 진짜 엄마가 누군지 모르니? "

하지만 이성에 조금씩 눈을 떠가던 중학생 시절, 무심코 던져온 철웅이
의 이 질문 하나는 또다시 용수로 하여금 큰 혼란을 불러 일으켰고, 급기
야 책가방을 든 채 적과를 하고 있던 아버지에게 따져 묻기에 이르렀다.

" 여쭤 볼 말이 있는디유. "

" 뭔데 그러냐? "

삼발 사다리 위에서 아그배나무 열매만하게 자란 꼬마 사과들 중에서
실한 놈으로만 골라 세우느라 요리조리 살피고 있던 아버지였다.

" 절 낳아 주신 진짜 엄마가 누구래유? "

" 뭐, 뭐라구? 너 시방 뜬금없이 무슨 소리하고 있는 거냐? "

아버지가 잘 못 들어 되묻는 거라고는 생각지 않았다. 하지만 용수는
다시 한 번 말했다.

" 진짜 엄마가 누구냐구유. "

아버지는 아무 말 없이 삼발 사다리에서 내려왔다. 작대기 역할을 하던 사다리 지지대가 급작스럽게 접히면서 사과나무 가지에 걸렸다. 아버지는 불안한 사다리를 바로잡아 세웠다. 그을린 아버지의 구릿빛 얼굴이 오후의 햇살을 받아 더욱 강하게 느껴졌다.

"게 앉거라."

작년 가을에 깎아놓아 잘 마른 풀 더미 위에 앉으며 민방위 모자 챙 밑으로 손을 넣어 땀을 훔쳤다. 용수는 아버지가 가리킨 풀 더미 위에 앉아 검정색 교모를 벗었다. 아직 하복을 입지 않다 보니 모자 역시 겨울 교모 그대로였던 것이다.

"워디서 무슨 쓰잘데기 없는 소리라도 들은 게냐?"

아버지가 오래도록 이장을 맡아왔기 때문에 동네 어른들의 출입이 잦았음에도 용수에게 귀띔 한번 해준 사람은 아무도 없었다. 과수원이 다른 집들과 뚝 떨어진 곳에 있는데다가 또 철조망으로 된 과수원 문 안에 용수네 집이 들어앉은 터라 동네 또래 아이들의 출입조차 적어서 그런지 그동안 아이들한테서도 용수의 출생에 관한 비슷한 이야기를 들은 적 없었다.

다만 화장품 외판원을 하는 어머니 덕에 소문통이 되어버린 타동의 철웅이가 확인해 보려는 듯한 비아냥거림이 전부였다.

"애들이 자꾸 물어유. 진짜 엄마가 누구냐구유."

"이런 시러배 아들놈들 같으니라구. 하라는 공부는 안 하고……."

아버지는 혀를 끌끌 찼다.

"그래, 어차피 얘기가 나왔으니 말인데 니 생각엔 누가 진짜 니 엄마 같니?"

“지가 어떻게 알아유. 알았으면 묻지도 않았게유.”

당연한 것을 묻는다는 투로 약간은 볼멘소리를 했다.

“그럼 두 엄마 중에 누가 니 친 엄마가 됐으면 좋겠냐.”

아빠가 좋으냐, 엄마가 좋으냐, 하고 아이한테 묻는 거나 마찬가지인 말을 아버지는 무슨 이유로 묻는 걸까.

“그걸 지가 어떻게 대답할 수 있대유.”

사실이었다. 동전의 앞 뒤 면을 선택하듯 어떻게 말할 수 있단 말인가. 어머니1이나 어머니2나 이때까지 용수는 똑같은 어머니로 받아들여 왔고 어느 한쪽도 어머니가 아니라는 것을 생각해 본적도 없었다.

“대답할 수 없는 무슨 이유라도 있니?”

용수는 고개를 저었다.

“좋아. 그럼 됐다. 더 이상 묻지 말거라. 네게 똑같은 두 엄마이듯 이 아버지한테도 똑같은 두 아내다. 그럼 됐지, 더 이상 바래 뭘 하겠니.”

아버지가 입을 닫으려 했다. 용수가 급히 말했다.

“하지만 진짜 엄마가 누군지는…….”

“아버지는 똑같은 말을 두 번 반복하지는 않어. 하지만 앞으로 니가 더 자라 아버지 말을 충분히 이해할 수 있을 때 이 애비가 다 말해주마. 그러니 그때까진 더 이상 궁금해 하려고 하지 마라. 두 엄마한테도 물을 생각 말고. 알아 들었냐?”

그러나 용수는 눈만 끔뻑일 뿐 아무 대답도 하지 못했다. 낮지만 위엄 있는 아버지의 말에 무어라 더 따져 물을 것인가. 속으로 성인이 되려면 몇 년이나 더 기다려야 할지를 헤아리고 있는데, 그 사이 아버지는 다시 삼발 사다리를 오르며 다짐을 하듯 말했다.

“쓰잘데기 없는 소문에 부화뇌동하지 말고…….”

그러나 아버지의 눈에는 성인이 된 용수가 당신의 말을 충분히 이해하지 못할 것이라 생각했던 것일까, 끝내 사실을 이야기해 주지 못한 채 과수원에 농약을 살포하다가 쓰러져 그 길로 돌아가시고 말았다. 용수는 비밀을 말해 주지 않고 돌아가신 아버지가 원망스러워 울기도 많이 울었다. 하지만 그 울음이 마음을 정화시켜 주는 묘약이 되었던 것일까, 두 엄마한테 묻지 말라는 유언에 가까운 아버지의 말이 가시가 되어서일까, 자신의 출생에 대한 비밀을 더 이상 물어볼 생각도 하지 않고 살았다. 두 어머니 스스로 말해 주지 않는다면 결코 용수가 먼저 묻지 않으리라 마음을 다지기도 하면서 말이다.

그러다 보니 신혼 여행지에서 물어온 아내의 당연한 의문에도 용수는 대답할 수 없었다.

“용수 씨, 당신 낳아주신 진짜 생모가 누구예요?”

큰어머니나 작은어머니가 아닌 어머니라는 이름의 두 분에게 폐백을 드리다 보니 갖게 된 당연한 의문일 터였다.

지난 세월이기는 하지만 용수는 참으로 궁색한 변명을 할 수밖에 없었다.

“묻지 말고 있는 그대로 받아들여 줘. 나를 사랑한다면…….”

용수가 생각하기에도 너무나 무성의한 말이고 아내에 대해 미안한 일이었지만 어쩌겠는가. 어머니가 두 분 계시는데 그 이유를 묻지 않겠다는 약속을 해 달라고 결혼 전에 이미 다짐을 받았지 않았던가. 두 어머니를 부정한다면 자신의 존재를 부정하는 것이나 마찬가지가 되는 셈이니 궁금해 하지도 말라는 말을 덧붙이기까지 했었다.

"그런 말이 어딨어요? 두 분의 어머니를 인정한다 하더라도 어느 분이 친어머니인지 알고는 있어야 하지 않겠냐구요."

틀림없는 말이었다. 그러나 용수는 이후 태어난 두 아이들에게도 딱 부러진 대답을 못해주기는 마찬가지였다. 두 분 다 용수에게는 한 어머니일 뿐이니까 아내에게는 한 시어머니로 아이들에게는 한 할머니로 부르라는 말이 변명의 전부였다.

돌아가시기 전에 해줄 말이 있다니 그게 무슨 말일까? 신혼 여행지에서 자신에게 물었던 아내의 물음에 대한 답을 어머니1 당신 스스로가 해 주겠다는 것일까? 한데 만일 그렇다면 이제 와서 굳이 밝히려는 이유는 무엇일까?

용수는 아내와 통화를 끝내고 벌름거리는 가슴을 진정하며 발코니로 갔다. 화분들 사이에서 말라비틀어져 가는 난(蘭) 한 분(盆)이 용수의 시선을 끌었다.

자, 자, 아 켜어!

읍내 고등학교를 졸업하고 서울 소재 대학을 다니기 위해 집을 떠날 때도, 군에 입대하기 위해 과수원 철조망 문을 나설 때도 멀찍이 툇마루에 앉아 바라만 보던 어머니2가 결혼 후 고향 과수원집을 떠나올 때 손에 쥐어주며 잘 키우라는 어눌하고도 짧은 말 한 마디와 함께 건네준 15년 전 어머니2의 체취요, 어머니2 그 자체였기 때문이다. 그것은 과수원 한 모퉁이에서 언제부터인가 자라던 야생란(春蘭, 즉 報春化)이었다. 강한 듯 곧으면서 잎 중간에서 유연한 곡선을 그리며 휘늘어지기까지 해 우아하기가 그지없었다. 자, 자, 아 켜어. 용수는 귀를 의심했었다. 정말 어머니2의 입에서 나온 말이었나 싶었고, 용수가 그 나이를 먹도록 어머니2의 입에서 먼저 말을 걸어온 것도 처음이었지 않나 싶었던 것이다. 아무리 생각해 봐도 기억의 지갑 속에는 그런 말이 한 마디도 들어있지 않았다. 용수가 알기에 아버지나 어머니1에게도 마찬가지였다. 그만큼 어머니2는 항상 피동적일 뿐 능동적인 것이 없었다.

자, 자, 아 켜어!

그러나 용수는 잘 키우지 못하고 있었다. 분(盆)에 심어서 몇 해 동안까지만 해도 받아올 때의 촉수 그대로 그 우아한 자태를 유지할 수 있었다. 하지만 4년여가 지나면서 2년에 한 촉 정도 씩 줄어들기 시작하더니 급기야 한 촉으로 간신히 명맥만을 유지하기 시작했다. 그나마 지난겨울을 기점으로 아예 새 촉이 나오지 못하고 있었다. 아니 새 촉이 나오기는 했다. 하지만 새 촉에 낀 진딧물 비슷한 개각충 덕분(?)에 더 이상의 포기 번식을 기약할 수 없게 되었다. 스프라사이드로 방제를 했어야 했는데 약제보다 맨손으로 잡아주는 게 낫지 않겠나 싶은 같잖은 정성이 그만 연약한 속잎(天葉) 하나가 뽑히게 되고 말았던 것이다. 한데 그 순간 자, 자, 아 켜어, 하던 어머니2가 떠올랐고 불길한 예감의 굴레에 씌워져 그날 일이 손에 잡히지 않았었다. 난에 대한 특별한 지식이 없다보니 어찌 해보지도 못하고 이제나저제나 새 촉이 나오기만을 마냥 고대하는 수밖에 없었다. 그러나 몇 개월이 지난 지금까지 새 촉은 고사하고 속 잎 뽑힌 곳이 누렇게 뜨기 시작하며 더 이상 자라지도 못한 채 병색(연부병)이 완연해져 갔다. 모 촉도 마찬가지였다. 안타까운 마음에 화원에 가서 알아보니 속잎이 뽑히면서 생긴 상처를 세균이 들어가지 못하게 방제했더라면 이를 위기로 알고 모 촉의 벌브(假球莖, 또는 僞球莖)라고 하는 영양저장고에서 새 촉을 낼 수도 있었으리라는 사실을 알게 됐을 시점은 이미 때가 늦어 있었다. 발코니에서 자라고 있는 여러 화분들 틈에서 15년여를 끈질기게 살아온 생명체가 이제 마감을 하고 있는 것이었다. 용수는 그동안 이 난에 '어머니2'라는 이름을 붙여 주고 겨울철마다 혹시 얼어죽지나 않을까 발코니에서 거실로 옮기는 등 애정을 쏟아온 게 사실이었는데 그게 화근이었다. 그 무지한 애정은 꽃도 한번 피워보지 못하는 계기가 되고 말았다. 산야에서 자라는 야생란이기에 겨울잠(춘화처리)을 잘 자야 꽃 대궁도 올리고 건강한 새 촉도 낼 수 있다는 것을 몰랐던 것이다. 한데 '어머니2'라는 특별한 의미를 부여해서 그럴까. 용수에게는 어느 순간부터 난의 회생보다 어머니2의 건강이 염려되는 상황으로 비화되고 있었다. 연세로 치자면 여섯 살이나 더 많은 어머니1의 건강이 더 염려스러워야 할 텐데 거꾸로 여섯 살이나 아래인 어머니2가 되레 더 빨리 늙어가는 것 같은 느낌이 들게 되었다. 특별하게 어디 아파하지는 않았으나 고목이 되어 가는 사과나무를 부쩍 닮아 가는 것 같았던 것이다. 아버지가 살아 계셨다면 세대갈이를 통해 벌써 화목이 되어 있을 사과나무가 삭아 가는 두 어머니의 모습을 대변해 주는 것 같아 안타까웠다. 그러다 보니 예전보다 전화도 자주 하게 되고 고향 방문 길도 잦아질 수밖에 없었다. 용수가 어렸을 적엔 늘 닫혀 있기만 하던 과수원 철조망 문도 녹슨 채로 늘 열려 있어 곧바로 차를 몰고 마당까지 들어갈 수 있게 되었다.

늙은 사과나무에 열린 사과도 예전의 탐스러움은 온 데 간 데 없이 상품 가치를 잃어갔다. 과수원을 도지 주자는 용수의 의견에 어머니1은 일언지하에 거절했다.

"도시 사람들 요새 유기농, 유기농 하잖니? 옛날처럼 농약 주느라 고생하지 않고 그냥 내버려둬도 먹고 살 만치는 열리는데 뭣허러 도지 줘 가지고 농약 속에 묻혀 살아야 한다니. 살면 을매나 산다고. ”

내 눈에 흙이 들어가기 전에 어림도 없는 소리라는 말의 또 다른 완곡한 표현이었다. 사실 아버지가 돌아가시게 된 것도 과수원에 살포하던 농약 때문이지 않은가. 그러다 보니 어머니1의 살아생전 농약 살포 기계가 다시 작동하리라는 것은 기대할 필요가 없게 되었다.

용수는 제초제에 말라죽은 잡초처럼 되어버린 난 잎을 차마 끊어내지도 못하고 있었다. 마른 잎에 푸른 물이 오를 리 없고 더 이상 새 촉이 나오기를 기대하기란 틀린 일인데도 그랬다. 어머니2의 처음이자 마지막 선물이기도 한 이 야생란 보춘화. 이제 다른 난으로 바꾸어 심을 생각을 해보지 않은 것은 아니었으나 용수는 차마 용기가 나지 않았다. 어머니2의 난이 이렇게 생명을 다해 가는 것도 다 자신의 잘못이라고 여겨졌기 때문이었다.

용수는 무슨 연유로 어머니2가 이 난을 자신에게 쥐어주었는지 정말 모른다. 하지만 그러면서도 용수는 연유를 물어볼 생각조차 하지 않았다. 물어본들 듣고자 하는 요구에 상응하는 대답을 듣지 못할 것이라는 뻔한 지레짐작이 용수로 하여금 묻지 못하게 했다. 말도 제대로 못하는데다 마치 저능아 같이 가끔가다 용수를 보고 히죽 웃는 것이 고작이니 물어보고 자시고 할 게 없었던 것이다. 그러나 우리 과수원을 출입하는 사람 중에 어느 누구도 어머니2를 일컬어 ‘바보’니 ‘천치’니 하는 사람은 없었다. 누구나 다 알기 때문에 굳이 그런 말이 필요 없었을지도 모르기는 했다. 아니, 어쩌면 사람들이 어머니2의 존재를 의식하지 못할 지경이기 때문인지도 모르겠다. 그만큼 어머니2의 존재는 늘 있는 듯 없고, 없는 듯 존재했다. 외부 사람들의 이야기 소재가 되지 않도록 눈치 하나만큼은 기가 막히게 빨랐던 것이다. 아버지하고나 어머니1의 화제에도 오르지 않았다. 과수원 밖은커녕 추녀 밖도 좀체 나가는 것을 본 적이 별로 없는 것 같았고, 외부 사람이 오는 눈치면 어느 새 방으로 들어가 자취를 감추곤 했다.

그런데 어이없게도 어머니2는 주방일 만큼은 한 번 일러주면 잊는 일 없이 척척 해냈다. 밥이고 반찬이고 무엇이든 한 번만 시범을 보여주면 앞에 놓인 재료로 무엇을 만들어야 한다는 것쯤은 금세 깨달았고 특히 용수의 입맛하고는 기가 막히게 딱 맞아떨어졌다. 이런 어머니의 음식 솜씨는 다른 사람도 그렇게 느꼈겠지만 용수가 보기에는 신비 그 자체였다. 왜냐하면 그 외 다른 일, 즉 과수원 일에 대해서는 할 수 있는 것이 없었다. 적과를 하라 하면 남기지 않고 몽땅 다 따 버리고 농약 줄 때 호스를 잡으라면 마냥 움켜쥐고만 있다 보니 차라리 안 잡아 주느니만 못했다. 그러다 보니 자연스레 집안에 똬리를 틀게 되고 주방 일만 하게 되었다. 반면 어머니2의 형님, 아니 용수의 어머니1은 주방 일에는 아예 손댈 생각을 하지 않고 오로지 과수원 일에만 매달렸다. 아버지가 돌아가시고 나서도 과수원 일을 어머니1 혼자 감당해 내었다. 아무리 농약 살포를 하지 않는다 하더라도 젊은 나이도 아닌 터에 그 큰 과수원을 관리한다는 게 여간 억척이 아니고는 불가능한 일임은 불 보듯 뻔한 일이었다. 동네 사람들의 품을 사는 일도 아버지 살아생전의 일이지 두 여자 노인네만 사는 과수원에서 무슨 품을 얻을 게라고 손을 보태 줄 것인가. 그것도 이제 젊은이라고는 열 손가락으로 셀 정도로 몇 명 안 되는 마당에 말이다. 그러나 어머니1은 그렇지 않았다. 남정네 뺨치는 대단한 수완을 가지고 있었다. 젊은 아낙네 제쳐두고 부녀 회장까지 도맡아 하는 걸로 보면 어느 누구도 두 노인네만 사신다고 함부로 여기지 못하는 것은 물론 바쁜 철에 손을 보태주지 않을 사람이 없었던 것이다.

"하실 말씀이 있다는 게 혹시 당신 생모 얘기 아닐까요?"

여자만의 예감이라는 것이 있는 것일까, 고향을 향해 내려가는 서해안 고속도로의 차안에서 아내가 넘겨짚었다. 아내는 어머니2의 위독하심보다 남편의 생모가 누구인지가 더 중요할지도 모를 일이었다. 한 분으로도 모자라 진짜 시어머니가 누구인지도 모른 채 무작정 두 분이나 모셔야 한다는 부담감에 앞서 며느리 입장에서 기분 좋을 일만은 아닐 것이다. 실제 몸으로 부대끼며 모신 것은 아니더라도 마음으로 느껴지는 중압감이야 아내가 아니고는 그 누가 알 것인가. 하지만 용수 자신의 태어남 자체부터 그리 결정지어진 것을 어찌 하겠는가.

"가보면 알겠지."

운전을 하면서 짧게 말했다. 그러나 실은 아내보다 용수 자신이 먼저 알고 싶었는지 모른다.

아내는 용수의 마음을 아는 지 말머리를 다른 데로 돌렸다.

"한 분 돌아가시고 나면 이제 어쩌실까?"

"돌아가시다니? 누가 지금 당장 돌아가시기라도 했대?"

용수 자신도 이미 돌아가실 것이라는 것을 기정사실화하고 있었음에도 목소리를 높였다.

"어머머, 이이가?"

아내가 어이없어 했다.

용수는 미안한 생각에 목소리를 누그러뜨리며 아내의 아리송한 말을 되물었다.

“어쩌시다니?”

“혼자 그냥 과수원에 눌러 계실까 싶은 거지.”

역시 아내는 앞으로 직면할 현실적인 문제를 걱정하고 있었다.

“그야 어머니 의중이 우선이겠지만 어머니 성격으로 보아 합치기 위해 쉽게 올라오시려 하지 않으실 걸! 그렇다고 우리가 과수원으로 내려갈 입장도 아니고.”

맞는 말이었다. 대기업 연구직으로 취직되어 일취월장 승진, 중요한 직책까지 맡고 있는 마당에 이미 고목이 되어버린 과수원으로 낙향할 수는 없는 노릇이었다. 아마도 어머니1이 먼저 더 잘 알 것이다.

“그래서 말인데 두 양반이 아프지 않고 사시다가 하루 한 날 같이 돌아가셨으면 했었거든.”

사실이었다. 그동안 직접 모시지는 않았더라도 두 시어머니를 신경 써야 했던 아내에 대한 미안함도 있었지만 그에 앞서 두 어머니의 관계가 어느 금실 좋은 부부나 우애 좋은 자매 이상 사이가 좋았던 것이다. 누가 보아도 한 남편을 사이에 두고 한 지붕 밑에서 평생을 살아오는 마당에 시기와 갈등이 없으리라는 것은 상상하기 힘들 것이지만 두 어머니의 관계는 그렇지 않았다. 적어도 용수가 자라면서 바라본 두 어머니에 대한 관전평이랄까, 아무튼 서로 불만을 내비치는 것을 본 적이라곤 단연코 없었다. 어머니2가 자신의 의사 표시를 할 줄 모르는 사람이라서 그렇다고는 생각되지 않았다. 두 아내를 대하는 아버지의 처세가 대단해서 그랬을 리는 없었다. 용수가 자라 집안사람들의 관계에 대해 의문을 갖기 시작할 무렵부터 자신의 생모에 대한 궁금증보다 어쩌면 두 어머니의 관계가 더 궁금했었는지 모를 일이었다. 다른 집과 다르게 어머니가 두 분이라는 것이 이상했다기보다 어머니2를 왜 어머니라 불러야 하는지 납득이 가지 않았다. 호적에도 동거인으로 올라 있었기 때문이다. 하지만 워낙 어렸을 적부터 그렇게 불러왔고 다른 것이 아닌 두 어머니에 관한 한 예전부터 있어 왔던 상황 그대로 받아들이는 게 당연하다는 쪽으로 용수의 의식이 지배되고 있었다.

"백년해로하는 금실 좋은 부부 사이도 아닌데 내게 무슨 복이 터질 거라고."

약간 빈정대는 투였다.

"복?"

"그래요, 복. 두 분 중에 큰어머니가 아닌 작은어머니가 먼저 돌아가시게 되는 것도 나한테는 아직 복일지 불행일지도 모르기는 하지만."

내심 불만 섞인 소리로 들렸다.

"당신 맘 모르는 건 아니지만 어떻게 하겠어. 다 내가 두 어머니를 둔 내 복이요 불행이고 죄지. 당신도 나를 선택한 이상 할 수 없는 노릇일 테고……."

혼잣말 같은 용수의 말을 들은 아내가 갑자기 철든 아이처럼 말했다.

"우리 지금 무슨 말을 하고 있는 거예요. 위독하신 어머니……."

아내의 말이 끊겼다. 휴대폰이 분위기 파악도 못하고 신나는 멜로디를 연주했던 것이다.

"어머니세요?"

"에미구나! 지금 내려오는 중이니?"

아내가 통화를 하고 있었지만 어머니1의 목소리가 용수의 귀에 또렷하게 들렸다.

“네.”

“병원으로 오지 말고 집으로 오야겠다.”

체념하는 어머니1의 목소리.

“왜요? 괜찮으시데요?”

아내는 현명한 화법을 구사했다. 용수라면 ‘왜요? 돌아가셨어요?’라고 했을 것이다. 용수는 아내에게 새삼 고마움을 느꼈다.

“아니다. 아무래도 어려울 것 같다고 선택하라는구나!”

“……!”

아내가 말을 못하고 용수를 쳐다봤다.

“집밖에서 객사시킬 수야 없잖니? 그러니 바로 집으로 와라!”

이미 선택은 끝났다는 얘기였고 따라서 어머니2의 운명도 끝났다는 얘기였다. 용수의 뇌리에는 발코니에서 말라비틀어졌던 야생란이 떠올랐다. 어머니2는 왜 난을 자신에게 주었을까? 난은 어머니2에게 있어서 무슨 의미를 지니는 걸까? 어머니2가 난을 캐어낸 곳이 지금은 아버지의 산소가 되어 있기는 하지만 그것과 무슨 관계가 있는 것일까? 어머니2가 난을 캐낸 것은 아버지가 돌아가시기 10년 전의 일이지 않은가. 아니 용수에게 쥐어준 것이 화초로 키워지는 난초임을 어머니2는 알고나 있었을까? 더구나 낫 놓고 기역자도 모르는 사람이니 난초에 깃든 품격을 알았을 리 만무했을 것이고 또 용수에게 쥐어주고도 당신이 무슨 뜻으로 주고 있는 것인지조차 모르고 있었을 지도 모를 일이었다. 그러다 보니 설령 어머니2가 살아 계신다 손치더라도 용수에게 야생란을 쥐어준 까닭을 알 수 있기란 돌아가셨을 때나 살아 계셨을 때나 매 한가지일 것이다.

활짝 열린 녹슨 과수원 철조망 문을 통과하자 몇 대의 승용차가 사과나무 밑에 주차되어 있었다. 용수에 앞서 먼저 달려온 사람들이 세워놓은 차였다.

"아이고, 수민이 아범 왔네!"

대문을 들어서는 용수 내외를 먼저 발견한 대밭집 아주머니가 반겼다. 어머니1과 각별히 돈독하게 지내는 분으로 성격도 비슷했다.

"어머니!"

대밭집 아주머니에게는 인사를 하는 둥 마는 둥 대청으로 올라섰다.

"오, 그래 왔구나!"

방문이 열리며 어머니1이 이제 됐다는 듯한 표정을 지었다.

"야야, 용수 왔다. 정신 좀 채려 봐라!"

"어머니!"

하지만 어머니2는 미동도 없었다. 초점 없는 두 눈만이 천장을 향해 치뜨고 있었다. 손을 잡아 보았다. 약간의 온기가 아직 남아 있는 듯싶었으나 탄력 잃은 손가락 끝에서부터 전해져 오는 서늘함이 가슴을 후볐다.

"어떻게 갑자기 이렇게 되신 거예요?"

이미 들어 알고 있었지만 새삼 어머니1에게 물으며 맥을 짚어 보았다. 마치 한의사라도 된 양 손목의 맥을 짚으며 표정을 살폈다. 가냘픈 떨림도 감지되지 않았으나 어딘가 모르게 어머니2의 입가에 엷은 미소가 감도는 것 같았다.

"어머니."

"왜, 맥이 안 짚이나? 금방까지 만도……. 저리 비켜 봐라."

어머니1이 나서서 용수가 했던 것처럼 똑같이 했다. 그사이 용수는 어머니2의 입가에 귀를 갖다 댔다. 뭔가 용수에게 할 말이 있을 거라고 생각한 것일까? 그러나 자, 자아 커어, 라는 용수 자신 마음의 소리밖에 들리지 않았다. 미약한 숨결로나마 용수의 귓바퀴를 간지르지도 못했다.

어머니1은 잠시 후 선언하듯 말했다.

" 이제 보니 용수 오기만 기다렸구나! 내 자리까지 내주고 그렇게 보살펴 줬건만……. 하긴 제 새끼 모르면 사람도 아니지! "

혼잣말처럼 말했다.

"용수야, 니 어미 눈 좀 쓸어드려라. "

웬일인지 북받치는 감정이 솟구치지는 않았다. 눈물만이 조용히 볼을 타고 내렸다. 어머니 앞에서 어머니의 주검을 슬퍼해야 한다는 묘한 아이러니가 용수의 슬픔을 억제시켰던 것일까?

용수는 어머니1이 시키는 대로 천천히 정성스레 어머니2의 눈을 쓸어내렸다. 쉽게 눈이 감겼다. 그리고 한번 감긴 눈은 다시는 떠지지 않았다.

어머니1은 어머니2의 죽음을 확인한 후 한참을 흐느꼈다. 용수의 슬픔보다 어머니1의 슬픔이 몇 배 더 큰 듯싶었다. 게다가 어떤 회한까지 중첩되어 있음이 용수에게 느껴졌다.

내 자리까지 내주고 그러게 보살펴 줬건만…….

어머니1과 어머니2 사이에 용수가 감히 짐작할 수 없는 그 무엇이 존재한 것이었을까? 그렇다면 그것은 대체 무엇일까? 한 아버지를 가운데 두고 보이지 않는 어떤 질투라도 있었단 말인가? 남의 말을 하기 좋아하는 사람들 어느 누구 한 사람에게서도 아버지와 연관된 두 어머니의 이야기를 들어보는 것은 고사하고 느낌마저 눈치챌 수 없었던 용수였다. 사춘기를 겪는 과정에서도 두 어머니와 아버지에 관한 상상은 한 번도 해 본적이 없었던 것으로 기억되었다. 자라면서 한 분의 어머니보다 두 분의 어머니가 있다는 게 얼마나 이득 된 일이었던가, 여겼을 뿐이었다.

꼭 용수 입맛에만 맞춘단 말야.

툭하면 어머니1에게서 듣는 이야기였는데 그럴 적마다 어머니2는 항상 용수를 지그시 바라보며 무언의 항의(?)를 할 정도였다. 예를 들면 가지를 가지고 요리를 하더라도 밥솥에 쪄내 냉국을 하거나 무치는 것보다 날 것을 엇썰어 프라이팬에 참기름으로 볶는다거나 콩나물을 이용해도 국보다는 무침이었고, 냉이도, 시금치도 국보다는 무침이었다. 돼지고기도, 쇠고기도 항상 국보다는 볶음이었다. 용수가 국을 좋아하지 않았기 때문이었다.

아버지가 오랜 기간 이장을 했고 어머니1이 현재에도 노인회장이 아닌 마을 부녀회장을 하고 있는 탓인지 문상객이 끊이지 않았고 모든 장례절차는 아버지 때와 마찬가지로 어머니1의 의사를 물어 가며 반 상조회와 부녀회에서 도맡아 했다. 마을에서 공동으로 사용하는 광목 포장도 안마당에 쳐지고 바깥마당에도 이슬막이 대형 텐트가 설치되었다. 집 주위의 사과나무 가지에 백열등도 매달아 어스름 다가온 땅거미도 저만치 밀어냈다. 용수는 문상만 받는 것이 곧 그가 할 일이었다. 아이들도 처남 차로 내려와 수민이는 문상객을 안내했고 다슬이는 안 상주 노릇 하느라 바쁜 제 엄마 잔심부름을 곧잘 했다.

밤이 이슥해 바깥마당의 포장 안에 밤샘 팀만 남았을 때쯤 해서 한숨 돌리는 듯한 표정의 어머니1이 미소지을 듯 말 듯 하는 어머니2의 영정을 뚫어져라 바라봤다. 한참을 그러더니 용수의 손을 잡으며 방바닥에 주저앉았다.

" 에미야. 그리고 수민이 다슬이도 이리 와 앉거라! "

어머니1이 가라앉은 목소리로 말했다. 다슬이가 졸린 듯 하품을 하며 제 오빠 곁에 바싹 붙어 앉았다.

"수민아, 그리고 다슬아. 니들 생각에 돌아가신 할머니가 좀 바보 같았지?"

수민이도 다슬이도 대답을 못하고 머뭇거렸다. 두 아이 모두 차마 사실을 사실이라고 말할 수 없는 모양이었다. 그것은 용수에게 물었어도 마찬가지였을 것이다.

"그래, 이 할미가 대답을 바랬다면 할미가 바보지. 사실 바보였으니까. 하지만 완전한 바보는 아니었단다."

어머니1이 선언하듯 말하며 입술을 지그시 짓물었다.

"어머니 그게 무슨 소리예요? 완전한 바보는 아니라니!"

아이들보다 아내보다 더 궁금한 사람은 바로 용수였다. 어머니1은 용수를 잡은 손에 힘을 주며 어머니2의 과거를 이야기하기 시작했다.

"원래 니 어미는 바보가 아닌 아주 총명한 아이였다. 적어도 다슬이 만했을 때까지 만해도……. 꽃을 무척 좋아했지. 패랭이, 원추리, 나팔꽃, 민들레, 할미꽃, 매발톱꽃, 초롱꽃……. 심지어 냉이 꽃이나 파꽃까지 꽃이란 꽃은 다 좋아했지. 참, 애비 너 아직 그 난초 잘 치고 있지?"

"예?……. 무슨 난초……."

어머니1의 뜻하는 바를 모르지 않으면서 얼버무렸다. 가슴 한 가운데가 아렸다. 순간 어머니2의 죽음 앞에서 이런 아림을 느꼈었던가, 자책했다. 난의 죽음과 어머니의 죽음, 결코 비중을 따질 수는 없으리라.

"하긴 니 어미가 그걸 준 게 애들 태어나기도 전이니 여태 잘 자라고 있으리라 생각할 순 없겠지. 하지만 그건 니들 결혼 기념으로 준 니 어미의 유일한 선물이자 가장 큰 선물이었어. ”

　용수는 어머니2의 그 엉뚱한 선물에 대해 어머니1에게 한 번도 말한 적 없었다. 어머니1이 어떻게 받아들일까가 염려스러웠다기보다 그냥 무심코 넘어갔었다. 한데 어머니1은 그때의 일을 엊그제 일처럼 소상히 기억하고 있었다.

　“그 선물은 니 어미가 어렸을 적부터 애지중지 키우던 거였단다. 어미가 죽어도 죽은 어미 때문에 새끼는 절대 죽지 않는다며 꽃 중에서 으뜸으로 쳤었거든. 다른 식물들은 환경이 안 좋으면 새끼들 양분까지 빼앗아 얼른 열매 맺는데 쓰는데 난초는 반대래. 죽으면서도 뭐라드라, 무슨 저장고라고 했는데. ”

　“ 영양저장고요? 벌브라고도 하고 가구경이라고도 하는……. ”

　용수가 얼른 기억을 회상시켰다.

　“그래그래, 영양저장고. 니도 그걸 아는구나? ”

　“잘은 몰라요. ”

　어머니1의 이야기에 방해가 되지 않도록 고개를 흔들었다.

　“ 새끼 아니랄까 봐 니도 난초에 대해 잘 아는가 보구나. 그래 줄기가 변해(球莖化)서 생기는 거라는데 어미 난이 살기 힘들어지면 바로 그 영양저장고(假球莖)를 남겨서 새끼를 키우는데 쓴다는 거야. 그보다 어미의 자식사랑을 잘 나타내는 식물이 어디 있겠느냐는 거지. 비록 니 어미가 니 외할머니와 외할아버지를 돌아가시게 한 그 옘병(전염병)에 걸리지만 않았어도……. 그래도 구사일생 살아나는 바람에 평생을 바보처럼 살기는 했지만 난초에 대한 사랑은 병적이었다. 우리 과수원에 난초가 자라고 있는 것도 다 니 어미가 옮겨다 심은 탓이야. 어릴 적부터 키우던……. "

용수는 어머니1의 이야기 도중에 묻고 싶은 말이 끊임없이 가슴을 치고 올라 왔다. 용수 씨, 대체 진짜 어머니가 누구예요? 신혼 여행지에서 물어온 아내의 말이었다. 그때도 아내의 궁금증보다 용수 자신의 궁금증이 더 컸으면 컸지 덜하지 않았으리라. 그러나 어머니2의 죽음 앞에서 지난 세월의 응어리를 봇물처럼 쏟아내는 어머니1의 이야기를 차마 중간에서 중동낼 수는 없었다.

"내가 이 정도 아는 것도 다 니 어미한테서 배운 거란다. 아마 니 어미는 그때 옘병만 걸리지 않았어도 꽃 박사나 난초 박사쯤은 됐을 거다. "

웬만큼 말을 마친 모양인지 어머니1은 또다시 회한에 잠기는 듯 어머니2의 영정을 바라봤다.

용수는 때를 놓치지 않고 물었다.

"어머니는 어떻게 돌아가신 어머니의 어린 시절을 그렇게 잘 아세요? "

"그래도 짐작 가는 게 없니? "

"왜 없어요. 하지만 어머니로부터 듣고 싶어요, 직접. "

"그래. 이제 니 어미의 죽음 앞에서 뭘 숨기겠니. 에미도 그동안 잘 참아 왔고 요놈들도 참 기특했다. "

양손으로 수민이와 다슬이의 머리를 동시에 쓰다듬으며 결연한 표정을 지었다.

"짐작은 했을 게다마는 죽은 어미가 니 친 어미고 친 시어미고 친할머니다. "

어머니1의 눈에서 눈물이 주루룩 양 볼을 타고 흘렀다.

"어머니! "

짐작은 했었지만 어머니1에게서 직접 듣고 나니 무어라 표현할 수 없는 혼미한 감정이 일었다. 아내나 아이들도 마찬가지라는 듯 서로 얼굴을 쳐다보고 있었다.

"무슨 말을 하려는지 안다. 죽은 니 어미는 내 친 동생이다. 그렇다고 니 아버지를 욕하지 마라. 다 내 탓이니까. 내가 아이를 못 낳게 되어 대를 끊어놓을 수는 없고 해서 니 아버지를 설득, 너를 낳은 거란다. 그때 니 아버지를 설득하느라 참 애를 많이 먹었지. 대를 끊으면 끊었지 차마 처제를 아내로 다시 들이지는 못하겠다고 식음까지 전폐하다시피 했다. 어떻게 얼굴 들고 다니라고 그러느냐는 거였기도 하고. 하지만 내가 애걸했다. 바보가 된 동생 하나 보살펴 준다 셈치고 대를 이어가자고……. 원래 배냇적 바보가 아니었으니 바보 애는 태어나지 않을 거라면서까지……."

"그런데 그런 사실을 왜 이제야 해주시는 거죠?"

아내의 남편으로서 아이들의 아빠로서 따지지 않을 수 없었다.

"어렸을 적부터 네게 사실을 말했다면 니가 이해하지 못할 것 같았고 무엇보다 어린 네가 위축될까 두려웠다. 얼굴만 예뻤지 엄마는 천치라고……. 사실 니 어미는 총명했었다고 변명해 준들 믿어줄 것 같지도 않았고, 어차피 또 니는 내 아들로 호적에 올라 있으니 나도 니 어미고."

아내 역시 쉽게 이해 갈 일은 아니지만 어느 정도 수긍이 간다는 듯한 표정이었고, 수민이와 다슬이는 알 듯 모를 듯 아리송한 모양이었다.

용수는 문득 성냥개비 만하게 짧아진 향로 안의 향을 발견하고 일어섰다. 향 곽에서 다섯 개의 향을 집어 불을 붙이고는 잠시 향에 이는 불꽃을 바라보다가 흔들었다. 불꽃이 꺼지고 하얀 연기가 다섯 가닥으로 춤을

추었다. 향로에 하나 둘씩 차례대로 꽂히면 꽂히는 대로 하얗게 혼 춤을
추어댔다.

"어머니!"

배 아파 자신을 낳아준 어머니에게 이제야 진정으로 우러난 재배를 하
면서 용수는 끓어오르는 뜨거운 감정을 새삼 느꼈다. 눈을 쓸어내려 드
릴 때보다도 진한 피가 가슴속에서 용솟음쳤다. 피는 물보다 진한 것인
가. 이때까지 한 번도 가져보지 못한 감정이었다.

차마 감지도 못하고 뜬눈으로 돌아가신 어머니.

어머니! 어찌 이리도 황망히 길을 떠나십니까? 어머니가 배 아파 낳은
아들, 이 용수가 어머니의 벌브를 채 알기도 전에 이렇게 바삐 서두르셨
습니까? 다른 것은 못하셨어도 이 아들 입으로 들어가는 음식만은 그리
도 맛나게 잘 하시던 어머니, 그것이 바로 벌브였고, 지그시 바라보심 그
자체가 어머니의 벌브였다는 것을 이 못난 자식은 아직까지도 몰랐습니
다.

"미안하다. 니 어미가 죽기 전에 말해주었어야 했는데 차일피일 기회
만 엿보다 이리 되었구나! 하지만 내 원망은 해도 니 어미 원망은 하지 말
아라. 옘병이 웬수다. 그 예쁘고 총명하던 니 어미가……. 하지만 아주 완
전한 바보가 아니었다는 것을 언니였던 나도 며칠 전에야 알았지 뭐냐."

"어머니. 그건 또 무슨 소리예요?"

아내가 물었다.

"집안의 화목이 깨질 것 같아 이 언니에게까지도 감쪽같이 그 동안 완
전한 바보 노릇을 해왔다는구나. 나한테도 미안했고 무엇보다 니 남편에
게 화가 돌아갈 게 무서웠다는 게야."

"그럼 어머니가 일부러 바보 행세를 했다는 건가요? "

용수가 목소리를 높였다.

"아주 온전한 사람은 아니었지만 완전한 바보도 아니었다는 거였지. "

"말도 할 줄 알았고요? "

"아니다. 말은 니 알다시피 그랬다. 하지만 글씨는 웬만큼 잊지 않았더라. "

"아! "

용수는 오래 전 국어 책을 읽으라고 윽박지르던 일이 떠올랐다. 글은 알았어도 말을 못했기에 읽지 못했던 것인데 왜 필담을 나눠볼 생각은 하지 못했던가.

"기가 막힌 일이지. 하지만 자기가 없는 듯 살아야 너한테 좋을 것 같아서 그랬다는 데 참 할 말이 없더구나. 그러고 보니 니 어미는 진짜로 지독한 바보였던 게 틀림없는가 보다. 그런 바보 같은 생각으로 그 긴 세월을 살았으니……. "

도무지 믿어지지 않는 얘기였다. 아니 믿을 수가 없었다. 조금 못났으면 못난 대로 자기표현을 하며 사셨을 수도 있는 일인데 어찌 하여 그와 같은 희생이 아들을 위한 것이라고 생각했더란 말인가. 용수의 짧은 생각으로는 몇 날 며칠 밤을 새워 생각을 해 본들 납득 갈 일이 아니었다. 어머니2가 없는 듯 사는 게 아니라 있는 듯 살수도 있었지 않은가. 있는 듯 산다고 하여 우리 집 내막을 찧고 까부르고 다닐 사람이 있었더란 말인가. 또 찧고 까부르면 어떤가. 어머니2만이 알 수 있는 일이었다.

"어머니 . "

원망 섞인 용수의 부르짖음이었다.

어머니1의 볼에 또다시 눈물이 주르륵 흘러내렸다. 아내도 핑그르르 눈가를 적셨다. 어머니2와의 정이 생각나서라기보다 스스로 선택한 기구한 삶이 불쌍해서일 것이다. 뭔가를 알았는지 아이들 눈에도 눈물이 핑 돌고 있었다.

"용수야, 한 마디 할 말이 더 있다. 물어볼 말도 있고."

눈물을 찍어내며 어머니1이 또 말을 꺼냈다.

"무슨 말씀인데요?"

용수의 어깨가 약간 긴장되었다.

"어떡할 거니?"

"어떡하다니요?"

"어떻게 묻을 거냐는 거다."

"아버지 곁에 나란히 모셔야겠지요."

당연한 것 아니냐는 식으로 대답했다. 그러나 어머니1은 흐트러진 머리칼을 흔들었다.

"아니다. 니 생각이 정히 그렇다면 할 수 없다마는 내 생각은 다르다."

아내나 아이들까지 모두 어머니1에게 시선이 쏠렸다.

"합장했으면 싶다. 니 아버지와."

뜻밖이었다. 용수는 생각해 볼 새도 없이 곧바로 되물었다.

"그럼 어머니는요?"

"나 말이냐?"

"아버지가 싫으세요? 아버지와의 합장은 당연히 어머니라고 생각했는데……."

"네 아버지가 싫은 게 아니라 그 자리는 바로 니 어미 자리이기 때문이야."

용수는 당연히 어머니2는 아버지 곁에 쌍 묘를 쓰고 어머니1은 아버지와 합장을 할 계산이었다. 그것은 어머니2가 돌아가시기 전부터 생각하던 것이었다. 아버지의 방식으로 쳐도 어머니1은 큰마누라이고 호적상으로도 어머니2는 동거인일 뿐이다. 더구나 모든 사실을 알게 된 마당에 그와 같은 방법은 더욱 합당한 선택이 아니겠는가. 하지만 어머니1은 너무나 완강했다. 아주 냉정하다 못해 결연했다.

"나는 화장해라. 그리고 아버지 산소 근처에 뿌려주면 좋을 것 같다. 내 평생 일해 온 우리 과수원도 다 내려다보이고. 알아들었냐? 내 유언?"

날이 샐 무렵 용수는 먼저 어머니2와 합장될 아버지의 산소를 둘러보러 집 뒤쪽 과수원을 가로질러 올라갔다. 산소 가까운 곳에 이르렀을 때 용수는 아! 하는 탄성을 질렀다. 산소 둘레 여기저기에 자라나고 있는 야생란이 봄을 알리는 전령이라도 된 양 새벽이슬을 받아 황록색 꽃을 피우고 있었던 것이다. 15년 전 어머니2가 용수에게 주었던 야생란과 똑같은 것이었다. 하지만 자신은 한 번도 피워보지 못한 이 난이 어머니2의 손길이 닿은 무더기마다에 황록색의 꽃이 피어 있었다. 그것은 단순한 꽃이 아니었다. 용수에게 보여주는 봄 이슬 머금은 어머니2의 얼굴이요, 미소였다.

진종일 문상을 받으면서 용수는 문득문득 걱정되는 게 있었다. 많은 사람들이 모여들 텐데 혹시나 난이 다치지나 않을까 해서였다.

결국 용수는 호상소(護喪所)에 특별 부탁하기에 이르렀다. 아무래도 그냥 말면 마침 피어 있는 난 꽃들은 물론 난 자체의 안위에도 문제가 있을 것 같아서였다.

그냥 말면 마침 피어 있는 난 꽃들은 물론 난 자체의 안위에도 문제가 있을 것 같아서였다.

"산소 주변에 있는 난 만큼은 절대 보호해 주세요. 생전의 어머니께서 애지중지 하신 거니까 절대 꽃도 꺾지 말구요."

그랬음에도 모든 절차가 끝났을 때는 난 꽃 몇 개 남아 있지 않았다. 꺾인 꽃이 있는가 하면 무참히 밟힌 꽃도 있었다. 꽃만 꺾인 것은 그래도 다음해를 기약할 수 있겠는데 무참히 밟힌 것은 발코니의 난 신세가 되지 않을까 걱정되었다.

"니는 죽은 어미보다 난이 걱정되는 모양이구나!"

어머니1이었다.

"아직 안 내려가셨어요?"

"니가 남아 서성거리길래 다시 올라왔다."

"난들이 다 망가졌어요."

용수가 힘없이 말했다.

"걱정하지 마라. 이파리는 망가졌어도 영양저장고라는 게 있잖니!"

남아 있는 황록색 꽃 몇 송이가 저만치에서 용수를 향해 빙그레 미소짓고 있었다.

나비야 날자

나비야 날자

　방문 손잡이에 묶여 있는 치마허리대님을 움켜쥔 분이네가 엉덩이를 들썩거리고 있다. 하지만 냉큼 일어서지 못하고 계속해서 용만 써댈 뿐이다. 연탄 갈 기운도 없어 며칠째 냉기 나는 바닥에서 잠을 잔 탓인가. 문밖출입도 제대로 못하는 퇴행성관절염 탓인가. 뼈마디 마디마다 녹슨 송곳으로 쿡쿡 쑤셔대듯 욱신거린다. 그럼에도 분이네는 용쓰기를 멈추지 않는다. 아니 멈출 수 없다. 뿌옇게 달혀 있는 작은 창문을 반드시 열고 싶었기 때문이다. 답답하고 퀴퀴한 공기 탓이 아닌, 그저 맑고 따스한 햇살에 흠뻑 젖어보고 싶은 작은 욕망 탓이다. 하루에도 몇 번씩 목매달고 싶은 유혹에 빠지고 있기에 어쩌면 오늘의 저 햇살이 이 세상에서의 마지막 햇살이 될지도 모르는 것이다.

　가까스로 허리대님에 매달려 일어선 분이네가 방문 손잡이를 잡은 채 얼굴을 심하게 일그러뜨린다. 안 그래도 푹 들어간 눈자위는 뒤통수에 붙어있는 듯하고, 어깻죽지 양쪽으로 붙어 있는 주걱뼈는 제 자리를 벗어나 바싹 줄아든 허구리와 잔허리로 내려앉은 것 같다. 게다가 연신 끓어오르는 가래로 인해 숨쉬기조차 어렵다. 금방이라도 허물어져 내릴 것 같다.

으이그, 징헌 목심…….

중얼거리기에도 힘이 부치다.

한데 아까부터 분이네의 거동을 예의 주시하며 살피고 있는 녀석이 있다. 온몸이 검정색이고 동전만한 점이 이마에 하얗게 박힌 늙은 나비다. 오래 전 재활용 박스와 함께 인연이 된 상처투성이의 개다리소반 밑에서 허리를 길게 늘이며 입이 찢어져라 하품하던 녀석으로 용을 쓰는 분이네의 신음 소리에 본능적으로 귀를 쫑긋 세운 것이다. 곁에는 개수통에 한 번도 들어가 본 적이 없는 듯한 양은냄비 하나가 삐딱하게 엎드려 있다. 분이네가 마지막 만찬으로 여기고 먹다 남겨 준 라면 찌꺼기를 핥아먹다 뒤집어 놓은 냄비다.

분이네가 끈으로부터 벗어나 낡은 반닫이로 옮겨 짚은 후 잠시 숨을 고른다.

복 없으면 죽는 복이라도 빨리 와야 허는디.

간신히 창문 앞으로 다가간 분이네가 목에 핏줄을 세운다. 털을 뽑아 놓은 닭 모가지에 젓가락을 찔러 놓은 것 같다. 창문은 한 뼘쯤 열리고는 끄떡도 않는다. 하지만 그만큼 열린 공간으로 오후의 봄 햇살이 비수처럼 쏟아져 들어와 방바닥에 사선을 긋는다.

니야옹.

어느새 나비가 먼저 햇살을 맞이한다. 상 밑에서 상위로, 상위에서 반닫이로, 반닫이에서 열린 창문 틈으로, 순식간에 날아오른다. 그랬다. 분이네가 보기에 뛰어오른 게 아니라 날아오른 거였다. 주인을 잘못 만나 바싹 마른 말라깽이가 된 늙은 몸으로 어떻게 그리 날쌔게 날아오를 수 있는 것인지…….

나비야, 하긴 니도 을매나 답답혔겠니.

분이네가 등허리를 쓰다듬자 새우등을 만들고는 꼬리에 잔뜩 힘을 주어 치켜세운다.

니야옹 그르릉 그르릉…….

주인을 닮아 가는지 나비도 목구멍에서 가래 끓는 소리를 낸다. 지독한 천식환자 같다.

그래, 니도 이제 죽을 때가 됐나 보다. 그런디 니는 으째 힘이 펄펄 난다!

분이네는 다시 창문을 좀 더 열어 보려고 목에 핏줄을 세운다. 하지만 헛일이다. 스스로 조금이나마 창문을 열었다는 것 자체로 만족해야 할 것 같다. 언제 자신이 직접 창문을 열어본 적 있었던가. 기억의 갈피엔 없다.

두어 달도 훨씬 전이었던 것 같다. 분이네 자신이 아닌 타인에 의해서 일망정 이 창문이 활짝 열어 제켜졌던 적이……. 아무튼 동사무소 사회복지사 나 선생이 왔을 때인 것만은 확실하다. 그때 방 안 공기를 환기시켜야겠다면서 창문을 열고 요강을 비운다, 설거지를 한다, 방걸레질을 한다, 한참 동안 정신없이 자원봉사자 몫까지 거뜬히 해치우고는 또 다른 독거노인 집을 방문해야 한다면서 서둘러 나갔던 나 선생이 이내 되돌아와 깜박 잊었다면서 닫아 준 게 마지막이지 싶다. 한데 나 선생은 왜 아직 아니 오는 걸까. 한 달에 한두 번은 꼭 찾아 왔었는데 웬일일까.

할머니, 재개발 구역으로 지정되었는데 이주명령이 떨어지면 어떡해요?

방걸레질하며 해주던 그 말이 이제 더 이상 오지 못하겠다는 소리였나 보다. 그런데 나 선생이 오지 않아서 그런지 시청 이동 목욕 봉사 차도 오지 않는다. 복지회관에서도 꿩 구워 먹은 소식이다. 이주명령이 떨어진 곳에 들어오면 벌이라도 받는 건가? 아니면 핑곈가? 하긴 이제 지겨울 때도 됐다. 웬만큼 속을 썩여야 그나마 대접을 받지 죽을 때도 모르고 방구석만 훔쳐대고 있으니 오죽 꼴 보기가 싫었으랴. 예로부터 긴 병에 효자 없다는 말도 있는 세상인데 제 부모도 아닌 타성바지 늙은이를 뭐가 예쁘다고 계속해서 뒷바라지해 줄 것인가. 구차스런 인생이다. 빨리 죽어지지도 않는 목숨, 생각은 간절해도 생으로 끊을 수도 없는 명줄, 참으로 질기디질긴 게 목숨인 모양이다. 쥐 오줌으로 얼룩진 천장을 쳐다보며 내일 아침에는 제발 눈이 떠지지 않기를 학수고대하며 바라고 또 바랄 뿐, 하지만 아직도 붙어 있는 명줄이다.

나 선생이 다녀간 지 얼마 안 있어서였으니까 이주명령이 떨어진 지가 벌써 두어 달쯤 되어 가는 것 같다. 집주인도 자기 몫의 지분을 받고 짐을 챙겨 떠난 지 한참 되었다. 진작부터 월세도 못 내고 살던 분이네야 딱지는 고사하고 이주비조차 받을 처지도 못되는 입장이다. 설령 이주비가 나온다고 해도 이사갈 수도 없지만 그동안 월세를 받기는커녕 전기세, 수도세도 대신 내주며 살게 해준 것만으로도 떠난 주인이 고맙고 보고 싶다. 삭아빠진 블록 집 담벼락에 덧대어 지어진 쪽방, 부산하게 이사 나가는 소리가 하루가 멀다 하게 들려도 이제 누구 한 사람 분이네의 존재를 기억하는 사람은 없다. 아니 바라지도 않는다. 바라는 것이라면 이 블록

집이 허물어지기 전에 죽는 것이고, 그 이전에 천성이 마냥 살 부드럽기만 하던 나 선생이나 한번쯤 더 만나 그동안 고마웠노라 하며 말 한마디 해줄 수 있었으면 그 이상 소원이 없겠다 싶다.

분이네는 보드라운 나비의 등에 얼굴을 기댄 채 한참을 버티며 햇살을 쬔다. 이 모진 생애에서 마지막일지도 모르는 따스한 햇살, 그릉거리는 나비의 천식 소리를 정겹게 들으며 뼈마디 쑤시는 고통을 감내한다.

얼마를 견디었을까. 햇살의 따스함이 삭아빠진 화장실 슬레이트 지붕 너머로 사라지고 나비의 천식 소리가 더욱 커지는 느낌이다.

나비야!

분이네는 나비를 밖으로 밀어낸다.

니야옹!

안 떨어지려고 한 순간 버티다가 결국 니야옹 소리에 이어 툭, 하는 소리를 낸다.

내하고 있으믄 굶어 죽기밖에 더 하겠나!

분이네는 다시 목에 핏줄을 세운다. 아직 가시지 않은 차가운 밤기운을 막기 위해서는 적어도 다리의 힘이 조금이나마 남아 있을 때 열린 창문을 닫아야 하는 것이다. 그러나 열 때와 마찬가지로 닫기도 수월하지 않다. 이럴 줄 알았으면 창문틀에 양초라도 칠해 달라고 나 선생에게 부탁해 놓을 걸, 하는 짧은 아쉬움이 늦가을 낙엽 떨어지는 소리처럼 힘 빠진 어깨에 스민다. 한데 아직 닫히지 않은 창문으로 어느 새 바람결인 양 나비가 날아오르는가 싶더니 곧바로 제 살던 방으로 사뿐히 내려앉는다.

흐이그, 징헌 놈! 이참에 떠나잖고. 부르스타 가스도 떨어지고, 끓일 라면도 없어 이 징헌 놈아.

가까스로 문을 닫은 분이네가 반닫이를 짚으며 고꾸라지듯 방바닥에 나뒹군다.

어이쿠!

골반 뼈가 바스러지기라도 한 것일까, 숨도 쉬기 어렵다. 우거지상을 한 채 꼼짝도 못한다. 나비가 다가와 얼굴에 제 몸을 비비대며 가르릉거릴 때에서야 정신이 든다. 그러나 아직도 엉덩이의 통증은 그대로다.

분이네는 이를 옹다문 채 개켜질 줄 모르는 두꺼운 요 위로 몸뚱이를 가까스로 끌어올린다. 깡말라 가벼운 몸인 줄 알았더니 천근만근이다.

니야옹 .

나비야!

3년 전쯤이던가. 뒷간으로 소피를 보러 갔을 때였다. 볼일을 끝내고 막 허리춤을 매만지는데 잽싸게 발등을 밟고 도망치며 여름날 풀숲의 개구리마냥 오줌을 찍 갈기는 놈이 있었다. 기절초풍하여 놀란 나머지 똥독으로 빠지지 않은 것만도 천만다행이었다. 놈은 꽉 차 오른 똥독에 들어가 똥 도둑질을 하던 놈이었다. 하지만 놈은 몇 미터 못 가서 찍찍 똥물을 게워내야 했다. 어디선가 나타난 검은고양이가 놈을 단번에 낚아챘던 것이다. 속이 시원했다. 그냥 보기만 해도 끔찍한 놈인데 그것도 똥 묻은 발로 오줌까지 갈겨대며 발등을 타 넘은 놈을 눈 깜박할 새 없이 처단했으니 어찌 아니 시원하지 않았으랴. 그야말로 통쾌하기까지 했다. 게다가 밤이고 낮이고 날마다 쥐 오줌으로 얼룩진 천장에서 오두방정을 떨곤 하던 놈들 중 한 놈일지도 모르니 더욱 그랬다. 아무 생각 없이 멍하니 앉아 있거나 누워 있을 때 느닷없이 우당탕대며 찍찍거리거나 두두두두 천장 속을 대각으로 가로지를라치면 소름이 오싹오싹 돋곤 했는데 적어도 그

횟수가 줄어들게 생겼으니 참으로 고마운 일이 아닐 수 없었고, 깨물어 주고 싶을 만큼 예쁘기까지 했는데 그날 이후 녀석이 '나비'라는 이름으로 아예 '동거'하자고 다가온 것이었다. 끼니때마다 먹던 밥이나 생선토막, 또는 라면 가닥을 이 빠진 접시에 담아 문 밖에 놓아주면 나비는 밖에 나가 돌아다니다가도 꼭 찾아와 식사를 함께 하기에 이르렀다. 또한 나비는 동정을 살피기라도 하듯이 하루에도 몇 차례씩 들어와 꼬리를 치켜들며 분이네의 신체 어딘가에 제 몸을 비비대어 자기의 존재를 드러내기도 했고, 나중에는 방 밖으로 잘 나가지도 않고 마치 살아 있는 장난감처럼 심심풀이가 되어 주었다. 분이네로서는 참으로 생각지도 않게 얻어진 유일한 친구요, 서방이요, 자식이었다. 서방 복 없는 년은 자식 복도 없다고 하늘이 노랗도록 배 아파 낳고 키운 자식이라고 2년 3년 아니 5년, 10년은 고사하고 어미 곁을 떠난 이후 문안 인사차 단 한 차례라도 찾아온 적 있었더란 말인가. 하다못해 편지 한 통 없는 년이었다.

배라먹을 년!

분이네는 갑자기 동공에 끼어 드는 안개에 눈꺼풀을 끔벅거리며 베개 아래 요 밑으로 손을 밀어 넣는다. 납작하게 다림질 된 듯한 비닐 봉투가 잡혀져 나온다. 낡고 찌든 하늘색 수첩이 하나 들어 있다. 수첩의 첫 페이지에 검정색 볼펜으로 쓴 꼬부랑 영어가 세월을 이야기하듯 번져 있다. 분이가 비행기 타기 전에 적어준 노랑머리 사내의 주소다. 딱 한번 주인집 아들의 도움을 받아 사용해 보았으나 반송되는 바람에 더 이상 쓸모가 없어져버린 주소. 아무 짝에도 못 쓰는 글씨를 침침한 눈으로 바라보다 다음 장을 넘긴다. 노랑머리 사내와 분이가 한가을 은행잎 떨어지듯 바닥으로 떨어진다. 집어 들어 물끄러미 쳐다본다.

배라먹을 년! 이딴 사진 같은 건 뭣에 쓰라고 놓고 간 겨, 놓고 가
길…….

눈 꼬리가 질금질금 축축해진다. 안 그래도 늘 눈곱이 끼는데 새삼 안
개가 짙어져 천장의 얼룩진 쥐 오줌 자국이 더욱 흐릿해 진다.

휘유 .

죽지 못하고 숨을 내쉴 수 있다는 것이 저주스럽다. 가르릉거리는 나비
가 저 멀리 조그맣게 보이다가, 가까이 보이다가 다시 까마득하게 보이고
그 너머에 기억이 서려 있다.

박봉달(朴奉達), 박분이(朴昐伊).

분이네에게도 한때 어엿한 남편과 자식이 있었다. 다시 말해 적어도 젊
은 시절만큼은 남부럽지 않은 가정을 꾸리고 살았었다는 얘기다. 6 · 25
전쟁 때 퇴각하는 인민군 총알받이로 끌려가다 용케도 살아 돌아와 과부
신세를 면하게 해준 남편과 예쁜 계집아이까지 있었다. 한데 문제는 동
란 때 함께 살아 돌아온 형님(남자 형제가 없는 남편은 늘 그렇게 불렀다)
이란 사람이 국회의원 선거에 출마하게 되자 그 선거 조직원이 되고, 그
선거가 패배로 일단락 지어졌음에도 예의 그 ' 형님 ' 그늘에서 벗어나지
못하면서부터 분이네의 일생도 꼬이기 시작했다. 남편은 밖으로 나도는
것으로도 부족해 어쩌다 집에 있는 날이면 막걸리 사발이나 기울이며 애
꿎은 분이를 구박하기 시작했고, 어디서 무슨 말을 들었는지 툭하면 하는
소리가 계집애로 먼저 태어났으면 사내 동생도 데리고 나올 일이지 어찌
뒷문을 콱 처닫고 나왔느냐, 분이한테 생트집하기가 일수였다. 분이가 태
어난 지 3년, 5년이 지나도 태기가 없는 것을 탓하는 소리였다. 남편이 6
대째로 이어지는 독자였던 까닭이겠으나 전에 없던 버릇이 되고 말았다.

46

급기야 늙은 시부모는 둘째 치고 이미 시집 간 고모들이 앞장서서 씨받이를 들이세웠다. 아들 값으로 논 닷 마지기를 떼어주기로 하고 들어온 여자가 1년이 훨씬 넘도록 입덧이 없자 고모들은 또 다른 여자로 바꿔치기해 데려 오는 등 극성을 떨었다. 분이네 맘 같아서는 동네 창피해서라도 거절할 법도 하건만 남편은 되레 싱글벙글했다. 하긴 계집 싫은 사내 없다고 분이네와 13년 차이가 나는 젊은 애송이를 누이들한테서 상납(?) 받았으니 어찌 아니 좋았으랴. 게다가 고것이 아주 기생 뺨치는 여시였고, 한 이불을 덮자마자 애까지 덜컥 들어서 버렸다. 당연히 분이는 구박덩이를 넘어 자식 취급조차 받지 못하게 되었고 분이네는 쉰 보리밥은커녕 깜부기만도 못한 취급을 당하게 되었다. 또한 보다 심해진 시부모와 고모들의 폭언에 이어 술기운을 빙자한 남편의 폭행까지 뒤따랐다. 하지만 한번 시집을 가면 그 집 귀신이 되어야 한다는 그 시절 아녀자의 '도리'에 옭매인 데다 젊은 애송이야 아들만 낳으면 논 닷 마지기와 함께 떨어져 나갈 계집이 아니겠느냐는 희망으로 그때까지만 참자 했다. 그러나 고 여시는 아들이 아닌 딸을 낳았고 애가 목을 가누기도 전에 기이하게도 토끼새끼 마냥 또 애가 들어섰다. 원래 젖이 떨어져야 애가 들어서는 법인데 애를 낳자마자 애가 들어서는 걸 보면 아마도 천생연분인가 보다고 동네 사람들까지 나서서 쑥덕거렸다. 그러다 보니 분이와 분이네는 개X에 낀 보리 알 취급 정도는 분에 넘치는 것이었다. 아예 분이는 분(糞)이, 즉 똥년이 되었고 분이네는 똥년을 낳은 똥난에미가 되었다. 분이 아비에게 무어라 바른 말이라도 할라치면 대뜸 하는 소리가 똥을 내지른 년이 뭔 배짱으로 똥 냄새를 풍기고 지랄발광이냐며 밥상 들러 엎는 것은 예사고 어떤 때는 헛간의 쇠스랑까지 치켜들고 설쳐댔다. 처음에는 지렁이도

밟으면 꿈틀 한다고 어디 한번 죽여 봐라, 한 번 죽지 두 번 죽나, 악다구
니로 대거리를 해보기도 했으나 끝내 분이네는 애송이 여시가 둘째를 낳
기도 전에 분이를 앞세워 송아지 딸린 암소 한 마리를 몰고 나와서는 그
쪽을 바라보곤 침도 뱉지 않았다. 어쨌거나 서방이야 그렇다 쳐도 분이
만큼은 제 어미를 불쌍히 여길 줄 알았다. 한데 어린 날 보고 배운 것이
사람 무시하는 것만 배워서 그런지 분이마저 어미의 믿음을 저버렸다.
손이 발이 되고 발이 손 되도록 분이 하나만을 바라보며 악착같이 대학까
지 마쳐 주었건만 저 혼자 스스로 큰 양 고삐 풀린 망아지처럼 날뛰더니
노랑머리를 따라 비행기를 타고는 그만이었다. 여자가 무시당하는 나라
에서 더 이상 살 수 없다는 게 이유였으나 무시당하고 살아온 어미의 인
생은 안중에도 없었다. 그 오랜 세월, 이제 저도 중년이 넘었을 나이가 되
었건만 그 잘나빠진 편지 한 통 없는 걸로 보아 분이 역시 아비를 닮아 제
어미를 헌신짝 집어던지듯 버려 버린 게 틀림없었다.

참으로 기가 막히고 복장 터져 지레 죽을 일이었지만 산목숨 어찌 하지
못하는 게 모진 인생이라 아직도 죽지 못하고 살아남아 한 많고 저주스런
인생의 명줄을 놓지 못하고 허우적거리고 있는 분이네였다.

니야— 옹.

아까보다 나비의 소리가 유달리 크면서 뒤끝이 늘어진다. 배가 고픈 모
양이다. 분이네의 뱃속에서도 새삼 꼬르륵 소리가 난다. 그러나 방안에
먹을 것이라고는 물 한 방울조차 없다.

니야— 옹.

나비가 또다시 보챈다. 분이네는 방안에 아무 것도 없을 줄 뻔히 알면
서도 한번 휘이 둘러본다. 윗목에 빈 포대 자루가 눈에 띈다. 마지막으로

나 선생에 의해 들여져 왔던 쌀 포대로 납작납작한 비닐 실로 짜인 포대다.

아이구, 할머니. 쌀 떨어졌네!

나 선생이 마지막으로 왔던 날 한 줌 정도 남아 있는 빈 포대를 들어 보이며 한 말이었다.

쌀보다 라면 좀 갔다 줬으믄 좋을 거구먼.

밥이 좋기야 하지만 건건이 없이 먹기에는 라면만큼 좋은 게 없다. 또한 기름에 튀긴 거라 그런지 나비도 밥보다 라면을 더 좋아했다.

나 선생은 가까운 슈퍼에서 라면 스무 봉지를 사다 놓으며 “할머니 그래도 라면만 드시면 안 돼요.” 했다. 피 한 방울 나눈 적 없지만 서방보다 자식보다 백 배 천 배 나은 나 선생의 걱정 어린 말 한 마디가 떠올라 분이네는 또 눈물이 핑 돈다.

제가 어떻게라도 연락 한번 해 볼게요.

호적상 아직도 남아 있는 서방과 시집 간 딸에게 연락을 취해 보겠다는 얘기다. 재개발 이야기가 솔솔 피어 나와 동네 어귀를 돌아다니고 있을 때 나 선생이 해준 말이었다.

괜히 헛수고하지 마시우.

아무리 외로워도 자신을 버린 서방 앞에서 죽고 싶지 않다는 게 분이네를 지탱해 주는 마지막 자존심이었다.

나비야, 나 선생은 왜 안 온다냐?

분이네는 중얼거리듯 나비에게 묻는다. 대답이 있을 리 만무하다. 사람에게 묻고 싶어도 누구 한 사람 분이네가 사는 방을 기웃거려 보는 사람도 없으니 나비에게라도 물어 볼 밖에. 그렇게라도 하는 것이 나 선생에 대한 고마움의 표시가 될 것 같아서다. 한데 웬 일인지 나 선생 생각을 하자 뱃속이 더욱 꼬르륵거린다. 온몸이 스멀스멀한 게 벌레라도 기어가는 것 같기도 하다. 뱃속을 채우는 것도 채우는 것이지만 그보다 개운하게 목욕이라도 한번하고 싶다.

나비가 갑자기 빈 쌀 포대 속으로 잽싸게 숨어든다. 급하게 뒤섞이는 몇몇 사람의 발자국 소리. 어느 새 어둠침침해진 방안이 공포로 가득 찬다. 비어 가는 집이 늘어날수록 더욱 자주 들리는 소리다. 그러나 그것도 잠시, 조용한 적막함이 어둠 속으로 스며든다.

나비로 인해 볼록해진 포대가 한동안 미동도 없다. 평소 나비가 들어가 놀 때는 온갖 수선을 다 떨던 포대다. 그 속에서 뒹굴기도 하고 폴딱폴딱 뛰기도 하는가 하면 어느 순간 피 터지는 싸움이라도 하는 듯 시끄럽고도 격앙된 소리와 함께 포대를 요동쳐 댈 때는 날카로운 발톱을 포대 밖으로 드러내 보이기도 하다가 언제 그랬냐 싶게 살금살금 나오곤 했다. 분이네는 그런 나비의 하는 양을 보는 재미가 쏠쏠하기도 해서 빈 쌀 포대를 치우지 않고 그대로 내버려두고 있었다.

포대 속에서 하얀 점 하나가 살그머니 밖으로 드러난다. 침침했지만 이마에 찍힌 점 때문인지 단번에 나비의 시선과 마주쳐진다. 분이네의 눈이 찌릿해져 온다. 마치 바늘 끝이 찌르는 것 같다. 나비의 시선에 독침이라도 들었나? 전에 없던 일이다. 온몸에 소름이 쫙 돋는다. 너무 배가 고픈 나머지 뿜어져 나오는 독기인가? 불쌍한 것. 주인을 잘못 만나 떠돌이 나비가 되었다가 겨우 찾은 새 주인마저 배를 곯게 하고 있으니 나비의 일생도 참으로 기구하다. 뚱뚱한 게 공공의 적이 되어 가는 요즘 시절에 바싹 마른 주인을 만나고 그 주인처럼 말라깽이가 되어 죽음의 냄새를 맡고 있는 꼴이라니……. 불쌍한 것. 함께 죽고 싶었나?

나비는 죽을 때 어떤 모습으로 죽을까. 온기 없는 사람의 얼굴이 밀랍인형처럼 되듯이 나비도 그럴까. 분이네는 침침한 가운데 나비의 얼굴을 유심히 살폈다. '고양이 낯짝', '고양이 세수'라는 말이 있는 걸로 보아 얼굴이 있는 것만은 분명한데 어디서부터 어디까지를 얼굴이라고 봐야 할지 모르겠다. 사람처럼 털 없이 반들반들한 곳을 일러 얼굴이라 한다면 맞는 말일까. 하지만 나비에겐 아마도 그렇지 않을 것 같다. 적어도 양 눈과 흰 점이 나 있는 이마 부분까지를 얼굴이라고 최소한 봐야 하지 않을까. 그렇다면 사람의 얼굴처럼 밀랍인형이 되기는 애초에 글러 버렸다. 뽀송뽀송 뽀얗게 털이 덮인 상태에서 어떻게 소름 돋는 싸늘함을 느낄 수 있으랴 싶은 것이다. 이른 새벽, 아픈 몸뚱이를 이끌고 골목골목 누비며 대문 앞에 내놓은 신문지나 종이박스를 거둬 약값에 보태던 시절이었다. 분이네는 그때 도로 한가운데에 쥐포처럼 얇게 되어 있는 나비의 모습을 수차례 본 적 있었고, 어떤 때는 미처 온기가 식기도 전인 듯한 나비포(?)를 발견하여 도로 가의 흙에 묻어 준 적도 있었다. 차바퀴에 치이고 치인 후 또다시 치인 아주 잔인함의 극치, 나비포. 그런 모습 말고는 나비들의 최후를 한 번도 본 적이 없었다.

니야 옹.

전에 없이 나비가 괴성을 지른다. 제가 죽을 곳이 도로 위가 아니라 바로 이 쪽방이라고 시위하는 듯하다. 하지만 실은 배가 고파서일 게다.

니야― 옹.

점점 더 소리가 커지는 것 같다. 그러나 나비에게 줄 것이라곤 아무 것도 없다. 분이네가 나비를 위해 할 수 있는 일이라고는 단 한 가지, 언제 어느 때고 배가 고플 때면 밖으로 나갈 수 있도록 문을 조금 열어 놓는 일이다. 창문을 다시 여는 것은 엄두가 나지 않고, 대신 기어서라도 방문 정도는 열 수 있겠으나 밖을 향한 또 하나의 문인 부엌문까지는 열 자신이 없다. 따라서 나비가 쥐를 잡아 포식할 기회는 이미 굳게 닫힌 문 밖에 있는 셈이다.

어둠이 온 방안을 점령군처럼 들어앉고 작은 창문을 통해 들어온 골목 어귀의 외등 불빛이 허름한 공간의 실체만을 겨우 드러낸다. 나비도 지쳤는지 가르릉거리는 소리만 연속적으로 반복할 뿐이다.

분이네는 도통 잠이 오지 않는다. 배가 고파 잠 못 이루는 건 아니다. 배고플 시각은 진작에 지났다. 다만 기억 속에 남아 있는 지난날이 궁금한 것이다. 나 선생이 찾아보겠다던 박봉달이는 지금쯤 죽었을까, 살아 있을까. 노랑머리를 따라간 분이는 지금 잘 살고 있을까. 애라도 낳았다면 시집보낼 나이가 되어도 족히 넘었을 텐데 머리는 노랑머리일까, 까만 머리일까. 잘나도 남편 못나도 서방이고 제 어미를 헌신짝 차버리듯 두 평도 안 되는 쪽방에 팽개쳤어도 어디까지나 딸자식임에는 틀림없지 않은가. 주리를 틀 년, 배라먹을 년, 하면서도 기억의 때를 밀어내지 못하는 것은 아무래도 몸소 배앓이를 한 끝에 내지른 분신이기 때문이리라. 하지만 이제 모두 원망스럽다. 아니 분노 그 자체다. 누구 때문에 이렇게 혼자 전기도 이미 끊긴 눅눅한 작은 쪽방에서 생의 마지막을 맞이하고 있어야 하는 것인가. 분이네가 스스로 선택한 자업자득인가. 절대 그렇지는 않다. 죄라고는 아들 못 낳은 죄와 분이 잘 되어라 애면글면 키운 죄밖에 없다. 그 죄 값이 이토록 가혹한 형벌이어야 한다면 어느 누가 결혼을 하고 아이를 낳아 키우겠는가. 가만, 혹시 노랑머리 서방을 따라간 분이에게 무슨 변고라도 생긴 건 아닐까. 미국이라는 나라에서는 군인들이나 가지고 있어야 할 총을 아무나 장난감 가지고 놀듯 한다지 않던가. 심지어 초등학생들까지도 장난감 총이 아닌 진짜 총을 들고 날뛴다는 얘기도 들은 바 있다. 그렇다면 분이도 혹시? 그렇지 않고서야 그 긴긴 세월 동안 소식을 주지 않았을 리 없는 것이다.

죽일 년! 째고 쌘 것이 사내들인데 꼬부랑말 좀 할 줄 안다고 노랑머리 따라 갈 게 뭔가.

분이네는 문득 묘한 상상에 사로잡힌다. 자신은 나비가 되어 있고 박봉달이와 분이는 꾀죄죄하게 비루먹은 쥐가 되어 쥐구멍 속에 숨어 있다. 나비는 그 구멍 앞에서 발톱을 숨긴 채 웅크리고 있다. 어떤 방법으로 요절을 낼까 궁리까지 하며 입맛을 다신다. 냉큼 숨통을 끊어 버리기에는 너무 관대하다. 자신이 받아온 온갖 멸시와 외로움의 고통을 처절하게 되갚은 후 아작아작 씹으며 자신에게 휘감긴 한 많은 세월을 풀어내고 싶다. 그런 연후 길바닥에 패대기쳐진 나비의 모습이면 어떻고 조그마한 쪽방에서 썩어문드러진 꼬락서니로 발견된들 어떠랴.

툭, 두두둑, 두두두두두두두두두두두, 찌익 찌직…….

원망 탓인가. 분노 탓인가. 잔혹한 상상을 한 탓인가. 나비와 함께 생활하면서 많이 줄어들었던 소리가 분이네의 잔혹한, 그러나 오랜만의 통쾌한 상상을 가로막는다. 나비가 주인을 닮아 문밖출입을 거두고 쪽방 귀신이 되어 가자 쥐란 녀석들이 제 세상인 양 난리 법석을 떨어대고 있는 것이다. 방안에 있는 나비가 마치 독 안에 갇힌 늙은 나비쯤으로 생각된 모양이다. 방울 달린 나비보다 무에 그리 무서울까 싶은 것일까.

또다시 천장의 얇은 합판이 요란스레 운다. 꽤 덩치가 큰놈들이 쌍으로 들어온 듯하다. 저들은 부부일까, 연인일까. 아니면 서로 영역 다툼을 하고 있는 적과 적의 관계인가.

나비가 쭈뼛 귀를 세우는 게 어둠 속에서도 느껴진다. 그러나 나비 본래의 동물적인 움직임은 보여주지 않는다. 아니 어쩌면 자기 자신의 모습을 드러내지 않는 것 자체가 아직 동물적 감각이 살아 있다는 증거일지도 모른다. 나비 특유의 소리를 낸다면 쥐란 녀석들은 단숨에 공격범위 밖으로 줄행랑을 칠 게 뻔한 일이다. 하지만 지금의 놈들과 나비에게 같은 공식이 적용될 수 있을까. 분이네는 내심 고개를 흔든다.

분이네는 문득 예전의 나비가 떠올라 슬며시 미소를 짓는다.

아무렴, 제 버릇 개 못 주지. 썩어도 준치라고 한번 맘만 먹으면 니간 놈들 열 놈, 아니 백 놈인들 나비가 겁먹을까.

어느 날 나비가 쥐 한 마리를 문 채 방으로 들어온 적 있었다. 화들짝 놀랍고 징그러워 쫓아내려고 했다. 그러나 나비는 분이네를 본 척 만 척 입에 물었던 쥐를 방바닥에 내려놓았다. 놈은 아직 두 눈을 동그랗게 뜨고 살아 있었다. 꼼짝도 못한 채 공포에 절어 바들바들 떨고 있었다. 나비는 가만히 웅크린 자세로 떨고 있는 놈의 공포를 즐기고 있었다. 분이네는 나비의 그 잔인함에 피식 웃고 말았다. 나비가 갑자기 왜 저러나 싶기도 했지만 은근히 호기심이 동하는 것도 사실이었다. 분이네는 긴장한 채 나비와 쥐의 거동을 살폈다. 그러다 분이네는 깜짝 놀랐다. 발발 떨고 있던 놈이 느닷없이 분이네를 향해 달려들었던 것이다. 마치 분이네에게 살려 달라 도움을 청하는 것 같았다. 하지만 놈은 한 번 폴짝 뛰어 오른 나비의 앞발에 짓눌려 볼품없이 허연 배를 뒤집고 말았다. 단발마적인 찌직 소리조차 중동 났다. 놈은 한순간 허공을 향해 뻐르적거렸다. 그러나 이내 포기한 듯 가냘픈 발을 파르르 떨기만 할뿐이었다. 쥐의 발이 생각보다 작고 여리다는 것을 처음 알게 된 순간이었다. 나비는 놈을 가만히 물어다 원래 놈이 도망을 감행했던 자리에 내려놓았다. 또다시 놈은 한참동안 그야말로 쥐 죽은 듯 꼼짝하지 않았다. 한 자 정도 떨어진 채 웅그리고 앉아 있는 나비는 처음처럼 계속 놈의 동태를 살폈다. 도망을 포기한 놈과 도망 가주기를 바라는 나비와의 지루한 내기였다. 되레 분이네가 따분해지려 했고 또 그렇게 얼마만큼의 시간이 삭아졌다. 자기의 생사가 걸린 탓일까, 결국 자발없는 쥐란 놈이 내기에 지고 말았다. 이번에는 기필코 도망치고 말겠다는 듯 출입문 쪽으로 방향을 잘 잡아 쏜살같이 달아났다. 낡은 비닐 장판 위에 오줌까지 찍 갈겼다. 그러나 이번에도 놈은 문턱조차 넘지 못하고 나비의 앞발에 무참히 짓밟혔다.

지까짓 게 뛰어 봐야 벼룩이고, 까불어 봐야 부처님 손바닥이지.

분이네가 중얼거리며 나비와 첫 인연 맺던 때를 떠올렸다. 그때도 쥐란 놈은 분이네의 발등을 가로지르며 오줌을 찍 갈겼었다. 하긴 사람도 심한 공포와 마주치면 오줌을 질질 싸는 경우가 있지 않던가. 분이도 그랬었다. 아비란 사람이 생트집을 잡으며 밥사발을 집어던지고 두리반을 들러 엎는 등 생난리를 쳐대자 울지도 못하고 방구석에 처박혀 발발 떨기만 하다가 끝내 오줌을 질질 쌌던 것이다.

나비는 놈이 아예 기진맥진 늘어질 때까지 놈을 상대로 공포를 즐겼다. 놈을 중심으로 이리 뛰고 저리 뛰며 또다시 도망쳐 보라는 듯 오두방정을 다 떨어댔다. 한쪽 발로 툭툭 건드려 봐도 꼼짝하지 않자 종국에는 앞발로 집어 들어 허공에다 공중제비도 시키고 입으로 놈의 꼬리를 물고 그네를 태우기도 했다. 놈이 찍, 소리도 못 내고 마냥 늘어져 반죽음 상태에

다다르자 그제야 나비는 아작아작 놈의 머리부터 씹어 먹기 시작했다. 어찌나 맛나게 먹던지……. 징그럽고 피비린내 나는 것도, 분이네 자신이 놈의 처지가 되어 가고 있다는 것조차 자각하지 못한 채 바라보고 있었다. 잠시 후 놈의 형체는 온 데 간 데 없이 사라졌다. 방바닥에 떨어졌던 피 한 방울도 나비의 혓바닥에 의해 깨끗하게 청소되었고, 긴 수염 끝에 묻었던 놈의 흔적도 고이 세수를 한 번 하고 나니 말끔해졌다. 고이 세수. 하는 둥 마는 둥 하는 세수를 '고이세수'라 하지 않던가. 그런데 나비에게서 나온 그 말이 실제 나비에게는 전혀 딴 판인 철저한 세수였다.

두두두두두두두……. 찌직, 찌익 두두두두두두…….

사자가 잠을 자니 여우가 왕인 양 하고, 나비가 방안 귀신 되니 쥐들이 나비인 척하는 모양이다. 쥐들은 그렇다 치고, 나비는 무슨 연유로 본성을 저버린 것일까?

나비야, 뭐 하는 겨?

쥐들의 광란에 참다못한 분이네가 나비에게 시비를 건다. 순간 분이네는 불에 덴 듯 나비를 외면한다. 골목 어귀의 외등불빛에 간신히 드러낸 나비의 몸체가 예전보다 더 검게 보인다. 몸뚱이가 온통 검정색이다 보니 더욱 확연하게 드러나던 하얀 점도 나비의 눈빛에 기가 죽는다. 밤송이로 얻어맞은 듯 눈이 아리다. 어찌 된 일일까. 늙은 나비의 시르죽은 눈빛이 아니라 범이라도 잡을 듯한 창창한 섬광을 내뿜는 까닭은 또 무엇일까. 분이네를 쏙 빼 닮은 듯 바싹 마른 늙은 나비의 그 어느 구석에 저와 같은 살기를 숨겨 두었더란 말인가. 그랬다. 그것은 분명 살기다. 살기! 소름이 오싹 끼쳐진다. 두둑둑, 찍찍……. 그런데 웬 일인지 천장에서 간헐적으로 들려오는 광란적인 쥐들의 오만 방자함에 되살아난 살기로 보이지는 않는다. 빈 수레가 요란하고 빈 깡통이 요란한 법이라고 비록 늙은 나비지만 한두 번쯤 냐옹, 소리를 질러내 줄 법도 한데 마냥 꿀 먹은 벙어리다. 오로지 눈빛으로만 소름 오싹 돋는 공포를 뿜어낼 따름이다. 갑작스레 분이네는 감당 못할 적이 된 기분이 든다. 아니 맛난 먹잇감이 된 기분이 든다. 이리 놀림 당하고 저리 놀림 당하다가 단번에 머리부터 아작아작 씹어 먹히던 한 마리의 쥐가 된 기분이 든다. 마지막 피 한 방울까지 핥아먹어 흔적을 없앤 나비의 먹잇감. 나비 앞에서의 쥐는 살아 있어도 살아 있는 목숨이 아니다. 흔적 없이 사라질 한갓 먹잇감에 불과할 뿐이다. 분이네는 그제야 뭔가 깨달아지는 게 있다. 나비가 자신이 죽기만을 고대하고 있을 것이라는 생각, 때문에 천장에서 우당탕대는 쥐새끼쯤은 안중에도 없을 것이라는 생각, 바로 그것이 더욱 공포를 느끼게 하고 온몸에 소름이 돋게 한 이유인 것이다. 한 마디로 분이네 자신이 고양이 새끼를 키운 게 아니라 호랑이 새끼를 키운 꼴이 된 셈인 것이다.

분이네는 나비의 눈빛과 마주치지 않기 위해 아예 눈을 감아 버린다. 그냥 이대로 죽었으면 싶다. 이미 죽은 다음에야 나비의 먹이가 되면 어떻고 쥐새끼의 먹이가 되면 어떠랴. 아니 쥐새끼의 먹이가 되는 것보다야 기왕이면 나비의 먹이가 되는 편이 백 번 천 번 낫지 않겠는가.

아득히 멀고 먼 기억 속의 지난날들이 연속극의 한 장면 한 장면처럼 지나간다. 분이를 앞세우고는 남의 집 식모살이도 할 수 없어 소를 판 돈으로 간신히 방을 구하고 콩나물 길러 콩나물 장수, 떡 만들어 떡장수, 채마밭 김을 매는 날품팔이, 손수레를 장만해서는 채마장수. 그러다 분이가 어미를 떠난 뒤엔 퇴행성관절염으로 잘 걷지도 못하는 다리를 이끌고 재활용 폐지를 수집하러 다녔다. 그 잘난 호적상의 서방 덕분에 영세민 지

원금조차 거절당하고 동사무소를 나올 때는 차라리 죽자, 하였으나 모진 목숨 거두지도 못하고 연명하다 문 밖 출입도 못할 때가 되어서야 겨우 나 선생을 만나 사람대접을 받아 왔으나 그나마도 집주인이 이사 간 후 소식 없듯 나 선생의 도움도 기대할 수 없게 된 상황이었다.

무슨 연유인지 남편의 모습보다 시누이의 모습이 더욱 뚜렷하다. 때리는 시어미보다 고자질하고 이간질하는 시누이가 더 미운 법이라고 씨받이 들이느라 설쳐대던 시누이들이 더 밉다. 같은 여자로서 어떻게 그리할 수 있었을까. 생각만 해도 분하고 서럽고 억울하다. 그동안 혼자 세상 풍파 헤치며 살기 위해 감내한 고통을 생각하면 갈기갈기 찢어 나비가 쥐를 잡아먹듯 아작아작 씹어 먹어도 시원치 않을 노릇이다.

우적우적 되새김질하는 늙은 소처럼 빈 어금니를 우물거린다. 볼때기가 간지럽다. 가르릉거리는 소리가 귓속을 파고든다. 분이네가 소스라치게 놀라 반사적으로 상체를 일으킨다. 그러나 몸만 뻐르적거려질 뿐이다.

비호같이 사라져 쌀 포대 속으로 숨어드는 놈이 있다. 나비다.

분이네가 끊어질 듯한 허리와 골반 뼈의 통증을 참으며 턱 밑을 쓰다듬는다. 시뻘건 것이 손바닥에 묻어난다. 피를 보자 새삼스레 턱 밑이 쓰려 온다.

으으, 이 죽일 놈이!

늙은 쥐 한 마리쯤으로 생각해 분이네의 멱을 따러 덤빈 것일까. 사지가 부들부들 떨린다. 그 춥던 겨울도 다 지나가는데…….

어느새 훤하게 창밖이 밝아 있다. 또 하룻밤이 무심하게 지났구나! 늘 똑 같은 모습으로 눈을 뜨고 시작되던 하루, 그러나 오늘은 그렇지 않은 것 같다. 죽을 때가 다 되어서 그럴까. 이가 갈리고 치가 떨리던 박봉달이가 새삼 궁금해진다. 아직 살아 있기나 한 것인지, 살아 있다면 어찌 살고 있으며, 조강지처를 내치면서까지 바라고 바라던 아들이었는데 바람대로 낳기는 했는지, 한데 어떻게 생긴 위인이 꿈속에서조차 단 한번 코빼기도 보여 주지 않는다.

분이네는 손바닥에 묻은 피를 보면서 나비에게 뜯어 먹히는 상상을 하고는 으르르 진저리를 친다. 이때까지 이렇게 나비가 위협적인 적은 없었다. 사흘 굶어 남의 집 담 넘지 않을 사람 없다는 말은 꼭 사람에게만 적용되는 말은 아닌 모양이다. 사실 분이네에게 있어서 나비에게 줄 수 있는 것이라고는 늙고 말라비틀어진 자신의 몸뚱이 뿐이다. 자신이 죽은 뒤 뜯어 먹히는 것은 그래도 그동안의 정리를 생각해서라도 이해할 수 있겠다. 하지만 미처 숨이 끊어지기도 전에 덤벼드는 것은 곤란하다. 몸서리쳐질 일이다. 무슨 방도 없을까? 특별할 것도 없는 방인데 무심코 방안을 둘러본다. 방문 손잡이에 매달린 치마허리대님이 유난히 눈에 띈다. 순간 저거다, 하는 번득임이 스친다.

분이네는 애 낳다 남은 힘이라도 보태는 심정으로 쌀자루로 다가간다. 나비는 아직 자루 속에 들어 있다. 자루의 입구에 끼워진 채 얼크러져 있던 가느다란 감색 나일론 줄을 잡아당긴다. 자루의 입구가 닭똥구멍처럼 오므라든다.

야— 옹.

나비가 자루 안에서 자기의 존재를 드러낸다. 분이네는 개의치 않고 방문 손잡이에 매어져 있는 치마허리대님에 나일론 줄을 걸고 잡아당긴다. 깡마른 줄로만 알았던 나비의 무게가 제법 묵직하게 끌려온다. 온통 쑤서 대는 삭신이 폴싹 부서져 내릴 것 같다. 어제 햇빛을 본 대가(?)로 새롭게 얻게 된 고관절의 통증은 어떻게 말로 표현할 수가 없다. 뼈를 깎는 고통이라고나 할까? 하지만 어쩌겠는가. 말짱한 정신으로 나비에게 몸서리치는 일을 당하고 싶지 않으면 참아야 할밖에.

대롱대롱, 치마허리대님을 이용해 겨우겨우 방문 손잡이에 쌀자루를 매다는데 성공한다. 나비가 요동치면 풀어질 지도 몰라 몇 번이고 매듭을 지어 단단히 묶는다. 그리고는 마치 확인 사살이라도 하듯 대롱거리는 쌀자루를 잡아당겨 본다. 끄떡없다.

휴.

안도의 숨을 내쉬며 뼛속 깊이 파고드는 고통에 얼굴을 찡그리며 아직도 욱신거리는 턱 밑을 손등으로 눌렀다 뗀다. 피가 묻어난다.

홍! 제깐 놈이······.

중얼거리며 요 위로 기어가 코를 쑤셔 박듯 쓰러진다. 얼굴이 다시는 펴지지 않을 것처럼 완전히 구겨진다. 평생 궂은 일만 해 온 탓인가, 안 쑤시는 데가 없다. 죽더라도 아프지 않고 잠자듯 죽을 수 있는 방법은 없을까. 죽을 때만이라도 바지랑대 끝에 앉았던 잠자리가 날아가듯, 나비가 쥐 한 마리를 잽싸게 낚아채듯 가볍게 죽는 호사를 누려 봤으면 싶다.

간신히 천장을 향해 가지런하게 몸을 뒤집는다. 그리고 방 문짝에 매달린 자루를 힐끔 본다. 버르적버르적, 대롱대롱, 움직이는 대로 문짝도 조금씩 찌그덕찌그덕 소리를 낸다. 슬그머니 미소짓는다.

그래, 너나 내나 더 이상 세상 살아서 뭣 허겠냐!

눈을 감는다. 나비 탓에 잠이 싹 달아났지만 아직 못다 잔 잠, 마저 자고 싶다. 꿈같이 생시같이 밤새 자고 났지만 그래도 잠자는 것만큼 좋은 게 또 어디 있던가. 숨 쉬는 것조차 느낄 수 없는 잠, 기억되는 모든 지난 날들도 사라지고, 쑤셔 대는 삭신도 간단없이 치유되는 잠, 그야말로 명약 중에 명약이다.

그런데 분이는 어떻게 지내고 있을까? 딸은 어미를 닮아 간다고들 하는데, 노랑머리와는 잘 지내고 있을까. 제 아비를 닮아서 그런지 꿈속에서조차 제 사는 모습을 보여주지 않는다. 누운 채로 머리맡에 있던 하늘색 수첩을 힘겹게 집어 든다. 노랑머리 사내와 분이가 늦가을 감잎 날리듯 가슴 위로 떨어지며 웃고 있다.

배라먹을 년! 잘나도 에미, 못나도 에민 에민디 소식이라도 한번 전해 주잖고.

투덜댄다. 그러나 소리가 되어 나오지는 않는다. 대신 자루 속에 갇힌 나비의 소리가 점점 커진다. 몸부림도 더욱 거세어진다. 공포에 질린 소리요 몸부림이다. 단순한 장난이 아니라는 것을 이제야 깨달은 모양이다. 하지만 이미 늦었다. 풀어 주고 싶어도 마음뿐이다. 일어날 기운은 고사하고 눈뜨고 있을 기운도 없다.

저절로 눈이 감긴다. 신이 만든 최고의 명약을 얻을 수 있으려나. 하지만 얼굴 바로 위 천장 속으로 떨어진 툭 투둑 소리가 그것을 거두어 간다. 마른 하늘에 날벼락 떨어지는 소리처럼 귓속을 파고들어 감기던 눈꺼풀을 바싹 오그라뜨렸던 것이다.

니야옹.

나비도 뒤늦게 자신의 존재를 드러낸다. 이제야 본성을 드러내는 것인가. 부질없는 짓이다. 분이가 어떻게 살고 있는지 그 사는 모습을 떠올려 보려 해도 감감한 것처럼 나비의 뒤늦은 본성이 무슨 소용이랴!

간단없이 나비의 몸부림과 함께 시간이 흐른다. 어둠과 밝음이 시간 속에서 교직되고 강물처럼 나비의 몸부림도 잦아든다.

분이네가 천장을 바라본다. 천장을 바라보는데 천장은 보이지 않고 천장을 향해 동그랗게 뜬 분이네의 초점 없는 눈동자와 가슴에서 웃고 있는 분이만 보인다.

거기에 긴 시간의 먼지가 내려앉고 있다.

물낯 아래 그늘

물낯 아래 그늘

  잠수장비를 챙기던 그가 갑자기 미간을 찡그린다. 뜬금없게 다리 건너편에 있었던 옛날 검안소가 생각나서다. 바다에서 심심찮게 인양되던 무연고 사체가 들어와 동산 만하게 허기를 가스로 채우며 며칠 씩 유숙하던 곳이었다. 때로는 유가족을 기다리며 긴 나날을 방치당하다 인양될 때의 옷 그대로 임시 묘지에 묻히고 마는, 보기에 딱한 시체가 머무르기도 하던 혐오스럽고도 흉물스런 건물이었다. 시골 마을 어귀에 납작 엎드려 있던 상엿집 같다고나 할까.

  그는 찡그린 미간에 이어 콧등도 심하게 일그러뜨린다. 오래 전 검안소의 시체 냄새가 맡아지는 것 같아서다. 거리가 200미터가 넘게 떨어져 있고 철거된 지가 근 20여 년이 다 되어가는 검안소 안의 시체 냄새가 생뚱맞게 맡아지는 이유는 뭘까. 아무리 냄새가 지독하더라도 쉽게 맡을 수 있는 거리도 아니고 세월이지 않은가. 어제부터 시체 인양작업에 참여하고 있는 탓일까. 섬뜩하게 콧속을 휘도는 기억 저편의 냄새, 지금까지 그의 손으로 일백여 구 이상의 시체를 인양해 왔지만 이런 기분이 들긴 처음이다. 시한부 생명이나 다름없다는 오금저린 아내의 사형선고를 받은 몸으로 인양작업에 참여했을 때만 해도 이렇지 않았다.

시체를 찾아놓고도 인양하지 않은 탓일까?

어제 그는 여인의 시체 인양을 보류하면서 잠시 바닷속 시체 곁에 그의 양심도 함께 놓아두고 나왔었다. 민간자율구조대 해양경찰서장 명의의 위촉장까지 받은 시체 인양 전문가로서 면목 없는 일이고 당연히 해서는 안 되는 일이지만, 그렇다고 하루 일찍 인양된다 해서 죽은 사람이 살아날 리 만무하고 하루 늦게 인양된다 해서 그새 썩어 문드러질 것도 아닌 마당에 쇠푼깨나 있는 ○○회사의 '회장님'에게서 인양 대금을 좀 더 올려 받는다 해서 회사가 망할 것도 아닐 것이기 때문이다. 바다 속에 하룻밤 재운 그의 양심 덕분에 그는 아내의 수술비를 마련할 수 있게 되고 함께 인양에 참여했던 구조대원들도 인양 대금을 더 올려 받을 수 있는 일일 터이니 누이 좋고 매부 좋은 일이 아니고 무엇이겠는가. 사실 그는 그동안 시체를 인양해 오면서 제대로 된 대금을 받아본 적이 별로 없었다. 잠수병에 걸려 반신불수가 되거나 자칫 죽음까지도 감수해야 하는 위험 천만한 일을 하면서도 그에 걸맞은 인양대금을 받은 적이 과연 몇 번이던가 싶은 것이다. 그나마 요즈음은 좀 나은 편이기는 하지만 어떤 때는 아예 기가 찰 만큼의 대금 밖에 못 받는 경우도 더러 있었고, 화장실 갈 때 다르고 올 때 다르다고 인양해 놓고 나면 딴 소리 하는 경우도 더러 있었다. 그렇다고 인양 전의 상태대로 제자리에 시체를 수장시킬 수도 없는 노릇인데다 초상집까지 찾아가 인양대금 내놓으라고 윽박지를 수만도 없는 노릇이었다.

"그렇게 꼭 발 벗고 나서야 하는교?"

하던 일까지 펑크 내며 며칠 걸려 인양을 했으면서 빈손이나 다름없이 돌아오는 그에게 아내가 했던 말이었다. 어쩌면 아내로서 당연한 말일 수도 있었다.

'맞다 그래, 이제 잠수하는 일은 아이쇼핑이나 하러 가는 일 말고는 그만 둬야겠다.'

내심 다짐해 보았지만 막상 연락이 오면 아니 갈 수 없는 일이 또한 그 일이었다.

이번만 해도 그랬다. 아내가 허리와 골반이 몹시 아프다며 한동안 한의원에 다니며 침을 맞고 부황을 뜬다 봉침을 맞는다 애를 써도 별무 소용이다가 나중에는 소변도 보기 힘들고 피가 섞여 나오기도 한다는 것이 아닌가. 큰 병원에 가서 제대로 된 검사를 받아봐야 했던 것은 당연한 것, 한데 검사결과를 보는 날도 아닌데 미리 전화가 왔다. 반드시 보호자와 함께 빨리 내원하라는 통보를 받고 가보니 이 어인 청천벽력 같은 소리인가. 방광으로 전이된 자궁경부암인데 직장으로까지 전이되었을지도 모르겠다는 담당의사의 덧붙임 말은 어쩌면 사형선고와 다를 바 없는 소리였다. 그의 앞에 있는 아내가 어이없게도 자신이 건져 올린 시체처럼 보여 스스로 진저리를 치면서 아내에게 미안한 마음 금할 길 없었다. UDT(underwater demolition team : 해군수중폭파대) 시절 잠수를 배운 이래 그 어느 누구보다 많은 바닷속 시체를 인양해 왔던 그에게 덜컥 안겨진 선물이라는 게 고작 사형선고나 다름없는 아내의 자궁경부암이라니, 참으로 기가 막히고 어이가 없어 하늘이 노랄 뿐이었다. 그러나 하늘에 삿대질하고 바다를 원망해본들 이미 떨어진 날벼락인 걸 어찌하랴.

일에 묻혀 살고, 그러다 인양을 부탁하는 연락이 오면 열일 제쳐놓고 달려나가 시체를 인양한 죄밖에 없는데 이토록 어마어마한 징벌이 내려졌다는 게 분하고 서러울 뿐이었고, 아내의 건강을 살펴주지 못한 게 후회막급일 따름이었다. 어쩌다 부부관계를 가질 때 보이곤 하던 출혈을 남모르는 사람 익사 소식 들었을 때처럼 만큼만이라도 한번쯤 심각하게 생각해 보았거나, 아직 몸때를 하는 걸 보니 우리 부부 아직은 살아갈 날이 많이 남아 있는가 보다고 농담 삼아서라도 이야기해 보았더라면, 혹여 이 가혹한 태클에 걸려 넘어졌더라도 아니 할 말로 자궁을 통째로 들어내는 수술 한 방으로 언제 넘어졌었더냐 싶게 훌훌 털고 일어날 수도 있었지 않았을까. 생각해 보니 자신의 무관심이 아내를 죽음으로 몰고 온 것 같을 뿐이었다.

"10%, 5%의 확률이라도 우리는 수술을 권할 수밖에 없는 입장입니다. 그 5% 10% 확률이 때론 95%~100%의 확률이 될 수도 있기 때문이지요."

왜 이렇게 무관심했느냐는 꾸지람에 이어 나온 담당의의 말은 수술하지 않으면 단 0%의 기대도 힘들다는 말의 또 다른 완곡한 표현임에 틀림없었고, 그 말을 듣는 순간 자신은 참으로 환장하고 넋이 나가지 않고서야 그대로 서 있을 수도 없었다. 하지만 아무리 그렇더라도 이대로 아내의 죽음을 바라보고만 있을 수 없는 노릇이었다. 밥 지으려다 죽 쑤는 한이 있더라도 최소한 0%보다는 낫지 않겠는가. 시쳇말로 죽을 먹든 밥을 먹든 밥을 짓는 체라도 해야 할 것 같았다. 그야말로 기껏해야 가운데 손가락 길이보다도 작은 몸피로 허옇게 배를 뒤집은 채 떠오른 가시고기의 가시라도 잡아야 할 상황이었다. 아니 인도네시아 연안의 수중 경치를 아이쇼핑 갔다가 현지인 가이드를 단 5분여 만에 죽어 나자빠지게 했던 키로넥스(chironex) 해파리의 촉수라도 잡고 싶은 심정이었다.

"하루라도 빨리 수술 날짜를 잡아주이소."

말을 하면서도 그는 수술비를 걱정하고 있었다. 참으로 어이없고 기가 찰 노릇이었다. 수술비가 없으니 하루라도 빨리 아내를 죽게 해주세요, 라고 말하는 것 같은 죄책감에 빠져들고 있는데 때마침 주머니 속에서 휴대폰이 부르르 떨었다. 민간자율구조대로 함께 활동하고 있는 덕팔이의 전화로 지극히 현실적 사고로 안내하는 진동이었다.

"행님, 작업 좀 같이 하입시더. 지금 바로 하리항으로 오이소."

"무운 ~ 작업인데?"

"문 작업은요, 인양작업 아인교. 숨은여 근처라는데…….."

"숨은여? 아, 나는…….."

한가하게 남의 시체나 인양하고 있을 경황이 아니었기에 당연히 거절할 생각이었다. 그러나 덕팔이는 그의 말에는 관심도 없다는 듯 제 할 말을 했다.

"글쎄. 누군지 아는교? ○○회사 회장님 딸이라네예."

○○회사 하면 부산에서 알 만한 사람은 다 아는 그야말로 내로라 하는 부자였다. 그는 '○○회사 회장님 딸'이란 말에 정신이 번쩍 들었다. 옳아, 이건 하늘이 준 기회로구나! 귀가 솔깃했다. ○○회사 '회장님' 정도 라면 인양대금 정도는 짭짤할 것은 불문가지. 잘 하면 아내의 수술비와 치료비를 벌 수 있을 거라는 단세포적인 생각이 몸보다 먼저 하리항으로 달음박질쳤다.

그는 곧바로 아내를 입원시켜 달라 부탁해 놓은 채 잠수 준비를 해 부

랴부랴 하리항으로 갔다. 벌써 8명의 민간자율구조대가 만반의 준비를 마치고 있는 상태였고, 민간자율구조선 한 척까지 어느새 수배되어 대기하고 있었다.

해경의 완투투구조대(122구조대)와 합동으로 영도 본섬의 전망대와 일명 주전자섬으로 불리는 생도 사이의 높이가 8미터 남짓 되는 수중 바위인 숨은여(좌표 35 2.652 N, 129 5.303 E) 부근을 중심으로 유람선 길을 따라 수색이 시작되었다. 하잠줄 양 끝단에 부표와 중량추를 묶어 내리고 그 중량추를 중심으로 거리가 표시된 탐색줄을 360도 회전하면서 멍게나 굴, 담치, 말미잘 등 해양 부착생물, 특히 청소나 목욕용 수세미로 가공하여 사용되기도 하는 목욕해면을 비롯한 각종 해면들이 온통 감싸고 있는 바위지대를 탐색했다. 해경의 완투투구조대는 완투투대로, 민간자율구조대는 민간대로 팀원이 되어 해가 질 무렵까지 지정된 탐색 지역을 옮겨가면서 탐색하기를 세 차례, 그러나 매번 빈손이었고 결국 철수하자는 말이 오고가고 있을 때였다.

"수중 랜턴이라는 게 있잖습니까. 한번만 더 찾아봐 주이소."

'회장님'의 그 간절한 눈빛에 못 이겨 일일 잠수 회수 최대치인 네번째 잠수가 지역이 옮겨진 가운데 실시되었다. 한데 이게 어떻게 된 일일까. 6~7미터까지 확보되던 시야가 갑자기 짧아지는 것 같더니 금세 코앞이 안 보였다. 수중 랜턴을 켜는 것은 당연한 순서였다.

조명에 드러난 세상은 이때까지의 세상과는 아주 딴판이었다. 각종 부착생물들로 뒤덮여 있던 바위 지대가 그야말로 휘황찬란한 붉은 산호들의 군락으로 바뀌어 있었다. 게다가 바위 협곡을 따라 참돔 떼와 열기, 볼락 떼가 서로 자리다툼을 하며 조명을 즐기고 있었다. 미역귀같이 곱슬 곱슬 주름 잡힌 겹겹의 치마 단을 치켜들고 흔들어대는 캉캉 춤 같거나 휘황한 조명 아래 히프를 요리조리 돌리며 추어대는 텔레비전 상자 속 삼바 춤 같다고나 할까. 이런 수중 세계의 황홀경을 처음 보는 것도 아닌데 오늘 따라 유난히 화려하고도 섹시하게 느껴졌다. 그는 그 섹시함과 붉은 산호의 휘황찬란함을 따라가다 문득 '어? 이게 아닌데?' 하는 생각이 드는 순간 팀원들의 수중 랜턴 불빛이 보이지 않고 있음을 깨달았다. 적당한 거리를 두고 표준탐색 신호에 따라 탐색해야 하는 것이 팀원들 간의 의무이자 불문율인데 어찌 된 영문인지 그 혼자만이 남아 있었던 것이다. 팀원들과 신호를 나눈 지가 한참 된 것 같기도 하고 그렇지 않은 것 같기도 해서 대체 얼마만큼 혼자 탐색하고 다녔는지 가늠이 안 섰다. 갑자기 등골이 서늘해지면서 무섬증까지 일었다. 시체를 찾아야 하는 게 아니라 먼저 구조대원부터 찾아야 할 판이었다. 이리 저리 랜턴을 바쁘게 비추었다. 어디에도 구조대원은 보이지 않았다. 아니 대원은 보이지 않고 이어질 듯 끊어질 듯 하는 휘황찬란한 바위와 산호 협곡 사이에서 하늘하늘 검은 안개가 피어오르는 게 보였다. 이런 깊은 바다 속에서 검은 안개라니! 그는 키로넥스 해파리의 촉수에 찔린 것 마냥 온몸이 찌르르 경련이 이는 듯했다. 눈앞에서 죽어가던 인도네시아의 가이드가 이런 느낌이었을까. 젠장 맞을! '회장님'은 왜 죽은 자기 딸이 긴 머리칼을 하고 있다는 정보를 미리 알려주지 않았는지 원망스러웠다. 사실 그는 긴 머리칼 여인의 시체를 한두 번 인양해 본 것도 아닌데 항상 발견하는 순간 순간마다 가슴 속이 저릿저릿하고 인도네시아의 가이드가 떠오르곤 했다.

어쨌든 그는, 그가 '회장님'의 딸을 인양할 수 있게 되어 다행이라는 생각을 하며 하늘거리는 긴 머리칼을 향해 다가갔다. 바위와 산호로 이루어진 작은 협곡 사이에 끼여 마치 호화스런 안락의자에 앉아 있는 것 같았다. 다가간 그를 당장이라도 끌어안을 듯 팔과 다리를 45도 정도 벌리고 있었다. 마치 윤간(輪姦), 아니 시간(屍姦)이라도 해 달라고 투정부리는 듯했다. 만약 시간해 주지 않는다면 당신의 아내는 결코 수술대에서 깨어날 수 없을 것이라고 속삭이는 것 같기도 했다.

"썩어 죽을 가시나! 겨우 바다에 빠져 죽은 기……."

그는 헛것을 본 것이 아닌가 싶어 몇 차례 눈을 끔벅거려 보았다. 분명 헛것은 아니었다. 미역 잎사귀를 걸친 것 같은 얇은 옷깃 사이로 터질 듯 설핏 드러난 가슴팍과 하얗게 드러난 백옥 같은 허벅지에는 알록달록 붉은 산호 물이 들어 있는 듯했다. 부귀영화를 누리며 살아온 여인은 죽어서도 꽃단장을 하는가 싶었다. 틀림없는 '회장님'의 딸이요 여인의 시체, 들어갈 데 들어가고 풍만할 데 풍만한, 그야말로 사내들 깨나 홀렸을 법한 요염한 자태였다. 게다가 치마를 홀렁 걷어올린 채 드러난 긴 다리가 흡사 살아 있는 여인 같아 보였으나 그것은 분명 죽은 여인의 시체였다.

"흐흠! 가시나, 지가 섹시했으면 했지, 감히 산 사람까지 유혹할라고 그라나?"

하긴 미모깨나 한다 하는 여인이 아니더라도 바다 속에 가라앉아 있는 여인들을 보면 하나같이 섹스 할 때의 정상체위 자세를 하고 있고, 사내들 또한 마찬가지로 포복자세로 엎어져 있는 게 부지기수가 아니던가. 그런 자세를 볼 때마다 인간은 죽어서도 본능에 충실하는 족속이기에 인류가 번성하고 있는 것인가 보다, 하는 생각을 하기도 하며 인양하곤 했

72

었다. 그러나 오늘처럼 시간(屍姦)을 떠올린 적은 단 한 번도 없었다.

"미안하지만 그렇게는 안 되는 기라. 니는 나를 유혹할 입장이 아니 된다 이 말이다 이 가시나야."

단호한 마음가짐을 하며 소름끼치도록 하늘거리는 머리채를 휘감아 잡아 지그시 당겼다.

시체는 협곡 사이에서 꼼짝 하지 않았다. 시간을 해주기 전에는 인양하지 못할 거라며 고집 부리고 있는 것 같았다.

"곱빼기로 쳐줄 텐데 그냥 갈 끼가? 수술비가 장난이 아닐 거 아니가."

수술비! 그렇다. 수술비가 얼마나 많이 들지 모른다. 보험조차 들어둔 것이라고는 아내의 이름으로가 아닌 자신의 이름으로 밖에 들어둔 것 밖에 없다. 만일 그에게 무슨 사고가 일어나게 된다면 아내가 보험금이라도 타서 아이들과 함께 살아나갈 수 있어야 하지 않겠나 싶어 아내를 피보험자로 한 보험뿐이었다. 부인병을 예상한 보험은 '설마!' 하는 생각이 앞섰고 솔직히 여유를 갖지 못한 채 기껏 두 아이들 뒷바라지하며 빠듯하게 살아온 인생살이다 보니 미처 보험 들 생각을 못했던 것이었다. 때문에 미리부터 예상하지 못했던 수술비와 수술 이후의 치료비를 준비해 둔 게 있을 턱이 없었다. 이런 판에 'ㅇㅇ회사 회장님의 딸'이라는 것은 시쳇말로 봉을 잡으라는 뜻이 아닌가.

그는 시간(屍姦)의 유혹 앞에 나약해지고 있는 자신을 다잡으며 회심의 미소를 지었다.

그래, 딱 한 번이다. 처음이자 마지막으로 딱 한 번, 딱 한 번만이다.

그는 휘어잡고 있던 머리칼을 산호 가지에 감아 돌렸다. 긴 머리칼이 헝클어지며 휘감겼다. 또한 그가 움직이는 대로 하늘하늘 춤을 추던 얇은 옷자락의 한 끝도 산호 가지에 휙 감아 돌렸다. 끌어당겨 확인해 보는 것도 잊지 않았다. 이 정도라면 22도를 넘나드는 여름의 따뜻한 수온에 임신 7~8개월마냥 가스가 차 오르더라도 저절로 떠오르지는 못할 테고, 아무리 조류가 센 백중사리 기간이라 하더라도 쓸려나갈 염려를 하지 않아도 될 듯싶었다.

그는 주의를 여기저기 돌아다니며 지형지세를 살펴두고는 불현듯 팀원들의 존재가 궁금해 불빛을 찾았다. 그러나 짙은 밤안개 속의 가로등 불빛은커녕 점멸하는 풀벌레의 발광체조차 보이지 않았다. 수색을 끝내고 철수라도 한 것인가? 그는 물낯 방향으로 랜턴을 비추어 보았다. 전방이 2~3미터밖에 안 보일 것 같은 시계 제로 탓인지, 일렁이는 물낯의 하늘거림 탓인지, 어떤 사물의 존재 여부를 확인할 수는 없었다.

그는 깜박 잊고 있던 것을 생각해낸 양 콘솔 게이지를 보았다. 수심 32미터. 상당한 깊이다. 이쯤 되면 압력이 4기압이 넘고 자신의 핏속에 있는 산소든 질소든 부피가 1/4 이상 작아져 있을 것이다. 자칫 잘못했다가는 잠수병에 걸리기 딱 십상이다. 하긴 이 잠수병이라는 것 때문에, 그리고 감압이라는 것이 쉽지 않기 때문에 웬만한 다이버들은 수심 30미터 이상 내려가기를 꺼린다. 아니 어쩌면 철칙으로 삼는다고 해도 굳이 틀린 말이 아닐지 모른다. 하지만 그것은 한가롭게 바닷속 아이쇼핑이나 할 때의 일이지 시체 인양 작업 같은 일에는 그 이상도 감내할 수 있어야 진정한 프로이고 인양 확률도 그만큼 높일 수 있는 것이다.

젠장, 죽기로 작정했다면 수심 8미터 정도밖에 안 되지만 그 명성 자자해 관광코스로까지 되어 있는 자살바위에나 올라 의자왕 삼천 궁녀 흉내라도 낼 일이지, 깊고 깊은 바다 한가운데 그것도 그 넓은 유람선 길 얕은 곳 다 놔두고 하필 30미터가 넘는 이곳에 처박혀 죽어 있을 게 뭔가.

이제 그 앞에 직면해 있는 것은 상승 뿐, 사실 하잠보다 어려운 게 상승이다. 애당초 하잠줄을 따라 입수하느라 나침반을 보지 않았으니 입수 지점을 찾아가기는 틀린 일이다. 곧바로 수직으로 떠올라 방향을 확인하고 구조선으로 가든지 아니면 구조선을 기다리든지 해야 할 터였다.

그는 다시 콘솔에서 등에 지고 있는 탱크 속의 공기 잔량 수치를 보았다. 51바(bar=kg/cm2)다. 생각보다 많이 남아 있지 않았다. 더 이상 지체하며 공기를 소비할 일이 아니었다.

그는 양성부력을 높이기 위해 부력조절용 공기주입기 버튼을 눌렀다. 부력조절기가 부풀어오르고 그만큼 몸이 가벼워짐을 느낄 수 있었다. 이젠 됐다 싶을 때 버튼을 눌렀던 왼손으로 인플레이터(공기공급버튼)를 잡고 멍게나 말미잘이 잔뜩 붙어 있는 바위를 오리발로 밀어내며 떠오르기 시작했다. 아무리 시간이 바빠도 급하게 상승하는 것은 금물, 시계와 수심계를 번갈아 보며 1분에 9미터(최대상승제한속도)를 넘지 않도록 하며 천천히 떠올랐다. 수심 15미터쯤에서는 잠시 중성부력을 유지하며 안전 감압을 하고 수심 5미터쯤에서도 2차 감압을 한 후 수면 위로 떠올랐다. 그리고는 잡고 있던 인플레이터를 이용해 부력조절기에 공기를 넣어 완전한 부력을 확보하고 있는데 꽤나 멀찌감치 대기하고 있던 배가 보인다. 숨은여 근처다. 그는 현재의 위치를 기억하기 위해 본섬의 등대와 자신, 그리고 주전자섬의 등표와 연결해 보았다. 목수가 먹줄을 튕긴 듯 일직선상이다. 배가 떠 있는 숨은여와 등대, 주전자섬의 등표를 연결한 일직선과의 양각은 대략 30도 정도쯤 될 듯싶다. 내일 다시 이 자리로 찾아오기 쉽도록 수중 밖의 지형지세도 꼭 있을 자리에 있는 것 같다.

그는 문득 자신을 유혹하던 바다 속의 여인이 떠올랐다.

"흐음, 날 유혹할라꼬? "

여인의 시체를 수없이 인양하면서 몇 차례 보았던 생식기의 갯것들도 떠올랐다.

"썩을 년의 가시나! 갯것들하고 섹스나 할 거이지. "

그는 부력을 완전히 확인한 후 레귤레이터(호흡기)에서 스노클(다이버가 머리를 수면 위로 올리지 않고도 숨을 쉴 수 있는 도구)로 전환하여 비로소 대기 중의 공기를 들이마시며, 배를 향해 천천히 가위 발차기를 하기 시작했다. 목측(目測)해 놓은 장소는 그만이 알고 있어야 할 비밀이기 때문이다.

그를 발견한 파출소 순찰선이 금세 그에게로 다가왔다. 빈손인 것을 발견한 사람들은 실망의 눈빛이 역력하다.

그러면 그렇지. 지 혼자 무슨 능력으로 인양할 끼라고 이탈했노? 하는 듯한 팀원들의 시선이 따가웠다. 도둑이 제 발 저린 탓일까.

그러나 배 위로 올라온 그가 무장해제(?)를 하며 선수 치듯 말했다.

"다들 갑자기 사라지면 어떻게 하노! "

다들 어이없다는 눈치다. 덕팔이가 나선다.

"사라지긴 누가 사라졌다고 그랍니까. 행님이 없어져났고. 보이소, 마 숨은여가 어딘교. "

말인 즉 덕팔이의 말이 맞다. 숨은여가 겉으로는 보이지 않지만 알만한 사람은 다 아는 사실이니 맞는 말에 무슨 사설을 덧붙이랴! 그가 대답하지 않자 덕팔이 다시 말했다.

"행님, 혹시 감압 안하고 올라온 거 아닌교? "

"병신 될라고 환장한 놈인 줄 아나?"

무 자르듯 내뱉는 그의 말 한 마디에 형님한테 괜한 걸 물었다는 듯 덕팔이 입을 다물었다.

'회장님'은 안달이다. 낯 색이 바닷물 빛으로 변한 채 맨몸으로라도 바다에 뛰어들 기세다. 그는 그런 '회장님'을 보면서 속으로 미소 아닌 쾌재를 불렀다. 흐흠, 그래 이번에야말로 제대로 된 인양 대금을 받아볼 기회다. 뇌두고 나오길 잘 했지.

그는 '회장님'을 향해 그러나 혼잣말처럼 넌지시 말을 건넸다.

"이거이 백사장에서 바늘 찾기 아닌교……. 쉽진 않겠지만 내일도 있고 모레도 있으니까내 너무 실망하지 마이소."

어쩌면 그 자신에게 하는 말이었다.

"세상에 어떻게 키운 놈인데……. 젖 떨어지기 전에 지어미 죽고……."

빈손으로 떠올랐을 때마다 목 메어 중얼대던 '회장님'의 말이 또다시 반복된다.

그는 무거운 수압 아래 두고 온 여인을 생각한다. 비록 어머니를 일찍 여의기는 했더라도 '회장님' 보호 아래 호의호식하며 잘 살아왔지 않은가. 그렇게 분에 넘치게 살다 이왕 죽은 마당이니 죽어가는 여인의 수술비나 넉넉히 보태주는 것도 자선을 베풀고 가는 셈 아닌가. 하니 하룻밤 더 아늑한 용궁에서 숙박한다 생각하고 너무 서운해 하지는 마시오.

"수고비는 후하게 내겠소."

원래 유족이 포기 안 하고 인양 작업하는 구조대원들, 아니 해경이 포기 안 하는 이상 숙박비(?)는 점점 올라가게 마련인 것, 어쩌면 비록 뒤늦은 말이기는 하지만 '회장님'의 이 말이 없었다면 며칠 밤을 더 유숙하게 되었을지도 모를 일이다. 아무려면 '○○회사 회장님' 체면이 있지 구조대원을 상대로 뒤통수치기야 할까 싶었다.

"덕팔아, 쐬주 있나?"

뜬금없이 그가 소주를 찾았다. 아니 뜬금없는 게 아니었다. 사실 그는 시체를 인양했을 때마다 반드시 인양의식을 소주로 치르곤 했었다.

"쐬주요? 행님, 그야 당연한 거 아닌교."

"그라믄 이리 갖고 온나."

"와요, 아직 인양한 것도 아니지 않은교."

그는 속으로 뜨끔했다. 다른 사람은 몰라도 함께 시체 인양을 많이 해 보았던 사람이라면 쉽게 눈치를 챌 수도 있기 때문이었다.

그러나 그는 태연하게 말했다.

"아무래도 내일 빨리 인양할 수 있게 해 달라고 용왕님께 쐬주라도 뿌려 드려야 할 거 같아 그런다. '회장님' 저렇게 애타는 걸 봐라. 내 속이 다 탄다 아니가. 덕팔이 니는 괜찮나?"

달리 변명할 말도 딱히 없는 상황이었지만 해놓고 보니 참 그럴싸한 변명 같아 속으로 웃었다.

덕팔이가 소주병 마개를 따서 그에게 넘기려 하자 그는 건네 받기 전에 먼저 두 손을 덕팔이 앞에 내밀었다.

"야야, 손도 안 씻고 뿌려 드리라꼬? 자자, 여기다 먼저 좀 뿌려 봐라!"

덕팔이는 더 이상 까닭을 묻지 않고 시키는 대로 했다. 그는 덕팔이가 따라주는 소주로 손을 씻은 후 허공을 향해 툭, 툭, 툭 손을 털고는 나머지 소주병을 받아 출렁이는 바다를 향해 세 번에 걸쳐 나누어 따르며 쐬, 쐬, 쐬, 속으로 외치며 들으란 듯이 중얼거렸다.

“용왕님요, 내일은 꼭, 우리 ‘회장님’ 따님 좀 돌려쥐이소. 육신만 주시면 하느님 노하실지 모르니까 내 반드시 영혼도 함께 부탁드립미더.”

진짜 인양한 후였다면 시신을 내주어 고맙다고 큰 소리로 외치고 행했을 손짓이었으나 이번만큼은 어느 누구도 눈치 못 채게 치르는 그 혼자만의 의식이었다.

‘미안합미더, ‘회장님’. 아니 눈에 넣어도 아프지 않을 ‘회장님’의 귀여운 따님, 정말 미안합미더. 하지만 어찌 합미꺼! 아내에게 청천벽력 같은 날벼락이 떨어진 걸 보고 나온 놈이 무슨 생각은 못하겠는교!’

그랬었다. 바로 어제 해넘이 시간에 수심 32미터 바다 속에 여인의 시체 한 구를 산호가지에 잡아매 두고 나왔었다. 그리고 그 시체를 만진 손으로 하염없이 흐르는 아내의 눈물을 닦아주고 소리 없이 흐르는 자신의 눈물도 훔쳐냈었다. 소주로 소독하는 의식을 남모르게 치르기는 했지만 그게 다 무슨 소용인가. 한갓 형식에 불과할 뿐인 것을…….

아내가 그 몹쓸 병에 걸린 것은 모두 그의 탓인 것 같았다. 그동안 너무나 많은 시체를 인양해 왔고 또 주검의 냄새를 집 안으로 들여온 탓이라 생각된 것이다. 그럼에도 불구하고 또다시 아내를 병원에 홀로 남겨둔 채 시체를 인양하러 나와야만 하는 자신이 한없이 역겨웠고 초라하게 느껴졌다.

그래. 그야말로 이번이 마지막이다. 이번 이후로는 어느 누가 부탁을 하더라도 이제 끝이다.

다짐하고 또 다짐하는 것으로 스스로를 위로했다. 그리고 아내가 회복하고 나면 아내와 만남의 계기가 되었던 제주도의 형제섬 ‘수중아치’부터 시작해 사시사철 온갖 아열대성 어류가 노닐고 각종 희귀산호가 비경을 이루는 문섬의 환상적인 수중세계를 유영하고, 범섬의 '기차바위'를 타고 넘어 숲섬의 '꽃동산'으로 함께 아이쇼핑을 떠나리라. 동물이면서 움직이지 못하고 수중 절벽 여기저기 돋아나 울긋불긋 단풍처럼 수중 궁궐 꽃 대궐을 연출하는 한없이 평화스럽고 사랑스럽기까지 한 산호, 그중 연산호는 또 어땠던가. 뼈대 없이 물렁물렁 여덟 개의 촉수 단위로 서로가 서로를 의지하며 다닥다닥 붙어사는 게 또한 얼마나 가족적이고 아름다웠던가. 머구리를 쓰고 잠수하던 시절부터 가보던 곳이고 아내와 함께 신혼여행의 피날레를 장식했던 곳도 바로 그곳 '꽃동산'이 아니었던가. 그야말로 이제는 시체 인양 작업 같은 죽음의 냄새는 그만 맡고 짬짬이 아내와 함께 수중 세계 여행이나 다니리라.

그는 몇 차례의 투레질로 생각의 냄새를 꿈같은 환상의 수중세계로 바뀌 떠올리며 내쳐 장비를 챙긴 후 막 사무실을 나서는데 새삼스레 머구리가 눈에 띄었다. 뽀얀 세월의 먼지를 쓴 커다란 눈이 잘 다녀오라는 듯 끔벅거리는 것 같았다. 벌써 오래 전에 이미 현대식 장비에 자리를 내주고 대왕대비마마가 되어 장비함 위에 올라앉아 있는 투구 모양의 무쇠 잠수 장비였다. 비록 지금은 거의 사용하지 않는 거추장스런 물건이 되어버린 머구리였지만 오랜 세월 그와 함께 바다 속을 누빈, 그야말로 친구 이상의 동료이자 동반자, 아니 목숨을 지켜준 전우중의 전우였다.

그래, 집사람 일어나거든 너도 언제 다시 한 번 바다 속 구경을 시켜주마!

머구리와 일별하고는 골동품에 가까운 승용차를 운전해 가는데 바닷속에서 하룻밤 유숙하고 있을 '회장님'의 딸이 떠올랐다. 복이 겹도록 자랐을 여인이 한갓 남자와의 사랑 문제로 죽음을 택했다는 게 언뜻 이해가 가지 않았다. 그만큼 나이가 든 탓일까? 그러나 자신이 아내의 병원비 때문에 생전 생각지도 못했던 짓(?)까지 하고 있다는 것을 생각하니 어쩌면 이해가 갈 듯도 싶었다.

하리항에 도착한 것은 07시 45분이었다. ' 회장님 ' 의 파워 때문일까, 이미 어제보다 많은 구조대원들이 나와 있었다.

" 많이들 나왔네! "

덕팔이에게 지나가는 어투로 말을 건넸다.

" ' 회장님 ' 이 직접 모집도 해왔다 아입니까. 일당 백 만원에 직접 인양한 사람에게는 3천만 원을 걸었구요. "

" 3천만 원이나? "

속으로 쾌재를 불렀다. 예상대로 되어 가고 있었던 것이다. 그러나 은근히 걱정되는 점도 없잖아 있었다. 수색 지점이 하필 붉은 산호 군락지대에서 시작된다면 자칫 문제가 심각해질 수도 있고, 또한 어설픈 초짜들이 그의 뒤를 졸랑졸랑 따라와 자신이 머리칼과 옷깃을 휘감아 고정시켜 놓았던 게 들통 날 수도 있는 것이다. 따라서 몇 차례 허탕치고 떠오르는 식의 여유를 부려보며 인양 대금의 끗발을 최대한 올려볼 새도 없이 단 한 번에 초짜들을 따돌리고 인양해 내야 할 상황이 올 수도 있을지 모를 일인 것이다.

" 행님, 오늘은 사라지지 마이소. 시체 찾아 삼만 리가 아니라 행님 찾아 삼 만 리 하잖게 말이우. "

" 내가 바다 속에서 헤매고 있을 거 같아서 그러나? "

" 그렇지는 않지만 어제 같아서는……. "

" 걱정 마라! "

배에 오르기 전에 슈트(Diving suit : 잠수복)를 입고 부력조절기
(Buoyancy compensator)도 착용했다. 그리고 조절기에 콘솔 게이지와
보조흡입기도 달았다. 18kg 쯤 되는 공기탱크를 등에 걸머메고 마지막으
로 묵직한 웨이트 벨트까지 허리에 찼다. 목 위에 착용하는 후드나 마스
크, 레귤레이터, 스노클 등과 발목 아래에 착용하는 부츠나 오리발만 입
수 직전 배 위에서 착용할 계획이었다. 그야말로 전장에 나가는 병사들
처럼 진지한 표정들이었다.

대원들은 2척의 민간자율구조선과 하리항 파출소 순찰선에 나누어 탔
다. 마음 바쁜 '회장님'은 지원 나온 해경의 대형 경비함정에 미리부터
승선해 있었다.

포말을 일으키며 달리는 경비함정이 선두를 섰고 그 뒤를 순찰선과 민
간구조선이 미끄러지듯 따랐다. 부산에서 아침이 가장 먼저 시작된다 해
서 붙여졌다는 아치섬(朝島)이 뒤로 멀어져 갔고 멀리 떠오른 지 얼마 안
된 태양 아래 오륙도가 보일 듯 말 듯 조그맣게 보였다. 시원한 바다를 가
르는데도 슈트 탓일까, 한 여름의 아침 태양은 벌써 따끈따끈 했다.

진초록의 해송과 난대성 활엽수인 생달나무, 동백나무, 후박나무가 사
람의 발길을 멈추게 하는 태종대 산모퉁이 상이말을 돌자 곧바로 주전자
섬이 갈 길을 인도해 주듯 찰랑거리는 물낯의 코끝 마냥 삐죽 나와 있었
다. 불을 피우거나 남녀 간에 정을 나누어서도 안 되고 용변을 보아서도
안 된다는 세 가지의 전설적인 금기사항 덕분에 환경이 잘 보존되고 있다
는, 주전자를 닮은 섬이었다.

그 섬과 본섬 사이, 익사 사고 현장쯤에는 어제의 사고는 까맣게 잊은
듯 유람선 한 대가 유유히 미끄러지고 있었다. 저 배에 탄 관광객들은 알

고 있을까. 바다 속 여인의 시체 위를 지나가고 있다는 사실을.

다행(?)히 구조선들은 모두 본섬 등대와 주전자섬과의 일직선상을 무시하고 그대로 통과하고 있었다. 그러면 그렇지, 저희들이 어찌 붉은 산호 군락의 협곡에 시체가 있다는 것을 알 것인가. 배를 멈추시오, 소리치고 싶었지만 그는 꾹 눌러 참았다.

구조선들은 일직선상을 한참 벗어난 지점에서 일렬횡대로 늘어선 채 자리를 잡았다. 하리항을 출발하기 전에 미리 약속했던 대로 잭 스테이 탐색 방법 중 지그재그 방식인 직사각형 탐색을 하기 위한 대형이었다. 시야가 좋지만 워낙 넓은 지역이기 때문이었다.

그가 어제 떠올랐던 지점을 바라보며 나침반을 보았다. 95도 방향이었다.

"행님, 뭘 그렇게 봅닙꺼?"

그의 행동거지를 살피고 있었던 모양인지 뒤에서 다가온 덕팔이가 귀에 대고 은밀히 물었다. 그는 속셈을 들켜버린 듯 뜨끔했다.

"이크, 깜짝이야."

"아니, 이거 나침반 아닌교?"

덕팔이의 목소리가 능글맞게 들렸다. 이미 다 알고 있으니 딴 생각은 아예 고이 접어 바다 속에 수장시키는 편이 낫지 않겠느냐는 소리 같았다. 그는 덕팔이가 눈치 못 채도록 호흡을 가다듬고 대답했다.

"혹시, 어제처럼 방향 감각을 잃고 헤매면 어떡하나 싶어 그란다."

"원 참, 행님도. 어차피 토끼몰이 하듯 잭 스테이로 할낀데. 뭐할라꼬……."

"그렇기는 하지만……."

덕팔이는 더 이상 추궁하지 않고 물러나 입수를 준비했다. 다른 구조대원들 역시 승선하기 전에 착용하지 않았던 것들을 마저 착용했다. 그리고 하나 둘씩 바다로 입수했다. 민간구조선에서는 배의 가장자리에 걸터앉았다가 등을 잔뜩 구부린 채 공기탱크의 무게 때문에 벌러덩 나자빠지듯이 뒤로 구르기 방법으로 입수했고, 뱃전이 높은 순찰선에서는 선 채로 성큼성큼 걸어들어 가듯이 입수했다.

그 역시도 부력조절기에 공기를 절반 가까이 넣은 후 마스크를 착용, 숨쉬기를 몇 차례 해 호흡기를 점검해 보고는 왼손으로 호흡기와 계기를 잡고 오른손으로는 물안경을 잡으며 바다 속으로 걸어가듯 뛰어 들었다. 차가움에 정신이 퍼뜩 들었다. 몸이 바닷물 속에 완전히 잠겼다가 머무는가 싶더니 곧바로 머리가 수면 위로 떠올랐다.

실제 시체가 발견된 장소와 거리가 먼 곳에서 탐색이 시작된 것에 안심한 그는 1차, 2차에 걸친 탐색을 팀원들과 함께 했다. 그의 입장에서 볼 때 당연히 발견되지 않을 것이라는 것을 전제로 한 수색이라 느긋하게 아이쇼핑만을 즐기면 되는 일이었다. 수심 20미터에서 25미터 안팎의 바다 밑을 구조 팀원들과 함께 탐색하는 것은 산세 수려한 명산을 등산하는 것 이상으로 전신 운동이 되면서 신선함을 만끽할 수 있는 멋진 일이었다. 구조선에 올라 휴식을 취하며 약 30여 분씩 1~2차에 걸쳐 바다 속을 누빈 후 3차 수색에 임하는 그는 사뭇 긴장되었다. 이번에야말로 팀원들과 떨어져 혼자 시체가 있는 곳으로 갈 양이었기 때문이었다.

한데 구조선은 시체가 있는 위치쯤으로부터 더 먼 곳으로 옮겨와 있었다. 어제 발견했던 붉은 산호 군락까지 곧바로 가는 데만도 잠수 시간의 절반 이상을 허비해야 할 성싶었다. 나침반은 처음과 달리 105도를 가리키고 있었다. 하지만 그렇다고 그 혼자 구조선의 위치를 옮겨 자리 잡자고집할 수도 없었다.

휴식을 취하느라 벗어 놓았던 것들을 다시 착용한 후 1~2차와 똑같은 방법으로 바다에 입수했다. 바다 물에 머리끝까지 잠겼다가 떠올라 보니 함께 입수한 대원들이 여기 저기 보였다. 입수하면서 혹시 수경 끈이 벗겨지지나 않았는지 확인하며 수신호로 교감을 나누고 있었다. 그러나 그는 그들을 개의치 않고 곧바로 부력조절기의 공기 배출 버튼을 눌러 공기를 뺐다. 가능한 빠르게 대원들의 시야로부터 사라지기 위해서였다. 양끝에 2개의 이동용 중량 추가 묶인 노란 탐색줄이 내려지는 것을 보며 그는 폐 속의 공기까지도 완전히 토해내고는 숨을 멈췄다. 서 있는 자세 그대로 바다 속으로 머리끝이 잠겨 들었다. 하잠 중에 짧은 호흡으로 공기 방울을 만들어내며 흘깃 위를 올려다보니 드문드문 정박되어 있는 배 밑바닥 주변 여기저기에 박쥐들이 물낯 아래 거꾸로 매달려 탐색줄을 잡고 있는 게 보였다. 이번에도 저 탐색줄을 잡고 지그재그 앞서거니 뒤서거니 하며 탐색해 나아가겠지. 하지만 이 사람들아, 자네들은 잠수할 필요도 없을 텐데 뭘 그리 매달려 있느라 수고들 하나, 마음속으로 중얼거리는데 슈트가 온몸 전체를 조여 왔다. 그가 만들어 내는 공기방울도 점차 작아졌다. 수압이 그만큼 높아져 가고 있음을 의미했다.

드디어 그는 고양이가 부뚜막에 사뿐히 올라앉듯 부착생물들이 덕지덕지 붙어 있는 둥글넓적한 암초 곁에 깃털마냥 가볍게 내려앉았다. 시야는 대체로 평균 거리인 7~8미터 정도는 충분히 확보될 것 같았다. 이제 시체를 찾는 일은 죽은 낙지 꿰듯 쉬운 일일 터였다. 그는 만족감에 몸을 한번 으르르 떨어보며 나침반을 보았다. 바늘은 여전히 정북 쪽인 0도를 가리키고 있었다. 그는 미리 보아두었던 105도 방향으로 몸을 돌리고는 나침반 회전 숫자판의 베즐(bezel)을 105도와 반대 지점에 놓은 다음 나침반의 바늘이 기억표시라인에 들도록 방향을 잡은 후 가위차기를 하며 오리발을 힘껏 저었다. 수심이 깊은 곳이라 그런지 20~30센티는 충분히 되고도 남을 듯해 보이는 씨알 굵은 회갈색, 회적색 볼락 떼가 아래턱 앞 끝의 이빨을 내보이며 이리 저리 휘돌아 침입자를 경계하다가 사라지기를 반복했다. 하지만 흔히 광어라 불리는 넙치란 놈은 잔뜩 두들겨 맞은 듯 납작한 몸으로 바닥을 따라 흙먼지를 일으키기도 하고 때론 바위에 붙어 자라는 해면 숲을 헤쳐 타넘기도 하며 그의 길잡이를 자청한 듯 너울너울 여유 있게 저만치 앞서 가기도 했다. 열기 떼도 그의 출현으로 열이 올랐는지 등 쪽의 갈색 반점이 무색하리만치 불그스레해진 채 오두방정을 떨며 이리 몰리고 저리 몰렸다. 바위에 부착해 사는 각종 녹황색 생물들만이 손을 흔들어 그를 반기듯 그가 내는 물살에 춤을 추었다. 멍게나 고둥, 그리고 이따금씩 보이는 해삼도 무생물인 양 죽은 체 하다가 무심코 건드려지게 되면 그냥 맥없이 굴러 떨어지는 놈이 있는가 하면 더욱 단단하게 달라붙는 놈도 있었다. 어쩌다 산책 나온 문어란 놈이 그의 출현에 놀란 나머지 먹물을 뿜어대며 잽싸게 달아나 바위 틈 구멍에 몸을 숨기기도 했다.

　바닷속은 그야말로 총 천연색이다. 겉으로 보기에 검푸르기만 하여 그 속을 알 수 없지만 막상 그 안에 들어와 보면 별천지가 따로 없었다. 바깥 세상이 배설해 놓은 좋고 그른 모든 것들을 쓸어안아 포용하는 무한한 아량을 가지고 있으면서 때론 포악한 괴물(?)로 변신하기도 했다. ○○회사 '회장님'의 딸을 품은 것도 다 그런 이유인 셈이었다.

그는 문득 한가하게 바다 속 아이쇼핑이나 하고 있었다는 데에 생각이 미쳐 다시금 나침반을 보았다. 그러나 가고자 했던 방향에서 벗어난 것은 아니었다.

흐흠, 그러면 그렇지. 눈을 감고 간들 다른 길로 갔을 것인가.

마음을 다잡고 계속해서 바위를 넘고 계곡을 넘기도 하며 때론 볼락 떼와 열기 떼를 따라 가기도 했다. 그러다 그는 문득 고개를 갸웃거리며 웃음을 떠올렸다. 크흠! 요것 봐라! 생긴 것이 꼭……. 그랬다. 그것도 하필 작은 협곡 이쪽에 오뚝하게 솟아난 남근바위와 그것이 가리키고 있는 건너편의 바위, 그것은 누가 봐도 틀림없이 여근바위로 보아줄 것임이 분명했다. 게다가 더욱 아이러니한 것은 하필 여근바위 아래쪽에 붙어 있는 부착생물이었다. 다름 아닌 말미잘들. 수많은 작은 것들 가운데 유달리 군계일학으로 떡 버티고 있는 말미잘도 있었다. 사람이 자웅이체이듯 녀석도 자웅이체. 입 주변의 화려한 촉수로 건너편의 남근바위를 빨아들일 듯 유혹하고 있음을 누가 감히 부정할 수 있으랴! 한 술 더 떠 녀석은 검은 거웃이 아닌 담홍색 무성한 거웃을 가지고 있어 더욱 더 요염하기 그지없었다. 슈트를 구멍 내어 당장이라도 자신의 일각수를 저 담홍색 동굴 속에 질러 넣고 싶은 욕망이 목구멍 아닌 아랫도리로 치밀어 올랐다. 그러나 그 순간, 어쩔 수 없이 떠오르는 그를 슬프게 하는 잔인한 현실, 아내의 자궁, 아니 자궁경부암. 5%~10%의 성공확률 앞에 떨고 있을 아내, 그리고 그 아내를 바라보면서 빳빳하게 굳어 가는 시체를 연상할 수밖에 없었던 무기력함이 욕망의 아랫도리에 따귀를 치고 있었다. 그가 할 수 있는 일이란 도대체 무엇이란 말인가. 한갓 바위에 붙어사는 하등동물을 보며 욕정을 느끼는 것 정도인가. 스스로에게 구역질이 났다. 유일한 존재가치를 일깨워 주고 있는 무기력함에 기댈 수밖에 없는 자신이 야말로 하등동물일시 분명했다. 온몸이 나른해진다. 다리도 뻐근해 온 다. 얼마의 거리를 휘더듬으며 유영해 왔던가. 잠시 호흡을 가다듬으며 시계를 본다. 입수 시각으로부터 벌써 25분이 되어가고 있다. 팀원과 함 께 탐색했더라면 상호간 수신호를 통해 상승하자고 할 때가 되고 있었 다. 그러나 그는 빈손으로 상승할 수 없는 입장이다. 그냥 수직 상승했다 가는 자신의 계획이 들통 날 것은 불문가지, 반드시 인양해 상승해야 한 다. 그래, 이제 잠수 한계 시각이 촌음으로 다가오고 있다. 지체할 시간이 없다.

수심계를 보았다. 30미터. 그는 어제 32미터를 두 눈으로 확인했었다. 그렇다면 2미터를 남겨두고 있다는 말이지 않은가. 2미터. 2미터를 남겨 두고 상승하여 들통 날 위험을 감수할 수야 없다.

한데 이게 또 어인 일인가. 어제도 그러더니 오늘도 갑자기 시야가 어 두워지고 있었던 것이다. 저녁나절도 아닌데 이 무슨 암흑 같은 절벽인 가. 수중 랜턴에 스위치를 넣었다. 화들짝 놀란 어류들이 꽁무니를 빼는 게 마치 휘돌아 치는 군무 같다. 그 군무 사이로 조명을 받은 부채뿔 산호 가 공작 꼬리처럼 화려하게 모습을 드러낸다. 반갑다. 아니 반갑기 그지 없다. 산호! 이제 어제의 그 붉은 산호 군락도 이 근처 어딘가에 있겠지. 그는 수심계를 보며 32미터를 향해 바위를 타고 넘고 수생식물들을 헤치 면서 부지런히 유영했다.

드디어 32미터. 이쯤이면 본섬의 등대에서 주전자섬까지 먹줄을 튕겨 놓은 듯한 일직선상 지점에 도착되었겠지. 한데 이게 어인 일인가. 무슨 소린가 들리는 듯싶다. 깊은 산 속 산사의 풍경소리 같기도 하고 죽은 어

류들의 영혼을 위해 두드려 댄다는 목어(木魚) 소리 같기도 하고……. 아
니 그가 하룻밤 산호 궁궐에 유숙시킨 바 있는 여인의 영혼을 위해 울려
퍼지는 범종 소리 같기도 하다. 깊은 바다 속에서 은은하게 울려오는 이
소리의 근원은 어디쯤일까. 아마도 어쩌면 이 소리의 근원을 찾아야만
여인의 시체, 아니 '회장님'의 딸을 찾을 수 있을지 모른다. 현실적으로
볼 때 그것은 돈이요, 보물이요, 아내의 생명이다. 자연스레 마음이 바빠
진다. 아내의 생명인 시체가 이 근처 어딘가에 있는 게 분명하기에 소리
로 알려주고 있는 것이리라.

그는 지체 없이 아내의 생명을 찾아 나선다. 32미터를 유지하며 확률
50%가 아닌 100%가 되기를 기대하며 먼저 주전자섬 쪽을 택해 우회전
한다. 그리고는 지그재그, 텔레비전 다큐멘터리 속의 원숭이가 이 나무에
서 저 나무로, 저 나무에서 이 나무로 가느다란 나무 가지를 부여잡으며
옮겨 다니듯 그도 이 바위에서 저 바위로, 저 바위에서 이 바위로 눈도장
을 찍으며 '회장님'의 딸을 품고 있는 붉은 산호 군락을 찾아 현기증 나
도록 바쁘게 돌아친다. 빨리 찾아야 한다. 시간이 없다.

그러나 아무리 돌아쳐도 붉은 산호의 화려한 군락은 보이지 않는다. 한
밤 새 여인의 시체를 품어 안은 채 상상 속의 용궁 속으로 사라진 것인가.
시간을 본다. 30분이 넘어 갔다. 아, 이제 더 이상 욕심내지 말고 상승해
야 하는데……. 상승할 수가 없다. 아내의 생명을 구해낼 현찰을 두고 어
찌 상승할 수가 있단 말인가.

그는 곧장 주전자섬 쪽을 포기하고 방향을 선회하여 본섬인 등대 쪽을
향해 오리발을 재게 놀린다. 33분에 처음 우회전했던 곳에 도착한다. 꿈
을 꾸듯 어지럽다. 그러나 쉴 짬이 없다. 이미 한계 잠수 시간을 넘긴 상

태다. 그러나 감압만 잘 하면 괜찮겠지, 하는 희망이 불안을 잠재운다.

또다시 지그재그로 눈도장을 찍으며 붉은 산호의 화려함을 찾아 헤맨다. 다시 4분여가 지났다. 합이 37분. 질소 멀미로 끝날 것인가. 공기 색 전중까지 동반될 것인가. 만약, 만약에 공기를 충전할 때 불량한 공기가 주입이 되었다면 어찌 될 것인가. 탄산가스 중독? 그래, 그 자신의 호흡으로 인한 탄산가스 중독이다. 다리가 마비되고 실신까지 동반되는 일산화탄소 중독이나 산소 중독까지는 생각하기도 싫다.

드디어 꿈인가! 생시인가! 화려한 붉은 산호 군락의 속살이 눈앞에 펼쳐진다. 당장 까무러칠 것 같다. 숨이 멎는 기분이었으나 황홀에 취할 겨를 없이 속살을 눈길로 훑으며 다시 2분이 흐른다. 합이 39분! 꿈이 현실이 되고 현실이 꿈이 된다.

아내의 생명은, 아니 여인의 시체는 어제 그를 그토록 유혹했던 정상체위 그대로 미동도 없다. 한데 언뜻 보아 그대로임이 분명한데 그대로가 아니다. 한 쪽 눈에 다리가 여덟 개인 문어 안대가 대어져 있고, 우툴두툴하고도 거뭇거뭇한 바다의 인삼(海蔘)이 긴 혓바닥이 되어 턱을 감싸고 있다. 또한 그새 임신 6 ~ 7개월쯤 된 임신부의 배처럼 여인의 배가 불룩하다. 한여름의 따뜻한 수온 때문인가. 아마도 그가 산호 가지에 머리카락과 옷깃을 휘감아 놓지 않았더라면 앞으로 2~3일 안에 저절로 떠오를 수도 있는 상황이었다.

……갯것들하고 섹스나 할 거이지.

중얼거렸던 생각이 떠올라 여인의 가랑이 계곡에 랜턴 조명을 들이댄다. 훌렁 걷어 쳐져 있던 치마 속 은밀한 곳은 가리비 껍데기만한 작은 팬티 속 밑살이 오뚝하니 튀어나와 있었고, 아니나 다를까 재수 억세게 좋은 바다 속 인삼(海蔘)이란 녀석이 느긋하게 섹스를 즐기고 있었다. 아, 그랬었구나! 여인은 바로 이것을 그에게 요구했었구나! 갯것과의 섹스! 혈(血)을 보하고 양기(陽氣)를 받아들이기 위한 바로 그 갯것과의 섹스를 원했던 것이었구나! 그는 차마 눈 뜨고 보기 민망하여 잠시 눈을 감았다. 빳빳하게 굳은 아내의 시체가 그의 손길을 기다리고 있다. 이봐요. 눈을 떠요, 눈을!

참으로 여인의 시체에게는 미안하고도 안타까운 일이지만 섹스가 끝나기를 기다리기에는 너무나 시간이 절박하다. 또한 그렇다고 갯것과 섹스하고 있는 모습 그대로 '회장님' 앞에 내놓을 수도 없는 일이다.

그는 먼저 가리비 속에 있는 놈부터 빼냈다. 그의 손길에 놀란 녀석이 찬물 세례 받은 거시기마냥 불만스러운 듯 제 몸을 오그라뜨렸다. 헛바닥인 양하며 입속으로 들어가던 놈도 마찬가지였다. 다만 눈을 가린 안대를 떼어 내는 데는 약간의 수고가 따랐다. 수많은 빨판의 힘이 그의 손길을 거부했던 것이다. 하지만 놈도 기어이 떨어져 나갈 수밖에 없는 처지를 깨달았는지, 아니면 강력한 천적을 만났다 생각했는지 줄행랑을 치며 먹물을 내뿜었다.

그는 산호 가지에 휘감긴 머리칼과 옷깃을 풀며 언뜻 시계를 보았다. 41분! 또다시 2분이 흘렀다. 시간! 시간은 금이 아니라 생명이다. 그 자신의 생명이다. 깊이에 비례해 그가 견딜 수 있는 시간은 최장 30분. 한데 41분이다. 자그마치 11분이나 초과되었다. 그 결과가 어떻게 나타날 것인지는 계산이 안 된다. 다만 어질어질 어지러울 뿐이다. 뭐가 뭔지 헷갈린다. 이제 여인의 시체를 움켜잡은 채 떠오르는 일만이 남아 있는데 어떻게 해야 할지 헷갈린다.

그래도 그에게는 그동안 축적된 습관적 본능이 있었다. 입수했던 자리로 가기에는 이미 늦은 시각이었지만 조금이라도 가까이 가기 위해 나침반의 회전 숫자판 베즐을 285도(입수 시점 105에 180을 더한 숫자, 만약 입수 시점이 180 이상이었다면 그 숫자에 180을 빼야 원래 입수 자리로 갈 수 있음)의 반대 지점에 놓고 기억표시라인에 바늘이 오도록 한 후 그쪽 방향으로 돌아섰다. 공기탱크의 잔량을 체크할 겨를은 없었다. 부력조절기의 공기주입 버튼을 눌러 양성부력을 얻은 다음 왼손으로는 인플레이터를 잡고 오른손으로는 여인의 목덜미 셔츠를 움켜잡은 채 힘주어 킥을 했다. 여인은 한순간 거부하는 듯하다가 옷깃이 살짝 찢겨지며 이끌려 나왔다.

그는 바늘이 가리키는 기억표시 라인 방향으로 가위 차기를 하며 서서히 떠오르기 시작했다. 수직 상승이 아니라서 더욱 더 느린 상승이었다. 1분에 9미터가 아닌 4~5미터도 안 될 성싶었다. 잠수 한계 시간을 훨씬 넘긴 상태이기에 보다 더 천천히, 아주 천천히 상승해야 하는 것은 당연지사이고 감압 또한 제대로 해야 한다는 것만큼은 까무룩 까무룩 혼미해져 가는 가운데에서도 점점 또렷해 왔다. 그는 10미터를 상승한 후 중성부력을 유지하며 1차 감압에 들어갔다. 온 몸이 스멀스멀 간지러웠다. 새삼스레 기침이 나올 것 같고, 목 안에서 그르렁거리는 소리도 나올 것도 같다. 발도 저린 듯하다. 공기 색전증이 오는 것인가?

그토록 헤아릴 수 없이 바다 속을 제집 안방 드나들듯 했음에도 이런 증상을 겪기는 처음이다. 하긴 수심 30미터 안팎 되는 깊은 바다 속에서 이토록 오랫동안 잠수해 본 적 또한 없었다.

3분쯤 지났을까, 5분쯤 지났을까. 이제 시계를 볼 여유도 없다. 여인의 목덜미 셔츠를 틀어쥔 오른 손에 보다 큰 힘이 가해질 따름이다.

인플레이터를 잡았던 손으로 다시 공기주입 버튼을 눌러 부력조절기를 부풀렸다. 그만큼 몸이 더 가벼워지고 있었고 또 떠오르기 시작했다. 이제 입수 지점 같은 것은 안중에도 없다. 오로지 빨리 나가 여인을, 아니 '회장님'에게 딸의 주검을 넘겨주고 아내의 생명인 돈을 받아내면 그만이다. 5%, 아니 10%의 생명.

10여 미터를 더 올라갔을까 싶었을 때 그는 또 본능적으로 다시 감압에 들어갔다. 한데, 한데 이게 어인 일인가. 문어가 따라올라 온 것도 아니고 낙지가 함께 붙어온 것도 아닌데 먹빛, 아니 검붉은 수중 연기(?)가 그의 목 언저리를 휘감고 조여 온다. 숨쉬기조차 힘들다. 다리가 뻐근해 오는 듯싶더니 발목, 무릎, 아니 온갖 마디마디마다 바늘로 찌르듯 쑤시는 것 같기도 하다가 스멀스멀 간지러워지는 것 같으면서 없어지는 것 같기도 했다. 마비라도 오는 것일까.

그는 가까스로 수중 연기에서 헤쳐 나왔다. 하지만 녀석은 끈질기게 다시 휘감아 온다. 이놈이 대체 뭔 놈이란 말인가. 녀석의 근원을 따라가 본다. 방금 전까지 문어가 붙어 있던 여인의 한쪽 눈과 양 코에서 비롯되고 있었다. 잠긴 수도꼭지가 풀리기라도 한 듯 새어나오고 있는 주검의 빛깔이었다. 수압의 차이로 인한 현상이었다. 따라서 그의 혈액 속 모든 것들도 똑같은 현상을 꿈꿀 것이다. 산소도 질소도 그만큼 부피가 크게 부풀어올랐을 것이다. 아무래도 뭔가 잘못 될 것 같은 예감이 들었지만 예감은 예감일 뿐이다. 이 예감으로 감압을 보다 철저히 한다면 예감은 단순한 예감을 벗어나 좋은 징조의 밑거름이 될 것이다. 따라서 이 예감은 불길한 현실을 빨리 탈피하고 싶은 본능을 압도한다. 기본 탐색 메뉴얼을 벗어난 만큼 감압 메뉴얼 또한 강화시키는 계기가 된 것이다. 가슴이 답답하고 기침이 나올 것 같은 것도, 온갖 마디마다 따끔거리는 것 같은 것도, 스멀스멀한 간지러움도 여유가 되어 온몸으로 퍼진다. 아내의 수술 성공 확률이 5%, 10%가 아니라 95%, 100%가 될 것이라는 확신이 된다. 감압의 성공은 곧 수술의 성공인 것이다. 죽은 사람의 시체가 죽어가는 사람을 살려내는 사례가 되는 것이다. 이것은 또한 그가 한갓 잠수병으로 죽을 수 없는 이유이기도 한 것이다.

그는 굳이 시계를 보지 않기로 한다. 온몸이 시간의 흐름을 체크해 줄 것이다. 느낌대로 따르자. 몇 분이 더 흘렀을까. 드디어 감압의 시간이 흐르고 있었음이 전해진다. 여기 저기 따끔거리는 것 같던 것이, 스멀거리는 간지러움 같던 것이 서서히 사라지고 있음을 온몸이 느끼기 시작하고 있었던 것이다. 숨쉬기도 한결 부드러워지고 있었다. 감압이 성공했음을 깨닫는 순간이었다. 이쯤 되면 고압 산소 감압치료기에 들어가지 않아도 될 성싶었다. 그는 그제야 부력조절기의 공기 주입 버튼을 천천히 눌렀다. 동시에 그의 몸이 양성부력을 얻기 시작한다. 아득히 가라앉는 물낯 아래의 그늘을 침대 삼아 여인의 시체를 움켜쥔 그가 물낯 위로 두둥실 떠오른다. 파란 하늘에 떠돌던 조각구름 사이로 태양이 눈부시다.

정상이 보이는 방

정상이 보이는 방

저녁나절의 햇빛이 푸른 숲으로 내려앉는다. 대도시의 그것과는 달리 산뜻함과 싱그러움이 넘친다. 비 온 후의 맑은 하늘 탓만은 아니다. 사방이 높은 정상과 깊은 계곡, 그리고 우거진 나무들로 뒤덮이지 않았더라면 이런 맛깔스런 기분을 느낄 수는 없었을 것이다.

숲 전체가 온통 자기네 것인 양 쓰르라미들이 시끄럽게 운다. 이쪽에서 합창하면 저 쪽에서 화답한다. 풀숲 여기저기서 쓰르륵 쓰르륵, 여치들도 운다. 송장메뚜기도 질세라 이리 뛰고 저리 뛰고 길길이 뛰다가 한 놈이 방향을 잘못 잡았는지 창문을 넘어 방바닥으로 추락한다. 이곳은 아니다 싶었는지 곧바로 튀어 오르듯 난다. 그러나 하필, 엉거주춤 펼치고 있는 내 손바닥 안에 삭정이 부스러기인 양 툭, 착륙한다. 나는 순간 꿈을 꾼다. 손을 확 감아쥐어 송장메뚜기를 잡아채는 꿈이다. 손안의 송장메뚜기는 꺼끌꺼끌한 뒷다리에 힘을 주며 용을 쓴다. 그러나 송장메뚜기는 아무리 용을 쓰더라도 손안에 갇힌 송장메뚜기일 뿐이다.

송장!…… 그러나 송장메뚜기는 송장이 아니다. 오히려 내가 송장이다. 송장 아닌 송장. 숨 쉬는 송장! 손바닥 안에 들어온 송장메뚜기 하나 움켜잡지 못하고 한낱 꿈만 꾸는 송장! 송장메뚜기가 비상 착륙하는 것을 눈으로만 보았을 뿐이지 실제 손바닥은 송장메뚜기를 느끼지 못하고 있다. 송장메뚜기는 잠시 방향키를 조정한 뒤 튼튼한 뒷다리의 힘을 바탕으로 재도약해 들어왔던 창문으로 가볍게 날아간다. 나는 송장메뚜기가 날아간 창문을 망연히 바라본다. 푸른 하늘에 흰 구름이 드문드문 한가롭게 떠 있다. 여전히 우뚝 솟아 있는 산봉우리도 언제나 거기 그 자리에 버티고 앉아 있다.

나비 한 마리가 창가를 선회한다. 함께 바위를 오르다 혼자만 나비가 된 선영이다. 나비 선영! 선영의 자태는 방금 날아왔던 송장메뚜기와 시끄러운 매미와는 너무나 대조적이다. 억세지도 않고 소리도 없다. 하지만 아름다운 천사의 날개가 있고 사랑스러움이 있다. 후, 하고 입을 모아 바람을 내면 단박에 날려 갈 만큼 가녀리지만 선영에겐 미래가 있다. 꿈이 있다. 언제고 마음만 먹으면 바위를 타고 산을 넘어 가고 싶은 곳으로 팔랑팔랑 갈 수 있는 꿈, 나에게는 더 이상 존재하지 않는 그런 꿈, 꿈이 있는 것이다.

선영이가 창문틀에 앉는다. 날개를 접었다 폈다 하면서 방 안을 기웃거린다.

잘 있었어?

선영이 천천히 양 날개를 접었다 폈다 접는다.

응, 그래!

그때 초록색 사마귀 한 마리가 날아와 역시 창문틀에 앉는다. 창문 너머 둔덕 풀밭에서 한 걸음에 건너뛴 모양이다. 몸체가 작은 걸로 보아 수놈이다.

놀란 선영이 팔랑 날아올라 온 방안을 휘돌다 밖으로 날아간다.

벌써 가게?

내일 또 올께.

나는 내일 또 오리라는 것을 믿어 의심치 않는다. 늘 그래왔으니까.

선영이 가파른 산을 오르고 있다. 선영은 사금파리처럼 하얀빛을 낸다. 은빛이다. 아니 맑은 수정 빛이다.

팔랑~ 팔랑~ 팔랑~ 팔랑~ 팔랑~ 팔랑…….

회색빛 이마를 가진 암벽을 타고 있다. 나와 선영에게 사연 깊은 암벽이다. 무척 힘들어 보인다. 이제 그만 포기할 때도 되었는데 무슨 연유로 날마다 산을 오르고 암벽을 타는 것일까. 하긴 나도 그랬다. 뚜렷한 이유를 모른 채 힘들여 산을 오르고 암벽을 탔다. 산이 거기 있고 암벽이 거기 그렇게 늘 버티고 있어서였을까?

한 아름의 구름이 다가와 팔랑거리는 작은 날개를 감싼다. 그리고는 산봉우리를 휘돌아 꿈인 듯 사라진다. 나의 작은 영혼, 팔랑거리던 선영도 보이지 않는다. 구름과 함께 산 너머 쪽빛 하늘, 꿈속으로 사라진 것이다. 조금 섭섭할 뿐 슬프지는 않다. 저 봉우리를 하루에도 수십 번씩 오르기 위해 산 뿌리를 밟고 출발하지만 항상 여기에 내가 있듯이 선영이도 변함없이 창가로 날아올 테니까. 아니 나만이 갖고 있는 하늘로 날아올 것이다.

두 평 남짓한 나만의 하늘, 그리고 사방. 정상이 보이는 방. 방금 휘돌고 나간 선영이 잠자던 친구들을 깨워 놓은 것일까. 벽지 속의 무수한 나비들이 발레를 하고 있다. 선영을 목메어 부르던 어느 날, 어머니에 의해 들어와 살게 된 나비들이다.

팔팔랑팔랑팔랑팔랑팔랑팔랑팔랑팔랑팔랑팔랑팔랑팔랑팔랑팔랑팔랑팔랑팔랑팔랑……

나비야, 너희들은 참 친구도 많구나! 내게는 있던 친구도 사라지는데…….

방안 가득 나르는 나비들이 부러워 내가 말을 건넨다.

어머! 무슨 말을 그렇게 하니! 우리들은 친구가 아니란 말이니?

나비들이 일제히 한 목소리를 낸다.

미안해. 난 너희들을 반가운 손님으로만 생각했거든. 앞으로 친구하자.

응, 그래. 우린 손님보다 친구가 좋아.

그래. 신나게 놀자. 꿍따리 샤바라 닭다리 잡고 삐약삐약…….

나는 고래고래 소리 지른다. 히히거리다가 꺽꺽 느껴 울기도 하고, 언제 울었느냐는 듯 금세 하하하 박장대소도 한다. 덩달아 나비들은 팔랑팔랑 군무를 춘다. 나비들의 무수한 부채질에도 불구하고 내 상상의 이마에서는 땀이 난다.

오빠, 아무래도 정신과 진료를 받아봐야 하는 거 아녜요?

은행원으로 근무하는 여동생 주희가 휴일이라고 집에 왔다. 친구들과 어울려 산에도 가고 영화도 보고 호프집에도 들러 시시깔깔 직장 내에서 생긴 스트레스도 풀어야 할 시간에 한 번도 그러지 못하는 주희가 안타깝다. 그러나 나는 모른 척해 왔다. 간호를 위해 직장까지 그만두겠다는 주희의 마음을 모르지 않기 때문이다. 나는 그때 " 네가 직장을 그만두는 날 혀를 깨물고 죽겠다. "라는 가당찮은 협박으로 주희의 눈물을 울궈 낸 바 있다. 절반의 목숨이 남아 있는 게 더없이 비참해지는 순간이었던 것이다.

쉬. 니 오빠 들을라.

들음 어때요! 저러고 있는 모습이 딱해서 그러는데.

애, 제발 좀 조용조용 해라.

어머니의 목소리가 숨죽어 있다. 나는 말하고 싶다. 어머니, 놔두세요. 주희 말이 맞아요. 저는 제 정신이 아닙니다. 정신과 진료가 아니라 아예 정신병동에 감금돼야 할 놈입니다. 아니 감금할 필요도 없겠군요. 난동을 피우거나 창문으로 뛰어내릴 리도 없고 잽싸게 도망갈 정도로 다리 멀쩡한 놈도 아니니까요. 딱 한 가지 제게 있어 누구의 도움도 받지 않고 스스로 할 수 있는 게 있다면 혀를 깨무는 것 정도일까요? 그러나 걱정 마세요. 저는 혀를 깨물지 않을 겁니다. 혀를 깨무는 것은 한 번의 소동으로 족합니다. 저 산봉우리가 저 장소에 그대로 있고, 저를 찾아오는 선영이 저 산을 넘고 또다시 저를 찾는 한 저는 언제나 저 산봉우리를 바라보고 있을 테니까요.

하지만 혀가 굳어져 마음속의 말이 소리의 무늬를 타지 못한다. 나비들과의 말은 참 잘도 나왔는데 어머니에게 말을 하려고 하니 입 안에서 뱅글뱅글 돌 뿐 소릿결을 만들지 못한 것이다.

알았어요. 그렇지만 엄마도 너무 쉬쉬하고 그러지는 말아요. 엄마가 뭐 오빠한테 죄 지었나요? 마냥 쉬쉬해야 할 정도로 말예요. 그러니까 현실을 인정하자구요. 받아들이자구요. 차마 눈뜨고 볼 수는 없지만, 어떡

해요. 최선을 다했잖아요, 가족으로서……. 마음 아프지만 인정할 건 인정해야 장기전에서 견딜 수 있을 거니까요. 그리고 다른 어느 누구보다도 오빠가 먼저 자각해야 하구요. 그러기 위해서 정신과 진료가 필수적으로 선행돼야 하지 않느냐 이거예요.

주희야. 말 함부로 하지 마라! 오빤 미치지 않았어.

누가 미쳤다고 그랬어요? 다만 정신과 진료를 받고 정신적 안정을 찾을 수 있는 치료를 받자는 거지요.

니 오빤 충격이 너무 큰 나머지 잠시 멍해져 있을 뿐이야. 아마 에미래도 그랬을 게야…….

어머니의 목소리에는 힘이 없다. 지칠 만도 하다. 벌써 얼마 동안인가. 나는 정확하게 알지 못한다. 아니 알려고도 하지 않는다. 알아서 뭘 하겠는가.

엄마, 제 얘긴 오빠가 정신적인 안정을 찾게 되면 현실을 현실적으로 깨달을 수 있을 테고 그러면…….

나도 안다. 하지만 오빠에게 억지로 강요할 수는 없잖니. 그래서는 또 될 일도 아니고……. 심적 부담만 될 뿐일 게다. 아니 어쩌면 차라리 오빠한테는 미쳐버리는 게 날지도 모르겠다. 문 닫아라!

저렇게 오락가락하는 오빠도 오빠지만 엄마가 안쓰러워서 그래요.

현관문 닫히는 소리가 들린다. 거실을 가로지르는 발자국 소리.

엄마, 이제 방충망 닫아야 하잖아요?

그래. 날벌레만큼 성가신 것도 없더라.

방충망 닫히는 소리. 한낮 미물이 성가신 마당에 꼼짝달싹 못하는 애물단지는 또 얼마나 성가실까.

어머니가 내 방문을 바람같이 스쳐 지나간다. 손에 작은 바구니가 들려 있다. 저녁 반찬용으로 풋고추라도 따온 모양이다.

오빠 방도 닫아라. 모로 뉘고.

주희가 들어온다. 뽀얀 얼굴이 일순 일그러진다. 그래, 주희 네가 솔직하다. 신세대답다.

방충망 닫기 전에 주희가 내 침대 가까이 다가온다.

오빠, 무슨 생각해?

…….

아직도 나비 꿈꿔?

…….

나는 대답하지 않는다. 주희가 미워서가 아니라 말이라는 게 귀찮을 뿐이고, 이런 상황에서 무슨 말이 필요할 것인가. 주희는 대답이 없자 구태여 더 말을 걸지 않는다. 자기 할 일을 계속한다. 내 오른쪽 다리를 들어올려 왼쪽 다리와 엇 걸치고 오른쪽 팔도 잡아당겨 왼쪽 팔에 포갠다. 몇 시간 동안 침대 시트에 짓눌려 있던 등짝이 시원한 것 같기도 하고 그렇지 않은 것 같기도 하다. 아니 실은 전혀 감각이 없다. 주희의 코 주변이 심하게 구겨지는 것으로 보아 역겨움이 코를 못살게 하는 모양이다. 주희야, 미안하다.

주희는 방충망을 닫는다. 벌써 풀벌레 몇 마리가 방 안으로 날아 들어와 조용하게 잠자는 나비의 날개에 붙어 있다. 그새 해가 많이 기울었나 보다.

주희가 밖으로 나간다.

주희야.

돌발적으로 주희를 부른다.

어머! 오빠!

내 부름을 전혀 예상하지 못한 듯 주희가 놀라워한다. 주희가 다시 침대 가까이 다가온다.

주희야, 오빠 참 밉지? 거리에서 씨월대는 미친놈보다도.

오빠!

그래, 아마 그럴 거야. 거리의 미친놈이야 보게 된 그 순간만 지나면 그만이지만 이 오빤 그렇지도 않고. 맞아. 어쩌면 네 말대로 오빠도 미쳐 있는지 몰라. 아니 미치지 않고는 눈뜨고 있는 하루를 어떻게 견뎌낼 수 있었겠니. 말하자면 하루하루를 견뎌낸다는 것 자체가 미친 짓이란 얘기지.

엄마랑 한 얘기 다 들었구나! 오빠, 미안해. 하지만 오빠가 미쳤다고 생각한 적은 한 번도 없어.

주희가 진심으로 사과한다. 그 표시로 내 왼손 위에 포개져 있던 오른손을 꼭 잡는 것 같다. 그렇지만 역시 감각이 없다. 꼭 잡는 것 같다는 것도 주희의 얼굴 표정으로 유추할 뿐이다. 눈자위가 붉게 충혈 되고 뽀얗던 얼굴도 발그레해져 있다.

짜식, 누가 너보고 틀렸다고 그랬니? 지레 겁을 먹게. 그래 가지고야 어디 시집인들 가겠어? 그리고 미안하다는 말은 내가 할 소리지 네가 할 소리가 아니야. 그러니 함부로 그런 말하지 마.

숨을 쉬고 있으니 살아 있는 걸까. 말을 하고 있으니 숨을 쉬고 있는 걸까. 꼴에 오빠라고 충고 아닌 충고를 하고 억지를 피움으로써 이 집안에서의 유일한 남자임을 내세우고 있는 것인가. 또 그리하면 잃어버린 감각을 되찾을 수 있기라도 한 것인가. 그러나 나는 마음속의 고개를 주억거린다. 방금 낸 소리의 파문은 내가 낸 게 아니라고. 나 아닌 누군가가 내 안에 들어와 나의 입술을 움직이게 했을 뿐이라고.

그래, 오빠. 바로 그거야. 나는 시집을 가야 하는 동생이고 오빠는 그런 동생의 둘도 없는 오빠야. 비록 오빠는 불의의 사고로 이렇게 되었지만 오빠는 그래도 행복한 사람이라고 나는 생각해. 산에 미친 사람은 산에서 죽어야 영광이란 말이 있잖아. 그렇다고 오빠가 이렇게 된 게 좋아서 이러는 건 결코 아니야. 내 얘기는 어쩜 오빠 인생에 있어 필연적인 것일지도 모른다는 거야. 아니면 오빠가 어리석었거나. 자일도 없이 바위를 탄다는 게 말이나 돼? 그것도 남자끼리도 아닌 언니와 함께. 그리고 추락하는 언니를 무슨 재주로 잡을 수 있다고 뛰어내려 뛰어내리길! 오빠가 뭐 스턴트맨이라도 돼? 하지만 나는 이해할 수 있어. 오빠는 그만큼 언니를 사랑했다는 얘기니까. 함께 죽지 못한 게 한이겠지. 그러니까 이제 현실을 인정해 봐. 오빠가 자꾸 헛소리를 하거나 현실을 증오하고 있다 해서 더 나아지지 않아. 죽은 언니가 살아오는 것도 아니고…….

주희가 잠시 말을 중단하고 깊은 호흡을 했다. 그러나 나는 주희의 그 깊은 호흡 속에 숨겨진 말의 요지를 듣지 않아도 알 수 있다. 마비된 감각이 되살아나는 것도 아니지 않느냐, 얘기다.

주희가 말을 계속했다.

오빠가 현실을 인정하지 않는다면 아마 오히려 그나마 온전한 마음마저 피폐해지고 말 거야. 이런 오빠를 두고는 마음놓고 돌아가지도 못할 엄마가 불쌍하고. 온갖 방법을 동원해 보고 심지어 부처님을 믿는 엄마가 굿이라도 하겠다고 하시는 걸 보면 참으로 엄마의 그 일편단심 희망이 애처로워. 아버지가 돌아가셨을 때도 저런 모습은 아니었을 거야. 비록 슬픔이야 끔찍했겠지만 어린 오빠와 내 장래가 걱정되어서라도. 하지만 지금의 기분은 어떠실까?

나는 말을 잃은 사람처럼 멀뚱멀뚱 주희의 입술만 바라본다. 내가 무슨 할 말이 있다고 대꾸를 하겠는가.

숨도 제대로 못 쉬셔. 이젠 지긋지긋해서라도 악다구니를 퍼부으실 때도 되었는데 눈치만 살피고. 오빠의 절망이 크면 클수록 엄마의 가슴은 깊게 패이겠지. 오빠! 무리한 바램인지는 모르겠지만, 절반의 폐허만 보지 말고 나머지 절반을 봐. 산을 좋아하던 여유로운 마음, 그 맑은 정신, 그 해맑음으로 시라도 써 봐. 예전에 시를 쓴다고 제법 폼깨나 잡았잖아. 시인된다고.

아, 그래. 시를 쓰는 게 있었지. 하지만 잊은 지 오래다. 과거일 뿐이다. 벌써 몇 년인가. 설령 사색의 스크린에 시상이 떠오른들 무엇하랴! 글로 옮겨 적을 수도 없는 것을. 또 억지춘향으로 어떻게 시 모양을 갖추어 놓은들 무엇 하나. 손이 되어 주나, 발이 되어 주나, 몸뚱이가 되어주나.

꿈이 현실일 수는 없지만 현실을 꿈으로 승화시킬 수는 있잖아?

그러나 이 말을 새기는데는 약간의 시간을 필요로 했다. 화장실의 변기 물 내림 소리에 주희의 말 일부분이 변기 속으로 빨려 들어갔기 때문이었다.

무슨 얘기를 그렇게 오래 하나?

어머니의 끼어들기로 인해 주희의 주저리한 말도 끝이 났던 것이다.

저녁 식사는 어머니 대신 주희가 수고했는데 야무진 주희의 심술(?)로 절반쯤에서 끝이 났다. 저녁나절에 따 가지고 들어온 풋고추 때문이었다. 어찌나 맵던지…….

사위가 온통 괴괴하다. 어둠의 안개가 묵직하게 숲 속으로 내려앉는다. 회색빛 바위도 시커먼 형체로 남아 몇 개의 별로 눈뜬 밤하늘을 떠 괴고 있다. 이명처럼 울어대던 참매미들도 이슬로 목을 축이는가 잠잠하다.

갑작스레 찾아온 어둠과 적막이 끔찍하다. 침대 주변에 그림자처럼 서성이던 어머니도 지금은 없다. 주희도 마찬가지다. 저녁 식사가 끝나고 설거지도 거의 끝나갈 무렵, 산 아래 외딴 집에 비둘기 소리로 찾아온 전화벨이 어머니를 불러간 것이다.

상득이냐?……뭐라고? 아버지가 어떻게 됐다고?……응, 그래 알았다. 마침 주희도 집에 와 있고 하니 곧 가마.

어머니의 얼굴은 허둥대는 표정이 뚜렷하다.

외삼촌이 쓰러지셨다는구나!

어머니의 오라버니, 그러니까 나의 외삼촌은 아버지가 불의의 교통사고를 당하고 나서부터 우리 세 식구를 실질적으로 책임지고 있던 사람이다. 나까지 합해서 4대가 독자로 내려온 탓에 내게는 친척다운 친척이 없고 외가 쪽 식구들뿐이다. 그 외삼촌은 아들만 넷이나 있다. 어머니가 늘 부러워하는 것도 든든한 아들 4형제였다. 실제로 내가 사고를 당하기 전 산에 가기 위해 배낭을 둘러멜 때면 언제나 어머니는 이런 말을 하곤 했다.

조심해라. 넌 이 집안의 하나밖에 없는 장손이다. 장손은 조상을 모시고 대를 이어가야 할 막중한 임무가 있어!

그런데 그 장손이 절반의 죽음 앞에 직면하게 되자 어머니는 장손이라는 소리를 딱 한 번 공허하게 쓰고는 실수로라도 입에 올리는 법이 없었다.

장손은 대를 이어놓지 못하면 죽을 권리도 없느니라.

언뜻 이해가 가지 않을 법한 말이지만 가만히 생각해 보면 의미심장한 말이었다. 내가 품고 있던 마음을 간파한 어머니가 박는 쐐기였던 것이다. 왜냐하면 나는 절반만 살아 있는 남은 삶을 마감하고 싶은 유혹으로 순간순간 진저리를 쳤고, 기어코 혀를 깨무는 소동을 일으키고 말았던 것이다. 하지만 어머니의 그 쐐기와는 무관하게 우리 가문의 혈통은 이제 끝이었다. 그것은 내가 살고 죽는 것에는 상관없이 내려진 아주 객관적 현실이었다.

주희야, 피곤하겠지만 네 차를 써야겠다.

오빠는 어떻게 하느냐는 주희의 걱정에 금방 오게 될 것이라고 힘주어 말한 어머니는, 갑작스런 불행에 관한 한 이력이 날대로 났으련만 불을 켜주는 것도 잊은 채 주희를 앞세웠던 것이다.

차가운 달빛이 없었더라면 어땠을까? 생각하기도 싫다.

달빛은 여름을 켜는 귀뚜라미들의 합창을 지휘하고 있다.

뚜르르, 뚜르르, 띠르르, 띠르르…….

멀리서 개 짖는 소리가 들리고 밤 비둘기가 꾸르륵 꾹꾹, 꾸르륵 꾹꾹 잠꼬대하듯 간헐적으로 울고 있지만 귓전에서 들리는 청아한 귀뚜라미 소리에 비하면 아무 것도 아니다.

방충망에 부나비가 날아와 붙는다. 인간에 의해 게으름뱅이로 낙인찍힌 베짱이도 한 몫 낀다. 목이 말라 이슬로 목을 축이던 매미도 바보스럽게 덤벼든다. 매미는, 자연스레 매미를 잡던 때를 회상시킨다. 매미 중에서도 가장 덩치가 큰 말매미를 잡는 게 가장 스릴이 있었다. 녀석은 주로 밭둑이나 논둑에 드문드문 키껑다리로 서 있는 참죽나무나 미루나무에 붙어서 귀청이 찢어져라 울기를 좋아했다. 하지만 높은 데서 울면 울수록 잡는 사람의 스릴은 더욱 배가되었다. 방아거리를 싣기 위해 들어온 말 마차에서 주인 몰래 뽑아 만든 말총 올가미로 잡았다. 아무리 큰 나무에 높이 붙어 있어도 내게 발견만 되면 영락없이 잡혔다. 큰기침까지 쿵쿵 해대면서 매미는 귀머거리라 제아무리 큰소리를 쳐도 듣지 못한다 나무에 기어올라서는 허리끈에 꽂아 두었던 가느다란 대나무를 빼어 놈의 코앞에 말총 올가미를 살그머니 갖다대면 놈은 바보스럽게도 앞발로 살금살금 말총 올가미를 가슴 쪽으로 끌어갔고 그때를 기다려 대나무를 톡 잡아채기만 하면 만사 끝, 끼 하며 이슬 똥을 한번 싸보지만 그 반항의 효과는 단언하건대 한 번도 없었다.

어린 시절을 회상하며 내심 회심의 미소를 짓는데 느닷없이 땅강아지 한 마리가 방충망에 부딪쳤다가 떨어져 나간다. 덩치에 비해 날개가 있는 둥 마는 둥 하는 녀석이 땅이나 뒤지고 다닐 일이지 주제넘게 날아와 헤딩을 한 것이다.

또 한 목숨이 절반은 죽는구나!

무심코 중얼거린다. 떨어져 박살이 났거나 모가지가 부러져 전신 마비가 되었을 것이라 생각을 한 것이다. 만일 그렇게 되지 않았다면 그것은 굉장한 자연의 불평등일 것이기 때문이다. 선영이가 그리 되고 내가 이리 되었으니 말이다.

선영아…….

마음 깊은 곳에서 선영을 부른다. 그러나 선영은 지금 내 앞에 없다. 거

미처럼 바위에 붙어 오르다 추락한 이후 선영은 밤마다 내 안에서 소쩍새 울음으로 산다. 낮에는 팔랑팔랑 한 마리의 나비가 되어 나에게 들렀다가 저 산 바위를 휘돌아 정상을 오르기도 하면서.

선영과 나는 회백색 암벽 밑에 다다른다. 마치 동화 속의 조그만 개미 두 마리가 서 있는 것 같다. 우회해서 오르는 길은 보이지 않는다.

영민 씨, 우리도 올라가자.

꼭대기에서 서성대는 3명의 사람들에게 지고 싶지 않은 모양이다.

암벽은 인간을 거부하지 않을 것 같은 표정을 지니고 있다. 맨손으로라도 포용해 줄 것 같은 표정이다. 아슬아슬하나마 손잡이도 있고 그것은 또 발판 구실도 해 주고 있다. 그야말로 자연산 클라이밍이다.

글쎄……!

어머! 글쎄가 뭐야, 남자가. 여기까지 와서 그냥 가?

선영은 바위 밑으로 바싹 다가가 금방이라도 기어오를 태세다. 올라가고 싶은 것으로 친다면야 선영보다 내가 더하면 더했지 못하지 않을 것이다. 다만 올라 갈 때보다 내려올 때가 더욱 위험스러울 것 같아서 망설이고 있을 뿐이다.

저기 여자도 올라갔잖아! 그리고 봐, 여기. 한두 사람이 올라 간 게 아니야.

바위는 무수한 사람이 올라갔던 흔적을 내보이고 있다. 제주도 돌하루방의 콧망울마냥 반들반들 광택이 난다. 또 바싹 다가가서 보니 좀 떨어져서 바라보았을 때보다 덜 위험스러울 것 같기도 하다. 선영 앞에서 약한 모습을 보이고 싶은 생각은 조금도 없지만 그래도 선뜻 나서지 않은 이유를 댄다.

니가 걱정 돼서 그래.

빈 말이 아니라 사실이다. 아무리 산을 자주 올랐다 해도 맨손으로 바위를 올랐던 것이 아니다. 지구력과 욕망만 있으면 누구나 가능한 그런 산을 올랐을 뿐이다.

호호, 영민 씬 참 걱정도 팔자야!

바위 앞에서는 바위를 닮아가야 할 듯싶은데 선영은 평소의 선영답지 않다. 마치 다른 사람 같다.

선영은 벌써 바위를 기어오르기 시작한다. 그동안 안정되게 등에 메어져 있던 빨간색 배낭이 매우 거추장스러워 보인다. 물론 내가 메고 있는 배낭은 그 크기만큼 더욱 거추장스러울 것이다.

결국 선영과 나는 배낭을 벗어놓고 바위를 오르기로 작정한다. 자연적으로 이루어진 손잡이와 누군가에 의해 남겨진 흔적은 묘하게도 지그재그로 배열되어 있었고 바위 표면이 우툴두툴한 데다 수직이 아닌 약간의 경사면이어서 무게 중심도 잡을 만했다. 정상까지 오르는데 쉽지 않겠지만 그렇다고 어려울 것 같지만은 않다. 그러나 문제는 절반 남짓 올랐을 즈음해서 발생했다. 손잡이와 발판이 갑자기 곧게 펴지는가 싶더니 바위가 매끄러워지면서 흔적이 묘연해진 것이다. 맨손으로 정상까지 오르기에는 불가능 그 자체로 다가온다. 아래를 내려다보면 말 그대로 수직이다. 오를 때의 경사는 어디로 사라진 것일까. 잡고 밟고 올라온 돌출 부분이나 파인 곳이 어디로 사라졌는지 언뜻 보이지 않는다. 내가 여기까지 올라온 것이 신기할 따름이다. 놀라움이다. 하지만 그 놀라움은 단숨에 끼쳐드는 공포로 말미암아 빛을 잃는다. 어떻게 해야 하나. 더 이상 올라

가지 못한다면 내려가기라도 해야 할 텐데……. 내려놓았던 선영의 배낭이 붉은 신호등마냥 빨갛다.

영민 씨, 안 올라오고 뭐해?

한 발 앞서 바위에 붙어 있던 선영이 영민을 재촉한다.

아무래도 안 되겠다. 그냥 내려가자.

뭐라고?

더 이상은 무리야! 맨 손으로는 안 돼.

어머, 영민 씨. 이제 보니 아주 겁쟁이네.

겁쟁이?

그래 겁쟁이. 그래 가지고야 어디 날 책임질 수 있겠어?

뜻밖의 말이라 내게는 새김질이 필요했다. 그러나 선영은 순간적인 짬도 주지 않았다. 도대체 어떻게 해서 그리 되었는지 어맛! 소리와 함께 선영이 한 마리의 나비가 되고 만 것이다. 비상하는 나비가 아니라 추락하는 나비로 말이다.

선영아!

내 온갖 근육이 경련을 일으켰고, 강한 전류에 튕겨 나가듯 내 몸이 바위로부터 떨어져 나갔다. 그러나 내게는 허공에 거미줄을 치는 왕거미처럼 꽁무니에 생명줄 같은 거미줄이 있겠거니 했다. 강남을 갔다 오는 제비처럼 튼튼한 날개가 있겠거니 했다. 때문에 나는 당연히 날 수 있을 줄 알았다. 그리하여 추락하는 나비를 비상시켜 줄 수 있으리라 믿었다. 그런데 그게 아니었다. 현실은 지극히 현실적인 것만 요구했다. 오직 추락만이 현실일 뿐이었다.

병원에서의 재활이 불가능해지자 어머니는 옛날 침으로 용하다는 할아버지를 수소문해 오기도 했다. 그러나 이불바늘보다도 더 큰 침을 몸뚱이 이곳저곳에 꾹꾹 찔러댔어도 소용없기는 마찬가지였다. 사라진 감각은 꿈에서조차 느낄 수 없었다.

나는 갑자기 귀뚜라미 소리조차 멎은 듯한 정적을 감지한다.

훗쩍(미안해), 호훗쩍(내가 잘못했어), 훗훗쩌어억(안전장구도 차지 않고)…….

정적 속을 헤매는 간헐적이고도 규칙적인 소리가 내 심정을 뒤숭숭하게 만든다. 낮에 팔랑팔랑 나비로 다가오던 선영이 밤이 되니 제 모습은 보여주지 않고 미안하고 잘못했다면서 자꾸 운다. 훗쩍(미안해), 호훗쩍(내가 잘못했어), 훗훗쩌어억(안전장구도 차지 않고)……. 선영아, 진정해! 그날 일은 결코 네 잘못이 아니야! 이젠 그런 소리 그만 하란 말이야……! 소리쳐도 소용없다. 소설책에서나 나오고 흘러간 유행가 가사 속에서나 나오던 소리로 운다. 훗쩍(미안해), 호훗쩍(내가 잘못했어), 훗훗쩌어억(안전장구도 차지 않고)……. 선영인 소쩍새 이름으로 울고 두견새, 불여귀의 이름으로도 운다. 망제혼, 귀촉도, 자귀……의 이름으로도 운다.

한번 시작된 소리는 밤이 이슥하도록 계속된다. 훗쩍(미안해), 호훗쩍(내가 잘못했어), 훗훗쩌어억(안전장구도 차지 않고)……. 귀뚜라미 역시 뚜르르, 뚜르르, 띠르르, 띠르르……쉬지 않는다. 밤 비둘기도 질세라 꾸르륵, 꾸르륵 간간이 끼어든다. 그러나 나는 점차 무료해지기 시작한다. 문득 병원에 간 어머니가 궁금해진다. 그렇다고 꼭 어머니를 기다리는 것은 아니다.

외삼촌의 결과는 어떻게 나왔을까. 심각한 걸까, 가벼운 것일까. 어머니를 위해서라도 외삼촌은 건재해야 할 텐데……. 아하, 모기란 놈이 전령 삼아 왔는가, 그 넓은 면적을 두고 하필이면 콧잔등에 앉는다. 온 신경이 콧잔등으로 모인다. 콧속이 멍멍해진다. 놈은 내게 헌혈을 요구한다. 나는 고개를 흔든다. 그러나 내 유일한 의사 표시인 이 미약한 도리질로는 놈을 쫓아낼 수 없다. 안면 근육도 몇 번 움찔거려 보지만 마찬가지다. 별 수 없이 기다려야 할 판이다. 빨다 빨다 제풀에 지쳐 검붉은 배를 안고 뒤뚱뒤뚱 날아 갈 때까지 말이다. 아! 한갓 미물인 작은 곤충의 해코지에도 꼼짝할 수 없는 이 수모를 어찌 견뎌야 하나. 더 이상 살아 있을 체면이 내게 남아 있기라도 한 것일까. 참으로 몸서리쳐지는 불완전성이다. 죽고 싶어도 마음대로 죽지도 못하는…….

설핏 잠이 들었는가 싶은데 현관문 열리는 소리가 들린다. 그리고 주희의 목소리와 어머니의 축 늘어진 탁한 음성도 열린 문틈으로 들어온다.

세수만 하고 그냥 갈게요.

왜 잠시 눈 좀 붙였다 가잖고. 아침도 뜨고.

안 돼요. 그럼 늦어요. 더 피곤만 하구요.

그래도 밥은 먹어야…….

걱정 마세요. 한 끼 굶는다고 죽지 않으니까.

욕실 문 열리는 소리가 나고 양치질 소리가 들린다.

주희는 욕실로 가기 위해 열려 있는 내 방 앞을 지나쳤을 것이다. 그리고 내 동정을 살피고 지나쳤을 게 틀림없다. 어머니도 마찬가지일 게 분명하다. 내가 눈을 감고 있지 않았다면 '깨어 있었구나.'라든가, 외삼촌의 상태가 '어떠 어떠하더라.'는 말을 했을 것이다. 내 곁을 떠나 있었던 것에 대한 미안함을 담은 채 말이다. 나는 이 의례적인, 미안해하는 것이 싫다. 내가 눈을 뜨지 않은 것도 실은 그 때문인지 모른다.

내 정신은 그 어느 때보다 더 또렷하다. 방 바깥의 모든 미세한 소리들이 내 청각 세포를 벗어나지 못한다.

주희가 칫솔 물은 입으로 웅얼웅얼 어머니에게 말한다. 정확한 발음은 아니지만 나는 그 뜻을 금방 새겨듣는다. 은행을 그만두겠다는 소리다.

결혼하자는 남자라도 있는 거니?

어머니의 반응은 즉각적이다. 주희는 이미 혼기를 넘기고 있었다.

아뇨.

그럼?

외삼촌도 쓰러지시고…….

나는 말을 중단하는 주희의 표정을 보지 않아도 알 수 있다. 외삼촌이 쓰러진 것은 사실일 테지만 그게 이유가 될 수는 없다. 그렇다면 그 이유란 무엇인가.

그리고?

다 아시잖아요.

굳이 대답해야 할 필요가 있느냐는 듯 웅얼웅얼 뱉고 나서 입안을 헹군다. 우리 집안 식구라면 누구나 알 수 있는 너무나도 뻔한 일이 아니더냐는 식이다. 돈 헤아리기가 너무 지겨워서 직장을 그만 둘 주희가 아닌 다음에야, 결혼을 전제로 한 사직도 아닌 다음에야, 말 그대로 뻔하잖은가. 어머니를 도와 내 손과 발이 되어 주겠다는 것. 내가 그토록 말린 내 뒷수발을 위한 것 말고 또 뭐가 있겠는가. 나는 생각의 머리를 주억거린다. 하지만 주희의 그런 생각을 주제넘은 동정이라고는 생각지 않는다. 갸륵할 뿐이다. 눈물겨울 뿐이다. 주희의 성품으로 보아 가식이 아닌 것을 나는 안다. 하지만 그렇다고 꽃다운 주희의 희생을 받아들일 수는 없는 노릇이다. 결코.

주희는 푸덕푸덕 세수를 끝낸다. 그 다음은 언제나 그랬던 것처럼 가벼운 화장을 할 것이다. 그리고는 또 나서기 전에 내 방을 들여다 볼 것이다.

오빠 아직도 안 깼네!

혼잣말처럼 중얼거리고 혹시 내가 깨어 있는 눈치이면 지루하지 않게 시상이라도 떠올리라고 말할 것이다.

실제 주희는 그 비슷한 말을 하고 집을 나선다. 어머니는 밖에까지 나가 배웅하고 들어온다.

주희 갔다!

빤히 거실을 내다보는 내 시선을 발견한 어머니가 말했다. 마치 어머니는 내가 깨어 있는 것을 진작부터 알고 있었다는 표정이다.

알고 있어요.

나는 어머니의 그 동물적 느낌에 동의한다. 어머니는 나를 옆으로 뉘어 주면서도 주희와 나눈 이야기는 한 마디도 꺼내지 않는다. 외삼촌의 상태에 대해서도 마찬가지다. 평소 같으면 반드시 이야기해 주었을 텐데 오늘은 아무 말이 없다. 분명 쓰러진 것 이상의 무엇인가가 있는 것으로 짐작이 간다. 그러나 나는 자세한 내막을 묻지 않는다. 내 능력 밖의 일들에 대해 요모조모 꼬집어 참견할 생각이 없기 때문이다.

어머니는 아침을 끝내고 나서도 별 말이 없다. 하지만 나는 어머니의 의중을 어느 정도 읽을 수 있다. 밖으로 표출시키지 않으려고 사색의 등

116

지를 안으로 틀면 틀수록 내 육감의 적중률은 높아만 갔던 것이다. 그것은 내가 의식불명 상태에서 깨어나 현실을 인식하고부터 시작된, 어쩌면 고의적으로 키워 온 내 유일한 능력인지 모른다.

어머니는 모종의 결단을 내릴 모양이다. 그게 뭘까. 아무래도 주희가 출근하면서 내뱉고 간 말에 대한 결단일 것 같다. 내가 강력하게 반대해도 소용없을 것이라는 무언의 다짐이기도 하다. 무슨 낯으로 내 주장을 펼 것인가. 이제 나는 어머니의 결단이든 주희의 결단이든 어느 한 가지에 대해서도 가타부타 말하지 않을 것이다. 여력도 없거니와 그것은 다가오는 운명을 거역하는 같잖은 욕심일 뿐이다. 욕심을 내본들 무엇이 어떻게 달라질 것인가. 내 몸뚱이가 또다시 산을 오를 수 있다는 꿈을 가져도 절망할 필요가 없을 것인가. 그러나 나는 언제나 부정만을 긍정적으로 받아들여야 한다. 내가 느낄 수만 있다면 전신의 몸뚱이에 말기의 암 덩어리가 존재하더라도 좋다. 내 열 개의 발가락에 불이 붙어 지글지글 타들어 가더라도 눈을 감고 알아차릴 수만 있다면 성냥불 그어대는 것도 환영하겠다. 그만큼 내 앞에서의 불가능은 너무나 높고도 엄청난 절벽으로 버티고 있다. 내 힘은 더 이상 자력으로 어찌 해볼 수 없는 한계점에 도달해 있는 것이다. 내게 남은 것이라고는 딱 한 가지 운명을 그대로 받아들이는 것, 그것뿐이다. 그것이 어떤 방법이 될지 나는 모른다.

이슬이 걷히고 낱알 살찌우는 쨍한 햇빛이 온 숲을 감미롭게 한다. 멀리 내다보이는 잔인했던 암벽도 그때 그대로 육중하게 버티고 있다. 매미들은 어제와 변함없이 내 이명을 키운다. 벽에 앉아 있던 무수한 나비들도 어느 순간 날아올랐다가 일제히 제자리를 찾아 정물이 된다.

웬일인지 선영은 해가 기울도록 오지 않는다. 열려진 창문 너머로 팔랑거리며 나타나기를 온종일 기다렸지만 오늘은 포기해야 할 모양이다. 그러나 포기가 되지 않는다.

어머니는 텃밭에 나가 있을 것이다. 비록 우리 땅이 아닌 국유지의 빈 터에 일군 밭이기는 하나 텃밭을 가꾸는 것은 어머니의 유일한 낙이다. 각종 무공해 채소류가 올망졸망 모종 부어지고 가꾸어졌다. 내게 좋다는 약초 씨앗도 뿌렸다며 어머니는 상기된 표정을 짓기도 했다. 한데 이런 어머니의 미래에 대한 희망은 나로 하여금 절망을 꿈꾸게 했다. 좋다는 약재를 무수히 먹었지만 전혀 효험을 보지 못한 것이다.

문득, 열린 창문틀에 앉아 있는 커다란 녹색 사마귀 한 마리가 눈에 들어온다. 덩치를 보니 암놈인데 억새 풀잎같이 길고 날카로운 다리가 눈에 거슬린다. 다리를 닮은 긴 모가지도 그렇다. 길쭉하고 통통한 배도 왠지 기분 나쁘다. 잔뜩 성난 독사 머리 같은 세모꼴 머리도 마찬가지다. 무엇이든지 눈에 띄기만 하면 단번의 공격으로 기꺼이 포식할 준비가 되어 있다는 것 같다. 녀석은 언제 어디서나 그런 자세다. 하긴 자기와 사랑을 끝낸 지아비도 잽싸게 잡아먹는 비정함을 지니고 있으니 길게 말해 무엇하랴!

하지만 녀석이 거기 그 자리에 그대로 버티고 앉아 있는 이상 나는 지루함을 잊을 수 있어 좋다. 녀석은 가만히 있는 것 같아도 그렇지 않다. 역삼각형 아래쪽 입이 연신 무엇인가를 씹고 있다. 무얼까. 녀석도 반추위를 가진 동물처럼 되새김질 할 리는 만무하고 혹시 사람들처럼 녀석들만의 껌이라도 있는 걸까.

나는 순전히 사마귀가 씹는다는 행위에서 어렸을 적 풀밭을 떠올린다. 고만 고만한 동네 아이들과 풀싸움을 하거나 새끼줄을 공처럼 둥그렇게 감아 밤이 이슥하도록 축구 시합을 하던 그 옛날 그 시절이다. 우리들은 누구나 한두 번쯤 손등에 혹은 손가락 언저리에 무사마귀가 돋아 올라 본 적 있다. 그것은 마치 기계충 머리가 자꾸 번지듯 손등 여기저기에 새끼를 치곤 했다. 비 오는 날 낙숫물로 장난을 했기 때문이라고, 무사마귀가 나서 고소하다는 듯 어른들은 말했다. 나쁜 균들이 살 속으로 파고 들어가서 그렇다고 했지만 우리들은 믿지 않았다. 그리고 우툴두툴 할 정도로 손등이 무사마귀 천지가 되어도 걱정하지 않았다. 까짓 사마귀 몇 마리만 잡아다 포식시키면 그만인 것이다. 그러면 녀석들은 어느 날 갑자기 싹없어지게 마련이고 또 실제로 그랬던 것처럼 어느 날 갑자기 없어졌다. 그러나 우리들 중 어느 누구도 무사마귀가 사라지는 것을 보았다는 사람은 없었다. 으레 감쪽같이 없어지고 난 뒤 그 사실을 발견하고는 감탄해 마지않았지만 우습게도 우리는 사마귀에게 고맙다는 생각을 한 적도 없었다는 사실이다.

해가 꼴까닥 정상 너머로 사라지고 나자 어둠의 첨병 산그늘이 숲을 정찰한다. 하지만 햇살이 정상 너머 하늘에 눈 시리게 살아 있어 어둠의 본대가 도착하기에는 아직 이른 듯하다.

돌연 선영이 나타난다. 이토록 느지막하게 나타난 건 처음이다.

팔랑~ 팔랑~ 팔랑…….

추락할 듯, 추락할 듯, 하늘과 지상을 넘나들며 창문턱을 선회한다. 그러던 순간, 내 호흡이 일순 정지하고 눈이 감긴다. 동시에 목울대도 경련을 일으킨다.

아앗!

사마귀란 놈이 여태까지 그 자리에 웅크리고 있었더란 말인가. 날마다 찾아오는 선영을 포획하기 위해 그 자리에서 그토록 기다리고 있었더란 말인가.

선영아…….

꿈결처럼 부르짖으며, 울부짖으며, 작은 새가 된 내 마음의 손이 놈을 낚아챈다. 네놈이 감히……. 놈의 모가지를 비튼다. 잘린 모가지에서 진초록 피가 흐른다. 길고 튼튼한 놈의 앞다리가 방아깨비 방아 찧듯 발버둥치자 자유의 영혼 선영이 팔랑팔랑 시어가 된다. 팔랑팔랑 창틀 아래와 하늘을 넘나들며 춤추는 시가 된다.

작은 새 한 마리를 보았던 것 같기도 하고 꿈을 꾼 듯싶기도 하다. 아무튼 창틀에 사마귀란 놈은 보이지 않는다.

휴 , 안도의 가슴을 쓸어 내리며 놈을 낚아챘던 마음의 손을 본다. 천장을 바라보는 것 말고 할 수 있는 일이 있었던가 싶었는데, 세 치도 안 되는 혀를 날름거리는 것 말고 할 수 있는 일이 있었던가 싶었는데, 있었다. 할 수 있는 게 있었다. 할 수 있는 게…….

선영이 아무 일도 없었다는 듯 팔랑팔랑 창문턱을 넘어온다.

영민 씨, 안녕 ! ……뭐해?

응. 꿈꿨어. 근데 너 괜찮니?

보다시피……무슨 꿈?

할 수 있는 게 있다는 꿈, 내 마음의 손이 새가 될 수도 있다는 꿈, 시가 된 네 영혼을 지킬 수 있다는 꿈…….

와우 ! 내가 시가 된 거야? 네 맘속에?

응 ! 넌 내 마음 속의 시야. 팔랑팔랑 자유로운 영혼의 시.

그래 고마워. 내가 네 맘속에 살 수 있게 해 줘서 !

선영이 방 안을 한 바퀴 팔랑팔랑 선회한다. 벽지 속의 무수한 나비들도 일제히 깨어나기 시작한다. 선영을 에워싸며 함께 팔랑팔랑 발레를 한다. 어둠이 먹물 번지듯 방안 구석에 똬리를 틀 때까지 팔랑팔랑, 팔랑팔랑……. 선영이 드디어 정상 너머 하늘로 비상한다. 내 가슴 속의 시가 된다. 시가 되어 춤을 춘다. 팔랑∼팔랑∼팔랑∼팔랑∼팔랑∼팔랑∼팔랑∼팔랑∼팔랑∼팔랑∼팔랑∼팔랑∼팔랑∼팔랑∼팔랑∼팔랑…….

어떤 대리인

어떤 대리인

상갓집 찾기는 아주 쉬웠다. 까마득하게 내걸린 조등 때문이었다. 단독 주택들로 늘비한, 그것도 가난한 자들의 대명사격인 산동네가 아닌 탓도 있었다. 게다가 일반 아파트가 아니라 노인 우대 아파트여서 단 한 번의 물음으로도 쉽게 찾을 수 있었던 것이다.

문상객들이 많이 와서 그럴까, 주차장은 거의 꽉 들어차 있었다. 하지만 주차장을 한 바퀴 돌다보니 몇 군데 이 빠진 데가 있었다.

나는 그중 한 곳에 차를 주차시키고는 잠시 그대로 앉아 있었다. 이미 고인이 되어 아들의 행방을 찾고 있을 형준의 어머니가 기억 속의 저편에서 되살아나고 있었다. 공동묘지의 한 귀퉁이에서, 마치 상엿집만한 움막집을 짓고 사시사철 술에 절어 있는 주정뱅이 남편과 하나밖에 없는 아들 형준을 돌보며 날품으로 하루하루를 힘겹게 살아가던 그 옛날 그 모습 그대로였다. 늘 입고 다니던 하얀 당목 치마와 저고리 차림에 모가지가 달아난 검은 장화를 받쳐 신은 모습은 가까이 보면 몹시 추레하기 그지없었으나 멀리서도 누구인지를 금방 알 수 있을 정도로 독특한 것이었고, 형준이 어머니만의 독특한 전용 패션(?)이었다.

형준은 그런 어머니의 차림을 몹시 불만스러워했다. 그러나 속내를 말로 표현한 적은 한 번도 없었다. 어찌 보면 앞뒤가 꽉 막힌 답답한 사람 같았지만 속은 의뭉과 천재성으로 똘똘 뭉쳐 있었다. 그 한 예로 형준은 음악과 미술 과목의 실기를 제외하고는 타의 추종을 불허했다. 거의 올백으로 실수조차 허용 안 될 지경이었다. 하지만 그토록 천재적인 두뇌를 가졌음에도 반장 한 번 해보지 못한 외톨박이였고, 한 마디로 장난질조차 통하지 않는 말없는 원칙주의 아이에 불과했다.

어쨌든, 그랬던 형준이도 그의 어머니와 함께 먹물 번지듯 내 뇌리에 스며들었다. 하지만 어머니의 시신을 지키고 있을 현재의 형준이 모습은 전혀 상상이 되지 않았다. 아무래도 내 상상의 공간이 강력한 소용돌이에 휘말린 모양이었다.

차에서 내려서자 답답증이 어지럼증으로 바뀌었다. 거대하게 치솟은 육중한 아파트의 몸체가 내 눈 안에 들어와 휘청거리기 시작한 탓이었다. 나는 아스팔트 바닥으로 눈길을 내려보냈다. 바닥도 한순간 기우뚱, 풍랑에 맞닥뜨린 뱃바닥을 닮아 있었다. 아파트 단지에 들어설 적마다 느끼는 현기증이었다.

우리도 아파트로 이사 가요. 이웃집한테도 생활 침해 안 받고 편리한 아파트로 말예요. 당신도 툭하면 불평하곤 했죠? 누가 차바퀴를 펑크냈다느니, 낙서를 했다느니, 하고 말예요. 골목 주차 때문에 이웃과 싸울 필요도 없고……. 안 그래요? 지상 주차장, 지하 주차장. 할당된 주차장이 항상 남아 있을 테니까요.

126

　이 같은 아내의 성화에도 불구하고 굳이 단독 주택을 고집하고 있는 이유가 바로 이렇게 아파트 아래에 서기만 하면 되살아나는 현기증 때문이었다.

　아파트는 차가운 느낌을 주면서 육중했지만 다른 고층 빌딩에 비해 유달리 휘청거리는 느낌을 주는 이유는 어디에 있을까. 대개 단독 주택들이나 작은 규모의 빌딩들을 건물 곁에 거느리지 못한 까닭에 높이를 상쇄시키는 시각적 효과를 못 거둔 탓일까? 겨우 있다는 것이 관리사무소나 상가건물 정도만이 한 쪽 구석에 밀려나 있는 게 전부이니까 말이다. 여기만 해도 가운데 붉은 벽돌의 나지막한 이층 건물이 덩그러니 앉아 있을 뿐, 동서남북이 온통 고층 아파트로 둘러싸여 있어서 그런지 더욱 더 현기증이 났던 것이다.

　차 안에서 내다보이던 조등이 새롭게 눈에 들어왔다. 맞은편 동의 맨 오른쪽 꼭대기 층에 내걸려 있었다. 아찔할 정도의 높이였다. 어지러웠다. 계속해서 바라보다가는 끝내 메스꺼워질 것 같아 별 도리 없이 바닥으로 시선을 거두어 내렸다. 바닥이 또다시 기우뚱거렸다. 눈을 감았다. 조등이 뇌리 속에서 흔들거렸고, 형준과의 하굣길이 새삼 내 기억의 갈피에서 꿈틀거렸다.

　"젠장, 왜 저놈의 까치감은 떨어지지도 않는 거지? "

　묵묵하게 걷기만 하던 형준이 까치감을 올려다보며 느닷없이 내뱉었다.

　"그러게 말야. 까치는 배도 안 고픈가 봐. "

　형준이 혼자소리로 지껄인 것인 줄을 알면서도 나는 그렇게 말하며 입맛을 다셨다. 나는 사실 몹시 배가 고파 있었다. 아마 형준도 나와 마찬가지였기에 까마득한 가지 끝의 애꿎은 까치감을 탓하고 있었을 것이다. 까치감은 좀체 떨어지지 않았다. 아니 세찬 겨울의 북풍 속에서도 끄떡없이 매달려 하굣길의 형준과 내 배를 더욱 고프게 했다. 한데 그러던 것이 어느 날 문득 사라진 것을 발견했을 때의 서운함이란 그야말로 이루 형언할 수 없는 것이었고, 배가 고플 적마다 생각나는 건 언제나 밥보다 까치감이 먼저였다.

형준네 집 근처에는 까치들이 참 많이 살았다. 더러는 한두 마리의 까마귀가 섞여 있는 것도 볼 수 있었지만 대부분은 깍, 깍, 깍, 까~악, 하는 까치들뿐이었다. 형준네 집이 공동묘지 한 귀퉁이에 있었던 탓인지는 모르겠지만, 아무튼 고래실논과 경계를 맞대고 있는 공동묘지 둑에 하늘을 찌를 듯한 다섯 그루의 미루나무 때문인 것은 분명했다. 왜냐하면 미루나무의 몸통에는 잔가지들이 무수하게 자라나 있어 까치들이 집을 짓기에 안성맞춤이었던 것이다. 때문인지는 몰라도 거기엔 다닥다닥 층을 이루며 까치집이 지어져 있었다. 그야말로 지금의 고층 아파트나 진배없었다.

기우뚱거리는 바닥을 더듬으며 조등 방향을 향해 걸음을 놓았다. 경비실까지 가는데 주차 된 몇 대의 승용차를 지나쳤는지 알 수 없었지만 이 빠진 곳이 두 군데 있었던 것만은 분명했고, 입구로 들어서는 곳은 계단 대신 약간의 경사면으로 되어 있었다. 나는 그 경사진 면을 밟기 전에 언뜻 고개를 들어 꼭대기를 올려다보았다. 내 시선 끝에 주황색 감빛 조등이 둥실둥실 떠올랐다. 좀 전과 마찬가지로 현기증도 일었다. 그리고 그 현기증 속에서도 내게는 어린 시절의 까치감이 또다시 떠오르고 있었다. 까치감. 그래, 나는 까치감을 쳐다볼 적마다 늘 현기증이 일었었다. 아마

128

그래서 감빛 조등을 발견하는 순간 까치감이 떠올랐나 보았다. 조등과 까치감. 높게 매달린 것도 똑같았고, 색깔도 비슷했다.

경비실 안의 하얀 머리카락이 현기증 속에 무심히 방황하던 내 눈길을 가로챘다. 검은 머리카락이라고는 한 가닥도 없을 듯 온전한 백발이었다. 요즘 Xa세대라 하는 젊은이들 사이에서 유행하기 시작한 백발 머리를 닮아 있었다. 자칭 Xa세대라 일컬으며 별똥별처럼 나타난 아이돌 가수의 이미지화, 우상화가 성공하고 있음을 단적으로 증명하고 있는 중이었다. 한데 어인 일로 신감각의 그 Xa세대가 이토록 후미진 실버 아파트의 경비실에서 시간을 죽이고 있는 것일까.

나는 설마, 하는 의구심을 되새김질하며 빗살무늬토기같이 빗금이 그어져 있는 경사면을 올라갔다. 백발 머리는 그때까지 졸기라도 했던 모양인지 몇 번에 걸쳐 눈을 끔뻑거렸다. 그리고 조금 열려 있는 유리창 너머로 다가가고 있는 내 모습을 물끄러미 내다볼 뿐이었다. 나는 속으로 그러면 그렇지, 하고 중얼거렸다. 촉수 낮은 전등 아래 졸고 있던 백발의 주인은 Xa세대가 아닌, 말하자면 노인이라고 하기에도 뭣할 정도의 중년 남자였던 것이다. 그러나 머리카락만큼은 가짜가 아닌 진짜 백발임에 틀림없었다.

"저, 김씨 상가를 가는데, 어떻게 가야지요?"

이왕 여기까지 온 마당에 누구의 도움을 받지 않고서도 충분히 찾아갈 수 있었음에도 자신을 바라보고 있는 사람 앞에서 그냥 지나쳐 간다는 것도 쑥스러운 것 같기도 하고, 또 물어봐 주는 것도 무료함을 달래주는 데 약이 될 수도 있을 것 같아 혼잣말처럼 물었다.

"25층요."

경비원은 귀찮은 듯 턱짓하며 성의 없이 짧게 말했다. 혼잣말 비슷하게 물어본 내 속내를 훤히 꿰뚫고 있다는 표정 같았다. 나는 일순 고맙다는 말을 해야 할 지 말아야 할 지 망설여졌다. 그냥 지나쳐 갈까 하다가 얼핏 눈인사만으로 대신하고 그 앞을 지나치면서 다시금 졸기 시작할 백발을 생각했다. 참으로 귀찮기도 할 것이고 따분하기도 할 터였다.

두레칸의 스위치 옆에는 ' 金氏 상가 2504호 ' 라는 검은 글씨가 붙어 있었다. 또 그 위에는 검정 바탕에 '25' 라는 붉은 글씨가 나를 기다리고 있었다. 까마득한 높이가 숫자로 환원되어 내 앞에 버티고 있는 듯했다. 어딘가 모르게 권위주의적인 냄새로 무장되어 있었다. 나는 그 붉은 권위를 끌어내리기 위해 스위치를 눌렀다. 붉은 권위는 끔뻑끔뻑 높이를 갉아먹으며 점멸했다. 시간이 꽤 길게 느껴졌다. 지루했다. 문득 경비실의 백발을 바라보았다. 백발은 내 예측대로 그새 반쯤 눈이 감기고 있었다. 나의 존재 가치는 아예 신경 쓸 거리도 안 된다는 듯한 표정으로 읽혀졌다.

허헛!

내 입에서 헛기침이 새어나갔다. 손으로 황급히 입을 가렸으나 이미 헛기침이 다 끝난 상태였다. 그러거나 말거나 백발은 때마침 고개를 끄덕거리고 있었다. 신경이 극도로 무딘 사람이거나 방금 자기가 한 말조차 잊어먹는 중증 환자 같았다. 아니면 어딘가 모자라는 사람일시 분명했다.

두레칸 문이 열렸다. 텅 비어 있었다.

나는 마치 닭 병 든 듯한 백발의 모습을 의식에 담은 채 안으로 들어갔다. 그러나 곧바로 졸고 있는 백발의 환영을 두레칸 바깥으로 내동댕이

쳤다. 진실로 내가 이렇게 생긴 두레칸을 다른 아파트에서 타본 경험이
있었던가? 짧은 순간이었지만 세월의 두께를 한 장 한 장 들추어보았다.
하지만 아무리 들추어보아도 헛일이었다. 그동안 내가 타 보았던 대개의
두레칸 바닥은 정사각형 아니면 그것을 약간 벗어난 정도일 뿐이었다.
한데 이 두레칸은 드나드는 폭에 비해 안쪽으로 깊숙하게 들어가 있었
다. 그야말로 막힌 골목이나 마찬가지였다. 일반 아파트는 고사하고 하
물며 눕혀진 환자를 수송할 수 있는 병원의 두레칸조차도 이렇게까지는
생기지 않은 것으로 나는 알고 있었다. 여기에 무슨 이유라도 있는 것일
까. 혹시 두레칸에도 패션화 바람이 분 것일까?

　나는 쉽게 풀릴 것 같지 않는 의문을 되새김질하며 '25'라는 숫자판
을 눌렀다. 몇 초의 시간이 흐르고 스르르 저 혼자 문이 닫혔다. 순간 가
슴이 답답해 왔고 소름이 전신에 쫙 돋는 기분에다 죽음의 향기 같은 것
이 느껴졌다. 왜일까. 문상을 가는 길이라서 그럴까. 길쭉하게 생긴 두레
칸도 마치 사람이 죽어서 들어가는 관(棺) 속을 닮아 있었다. 게다가 막
상승하기 시작한 두레칸은 올라가는 게 아니라 땅 속 깊은 곳으로 한없이
내려가고 있는 것 같았고, 그 한없는 깊이로 인해 약간의 현기증도 일었
다. 그러면서 또한 뜬금없이 형준의 현재 모습을 떠올려 보려고 애를 쓰
고 있었다. 하지만 뿌옇게 드리워진 안개 속일 뿐 형준의 윤곽은 가물가
물했다. 어쩌면 그런 상황은 당연한 것일지 몰랐다. 왜냐하면 초등학교 6
학년 여름 방학과 그의 아버지의 죽음과 함께 그도 다른 학교로 전학을
가버렸던 것이고, 그 후로는 잊을 만하면 이따금 소식만 들었을 뿐 한 번
도 만나 본 적이 없었던 데다, 바로 내 아들 녀석이 형준과 헤어지던 그때
의 내 나이가 되어 있을 정도로 세월이 흘렀으니 변해도 많이 변해 있을

것이기 때문이었다.

한데 형준이 과연 돌아와 있기나 한 것일까.

공교롭게도 며칠 간격으로 형준을 찾는 짤막한 신문 기사를 두 번 대했던 것이 이렇게 발걸음을 놓게 된 이유이기도 했다.

文京實 氏 위독, 아들 金炯俊 氏 급 귀가 요망.

文京實 氏 사망, 아들 金炯俊 氏 급 귀가 요망.

사실 나는 김형준이라는 이름을 처음 대했을 때 지워지지 않는 내 지난 날의 한 부분을 떠올려 보는 것으로 가볍게 지나쳤었다. 그와 같은 일은 언제 어디서나 볼 수 있는 흔한 일이라고 생각했던 것이다. 그러나 그것이 같은 자리에서 두번째 내 시선을 끌었을 때는 그냥 묵과할 수 없었다. 결국 나는 화장실에서 읽던 조간신문을 사무실까지 들고 나가 신문사에 근무하는 옛 동창에게 확인을 하기에 이르렀던 것이다.

"상득이구나. 나 민운데 자네 형준이 알지?"

"알다마다. 내가 왜 그 고집불통 천재를 모르겠나."

"그래서 말인데 그 친구 오늘 신문에 났더라고, 봤지?"

"봤지. 아니 본 정도가 아니라 바로 내가 실어 준 기사라네. 왜, 문상이라도 가려구?"

"글쎄. 꼭 문상을 가기 위해서라기보다 왜 그 있잖나, 꼭 확인하고 싶은. 말하자면 신문 기사 내용이 실제 그 친구가 맞는가 안 맞는가, 하는 거 말일세."

말꼬리를 흐렸다.

"그래, 가보고 싶거든 가 보게."

상득은 묻지도 않은 주소를 알려 주었다. 상갓집은 우리나라에서 유일한 실버아파트 내에 있었다.

　상갓집의 위치를 안 나는 온종일 부담스러웠다. 동명이인이겠지, 하고 넘어갔더라면 그만이었을 것을 괜히 확인하는 바람에 심적 갈등을 자초하게 된 꼴이었다. 굳이 가지 않더라도 누가 뭐라 할 사람도 없으련만 아스라하게 남은 형준과 그의 어머니에 대한 추억이 나로 하여금 문상을 가야 할 상황으로 몰고 갔다. 더욱이 괴팍스럽기로 유명하기도 하던 형준의 현재 모습이 그립기까지 하는데는 어쩔 수 없었던 것이다.

　두레칸은 상승의 꿈을 마치고 문을 열어 주었다. 나는 그제야 숨을 쉴 수 있을 듯한 기분이었고, 당연한 얘기지만 깊은숨을 들이마셨다.

　올려다 보였던 조등이 한 집 건너 활짝 열려진 현관문 앞 난간에 매달려 있었다. 조등을 보는 순간 또 난데없이 까치감 생각이 났다. 모처럼 작심하고 까치감을 따먹으려고 나무를 기어오를라치면 언제부터 보고 있었던지 동네 어른들의 목소리가 들리곤 했다.

　"민우야 , 너 죽고 싶으냐? "

　감나무는 다른 나무와 달라서 가지가 쉽게 부러진다는 게 그 이유였다. 그 소리를 듣고도 나무를 오를 수 있는 강심장을 나는 갖지 못했다. 따라서 팔 다리의 힘이 나른하게 풀리는 것을 뼈 속으로 느끼며 조심조심 내려와야 했던 것이다.

　나는 떠오르는 까치감 생각을 굳이 떨치려 하지 않고 천천히 복도식 통로를 걸었다. 그런데 조등이 점점 가까이 다가오고 향냄새가 콧속을 후비기 시작할 즈음 뜬금없는 생각이 또다시 나를 사로잡았다. 어찌 이리 상갓집이 조용할까. 곡소리도, 문상객들의 잡담들도, 아니 밤을 새우기 위한 수단으로 흔히들 하는 화투 패 내려치는 소리도 없이 고요하기만 했다. 여든도 훨씬 넘겨 세상을 떠났으니 호상임에는 분명한데 웬 일일까. 일반적인 상갓집의 분위기라면 한창 문상객으로 붐벼야 할 시간이 아닌가. 무슨 이유라도 있는 것일까.

의아한 생각을 떨치지 못한 채 나는 열려진 현관 앞으로 다가갔다. 맨 먼저 나를 발견한 한 할머니가 반갑게 너스레를 떨었다. 요즘 노인답지 않게 쪽머리를 하고 있어 생경스러움마저 주는 노인네였다.

"아, 자네가 형준인가? 응, 그려 그려. 그러면 그렇지. 그려도 저를 나준 껍데긴디 나 몰라라 할 수는 없지. 모르면 모를까 알고야 어찌 천륜을……."

쪽머리 노인은 마치 중매쟁이 떠벌리듯 했다. 하긴 상갓집에 이런 떠버리가 없으면 더욱 분위기가 삭막해질 뿐더러 일을 추어나가는 데도 수월하지가 않을 것이다. 나는 짐짓 쪽머리 노인에게서 과거 형준의 어머니를 볼 수 있었다. 공동묘지에 새로운 묘가 들어설라치면 모든 하던 일을 작파하고는 그리로 달려가 천연덕스럽게 안 상주 노릇을 하곤 하던 것이었다.

"뭐여? 형준이가?"

머리가 희끗희끗 반백이 되고 검버섯이 덕지덕지 얼굴에 피어 오른 노인이 돌아다보았고, 상복을 입고 두건을 쓴, 내 나이쯤으로 보이는 한 사내가 낭패스런 얼굴로 나를 응시해 왔다.

나는 대뜸 형준이가 아니라 그의 옛 친구일 뿐이노라는 말이 나오지 않았다. 다만 형준이가 어머니의 부음에도 아직까지 나타나지 않고 있음을 알아차릴 수 있었을 뿐이었다. 그런데 상복을 입고 있는 저 사내는 누구일까? 상황으로 보아 분명 형준은 아닌듯한데 형이라든가 동생이라도 있었던 것일까. 하지만 내가 알기로 형준이에게는 형이라든가 동생은 물론 일가친척도 하나 없는 혈혈단신 월남 가족이었다. 또 그러한 사실을 알고 있는 사람은 아마 여기에서 나뿐일 것이라고 해도 과언이 아닐 터였다. 그만큼 나는 형준이와 적어도 헤어지기 전까지는 가깝게 지냈던 유일한 사람인 것이다. 다시 말해 그의 부모 말고는 그와 함께 가장 많이 지냈던 사람이었다고 볼 수 있었다. 배고픔에 허기지던 따사로운 봄날, 드넓게 출렁이는 공동묘지의 마른 잔디 속에서 제비꽃, 할미꽃과 더불어 고개를 내밀던 잔대 뿌리를 캐내어 껍질을 까내고 장독대의 고추장을 찍어 먹으며 하얀 속살 맛에 취하던 것도 형준이와 함께였고, 더구나 형준이가 따 온 옻나무 순을 참죽나무 순으로 잘못 알고 고추장을 찍어 함께 먹었다가 형준이는 멀쩡하고 나 혼자서만 경을 쳤던 일은 잊을 수 없는 것이었는데, 그때 나는 실로 반은 죽다 살아났었다.

하여튼 일주일이 멀다하고 생기는 상갓집의 장지에서 형준의 어머니가 얻어주는 주먹밥을 형준이 몫까지 나는 곧잘 얻어먹기까지 했었다. 왜냐하면 형준이는 굶어 죽었으면 죽었지 어머니가 얻어주는 상갓집 주먹밥은 냄새조차 맡기 싫다고 고개를 절레절레 흔들었던 것이다. 말하자면 어쨌거나 형준이에게 있어서 형이나 동생이 전혀 없다는 것을 내가 잘 알고 있다는 말이다. 한데 저 사내는 누구일까?

"쯔쯧, 그려 그려. 하도 뜻밖이라 울음도 나오지 않겄지. 나도 옛날에 그래 봤으니께."

쪽머리 노인이 이러지도 저러지도 못하는 내 당혹함에 혀를 끌끌 찼다. 하지만 검버섯 노인은 아무래도 이상한 듯 굳이 의아한 눈빛을 감추려 하지 않았다.

"자네가 진짜 고인이 되신 분의 아들 형준이가 맞는가? "

마치 취조하듯 신분증까지 확인해보겠다는 투였다. 도대체 알다가도 모를 분위기였다.

"이거 죄송합니다만, 전 형준이가 아니라 형준이의 옛 친굽니다. "

쪽머리 노인에게 눈길을 보내며 괜스레 죄 지은 기분으로 말했다.

"맞아. 내 눈은 틀림없다구. 딱 한번 이 집 아들을 본 적 있지만 말여. "

검버섯 노인이 의기양양하게 자신의 사람 보는 눈을 자랑했다.

젊은 사내는 어느새 문상 받을 준비를 하고 있었다. 쪽머리 노인은 그럴 리가 없다는 듯한 표정으로 머쓱해 했다. 이마에서 뒤로 넘어간 가르마가 전등 빛에 반사되어 예리한 칼날을 연상시켰다.

"좌우간 어서 영좌(靈座) 앞에 가서 분향부터 하게나. "

검버섯 노인이 본래의 상갓집 분위기로 이끌었다. 나는 시키는 대로 형준이 어머니의 흉상 사진 앞에 꿇어앉았다. 형준의 어머니가 개다리소반 위에 흑백 사진으로 남아 나를 바라보고 있었지만 나는 똑바로 응시할 수가 없었다. 뒤쪽에 세워진 먹물 단색의 병풍으로 한순간 눈길을 피했다. 그러나 나는 이미 형준의 어머니에게서 그 옛날의 모습을 완연하게 떠올리고 있었다. 언제나 낙천적이면서도 상갓집에서의 감초를 자초하는, 땟국물이 꾸정꾸정한 흰 당목치마, 또 그로 인해 처음 온 사람은 형준이 어머니를 두고 안상주로 착각하는 이도 더러 있어 슬픔 속에서도 웃음을 자아내게 하기도 하던 사람이었다.

나는 잠깐 동안의 회상을 떨어내고 푸르죽죽한 향 세 개를 집어 촛불에 불을 붙였다. 향은 이내 불이 붙었다. 서너 번 아래위로 흔들었다. 그러나 좀체 불이 꺼지지 않았다. 할 수 없이 나는 엄지손가락과 집게손가락으로 불꽃을 잡았다 놓았다. 손가락 지문이 뜨끔했다. 불꽃이 꺼지자 길고도 흰 연기 꼬리가 생겼다. 마치 농악인이 돌리는 상모 꼬리 같다는 생각을 하며 조그만 스테인리스 향로에 꽂았다. 그리고 일어나 재배했다. 그런데 내게는 그 다음이 문제였다. 줄곧 곁에 서서 내 하는 양을 지켜보고 있던 상주 아닌 상주와의 대면을 어떻게 해야 할지 머릿속이 복잡하게 돌아갔던 것이다.

내가 잠시 머뭇거리자 검버섯 노인이 나섰다. 금세 눈치를 챈 모양이었다.

"상주 대리인일세. 말하자면 대행 상주인 셈이지."

나는 낯모르는 젊은 사내와 힐끔 시선을 교환하고 나서 어색하나마 그와 일 배 했다. 그 사이에도 내게는 갖은 생각이 떠올랐다. 상주 대리인? 이 무슨 해괴망측한 소리인가. 아무리 웬만한 것은 임대해서 쓰는 세상이기는 하지만 부모 자식 관계마저 임대가 가능하단 말인가. 설령 가능하다 하더라도 이 사람과 무슨 말을 나누어야 할 것인가. 전통적인 인사법인 "대고를 당하시어 얼마나 망극하옵니까?"라든가, "졸연히 상사를 당하여 얼마나 망극하옵니까?"는 아니더라도 "참으로 슬프기가 한이 없으시겠습니다. 생전에 찾아뵈었어야 도리인데……." 하는 등의 말을 어떻게 할 수 있겠나 싶은 것이다. 고인과 전혀 관계가 없는 그야말로 일용직 대리인에 불과한 사람한테 말이다. 그냥 무언이 상책일 터였다.

문상이 끝나자 기다렸다는 듯이 내 팔을 잡으며 쪽머리 노인이 마른 눈을 훔쳤다.

"세상 다 끝난 줄 알았더니 그래도 희망은 있네유."

뼈 있는 한 마디를 했다.

"그래 이 집 아들과는 어떤 사이유?"

쪽머리 노인은 건망증이 있는지 현관을 들어오면서 밝힌 내 신원을 다시 물어왔다. 그렇지만 나는 잠자코 대답했다.

"예, 어렸을 적 친구 사입니다."

"그렇담 흉허물없는 부랄 친구지간이구먼!"

"……."

"그래 요즘도 자주 만나구?"

상대방의 허를 찌르며 파고드는 쪽머리 노인의 화술이 보통 아니라는 생각이 들었다. 살아생전 형준의 어머니와 말씨름깨나 했을 노인임에 분명했다. 나는 나도 모르게 뒤통수로 손이 올라가 있음을 느끼고는 슬며시 내리면서 말했다.

"웬걸요. 이 친구 지금 만나면 얼굴이나 알아볼 수 있을지 걱정됩니다."

"하긴 요즘 같은 세상에 옛날 친구 챙기기가 그리 쉬운 일인가? 먹고 살기도 바쁜 세상인 걸."

검버섯 노인이 두둔 아닌 두둔을 해 주었다. 그러자 쪽머리 노인이 대뜸 혀를 끌끌 차며 검버섯 노인의 말을 막았다.

"아무리 그래도 그렇지. 어디 인륜지사가 돈만으로 해결되나유?"

"안 될 일도 없을 것이구먼요."

"……?"

"지금 일만 해도 그래요. 돈이 다 해결해 주잖아요? 조상 대대로, 아니 수천 년, 수만 년, 사람이 나고 죽는 이래로 내려오던 관습도 다 돈으로 되는 거 봐요. 코빼기도 뵈지 않는 상주 대신 상주도 대행시키고."

검버섯 노인은 자신의 얼굴에 핀 검버섯만큼이나 허탈한 목소리로 말을 이었다.

"실은 고인께서 위독하시기에 빨리 귀가할 것을 부탁하는 기사를 낼 때까지만 해도 이럴 줄은 몰랐다우. 그런데 그 기사를 내자 다음 날 노인정에 있는 팩스가 혀를 빼물었는데 내용이 글쎄, 참으로 허전 하드구면. 어쩌다가 세상이 이 지경이 되었나 하구 말이요."

검버섯이 한두 개쯤 더 생길 듯한 인상을 지었다.

"팩스요? 누가 보낸 건데요?"

내가 물었다.

"누군 누구유. 이 집 거시기 상주지."

처음 내가 들어설 때와 같은 생기 있는 말이 아니라 축 늘어진 쪽머리 노인의 대꾸였다.

"그럼, 어머니가 돌아가신 것을 그 친구도 안다는 말씀인가요?"

"알고 있겠지요. 그러니까 그런 팩스를 보냈던 거겠지요."

"팩스 내용이 도대체 무슨 내용이길래 그러신데요?"

검버섯 노인은 두 개의 촛대가 놓여 있는 개다리소반 밑에서 흰 종이 한 장을 집어다 내 앞에 내밀었다. 검버섯의 두께에 비해 상당히 건강해 보이는 노인이었다. 머리칼도 반백인데다 그나마 흰 가닥은 맑고 투명해 건강미가 번득거렸다. 아파트 경비실에서 본 백발과 비교해 본다면 퍽이나 대조적이었다. 하지만 언제 어느 순간 쓰러져 세상과 이별하게 될지 모르는 게 연로한 노인들의 앞날 아닌가. 젊은 사람도 언제 저승사자가 팔짱끼고 갈 지 모르는 세상이니 말이다. 교통사고, 살인 사건, 건물 붕괴, 가스 폭발, 등 언제 어디서나 우리의 생명을 노리는 뇌관이 산재해 있는 것이다.

　내 뇌리에는 형준이 아버지의 죽은 모습이 떠오르고 있었다. 우리가 초등학교 6학년 때였으니까 아마 형준의 아버지는 지금의 내 나이 정도 되었을 것인데, 멀쩡하던 사람이 비가 오다 갠 어느 날 아침 죽은 사람이 되어 발견되었던 것이다. 그것도 이장(移葬)해 간 웅덩이에 얼굴을 박고 죽은 채로 말이다. 물론 사인은 과다한 술 탓이었다. 그야말로 인사불성으로 마신 상태로 집을 향해 가다가 발을 헛디뎌 웅덩이에 빠졌으나 밖으로 나오지 못하고 그대로 죽었던 것이다. 사람이 술을 먹다가 술이 술을 먹고 종국에는 술이 사람을 먹은 꼴이라고나 할까. 늘 술에 절어 살던 남편을 지긋지긋해 하던 형준의 어머니는 평소의 성격대로 발견된 그 장소에다 당일로 묘를 쓰고는 여름 방학이 끝나기 전에 어디론가 이사를 가버리고는 영영 그만이었다.

　팩스로 보내온 내용은 참으로 놀라웠다. 천재적이고도 괴팍스런 형준이에게는 어쩌면 당연한 방법이었을지도 몰랐다.

　○○장의사에게 모든 절차를 일임했습니다. 그러하오니 저의 어머니께서 돌아가시거든 ○○장의사에게 연락하여 주시면 후일 사례하겠습니다.

　역시 형준이다운 발상이었다.

　" 이건 그래도 우리네 산 사람에 대한 예의가 들어 있다고 볼 수 있어요. "

　검버섯 노인이 또 다른 굉장한 말을 준비하고 있는 듯 말했다. 나는 잠자코 노인의 말을 기다렸다. 대행 상주가 쓴 두건이 절반 쯤 앞으로 꺾여 있었다. 쪽머리 노인은 여전히 마른 눈을 훔치며 나오지 않는 코를 훌쩍거렸다.

　" 장의사에게 온 팩스는 정말 기가 차다네. "

“ ……? ”

“삼일장이고 뭐고 다 필요 없으니 장례 허가만 나오거든 곧바로 화장을 시켜 달라는 얘길세. 대행 상주도 우리 늙은이들이 장의사에 부탁해 세운 것이고 말이네. 생각해 보게 아무리 세상이 돈으로 다 해결이 된다고 해도 도대체…….”

검버섯 노인은 말을 다 끝맺지 못했다. 물론 나도 할 말을 잃고 있었다. 아무리 괴짜 형준이라도 그렇지 이토록 황당무계한 발상을 하고 있을 줄은 미처 몰랐던 것이다. 형준이는 부모 없이 땅에서 솟았단 말인가, 하늘에서 떨어졌단 얘긴가. 하긴 그의 아버지가 죽었을 때 내뱉던 형준이의 말을 생각하면 이해가 갔다.

맨날 술만 처먹더니 자알 죽었다.

지금 병풍 뒤에 누워 있는 형준이의 어머니는 이런 사실을 알고 있을까. 알고 있다면 어떤 심정일까. 아들을 탓하고 있을까. 자기 자신을 나무라고 있을까. 문제는 장의사에게도 문제가 있다. 아무리 돈이 좋기로 상주까지 대행시켜 주며 한 삶을 살다가는 인간의 뒷수습을 도맡을 수 있단 말인가.

나는 비록 오래 전에 지나간 소년 시절의 기억이지만 아주 또렷한 모습으로 형준을 떠올렸다. 겨울 방학을 며칠 앞 둔 4학년 어느 날의 일이었다. 그날도 여느 날처럼 하루의 마지막 수업을 마친 담임선생이 금방 종례를 하러 올 테니 준비하고 기다리라고 이르고 교무실로 갔다. 말의 분위기로 보아 다른 반에 비해 종례를 일찍 해주려나 보다 여기고 좋아했다. 하지만 담임선생은 금방 오지 않았다. 4학년보다 한 시간이나 더 공부하는 6학년까지 종례를 마치고 나서 넓은 운동장에 드리워진 앙상한 아카시나무 그림자를 밟으며 모두 하교한 뒤에도 우리 반 담임선생은 종 무소식이었다. 아이들은 이미 절반 정도가 도망을 가버린 상태였고, 시뻘 겋게 달구어졌던 조개탄이 하얗게 식어 난로 주위로 몰려들기 위해 아귀 다툼을 하던 아이들도 담임을 원망하며 삼삼오오 흩어졌다. 하지만 해가 지고 어둑어둑해져 올 무렵엔 나머지 아이들도 하나 둘 겨드랑이에 책보 를 끼우고 사라졌다. 남은 사람은 결국 반장과 나, 그리고 형준이 그렇게 셋뿐이었다. 반장은 담임선생을 찾아 각방으로 뛰어다니다가 남게 되었 고, 나는 공동묘지를 지나쳐 피난민 정착지에 살고 있었기 때문에 형준과 함께 가기 위해 그를 꼬드겨 보았으나 종례도 안 했는데 어떻게 가니, 하 는 단 한 마디의 면박에 기가 죽은 나는 더 이상 설득해 볼 생각도 못해 보고 이제나 저제나 형준의 눈치를 살피다가 늦고 말았던 것인데, 끝내 반장마저 가버리고 나서도 내게는 괜히 공동묘지 생각만 자꾸 나곤 해 더 욱 혼자 못 가고 있었다. 그러다 어둑어둑, 불을 안 켜고는 교실에서 글씨 도 못 볼 지경까지 이르렀을 즈음, 담임선생의 목소리가 들리기에 내가 후다닥 뛰어나갔다. 담임선생은 교장 선생과 숙직 선생의 부축을 받으며 뭐가 그리 좋은지 계속해서 흥얼흥얼 콧노래까지 부르고 있었다.

"선생님 종례해 주세요."

"종례? 음, (딸꾹). 해주지 암 해주고말고. (딸꾹)."

선생은 완전히 혀가 꼬부라져 있었다.

이윽고 교실까지 도착한 선생은 참으로 뜻밖의 말을 했다.

"야 이놈들아, 느이, (딸꾹), 두 놈들 여태, (딸꾹), 집에 안 가구 뭘 해. (딸국)."

그야말로 술주정이었다. 나는 하도 어이가 없어 뭐라 대답을 하지 못하고 있었다. 그러나 형준은 달랐다.

"종례하러 올 때까지 기다리라고 하셨잖아요."

톡 쏘며 대들었던 것이다. 그랬다. 형준은 그런 녀석이었다. 아니 그것이 올바른 것인지도 모른다. 왜냐하면 선생의 잘못에 대한 단죄라 볼 수도 있기 때문이다. 하지만 그보다 그 이면이 더욱 부각되는데는 어찌 하랴. 속된 말로 앞뒤가 꽉 막힌 사람이라는 것과, 융통성 없기가 공산당 찜쪄 먹는 아이라는 것 말이다. 한데 그랬던 아이가 성인이 된 지금은 어떤가. 융통성을 초월한 초도덕(?)적 사고방식으로 거듭 태어나 있지 않은가.

검버섯 노인이 한동안 말을 중단했다가 축 늘어진 어투로 이어나갔다.

"사실 이 집 아들은 삼일장도 필요 없다고 했지만 그래도 어찌 그럴 수야 있습니까? 해서 이렇게 우리 늙은이들이 빈소를 지키고 있다우. 젊은이, 아참. 이집 아들 옛 친구라고 했던가?"

"예,……?"

"돌아가신 양반도 잘 알고?"

"예. 옛날엔요."

"그럼, 부탁함세. 옛정도 있고 할테니 그래도 우리보단 날 거라 생각되네."

"무슨 말씀이신지……?"

나는 이미 코가 꿰이고 있구나 생각하며 궁금한 나머지 물었다.

"자네가 이 양반 유골을……."

"네? 제가요? 어떻게……."

난감했다. 괴짜 형준이의 변화된 모습을 보고자 문상을 빙자해 온 자신의 비열함을 들켜버린 기분이기도 했다. 그때 쪽머리 노인이 내 난처한 입장에 한 술 더 떠 선수를 치고 나왔다.

"형준이와는 고향 친구라고 했지요? 그럼 불쌍한 저 양반 남편이 묻혀 있는 곳도 알고 있겠네요. 사실 죽기 이즈막 해서 자꾸 남편 얘기를 들먹거렸는데 우리가 저 양반 남편이 있는 데를 알아야 말이지요. 그러니 형준의 어릴 적 친구이기도 하니, 남편이 묻힌 묘지 위에라도 저 양반 유골을 뿌려 주구려. 쯧쯧, 불쌍한 늙은이 같으니라구."

"허어, 저 노인네 보소. 아 이 아파트에 사는 늙은이들 치고 자식 농사 똑바로 지은 사람 있는 줄 알아요?"

나는 형준이의 아버지 묘소를 알지 못한다고 말하지 못했다. 또한 알고 있다고도 말할 수 없었다. 왜냐하면 대충 짐작만 갈 뿐 그 많은 묘지들 가운데에서 꼭 이것이 형준의 아버지 묘소이노라고 짚어낼 자신이 없어였던 것이다.

"그럼 으째야 좋겠어요. 나타나지도 않는 자식인데."

"하긴 그래요. 주소래도 있으면 택배로라도 보낸다지만……."

검버섯 노인도 깊은 한숨을 내쉬며 쪽머리 노인의 장구 소리에 북소리로 대꾸했다.

"그래도 그렇지요, 제가 어떻게……. 엄연히 상주가 있는데……."

선뜻 대답하기도 뭣하고 해서 그렇게 미적거렸다. 그러자 대뜸 검버섯 노인이 씰룩거렸다.

"상주가 있으면 뭘 합니까? 고인과는 생전에 일별 면식도 없는 사인데."

"아, 아니 그게 아니라 기다리다 보면 형준이가 혹시 어머니가 돌아가셨다는 부음란을 보고 맘이 변하여 돌아올지도…….”

“허, 돌아올 사람이 이 따위 팩스를 보내겠나요, 원.”

나는 더 이상 검버섯 노인의 말에 대꾸할 말을 찾지 못했다. 다만 체념하는 눈빛으로 영정을 보았다. 비쩍 마른 영정의 눈에 눈물이 고였다. 아니 내 눈에 고이는 눈물이었다. 왜일까? 왜 내게서 눈물이 나는 것일까. 내게 그렇게도 잘 대해 주었던 큰어머니가 돌아가셨을 때만 해도 명복만을 빌었을 뿐, 눈물이 나지 않아 나 자신의 심성을 스스로 의심까지 했었다. 그런데, 그랬던 내 눈에서 갑자기 눈물이 나는 것은 무슨 이유일까? 병든 어머니를 방기한 형준이의 괘씸스런 행동에 대한 분노의 표출일까? 그렇다면 부모에 대한 나 자신은 어떠했던가. 지금은 비록 계시지 않지만 살아생전 시골에서 두 분만이 단출하게 사시다가 돌아가신 것이다. 아들 내외가 있는 도시로 올라오시라 해도 막무가내로 말을 안 들으시고 말이다. 이유인즉슨 평생을 살다시피 한 동네를 어찌 하루아침에 버릴 것인가라는 것이었지만 몸이 성한 이상 며느리 눈치 안 보며 살고 싶다는 것이 속내였을 것이다. 굳이 이유를 또 붙인다면 공기 좋은 데서 살겠다는 것, 그것 말고는 또 무엇이 있었을까. 하지만 사무실 걷어치우고 손바닥만한 전답을 보고 두 노인을 봉양하기 위해 시골로 내려가기란 현실적으로 거의 불가능한 상태였다. 물론 두 노인도 그것을 허락하지 않았고 말이다. 그러나 어찌 되었든 내가 형준이 같은 기상천외한 사고방식을 갖지 않은 것만으로도 나의 부모는 형준이 어머니의 처지는 아니었을 것이다.

별 수 없는 노릇이었다. 돈으로 고용된 대행 상주보다야 그래도 옛 정이 있는 자신이 낫지 않겠는가. 대행 상주가 되라는 것도 아니고 말이다.

말하자면 대행 상주는 그대로 두고 유골만 형준이 아버지의 묘지 위에 뿌려주면 되는 것이다. 그 옛날, 형준의 어머니에게서 얻어먹었던 주먹밥의 대가를 치르는 것이라고 생각하면 그만이었다. 게다가 내일이 휴일이니 사무실 일에 지장 있는 것도 아니고 말이다.

나는 아내에게 전화를 했다.

아내는 처음 몹시 불쾌해 했으나 대강만의 사정 이야기를 듣고도 쉽게 이해해 주었다. 나는 새삼스레 아내에게 고마움을 느끼며 검버섯 노인에게 물었다.

"형준이 지금 어떤 일을 하고 있는지 혹시 아십니까?"

"알면 뭐 하겠소."

아예 체념하는 투였다. 그러나 쪽머리 노인이 가만히 있지를 못했다.

"뭐 컴퓨터 박사라나 뭐라나. 애들 게임기 만드는 사람이라는 소문도 있고……. 도대체 즈 아들 뭐 하는지, 얘기한 적 없으니 자세히 알 수는 없고."

나설 때와는 달리 말꼬리를 흐렸다. 그러나 나는 기자로 있는 친구로부터 들은 얘기도 있고 해서 말꼬리 흐리는 쪽머리 노인의 속뜻을 헤아릴 수 있었다. 말하자면 형준이는 좋게 말해 프로게이머였다. 그러나 그것은 한창 때의 일일뿐일 것이다. 중년이 되어 가는 마당까지 아직도 게임에 빠져 있다면 한갓 게임 중독자에 불과할 게 뻔했다.

"예, 그래요? 대충 이해가 갑니다."

나는 쪽머리의 가르마를 바라보며 고맙게 들었다는 뜻에서 그렇게 대답해 주었다. 자세히 보니 반들거리는 가르마 사이에 비듬이 제법 슬어 있었다. 하지만 그것은 대수로울 게 없었다. 그것은 노인뿐만 아니라 젊은 사람도 얼마든지 끼일 수 있는 것이기 때문이었다.

형준 어머니와의 마지막 밤은 그렇게 쪽머리 노인과 검버섯 노인, 그리고 대행 상주와 내가 지켰다. 물론 중간에 쪽머리 노인이 서너 시간쯤 눈을 붙이기는 했지만, 그것은 코빼기도 내밀지 않는 형준이에 비하면 자식보다 말년의 늙은 친구가 더 나은 셈이었다. 특별히 고인이 따로 자리를 잡은 방이 있는 게 아니라 요즈음의 신세대식 원룸 아파트라서 고인과 함께 잠을 잔 것도 딴은 큰 의미가 될 수도 있었다.

그런데 눈을 붙이고 일어난 쪽머리 노인이 난데없이 문갑을 뒤적거리며 구시렁거렸다.

"빌어먹을 늙은이, 그까짓 남보다 못한 자식……."

"아니, 이 노인네가 눈 좀 붙이고 일어나더니 잠이 덜 깼나, 왜 그래요?"

검버섯 노인이 의아한 듯 물었다.

"아 글쎄, 이 늙은이가 꿈에 글쎄, 형준이 사진을 관 속에 넣어 달라지 않겠어요? 나원 참."

"……?"

"그런데 사진이 어디 있다고 문갑을 뒤져보라는 게야!"

쪽머리 노인이 눈물 질금거리는 눈을 손등으로 부비며 투덜거렸다.

"잘 찾아봐요. 있으니까 있다고 했겠지요."

"그렇기는 하지만, 사진 같은 건…… 가만!"

쪽머리 노인이 뭔가를 들고 뒤적거리던 동작을 멈췄다.

"이런 늙은이 하군, 바로 이거잖아?"

쪽머리 노인이 들고 있는 것은 한 개의 열쇠가 달랑 달려 있는 열쇠고리였다. 거기엔 명함 절반만한 크기의 투명 플라스틱 장식이 매달려 있었는데, 그 속에는 반명함 크기의 사진이 한 장 들어 있었다. 그러나 그 속에 들어 있는 사진은 쉽게 알아볼 수 없었다. 투명 플라스틱에 잔금이 무수하게 가 있어 그 안의 사진이 선명하게 보이지 않았던 것이다. 게다가 그 속의 사진이 누렇게 변색이 되어 인물을 쉽게 판명하기가 어려웠다. 하지만 그 속의 인물은 분명 형준이 임에 틀림없었고 혼자가 아닌 그의 어머니와 함께였다. 요즘에 보기 드문 흑백 사진이기는 하였으나 어머니의 품에 안겨 사진을 찍을 수 있었다는 것 자체만으로도 나보다는 행복을 누렸던 것으로 짐작되었다. 나는 사실 카메라 사진이 아닌 사진관에서의 사진은 초등학교 졸업 앨범 만들 때가 처음이었던 것으로 기억되고 있었다. 어쨌든 누렇게 바랜 사진이 열쇠고리 장식 속에 들어갈 수 있었던 까닭도 짐작이 가는 일이었고, 오랜 세월 간직해 왔을 형준이 어머니의 아들에 대한 사랑도 이해가 가는 것 중의 하나였다. 그러나 자신을 낳고 길러준 어머니의 시신조차 달랑 팩스 한 장으로 끝내고 마는, 그야말로 불효막심한 아들의 사진을 관 속에 넣어 달라고 부탁했다는 것은 이해가 갈 것 같다가도 고개가 갸웃해졌다. 뜻은 무엇일까? 그것도 외로움을 함께 달래던 친구의 꿈속에 나타나기까지 하면서 말이다. 아들을 그리워하는 형준이 어머니만의 독특한 사랑법일까. 일제 때 조선인을 비하시키기 위해 일인들이 퍼뜨렸다는 유언비어가 역사적 사실처럼 굳어져 내려오고 있는 고려장 이야기보다도 더 인간적이지 못한 현대판 고려장으로 어머니를 방기한 자식, 그런 자식까지도 사랑할 수 있는 사람이 바로 형준의 어머니였다는 얘긴가.

새벽녘이 되자 한 노인이 불쑥 들어섰다. 삭발한 후 몇 날을 보냈는지 조금쯤은 껄밤송이가 되어 있는 노인이었고, 손에는 한 장의 흰 종이가 쥐어져 있었다.

"허헛 참, 이 걸 보게."

삭발 노인이 기가 찬다는 표정으로 검버섯 노인에게 종이를 내밀었다. 팩스로 보내온 종이 같았다. 혹시 형준이한테서? 그렇다면 무슨 내용일까?

부음란 전보 감사합니다. ……장의사 측에서 하는 대로…….

타이프 된 글씨가 용지의 절반쯤을 채우고 있었다. 그러나 특별한 내용은 아니었다. 형준이가 어머니의 죽음을 알고 있다는 점도 특별난 것이 될 수 없었다. 그는 이미 어머니의 죽음을 예견하고 있었음에도 돌아오지 않고 모든 절차에 대해서 미리 손을 써 놓았기 때문이었다. 하지만 나는 삭발 노인의 표정을 이해할 수 있었고, 내 스스로도 기가 찼다. 오지 못하는, 아니 오지 않고 있는 이유를 한 마디도 언급하지 않았던 것이다. 대체 무슨 일이 있기에 나타나지 않겠다는 것일까. 정말 피치 못할 사정이 있는 것일까? 아니면 한낱 도피에 불과한 것일까?

"한데 이 젊은이는?"

삭발 노인이 나의 존재를 문득 생각해 냈는지 나를 빤히 쳐다보며 검버섯 노인에게 물었다. 그것은 그만큼 문상 오는 사람이 없었다는 것을 방증하고 있는 것이기도 했다. 이번에도 역시 쪽머리 노인이 나서서 나에 대해 중언부언 설명했다.

"호오, 그래요?"

이야기를 들은 삭발 노인은 반신반의하면서도 기특하게 여기는 눈치가 역력했다. 나는 괜히 겸연쩍어지는 것을 느꼈다.

얼마의 시간이 더 흐른 뒤에 세 명의 노인이 더 들어왔고, 잠시 후에 중형 장의차 한 대가 아파트 입구로 들어서더니, 초로의 건장한 남자 네 명이 들이닥쳤다. 네 사람은 곧 행동에 들어갔다. 영정을 대행 상주에게 쥐어주고는 개다리소반을 내게 들린 후, 병풍을 걷고 관 둘레에 매듭져 놓은 광목 끈 손잡이를 잡고 들어올렸다. 무슨 이유로 그러는지 동쪽 벽을 필두로 사방 벽에다 관의 머리 부분을 세 번 씩 출썩였다. 이유가 궁금했지만 질문할 처지도 아니었다. 다만 그들이 시키는 대로 형준의 어머니 발치를 따라 현관을 나서면 되었다.

현관 앞에 내 걸렸던 조등이 눈에 띄자 내게는 새로운 의문 하나가 떠올랐다. 관을 운구하여 내려갈 곤돌라가 보이지 않았던 것이다. 여느 아파트의 이런 경우에는 곤돌라를 미리 준비해 놓고 현관을 나서기 때문이었다. 사실 나는 곤돌라에 실린 채 내려오는 관을 몇 번 본 적 있었는데, 그때마다 아슬아슬함이 내 전신을 스멀거리게 했었다. 두레칸을 이용하면 쉽고 편리할 텐데 하는 생각과 함께 말이다. 그러면서 두레칸을 처음부터 크게 시공하지 않는 까닭을 이해할 수 없었다. 산 사람이 오르내리는 두레칸이지 죽은 시신이 사용하는 것이 아니지 않느냐고 한다면 굳이 반박할 말은 없지만, 그래도 한 마디 해주고 싶은 말이 있다. 당신네들은 죽지 않을 사람이냐고.

나는 내가 갈 곳이 두레칸임을 알아차린 순간 어제 저녁 이 아파트를 올라오면서 잠시나마 의문을 품었던 까닭이 이해되었다. 이 아파트에서의 두레칸은 산 사람을 위한 두레칸이라기보다 차라리 죽은 자를 위한 것일지도 모른다는 점이었다. 마치 관 속같이 느껴졌던 탓이었다.

천천히 형준 어머니의 발치를 따라 걸으면서 영정을 들고 두레칸으로 앞서 들어가는 대행 상주의 뒷모습을 보며, 아무리 편리한 것을 추구하는 시대라지만 한 사람의 마지막 가는 길을 이렇게 쓸쓸하게 배웅해도 되는 것인가, 새삼스레 어이없다는 생각이 들었다. 만일 장례 절차를 대행해주는 대행업체가 없었다면 형준은 어떻게 했을까.

두레칸은 관의 길이와 딱 맞았다. 영정을 든 대행 상주와 네 명의 운구자, 그리고 개다리소반을 든 내가 관의 양 옆에 비좁은 표정으로 마주보고 섰다. 더 이상의 사람이 들어설 수 있는 공간은 없었다. 때문에 뒤따르던 노인들은 허망한 눈빛만을 두레칸에 태워야 했다. 어제 저녁 나를 처음 발견하고 형준이일 것이라고 착각했던 쪽머리 노인이 소맷자락으로 눈시울을 찍어냈다. 두레칸의 문은 노인들의 눈 바래기마저 오랜 시간 허용하지 않았다. 문이 스르르 닫혔던 것이다. 두레칸은 곧 하강하기 시작했고, 개다리소반 위의 향이 금세 두레칸의 구석구석을 휘돌며 채워갔다.

아파트 앞에서 간단한 노제를 지낸 형준의 어머니는 몇몇 노인들이 지켜보는 가운데 중형 장의차에 실려 화장터로 갔다. 그곳에서 형준의 어머니는 한 줌의 재로 남겨졌다. 그리고는 아들의 품에 안긴 게 아니라 그 옛날 아들 친구의 차에 실려져 내 고향이자 형준이의 고향이던, 아니 미우나 고우나 남편이 잠들어 있는 시골 마을의 공동묘지로 향했다.

승용차를 몰고 가는 내 마음이 착잡해서 그런지 밤을 지새웠는데도 불구하고 그다지 졸리지 않았다. 과연 이래도 되는가? 훗날 형준이에게 뒷말을 듣게 되지나 않을까. 하지만 이미 엎질러진 물인 것을 어찌 하랴! 가속페달을 밟으며 신문사에 있는 친구에게서 몇 해 전 들었던 말을 문득 떠올리고 있었다.

" 형준이 그 친구가 글쎄, 게임업체 사장 대신 징역을 산다지 뭔가. 그런데 그러는 이유를 통 모르겠거든?"

사장을 위해 대신 십자가를 짊어질 수 있었다면 분명 가슴이 있을 터였다. 한데 그런 가슴이 있는 사내가 어찌 이리 어머니의 시신을 방치하는 것일까. 특별한 사정이라도 있는 것일까.

혹시 장례식을 치러낼 용기가 없어 도피하고 있는 것인가. 하긴 그럴지도 모르겠다. 장난기 많았던 어린 시절을 생각하면 말이다.

형준이는 또래들 간에 고자로 통했다. 뜨거운 여름날 둠벙에서 미역을 곧잘 감곤 했는데 그때 그는 결코 팬티를 벗으려 한 적이 없었고, 물놀이가 한참 무르익어 갈 무렵 둑에 걸터앉아 쉬던 아이들은 누구의 고추가 큰지 서로 대보기 위해 바싹 오그라든 녀석들에게 용두질을 가하느라 정신을 빼곤 했었는데, 형준이는 그때마다 슬그머니 사라지곤 했던 것이다.

늦은 점심시간이 되어서야 공동묘지로 통하는 우마차 길에 다다를 수 있었다. 초등학교에 다닐 적 아침저녁으로 지나다니던 길이었다. 나는 그 길로 차를 운전해 가면서 왠지 불길함을 떨치지 못했다. 주변 풍경이 예전과 너무나 다르게 변해 있어서였다. 있던 집이 없어지고 없던 집이 생기는 것은 그렇다 쳐도 산이 밭으로, 밭이 논으로, 아니 집보다 높은 곳으로 수로가 지나가는 등, 한낮에도 혼자 다니기가 으스스하기만 하던 왕소나무골도 절반은 밭으로, 절반은 논으로 변해 있었다. 그야말로 천지개벽이 된 꼴이었다. 더구나 수로가 마을 안길을 따라 들어간 꼴이 꼭 공동묘지도 물에 잠기고 말았을 것 같았다.

아니나 다를까, 왼쪽 언덕배기에 웅크리고 앉아 있던 두꺼비 바위 모습만이 우뚝하니 그대로일 뿐, 우마차 길 오른쪽 아래 공동묘지는 예전의 모습 그대로가 아니었다. 까치가 새끼를 치던 미루나무는 물론 대부분의 묘지도 이장해 가고 없었다. 겨우 남아 있는 묘지라고는 다랑논 사이사이에 몇몇의 봉분들이 드문드문 볼품없이 박혀 있는 게 고작이었다.

유골 상자를 들고 차에서 내린 나는 형준이 아버지의 묘가 있던 곳 근처를 얼더듬어 내려다보았다. 그러나 아! 내 입에서는 어이없는 소리가 절로 나왔다. 형준이 아버지의 묘가 있던 곳은 다랑논이 되어 정갈하게 줄지어 모내기가 끝나 있었다. 제법 뿌리를 내렸는지 비료기가 올라 있었고 잔잔한 바람에 제 얼굴을 부비며 오후의 햇살을 맛나게 쪼이고 있었다.

나는 유골 상자를 안은 채 망연자실했다. 비료 주듯 논바닥에라도 유골을 뿌려야 하는 것인가. 하지만 그럴 수는 없는 노릇이었다. 어떻게 해야 할까. 나는 잠시 논바닥을 내려다보며 생각에 잠겼다. 그러다 문득 생각난 듯 언덕배기 두꺼비 바위를 바라보았다.

그래, 형준이가 올 때까지 니가 그의 어머니를 지켜 주려무나.

나는 주말농장에 갈 때마다 사용하곤 하던 모종삽을 트렁크 안에서 꺼냈다. 그리고 유골 상자를 않은 채 두꺼비 바위를 향해 언덕배기를 오르기 시작했다.

나를 찾는 게임

나를 찾는 게임

허달수 씨는 가판대에 진열되어 있는 일간신문 중에서 정기 구독하고 있는 조선일보를 제외한 신문이라는 신문은 모두 한 부씩 사왔다. 동아일보, 한국일보, 중앙일보, 매일경제, 일간스포츠, 스포츠조선, 스포츠투데이…….

꼼꼼히 살펴볼라치면 하루 가지고도 부족할 터였다.

"아니, 웬 신문을 그렇게 몽땅 사왔나? 한 번도 아니고 벌써 며칠째?"

잿빛 텔레비전 화면 속에서 어른거리고 있는 사내를 보며 말했다. 화면 속의 사내가 대답했다.

"아, 이거? 나를 찾기 위해서지. 잊혀져버린 나를 찾기 위해서."

허달수 씨는 우선 튀어나와 있는 큰 글씨들부터 한 눈으로 훑어보고 뒤이어 작은 글씨들까지 샅샅이 헤집으며 자신의 행적을 찾았다. 특히 사회면은 한 번으로도 모자라 두 번씩이나 훑었다. 신문을 보던 중에 텔레비전 뉴스도 그냥 지나치지 않았다.

　　그러나 오늘도 어제와 마찬가지로 헛수고인 모양이었다. 신문에서건 텔레비전에서건 '황금열쇠'라는 낱말은 찾아볼 수 없었고 '허달수'라는 자신의 이름 석 자는 물론 읽혀지거나 불리어지지 않았고 사진 또한 찾아볼 수 없었다.

　　'황금열쇠'와 '허달수'.

　　확률적으로야 황금열쇠 뒤에 허달수가 따라붙을 퍼센트는 약하지만, 허달수라는 이름이 신문에 오르거나 뉴스 시간에 언급된다면 이름 뒤에 '황금열쇠'라는 금빛 찬란한 낱말이 따라붙을 확률은 가히 1백 퍼센트가 넘을 것이다.

　　〈 황금열쇠 〉

　　허달수 씨는 외투 안주머니에서 열쇠를 꺼냈다. 10센티미터는 족히 될 듯한, 말로만 듣던 행운의 열쇠, 황금빛 열쇠였다. 한데 이 행운의 열쇠를 소유하고 있다는 것만으로 행운을 기대해도 좋을 만큼 재수가 좋을까?

　　보름 전쯤, 연금을 수령하기 위해 우체국에 갔을 때였다. 고객 순번표를 뽑아 어디 앉을 자리 없나 둘러보는데 저만치 게시판 앞에 아는 사람의 뒷모습이 보였다. 자식들 다 키워 시집 장가 잘 보내고 늙은 두 내외만이 홀가분하게 뒤늦은 신혼에 젖어 사는 황치곤이었다.

　　"뭘 그렇게 쳐다보나?"

　　허달수 씨가 다가가 옆구리를 찌르며 물었다.

　　"어이쿠, 깜짝이야! 헛기침이라도 하잖고?"

　　정말로 놀랐는지 황치곤이 두 눈을 동그랗게 떴다.

　　"이 사람, 놀래기는……. 그래 아는 사람이라도 나왔어?"

　　"아는 사람은 무슨."

158

"아는 사람도 없는데 그렇게 놀래?"

허달수 씨가 핀잔을 주었다. 그러자 황치곤이 새삼스레 깊은 한숨을 쉬었다.

"아니, 이 사람아 땅 꺼지겠네. 무슨 일 있었어?"

"누군가가 찾고 있다는 것은 참 좋은 일이야!"

황치곤이 다시 게시판에 눈길을 보내며 뚱딴지 같은 소리를 했다

"누군가가 찾고 있다?"

허달수 씨가 황치곤의 말을 되새김질하며 시선을 게시판으로 보냈다. 지명수배인 명단이 눈높이보다 약간 위쪽에서 두 사람을 내려다보고 있었다.

"누군가가 찾고 있다는 것만큼 스릴 있는 게 있을까?"

황치곤이 혼잣말처럼 허달수 씨에게 물었다.

"그야 그럴 테지. 좇는 자의 스릴보다 쫓기는 자의 스릴이 훨씬 더 하겠지. 잡히면 끝장이니까. 그런데 그게 왜?"

"갑자기 내가 잊혀지고 있다는 생각이 들어. 마치 죽은 사람처럼……."

"죽은 사람?"

허달수 씨는 싸늘한 시체를 떠올렸다. 그것은 황치곤의 시체도, 3년 전에 먼저 간 아내의 시신도 아니었다. 바로 자신의 굳어진 몸체였다. 세상 사람들로부터 외면당한 허달수 씨 자신의 존재. 과연 자신의 살아 있음을 인식해 줄 사람이 몇이나 될까? 자신의 무정자증으로 인해 친자식도 생산하지 못한 허달수 씨였다. 때문에 배꼽도 안 떨어졌던 핏덩이 계집아이를 입양해 키웠었는데 벌써 5년 전에 국제결혼으로 국적을 바꾸었고 키워준 어미가 죽었다는데도 오지 못했다. 그런 그 딸이 살아 있는 아비

의 외로움을 언감생심 가늠이나 하고 있을까? 피부 색깔 다르고 말씨 다른 나라에서 천대나 받지 않고 잘 살아주기만 하면 그게 바로 키운 보람인 것을, 더 이상 무얼 바랄까. 아비를 잊고 있는 딸아이처럼 그 아비도 딸아이를 잊을 수 있으면 그만 아니겠는가. 잊고 지내고 잊혀 지내는 것은 누구한테든지 간섭받을 일없어 참으로 편한 일이 아니었던가.

때문에 그동안 있는 듯 없는 듯 지내온 게 사실이었다.

한데 우체국 게시판에 붙어 있는 지명 수배인 명단 앞에서 듣게 된 황치곤의 말 한 마디가 과연 무엇이기에 이토록 허달수 씨로 하여금 현실을 자각시키고 있는 것일까.

허달수 씨는 우체국을 나와 혼자 걸으면서 새삼스레 자기 자신을 돌아보았다. 대체 지난날의 직장 동료들로부터 자신의 존재를 확인할 수 있었던 적이 언제쯤이었을까. 친척들 또한 마찬가지다. 다 제 앞가림하기 위해 허둥지둥하고 있을 뿐이다. 하지만 그렇다고 어찌 집안 어른을 나 몰라라 하느냐 나무랄 수도 없는 노릇 아닌가. 그래도 오다가다 만나 커피 몇 잔 나누며 친해지긴 했을망정 황치곤이라는 동년배가 근처에 있어 더러 만날 수도 있다는 게 위안이라면 위안이었다.

그래도 정년퇴임을 하기 전에는 딸애 같은 여직원이 팔짱을 껴주기도 하고 젊은이들 술자리에 곧잘 초대되기도 했었다. 유능한 상사는 못 되어도 인정 많은 선배로 대접받고 살아온 허달수였노라 자부하고 있었다. 한데 지금은 고작 잊혀져버려 가는 과거의 한 인간에 불과하다니 세월이 야속하기도 했다.

이제 '허달수'라는 이름 석 자를 기억하는 사람은 이 세상에 한 명도 없게 될지 모른다. 아니, 이미 그렇게 되어 있는지도 모른다.

사람들의 기억에서 사라진다는 것은 무엇을 의미하는 것일까. 황치곤의 말마따나 죽은 목숨일까?

골목길을 걷고 있기는 해도 걷는 게 아니었다. 꿈을 꾸고 있다가 이제야 겨우 깨어난 것 같은 기분이었고, 밀려오는 허탈감에 으르르 진저리가 쳐진 것도 벌써 몇 번째였다.

그렇다. 누군가가 찾고 있다는 것은 살아 있음을 확인 받는 길이다. 누구도 찾지 않는다는 것은 잊혀져버린 것이요, 곧 존재를 거부당한 꼴이다. 살아 있으되 죽어 있는 존재에 불과한 것이다. 따라서 누구도 찾지 않는 허달수 씨 역시 이미 잊혀져버린 죽은 목숨이라고나 할까.

허달수 씨는 문득 살갗이 스멀스멀 문드러지고 있음을 느꼈다.

부패한 뱃속에서는 가스가 새어나왔다. 마치 정화조 청소를 하는 것 같은 지독한 냄새였다. 아, 이대로 잊히어 죽고 마는 것인가. 잊혀져버려 죽은 목숨이 되고 마는 것인가. 죽을 때 죽더라도 잊히어 죽고 싶지는 않았다. 살아 있으면서 죽은 목숨이 되고 싶지는 않았다.

어떻게 해야 할까. 어떻게 해야 죽은 목숨에서 벗어날 수 있을까.

장기판의 외통수에 몰린 것 같다는 생각이 들었다. 어느 쪽으로든 피할 길 없는 외통수. 외통수에 묘수란 없는 것일까? 장기판에 승자와 패자가 있듯이 모순(矛盾) 사이가 아니라면 분명 묘수가 있을 수도 있을 것이다. 외통수로 몰아 부친 묘수에서 벗어날 수 있는 묘수. 그 묘수가 무엇일까. 잊혀진 '허달수'를 찾는 게 묘수일까?

아무래도 그 길밖에 없을 것 같았다. 그 길만이 살길이었다.

허달수 씨는 오로지 앉으나 서나, 누우나 잠을 자나, 꿈에서도 한 생각, 잊히어진 자신을 찾기 위한 묘수 찾기에 골몰했다. 구하라 그러면 얻을 것이다라고 했던가. 묘수는 생각하지 못했던 데에 있었다. 그저 소일거리로 훑어보던 신문 속에 묘수로 간택되어지길 기다리고 있는 것이 있었다. 아주 아무 것도 아닌 것 같으면서 엄청난 효과를 기대할 수 있는 방법이었다.

허달수 씨는 간택된 묘수를 쓰기 위해 우체국 앞에서 버스를 타고 무작정 단독주택 마을로 갔고, 쪽대문 열린 집이 있기에 돌멩이를 던져 빈집임을 확인한 후 당연히 제집 들어가듯 태연하게 들어가 안주인의 반짇고리에서 황금열쇠를 선사(?) 받고는 답례품으로 신분증 갱신할 때 찍었던 사진 한 장을 넣어두었다. 이면에 분명 '허달수'라는 이름까지 씌어 있었다.

아직 반짇고리를 열어보지 않은 것일까? 어쩌면 그랬는지 모른다. 그걸 미리 계산해 반짇고리를 아예 패대기쳐 놓았어야 하는 건데 너무 점잖을 떤 모양이다.

허달수 씨는 다시 황금열쇠를 안주머니에 넣었다. 그리고 흐트러진 신문들을 내버려 둔 채 밖으로 나왔다. 신문을 사러 나왔을 때와 달리 날씨가 스산해져 있었다. 금방이라도 눈발이 날릴 것 같았다. 모자를 쓰고 나올 걸 하는 생각이 들었으나 점퍼 깃을 세우는 것으로 대신했다.

허달수 씨는 먼저 황치곤을 만났던 우체국으로 갔다. 사람들은 그때나 지금이나 많은 사람들이 순번을 기다리고 있었다. 허달수 씨는 그들을 개의치 않고 곧바로 게시판으로 다가가 수배인 명단을 들여다보았다. 사진들이 모두 성능 좋지 않은 복사기로 몇 차례 복사해 놓은 것처럼 똘똘한 것이 별로 없었다. 이래 가지고야 어디 수배인 명단에 올라 있는 실제 인물을 보았다 한들 신고가 가능할까 싶었다.

기대했던 허달수 씨의 사진과 이름은 올라 있지 않았다. 혹시나 수배인 명단에 올라 있어 누군가 찾는 사람이 되어 있기를 간절히 바랐던 것이다. 그러나 명단은 바뀌지 않고 그대로였다.

허달수 씨는 우체국을 나와 간택된 묘수를 쓰던 날처럼 버스를 타고 가다 단독주택 마을 입구에서 내렸다. 그리고 쪽대문이 있는 집으로 갔다. 쪽대문이 있는 커다란 대문은 짙은 코발트블루 빛이었다. 전에 없던 무선경비시스템이 설치되어 있었다. 새삼스레 경비시스템을 설치한 것으로 보아 황금열쇠를 도난당한 사실을 알고 있는 모양이었다. 한데 무슨 이유로 신고하지 않았을까? 도난당한 사실을 누설하고 싶지 않는 사회적 신분을 가진 사람일까? 또 그런 사람은 어떤 계층의 사람일까? 대문 단속도 제대로 못했던 것을 보면 뻔한 사람일 것 같기는 하지만 그날따라 허달수 씨를 위해 쪽대문이 열려 있었는지 모른다. 도둑을 맞으려면 개도 안 짖는다는 말이 있지 않던가. 어쨌든 이 집은 소는 잃었어도 외양간은 고칠 줄 아는 집이었다.

아무튼 이 첫번째 시도로는 잊혀져버린 허달수를 찾을 수 없었고 따라서 실패를 인정, 내친김에 두번째의 대상을 찾아 또다시 골목을 어슬렁거려야 했다. 그러나 두번째의 대상은 첫번째처럼 쉽게 찾아지지 않았다. 대신 내일을 기약하고 돌아오던 중 바로 자신의 아파트 두레칸(승강기) 맞은편 게시판에서 한 단계 업그레이드 된 묘수를 터득하는 전과(?)를 올리게 되었다. 나갈 때는 붙어 있지 않았던 새로운 게시물에 그 묘수가 숨어 있었던 것이다. 사람을 찾는 명단이라는 점에 있어서는 우체국에 붙어 있던 명단과 다를 바 없었으나 바라다 보이는 시각은 전혀 달랐다.

〈부모가 애타게 찾고 있는 어린이들…….〉

제목 하에 귀엽게 생긴 아이들의 사진과 더불어 잃어버릴 때 당시의 나이와 특징 등이 간략하게 적혀 있었다. 그리고 〈미아는 이렇게〉라는 표제로 아이를 잃어버렸거나 발견했을 시 어떻게 하라는 요령이 적혀 있었고, 〈잃어버린 아이들 찾아주기〉 운동 난에 있는 발견했을 시의 신고처와 국번 없이 거는 전화번호가 한국 복지재단 어린이 찾아주기 종합센터 전호번호와 함께 허달수 씨의 입 속에서 읽혀졌다.

112. 182. 02)777 ─ 0182 . 9121.

두레칸의 가슴이 활짝 열렸다가 그냥 닫히고 나서도 허달수 씨는 한참이나 아이들의 사진을 올려다보았다. 저렇게 작고 잃어버린 지 몇 년씩이나 된 사진들을 게시해 놓고 어떻게 찾을 수 있을까 싶었다. 더구나 한번 훑어본 기억으로 실제 인물과 대면했을 때 과연 몇 명이나 알아볼 수 있을 것인가. 당사자들에게는 안 된 일이지만 부모들도 동일 인물을 가려내기가 쉽지 않을 것이었다. 그럼에도 저렇게 사진을 게시해 놓는 이유는 무엇일까? 실오라기라도 붙잡아보려는 부모의 애타는 마음에 지나지 않을 것이었다. 허달수 씨는 그런 부모의 심정을 느끼는 순간 아, 이거였구나! 하는 생각이 뇌리를 스쳤다. 실오라기라도 붙잡으려는 부모의 심정. 바로 그 심정이라면 자신의 살아 있음을 확인해 보는데 충분하리라. 좀 내키지 않는 방법이었으나 업그레이드 된 것임에는 틀림없었다. 그야말로 충격요법일 터였고, 따라서 세상에 자신을 드러내는데 가장 적절한 효과 만점의 방법일 것이다.

이튿날 허달수 씨는 모처럼 만에 소형 승용차의 시동을 걸어 외출했다. 먼저 슈퍼에 들러 과자와 음료수를 사고 완구점에 들러 예쁜 인형과 로봇, 그리고 소형 전자 게임기도 샀다. 확언컨대 손자에게 주기 위해 사는 심정이었다.

준비를 끝낸 허달수 씨는 한참동안 차도를 달리다가 아이들이 북적대며 걸어 나오는 어느 초등학교 입구에서 차를 멈추었다. 재잘대는 아이들은 학교가 운영하고 있는 병설 유치원생들인 듯싶었다. 고만고만한 것들이 아주 귀여운 녀석들이었다. 시집간 딸아이는 아이를 낳았을까? 낳았다면 분명 저만큼 자라지는 못했을망정 한참 재롱을 떨 나이는 되었을 것이다.

아이들은 선생님의 지시에 따라 차도를 건너고 손에 손을 잡은 채 맛난 이야기를 나누었다. 선생님의 지시선상을 벗어난 몇몇 깐돌이 같은 아이들이 무에 그리 급한지 등에 멘 가방이 덜렁거려 거추장스럽게 보일 정도로 내닫기도 했다.

허허, 고것들 참!

허달수 씨는 친손주들의 재롱을 보는 듯 안면 근육을 가볍게 실룩였다. 그러나 이내 이맛살을 일그러뜨렸다.

빌어먹을 년! 쌔고 쌘 게 사내놈들인데 외국인과 눈이 맞을 게 뭐람!

구시렁거리며 가속 페달에 힘을 주어 차들의 흐름 속으로 끼어들었다.

얼마를 달렸을까? 편도 3차선 도로에서 2차선 도로로, 그리고 1차선 도로에 이어 차선이 없는 골목길로, 그러다가 다시 차선이 여럿인 넓은 도로로 나왔다가 좁은 길로 들어서기를 여러 차례, 허달수 씨의 차에는 네다섯 살쯤 되어 보이는 계집아이가 태워져 있었다. 아이 한 명을 차에 태우는 일이 이렇게 쉽고도 간편할 줄은 미처 상상도 못했던 터여서 싱겁고도 어이없을 따름이었다.

"아가야, 몇 살이니?"

허달수 씨는 더 없이 부드럽고 인자한 할아버지의 목소리로 물었다. 그러나 아직 아이는 상황 파악이 안 되는지 비닐 봉투에 가득 든 과자들과 인형, 그리고 장난감을 쳐다보다가 허달수 씨를 보고 끔뻑거렸다. 대답해야 할지 말아야 할지, 울어야 할지 참아야 할지 헛갈리는 모양이었다.

"몇 살인지 몰라?"

재차 묻자 아이가 고개를 보일 듯 말 듯하게 흔들었다. 빨간 방울 끈에 삐삐머리로 묶인 머리칼이 깜찍했다.

"그럼 몇 살?"

여전히 부드러운 목소리로 묻자 그제야 아이가 엄지손가락을 접은 채 나머지 손가락을 펼쳤다.

"네 살이구나?"

아이가 고개를 끄덕거렸다.

"아주 똑순이처럼 똑똑하네! 똑똑하니까 어디 이름도 한번 말해 볼래?"

"유슬기요."

"오, 그랬구나. 유슬기. 이름 참 이쁜 이름이네. 똑똑한 이름이구. 니네 집 전화번호도 알겠구나?"

역시 아이는 허달수 씨의 예측대로 유도 질문에 잘 넘어갔다. 전화번호도 쉽게 일러주었을 뿐만 아니라 불안감도 어느 정도 떨친 것 같았다.

허달수 씨는 과자 봉투를 뜯어 주기도 하고 인형도 안겨 주었다.

이따금씩 엄마를 찾으며 울먹이긴 했으나 그때마다 엄마한테 가는 중이라며 안심시키자 서너 시간이 지나도록 잘 속아 주었다. 놀이공원에 가서 목마도 태워 주고 만화영화를 상영하는 극장이 눈에 띄어 생각지도 않던 만화영화도 함께 보았다. 누가 보아도 손녀와 할아버지 사이로 비

취졌을 것은 분명할 터였다. 아이도 저한테 잘해 주어서 그런지 비교적 잘 따라주었다. 저녁나절쯤에서 한 차례 떼를 썼으나 그것도 아이스크림 하나로 진정되었다. 아무나 데려다 키워도 될 정도로 아이는 참으로 순둥이였다. 얼굴도 바비 인형이 생각날 정도로 깜찍하고 귀여웠다.

이런 손녀 하나만 있었으면 얼마나 좋을까. 하루 지나가는 게 시간 가는 줄 모를 터이고 생명감이 온종일 흘러 넘칠 것이다. 따라서 자신이 잊히어지고 있다는 사실 자체가 무의미해질 것이고 살아 있음을 확인할 필요조차 없을 터였다.

달리는 차들이 너 나 할 것 없이 전조등을 켜고 다니기 시작할 무렵 아이는 피곤한지 잠에 빠져들었다. 허달수 씨는 아이가 불편하지 않도록 뒷좌석에 잘 눕히고 자신의 상의를 벗어 덮어주었다. 그리고 공중전화가 있는 곳을 찾았다. 휴대폰이 있기는 하지만 영화 속의 범인들처럼 공중전화를 이용하고 싶었던 것이다.

신호음이 울리고 저쪽에서 젊은 여인의 다급한 목소리가 들려왔다.

"여보세요? 여보세요?……여보세요?"

"슬기 엄마?"

상대방의 심정과는 전혀 상반되게 양쪽 코를 막은 채 느긋한 목소리로 말했다.

"여보세요? 우리 아이 어딨죠?"

누가 전화를 했는지를 알려고도 하지 않은 채 다짜고짜 아이를 찾았다. 당연히 유괴범일 것이라 생각하고 있는 모양이었다.

"나를 찾아주세요."

"뭐라고요?"

“잊혀진 나를 찾아달란 말입니다.”

“그게 무슨 소리죠? 무슨 소리냐구요?”

아이 엄마가 재우쳤다. 그러나 허달수 씨는 잠시 숨을 골랐다.

“여보세요? 우리 아이 갖고 장난치지 말아요, 제발, 우리 슬기…….”

“…….”

허달수 씨가 여전히 말을 하지 않자 답답한 아이 엄마가 울먹이는 소리로 말했다.

“뭘 원하죠? 뭘 원하냐구요.”

“아무 것도 원하지 않아요. 나만 찾아주면 돼요.”

“여보세요? 뭐라구요? 나를 찾아 달라구요?”

“…….”

“나가 누구죠? 나가 누군지 알아야 찾든지 말든지 하죠.”

그러나 이미 허달수 씨는 수화기를 귀에서 떼어내고 있었다. 그리고는 제자리에 걸어놓지도 않고 그냥 늘어뜨려 놓았다. 여보세요. 여보세요. 디룽디룽 매달린 수화기 속에서 아이 엄마의 애처로운 목소리가 튀어나와 전화 부스를 나가는 허달수 씨의 옷자락을 붙잡았다. 우리 슬기를 돌려주세요. 제발, 제발…….

허달수 씨는 디룽거리는 송수화기를 한 번 힐끔 쳐다보며 중얼거렸다.

“잊혀진 나를 찾아주세요. 그러면 아이는 걱정 안 해도 됩니다.”

차는 시동이 걸려 있는 채 주인을 기다리고 있었다. 따라서 시동을 다시 걸어야 하는 수고와 잠깐의 시간이나마 절약할 수 있어 곧바로 핸드 브레이크를 풀고 변속기의 레버를 당겨 드라이브에 놓은 다음 서서히 차를 출발시켰다.

허달수 씨는 영화에서 보았던 장면 그대로 따라 하고 있었다. 특히 전화는 짧게 하고 그 장소를 빨리 피하라, 하는 교과서적인 방법을 실천하기 위해 시동까지 끄지 않았던 것이다. 굳이 시동을 끄지 않은 또 한 가지의 이유가 있다면 시동 걸 때의 소리와 울림 때문에 아이가 곤한 잠을 깨지 않도록 하기 위해서였다. 아이가 선잠에서 깨어나 칭얼대기라도 하면 느긋한 스릴을 만끽하기는커녕 아이를 달래느라 진을 빼야 할지도 모르는 것이다.

허달수 씨는 일부러 차들이 밀집된 도로를 따라 달리며 카 라디오를 틀었다. 유괴범을 찾는 경찰의 수사 방향을 알기 위해서였다. 그러나 이 방송 저 방송 돌려가면서 유괴에 관련한 이야기가 나오지 않을까 귀를 기울였지만 서울외곽순환도로를 달리다가 서해안 고속도로를 30여 분 이상 달리고 있는데도 감감 소식이었다. 별 수 없이 허달수 씨는 고속도로를 빠져 나와 어느 중소 도시의 공중전화 부스로 들어갔다. 휴대폰 시대라 그런지 공중전화를 찾는 것도 쉬운 일은 아니었다.

"왜 나를 찾아주지 않는 겁니까? "

상대방의 목소리가 들리기가 무섭게 손으로 코볼을 잡은 채 따지고 들었다.

"우리 아이를 돌려주세요. 흑흑. "

아이 엄마는 동정을 사기 위해 애를 썼다.

"돈을 원하나요? 하지만 우린 돈이 없어요. 해드리고 싶어도 돈이 없어요. 셋방살이 단칸방을 뺄래도 금방 빠지지도 않아요. 돈 없으면 우리 아이 어떻게 되는 거죠? "

전화를 끊으려는 사람에게 자기의 할 말을 급히 해대듯 숨도 쉬지 않고 말했다.

"왜 경찰에 신고하지 않았습니까?"

"네? 뭐라고요?"

"슬기를 찾고 싶으면 빨리 경찰에 신고해서 나를 찾아요."

"여보세요, 뭐라고요?"

아이 엄마는 허달수 씨의 말이 이해가 안 가는지 되풀이 질문만 연발했다.

"잊혀진 나를 찾아 달란 겁니다."

그리고 또 전화기를 전화통에 매달아 놓은 채 전화 부스를 나왔다.

아이는 엄마의 마음을 아는지 모르는지 깰 생각도 하지 않고 곤하게 잘 자고 있었다. 볼때기라도 깨물어 주고 싶은 아이였다.

흐흠, 고녀석 참!

환하게 불을 밝히고 있는 편의점이 새삼스레 눈에 띄었다. 그만큼 여유가 생긴 것일까. 그렇다면 이때까지 무엇에 쫓겨 허겁지겁 예까지 달려 온 것일까? 경찰이 두려웠던 것일까? 아니면 살아 있음을 세상에 확인시키기 위한 수단으로 아이를 유괴할 수밖에 없었다는 것 자체가 두려운 것일까? 굳이 경중을 따진다면 전자보다 후자가 더 두렵다는 게 솔직한 심정이었다. 그러나 자신은 아이를 어떻게 하자는 게 아닌데다 돈을 우려내자는 것도 아닌 터라 조금이나마 자신을 위안할 수 있었다. 아이의 부모에게 미안한 노릇이나 잊혀져버린 자신을 찾기 위해서는 어쩔 수 없었다. 하지만 이런 일을 겪는 일은 아이를 보호하는 데 있어 타산지석이 될 것이었다.

허달수 씨는 편의점으로 걸음을 옮겼다. 지방의 중소 도시, 그것도 늦은 밤이어서 그런지 매장 안은 텅 비어 있었다. 아르바이트생만이 카운터에 앉아 뜻밖에도 독서를 하고 있었다. 가까이 가보니 만화책이었다. 만화책도 분명 책임에는 틀림없지만 조금은 실망스러웠다. 그래도 괜찮은 교양서적이길 바랐던 게 허달수 씨의 속마음이었다.

아이가 깨어나면 줄 과자와 바나나 우유 그리고 삼각 김밥을 자신의 몫까지 추가해 계산대 위에 올려놓고 밖에 세워진 차를 힐끔 바라봤다. 차는 라이트가 꺼진 채 웅크리고 있었다. 엔진은 여전히 꺼지지 않고 소리 죽여 공회전을 하고 있을 터였다.

김밥을 먹고 나갈까 어쩔까 망설이고 있는데 아르바이트생이 당연하다는 듯 바코드를 입력하면서 검은 비닐 봉투에 마구잡이로 담아 내밀었다.

짜식, 먹고 갈 것인지 가지고 갈 것인지, 한 번쯤 물어봐 주면 쎄(혀)가 빠지냐, 어디가 덧나기라도 하나?

그러나 탓하지는 않았다. 차안에서도 얼마든지 먹을 수 있는 데다 편의점 매장 안에서 먹는 게 오히려 을씨년스러울 터였던 것이다. 허달수 씨는 일단 편의점과 공중전화 부스 앞을 벗어나 고속도로를 향해 차를 몰았다.

고속도로를 달려 서울과 점점 멀어지기 시작하면서 아까와 마찬가지로 카 라디오를 틀었다. 운전 중이어서 채널 변경하기가 쉽지 않았지만 속보나 뉴스가 나올만한 데를 골라 청취했다. 그러나 서해대교를 지나 당진과 서산을 거쳐 보령 군산에 이르기까지 슬기에 관련한 속보는 한 마디도 언급이 없었다. 하지만 아직 실패를 예감하고 싶지는 않았다. 경찰에 신고하라고 언질까지 준 마당에 가만히 전화통만 붙잡고 앉아 있었을

리는 만무할 터, 아마도 경찰과 방송과의 유기적인 호흡이 안 맞거나 둘 중 한쪽이 늦장을 부리고 있을 게 뻔했다. 급행요금을 주지 않았다고 우선 순위에서 뒤로 밀려 있을지도 모를 일이었다. 자본주의 시대다 보니 어련하랴 싶기는 했지만 뒷맛은 개운치가 않았다.

허달수 씨는 군산시내로 들어가 공중전화 한 통화를 더했다. 통화 내용은 전과 동일했다. 달라진 것이 있다면 슬기 엄마와의 통화가 아닌 아빠와의 통화였다는 점이 달랐다. 남자 대 남자라고 해서 특별히 달라질 건 없었다. 빨리 경찰에 신고해 자신을 찾으라는 말 이외에 무엇이 더 필요하던가. 자정을 넘기기 전에 자신을 찾는 방송이 나오지 않으면 아이를 만나기 어려울 것이라는 말도 했지만 그것은 순전히 실제 행동할 것을 전제로 한 말은 아니었다. 전화를 끝내고 다시 고속도로로 들어섰을 무렵에는 못 박았던 시한을 까맣게 잊고 이 방송 저 방송 채널만 바꾸고 있었다. 고속도로는 방금 전까지 달려왔던 길의 연장이 아니라 되짚어 올라가는 반대편 고속도로였다.

보령 나들목을 지날 즈음에서는 채널 바꾸는 것도 심드렁해졌다. 조급하게 서둘러 되는 일이 뭐가 있겠나 싶은 것이다. 다 때가 되면 일의 갈무리가 잡혀 나갈 것이고 자신을 찾는 방송도 불특정 다수에게 전파될 것이다. 그렇게 되면 온몸 여기저기서 스멀스멀 스릴이 기어다니며 자신을 조여 올 것이다. 그것은 잊혀져버린 자신이 아님을 확인시켜 주는 가장 확실한 수단이 되어줄 것이다. 때문에 지금은 단지 이 순간을 즐기기만 하면 되는 것이다. 고속으로 질주하는 차의 속도만으로도 스릴은 충분하지 않겠는가.

행담도휴게소로 들어간 허달수 씨는 내릴 생각도 하지 않고 김밥과 바나나 우유를 먹었다. 아이는 며칠 동안 잠을 설치기라도 했는지 내처 곤하게 잘 잤다. 친할아버지의 차에 탔을 때도 저렇게 포근하게 잠을 잘 잘까? 이것도 복이라면 허달수 씨의 복이었다. 잊히어지지 않은 사람임을 확인 받는데 필요한 좋은 징조였다. 아이가 잠을 이루지 못하고 자꾸 칭얼거리기라도 하면 생각의 여유를 누릴 수 있기는커녕 되레 신경질이 났을 것은 불문가지다. 아이가 고맙고 예뻤다. 예쁘고도 귀여웠다. 보닛 위로 펼쳐진 겨울 하늘의 작은 별들이라도 딸 수 있다면 모두 따다 예쁜 그릇에 담아 주고 싶었다.

허달수 씨는 이제 좀 쉬고 싶었다. 하늘의 별을 벗 삼아 꿈이라도 꾸고 싶었다. 허달수 씨는 난방을 끄지 않은 대신 창문을 조금 내리고 등받이를 약간 뒤로 눕혔다. 많이 눕히면 눕힐수록 허리가 들려 오히려 불편했기 때문이었다. 편안하게 등을 기댄 허달수 씨는 어떻게 해주어야 아이가 좋아할까 생각에 빠지다가 깜빡 세상으로 통하는 줄을 놓았다.

얼마를 잤을까? 아이가 갑자기 울음을 터뜨렸다. 무서운 꿈을 꾼 모양이었다. 당연한 얘기지만 허달수 씨의 잠도 달아났다. 아이를 안아다가 비스듬히 기댄 자신의 가슴으로 끌어안으며 토닥토닥 등을 두드려주었다. 아이는 잠시 칭얼대다가 허달수 씨의 품에서 다시 잠이 들었다. 허달수 씨는 아이가 잠에서 깰까 싶어 꼼짝 못했다. 축 늘어지며 잠든 아이의 고른 심장 박동이 느껴졌다. 할아버지! 우리 친구 해요. 엄마도 할아버지가 보고 싶대요. 아이가 속삭였다. 시골에 있는 우리 할아버지는 맨날 나보고 친구래요. 꼬마 친구. 하지만 나는 꼬마 친구 하기 싫어요. 그냥 친구가 좋아요. 할아버지? 그냥 친구 해줄 거지요? 아이가 대답을 재촉했다. 그래그래. 친구하고 말고. 친구 조오치. 얼굴에 웃음을 가득 머금으며 대답했다. 근데 할아버지, 엄마가 보고 싶어요. 엄마가 울고 있어요. 엄마가 울고 있어요…….

따뜻한 아이의 체온을 느끼며 정신을 놓는 사이에 날이 훤하게 밝아 있었다. 아이도 때맞추어 눈을 떴다.

"슬기야, 잘 잤니?"

아이가 고개를 끄덕였다.

"배고프지? 뭐 좀 먹을래?"

아이를 조수석에 내려놓고는 편의점에서 샀던 바나나 우유에 빨대를 꽂아 과자와 함께 내밀었다. 잠자코 눈만을 끔뻑이던 아이가 과자와 우유를 받았다.

"할아버지?"

"왜?"

"엄마한테 언제가?"

가장 아이다운 질문이었다. 그야말로 하룻강아지 범 무서운 줄 모르는 겁 없는 맑음 그 자체였다.

"응, 이제 가야지. 엄마가 너를 찾을 때."

그때 문득 카 라디오가 꺼져 있음을 깨달았다. 당연히 켜져 있을 줄로 알았는데 꺼져 있었다. 언제 껐던 것인지 기억에 없다.

아이가 다시 입을 열었다.

"나, 왜 데려왔어?"

"글쎄다."

뜻하지 않은 아이의 질문에 허달수 씨는 적잖이 당황했다. 이 아이에게 어떻게 설명해야 할까. 하지만 다행스럽게도 아이가 다른 질문을 해왔

174

다.

"근데 할아버지는 누구야?"

"할아버지?"

"글쎄다! 할아버지도 지금 할아버지가 누군지 몰라서 걱정이란다!"

"난 유슬긴데……."

아이가 말꼬리를 흐렸다. 자기도 자기가 누군지 아는데 어떻게 어른이 돼 가지고 자기 자신도 모르느냐는 뜻으로 받아들여졌다.

"오호! 그렇지. 유슬기였지."

과장스레 놀라워했다. 아이가 과자를 입에 넣고 오물거리며 동그란 눈으로 쳐다봤다. 아이의 눈은 참으로 맑았다. 늦가을 비 온 뒤의 들녘 하늘 같았다. 이토록 투명한 눈을 가진 아이한테 어찌 거짓을 말할 수 있으랴.

"할아버지는 지금 할아버지를 잃어버렸단다. 사람들한테 잊혀진 거지."

천진한 눈을 가진 아이에게 허달수 씨 자신도 잘 이해가 되지 않는 말로 과연 설명이 가능할까?

"그래서 지금 찾아다니고 있는 거야. 널 데리고……."

이번에는 허달수 씨가 말꼬리를 흐렸다. 아이에게 미안한 마음이 새삼 들어서였다.

"할아버지는 여깃는데 어디서 할아버지를 찾아?"

허달수 씨의 말뜻을 알아듣지 못하는 것은 어쩌면 당연한 일이었다. 아이를 굳이 설득해야 하는 것은 아니지만 그렇다고 물음까지 묵살할 수는 없었다.

"그러게 말이다. 한데 한 가지 방법이 있지."

“……? ”

아이가 대단한 호기심 어린 눈망울로 허달수 씨를 쳐다봤다.

“너네 엄마가 이 할아버지를 찾으면 되지. 그러면 세상 사람들은 할아버지를 기억해 주게 되는 거고 할아버지는 잊혀진 할아버지를 찾을 수 있게 되는 거지.”

허달수 씨는 아이에게 말하고 있다기보다 자기 자신에게 말하고 있음을 느끼고 있었다.

“그럼 엄마한테 가면 되잖아! ”

아이가 망설임 없이 말했다. 맞는 말이었다. 아이의 잣대로 본다면 분명 틀린 말이 아니었다. 그러나 아이의 엄마한테 간다고 모든 게 해결되는 것은 아니었다. 아이의 엄마가 경찰에 신고해서 자신을 찾고 있어야만 가능한 것이다. 그것도 신문과 방송의 협조 속에 이루어져야 극대화될 수 있는 일이었다.

엄마 이야기를 꺼낸 아이가 갑자기 울먹울먹 했다. 새롭게 엄마가 생각나는 모양이었다.

“그래그래. 이제 엄마한테 갈 거니까 울지 마라! ”

“정말? ”

아이의 눈이 금방 초롱초롱해졌다.

허달수 씨는 행담도휴게소를 빠져 나왔다. 예전에는 아산만 한가운데의 조그마한 섬에 불과했었는데 서해안 고속도로가 뚫리면서 교통의 요지이자 쉼터로 각광을 받게 된 섬이었다. 과거에는 상상도 못했던 대접이었다. 상전벽해가 바로 행담도를 위해 생긴 말 같았다.

이른 아침이어서 그런지 서해대교에는 아직 차들이 많지 않았다. 차들은 칼바람을 일으키며 무섭게 질주했다. 규정 속도인 110km를 달려도 허달수 씨를 추월한 차들은 금세 멀어져 갔다. 짜릿한 스피드에 생명을 저당 잡힌 채 '전방'이라는 블랙홀로 빨려가고 있었다.

　허달수 씨의 차는 시종 끝 차선을 벗어나지 않았다. 경쟁적으로 앞서거니 뒤서거니 속도를 내고 싶지 않은 탓도 있었지만 그보다 급할 이유가 없다는 게 가장 큰 이유였다. 대교는 한강에 있는 대교와 사뭇 다르게 금방 끝이 나지 않았다. 하기야 강을 건너지른 것과 만을 이어놓은 것이 같은 느낌일 수는 없을 터였다. 7310m. 세계에서 14번째로 긴 대교이고 주탑 높이가 63빌딩과 맞먹는 182m라고 하던가? 처음 매스컴을 통해 대교의 제원을 들었을 때 허달수 씨는 일제 만행의 표본이었던 731부대를 떠올렸었다. 한 때 베스트셀러가 되기도 했었던 731부대에 관련한 책을 읽으면서 허달수 씨는 전율했었다. '히틀러' 하면 생각나는 가스실 이야기도 731부대에서 자행되었다는 생체실험보다는 덜 잔인했을 것이다. 어쨌든 그 덕분에 숫자 기억에 약했던 허달수 씨에게 서해대교의 길이는 잊히어지지 않았다.

　카 라디오를 틀었다. 그러나 화성 휴게소를 지나 서서울요금소를 통과하도록 허달수 씨를 찾는 긴급속보는 없었다. 뿐만 아니라 고속도로를 벗어나 동맥경화증에 걸려 있는 시내로 접어들었을 무렵에도 어린이 유괴에 관련한 말은 그 어느 프로에서든 한 마디 언급이 없었다. 실패였다. 이번만큼은 확신했었는데 또다시 실패를 인정해야 할 것 같았다. 그리고 이왕 실패한 마당에 그 끄나풀을 붙잡고 아등바등 매달릴 필요도 없으리라는 판단이 허달수 씨의 차를 몰고 있었다. 죽은 자식 뭣 만지는 꼴로 아쉬워할 필요도 없었다. 모든 것을 실패로 간주한 그 판단에 맡겼다. 그러나 정작 그 판단은 실패할 일을 사주한 판단이어서 그럴까 어이없게도 확신을 가지고 아이를 태웠던 어제의 그곳을 찾지 못하고 있었다. 이 골목 저 골목 쑤시고 다니던 끝에 아이를 태운 게 핑계라면 핑계였다.

출근 전쟁시간을 한참이나 넘겼어도 헤매기는 마찬가지였다.

"할아버지, 나 배고파! 쉬도 마렵고."

아직도 멀었느냐고 지루할 적마다 한 마디 씩 하던 아이가 원초적인 욕구 해결을 해 와서야 허달수 씨는 현실을 깨달았다. 아직 아침도 먹지 않은 데다 배설까지 생략하고 있었다는 사실과 함께 아이의 존재도 새삼 깨달았던 것이다.

"아아, 그래그래. 우리 아침도 안 먹었지. 우리 뭘 먹을까?"

"짜장."

미리 생각해 두었던 것인 양 아이는 망설임 없이 대답했다. 허달수 씨의 기억 중에 가장 어렸을 때의 기억도 역시 짜장면이었다. 짜장면을 얻어먹기 위해 중화요리 집 뒷마당에서 노는 것을 제일 좋아했지만 어머니는 가장 싫어했다. 네가 빌어먹는 거지새끼냐는 것이었다. 어머니는 그렇게 야단을 치면서도 당신의 아들이 그토록 먹고 싶어하는 짜장면을 자주 사주지는 못했다. 배고프던 시절의 이야기지만 누구든 짜장면에 관한 추억이 없는 사람도 있을까?

아이는 먹여주는 것을 거부하고 네 살박이 아이답지 않게 짜장면을 잘 먹었다. 나무젓가락에 면발을 둘둘 감는 솜씨가 제법이었다. 그 옛날 부러웠던 짜장면 집 아이도 그랬다.

"아빠가 짜장면 가게 하니?"

아이는 면발을 턱 밑까지 늘어뜨린 채 고개를 흔들었다. 짜장면집 아이는 지금쯤 어떻게 변해 있을까? 허달수 씨 자신처럼 하루하루의 시간이 아까우면서도 지겹게 느껴질까? 아니면 이 아이와 같은 손주 녀석의 재롱에 시간 가는 줄 모르고 있을까?

허달수 씨는 문득 하얗게 기어가는 글씨들에게 시선을 빼앗기고 있었다. 갑자기 작동된 텔레비전 화면 하단에 글씨들이 소리 없이 기어가고 있었다.

4살 박이 여자 아이 유괴, 경찰에 신고하여 잊히어진 나를 찾아 달라 협박전화…….

화면이 바뀌었다. 무슨 말을 주고받은 끝이었는지 화면 가득 허리가 부러지게 웃고 있었다. 특히 보조 MC의 웃는 모양새가 유별나게 두드러졌다. 그러나 모두 벙어리들이었다. 볼륨을 죽여 놓은 탓이었다.

허달수 씨가 주인 여자 쪽으로 고개를 돌렸다. 죽여 놓은 볼륨 때문이 아니라 갑자기 채널이 변경된 것에 대한 불만 때문이었다.

주인 여자가 리모컨을 들고 서 있었다. 허달수 씨는 내심 초기 화면으로 채널을 조정해 주길 바랐으나 주인 여자는 아예 리모컨을 테이블에 내려놓고 주방 쪽으로 사라졌다. 잽싼 동작으로 허달수 씨가 리모컨을 집어 채널 변경을 시도했다. 하지만 두 번, 세 번, 네 번을 변경해도 글씨들이 기어가는 화면을 만날 수는 없었다. 이미 글씨가 기어가는 임무를 마치고 화면 밖으로 사라진 뒤였던 것이다.

허달수 씨는 주인 여자가 사라진 주방 쪽을 한번 힐끔 쳐다보고는 시계를 보았다. 분 바늘과 시 바늘이 10자 가까운 곳에서 겹쳐 있었다. 곧 뉴스 시간이 다 되어가고 있음을 말해주고 있었다.

"슬기야, 빨리 먹자."

괜히 마음이 바빠져 재촉하자 아이가 젓가락으로 면발을 둘둘 감으며 말했다.

“할아버지는 왜 안 먹어?”

“응, 먹어야지!”

우동 국물을 후루룩 한 모금 마시고는 체머리를 흔들었다. 무심코 아이가 먹는 짜장면처럼 따끈한 정도이려니 했는데 뜨거웠다. 그릇이 하얀 색이라 한 김 나간 후의 김이 잘 보이지 않는 탓이었다.

“엄마가 그러는데 빨리 먹으면 체한대.”

“허헛 참, 고녀석!”

아이의 똘똘함에 기가 찼다. 빨리 먹고 차로 가서 뉴스를 들을 참으로 서둘렀던 것인데 아이 답지 않은 아이의 말에 허달수 씨는 어느 정도 마음의 평정을 찾을 수 있었다. 이미 자신을 찾고 있다는 것을 두 눈으로 분명 확인한 마당에 서두를 이유가 조금도 없었던 것이다. 실패가 아니라 확실한 성공을 거둔 사람만의 여유였다.

허달수 씨는 느긋한 마음으로 허기를 다스리고는 아이를 번쩍 들어 안고 중화요리 집을 나왔다. 그리고 차에 오르자마자 시동을 걸고 카 라디오부터 틀었다.

“왜 경찰에 신고하지 않았습니까?”

“네? 뭐라고요?”

“슬기를 찾고 싶으면 빨리 경찰에 신고해서 나를 찾아요.”

“여보세요, 뭐라고요?”

“잊혀진 나를 찾아 달란 겁니다.”

잡음 섞인 코맹맹이 소리가 차안을 채웠다. 슬기 엄마가 전화를 받으면서 녹음을 했던 모양이었다. 역시 젊은 사람이라 머리 돌아가는 게 빨랐다.

"어? 엄마다!"

역시 피는 진한 것인가. 짧은 제 엄마 목소리 두어 마디에 잠깐 어안이 벙벙한 듯하더니 의심할 여지가 없다는 듯 아이가 소리쳤다.

"엄마 목소리를 금방 알아보는구나!"

아이의 시선을 느꼈지만 정면을 응시한 채 혼잣말처럼 중얼거렸다.

"엄마한테 언제가?"

"응, 지금 가는 거란다."

허달수 씨는 솔직하게 말하지 못했다. 차마 찾을 수가 없다는 말은 할 수 없었다. 실망하는 아이의 표정, 아니 어쩌면 울음보를 터뜨릴 게 뻔한 마당에 수습할 방도도 없이 덜컥 말부터 앞세울 수는 없었던 것이다.

코맹맹이 소리가 끝나자 진행자의 말이 이어졌다.

"경찰은 정신 질환자의 소행일 것 같다고 합니다."

허달수 씨는 실소를 금치 못했다. 정신 질환자의 소행이라! 그렇다면 자신이 미치기라도 했단 말인가? 천만의 말씀 만만의 말씀. 자신은 지극히 정상이다. 지극히 정상이지 않고서야 어떻게 잊히어진 자신을 발견하고 또 그것을 찾기 위해 이토록 애를 쓴다는 말인가.

"할아버지, 왜 안 가?"

아이가 재촉해서야 가수(假睡) 상태에서 깨어난 것 같은 착각이 들었다.

"응, 그래그래. 가자!"

차를 출발시켰다. 그러나 차가 가야할 길을 제대로 알고 가는 게 아니었다. 여전히 그 길이 그 길, 미로 속 같은 길을 갈 뿐이었다. 이러다가 아이를 태운 장소를 못 찾게 되는 것은 아닐까? 사실 이렇게까지 길눈이 어두울 줄은 미처 몰랐다. 당연히 쉽게 찾을 수 있을 것이라 생각되어 미리 알아두었으면 좋았을 건물이나 동(洞) 이름을 기억해 두지 않은 게 잘못이었다. 슬기 엄마한테 전화를 걸어 거기가 어디쯤이냐 물어 보기 전에는 아예 원래의 자리로 돌아가지 못할 성싶었다. 잊혀져버린 과거가 아니라 사람들에게 잊히어진 허달수 씨였기에 현실로 돌아올 수 없는 것은 아닐까. 하지만 이제 자신은 경찰들에 의해 수사선상에도 오르고 방송을 청취한 만인들에게 자신의 실체를 인식시킨 후가 아니던가.

"슬기야. 니네 집 주소, 뭐니?"

결국 아이에게 물었다. 그러나 아이에게서 들은 것은 집 주소가 아니라 익히 알고 있는 전화번호뿐이었다.

"무슨 동인지도 몰라?"

아파트에 사는 아이라면 이렇게 헤매지 않았을 것이라는 생각을 했다.

"행복동."

아이가 자랑스레 대답했다. 순간 허달수 씨는 어이없었다. 행복동과는 전혀 엉뚱한 동네를 찾아 헤매고 다녔던 것이다. 어떻게 아이를 태운 골목이 이 근처일 것이라고 철석같이 믿었을까. 잊혀져버렸을 때와 잊히어진 것을 다시 찾았을 때의 차이 때문일까?

행복동 역시 비슷비슷한 골목들이 많기는 했지만 몇 골목을 되돌아 나오는 것으로 아이의 집을 찾을 수 있었다. 아이가 자기 집 앞으로 다가가자 먼저 알아보았던 것이다.

허달수 씨는 아이를 내려놓기 전에 아이를 위해 샀던 모든 것을 안겨

주었다. 그러나 아이를 그냥 보내기가 뭔가 허전했다. 미국으로 딸아이를 떠나보내던 심정이 새삼 북받쳐 올랐다. 그러나 어찌하랴. 딸아이를 제 남편에게 떠나보냈듯 이 아이도 제 부모에게 돌려보내야 함은 거역할 수 없는 현실인 것을.

허달수 씨는 외투 안주머니를 뒤져 황금색 징표 하나를 꺼냈다.

"슬기야. 너 열쇠 없지? 이걸로 대문 열고 들어갈래?"

"이거 우리 열쇠 아닌데?"

아이가 얼결에 받아 쥐면서 이의를 제기했다.

"응, 할아버지도 알아. 하지만 이 열쇠는 아무 데나 다 맞는단다! 만능 열쇠야, 행운의 열쇠지!"

"근데 할아버진 누구야?"

아이가 뜬금없이 물어왔다. 순간 허달수 씨는 무어라 대답해야 할지 막막했다. 머릿속이 텅 빈 느낌이라고나 할까.

"글쎄다!"

"피. 어른이 그것도 몰라?"

허달수 씨는 문득 자신의 이름이 방송에서 언급되지 않았었음을 깨달았다. 4살박이 여자 아이 유괴, 경찰에 신고하여 잊히어진 나를 찾아 달라 협박전화……. 정신 질환자의 소행……. 그랬다. 분명 자신의 이름은 언급되지 않았다. 그렇다면 세상 사람 어느 누가 자신의 실체를 기억해 줄 수 있을 것인가.

"어른이 되면 모르는 게 많단다."

"우리 엄만 다 알던데……."

아이가 도저히 이해가 안 간다는 투였다.

"그러니? 그럼 엄마한테 가서 물어 보렴!"

아이를 내려놓고 골목 끝 대문 안으로 뛰어 들어가는 아이를 바라보면서 황금열쇠 대신 넣어두었던 사진을 떠올렸다. 자신을 드러내기 위한 것이었으나 그 방법은 실패였었다.

허달수 씨는 잠시 아이가 엄마를 만날 수 있는 시간을 기다렸다가 망설임 없이 휴대폰으로 전화를 걸었다.

"나, 허달수라는 사람이오. 슬기, 잘 들어갔지요?"

느닷없이 자신의 이름을 들이대었다. 이래도 나를 못 찾을래, 하는 심정으로 회심의 미소를 지었다. 그리고는 골목을 빠져나가기 위해 후진 기어를 넣고 오른쪽 백미러를 바라봤다. 한데 어느새 웬 경찰차 한 대가 허달수 씨의 차를 들이받을 듯 다가와 멎어 있었다.

"뭐야, 저건!"

중얼거리는데 운전석 쪽 차문이 열리는가 싶더니 운전대를 잡고 있던 손목에 하얀 금속 물질이 감겨들었다. 아이가 들어갔던 대문 안에서는 경찰 한 명이 튀어나오고 있었다.

"당신을 유괴범으로 체포합니다. 당신은 변호사를 선임할 권리가 있고 묵비권을 행사할 권리가 있습니다."

미란다 원칙이 귓속말인 양 속살거림으로 허달수 씨의 귀에 들어왔다.

소리의 그늘 · 1

―1(원)에서 n(에느)까지

소리의 그늘 · 1
―1(원)에서 n(에느)까지

그1의 목이 움츠러든다. 바싹 언 점퍼 깃에 귓불이 베일 것 같다. 칼바람에 부서진 눈가루가 가로등 빛을 받아 희뜩거리다가 아스팔트 위로 곤두박질쳐져 바람에 쓸린다. 택시들이 그 위로 밀려오고 또 눈가루를 흩날리며 떠난다. 맨 후미에 노란 색 택시가 이곳 승강장으로 오기 위해 진입한다. 어둠 속의 하얀 세계에 불쑥 내밀어진 옐로우 카드 같다.

그2의 차다. 그2는 속도를 줄이면서 푸르르 떤다. 손으로는 카 라디오를 끈다. 연쇄적인 어린이 유괴 사건이 터지고 있는 동물농장 주민들은……. 오늘은 무사히 지나가는가 보다 했는데 역시 거르지 않는 사건 소식이다. 그 놈의 소리. 무슨 무슨 강력 사건, 무슨 무슨 절도, 사기, 강간, 납치, 유괴, 50중 충돌, 택시 강도……. 이쯤 되면 오줌이 마렵다.

그1은 몇 번째의 택시를 탈 수 있을까 생각해 본다. 앞에 서 있는 그n, 그니n들로 보아 지금 들어와 있는 차들 중에 그1이 탈 수 있는 차는 없는 듯하다. 적어도 가는 길이 같은 방향이어서 합승들을 하기 전에는 말이다. 하지만 요즘 같은 세상에 합승을 한다는 것은 차라리 날 잡아 잡수, 하는 격이 아닌가. 아예 기대하지 않는 것이 백 번 편하다. 재수가 좋으려면 맨 끝에 붙어 오는 노란 색 택시라도 탈 수 있겠지.

그2는 앞차의 브레이크 등을 보며 조금씩 조금씩 앞으로 나아간다. 기사 노릇을 한 지 이제 5년쯤. 한데 그쯤이면 베테랑 기사는 못 되더라도 꽤 이력이 붙어 있으련만 손님을 태운다는 행위 자체가 갈수록 무섭다. 거기엔 원인이 있다. 그러니까 지난가을, 그2는 건장한 그n를 손님으로 태운 적이 있는데 그n는 동물농장 쪽으로 가줄 것을 원했다. 그쪽은 운전기사라면 누구나 가기를 꺼려하는 방향이다. 되돌아 나올 때 손님을 태우지 못한 채 헛기름을 써야 하는 것도 이유지만, 그보다 1년에 몇 번씩 일어날 정도로 강력 사건이 잦은 동네였기 때문이다. 과거에 무슨 목장이 있었다던가? 아무튼 이왕 탄 사람 내리랄 수도 없어 그냥 가속기를 밟았던 것인데 동물농장 입구 근처의 한적한 곳을 지나칠 때 턱 밑에 뭔가 예리한 것이 와 닿는가 싶더니 잠자코 저쪽 골목으로 꺾어, 하는 게 아닌가. 그야말로 아얏, 소리 한 번 제대로 못해 보고 당했다. 차를 포함해서 가지고 있던 모든 것을 빼앗기고 만 것이다. 목숨을 인심(?) 써 준 대가로 말이다. 차는 3일 후 찾을 수 있었으나 그2로 하여금 손님 태우는 행위 자체가 늘 불안하도록 했고, 기왕이면 그니n들만을 골라 태우려는 습관을 길러 준 계기가 된 셈이다. 잘하면 이번에도 그니n를 태울 수 있을 것 같은 예감이 든다. 줄지어 있는 사람들의 앞쪽에 그n들이 많이 몰려 있는 것으로 보아 그2의 순번쯤에는 당연히 그니n가 타리라.

노란 택시 뒤로 다시 택시들이 밀려오지 않더라도 앞쪽의 그n들이 둘씩 셋씩 승차하는 바람에 잘하면 그1까지도 탈 수 있을 것 같다. 하지만 그런 쓸데없는 걱정은 하지 않아도 될 만큼 차들이 밀려온다. 물론 그1 뒤에도 어느새 그n, 그녀n들이 줄지어 따라붙어 있다. 매스미디어를 통해 툭하면 '택시 기사 강도로 돌변' 하는 내용들이 우리의 숨통을 죄건만 사람들은 여전히 택시를 탄다. 또 핑계 삼아 자가용을 세운다지만 그래도 아직은 자가용 숫자보다 사람의 숫자가 월등히 많다. 하긴 자가용 승용차라 해서 범죄 대상에서 열외 되는 것은 아니다. 지하 차고에서 변시체 발견 운운, 얼마나 많이 들어본 소리인가. 다시 말해 땅을 밟고 사는 한 언제든지 범죄 대상에 노출되어 있다는 뜻이다. 지존, 어쩌구 하는 살인 집단은 물론 제 살과 뼈를 나누어 준 자식한테마저 죽임을 당하기도 하고, 보험금을 타 먹으려고 남편을 독살한 비정의 아내도 있었다지 않은가. 사람이 어디 잡아먹는 짐승인가. 제 어미를 식량 삼아 생을 시작하는 거미란 얘긴가. 아니면 실컷 재미 본 뒤에 제 서방을 잡아먹는 사마귀라도 된단 말인가. 아니다. 짐승이 아니다. 거미가 아니다. 사마귀도 아니다. 그렇다면 뭔가. 한두 달 간격으로 계집아이들이 사라지는 이유가 뭐냐 말이다. 사실 방학이 다가오면서 그1은 아내와 함께 아이들 문제로 무척 고민해 왔다. 그동안은 아내가 오후 세네 시쯤이면 일을 끝낼 수 있었기 때문에 큰 무리가 없었다. 할 수 없잖아? 엄마가 직장 그만두고 애들을 직접 챙겨야지. 그1의 말에 아내는 대뜸 반기를 들었다. 어머, 그게 무슨 소리예요? 수입 적은 사람이 그만둬야지 내가 왜 그만둬요? 참으로 그때처럼 얼굴이 구겨진 것은 생전 처음이다. 물론 아내의 수당 덕에 그나마 아파트를 일찍 장만하기는 했지만 말이다. 결국 그1은 반박성 말 몇마디 못해 보고 아내에게 설득을 당했다. 아이들을 친정에 맡기면 되지 않느냐는 것이다. 더구나 아내는 방학하는 첫 일요일 직장 친구들과 계모임을 하기로 되어 있으니 그1이 직접 아이들을 처가에 데려다 주라는 것인데, 바로 오늘이 그 첫 일요일이었던 것이다. 동물농장 아파트 연쇄 유괴 사건기사 나온 내일 아침 조간신문이 500원. 지하철 내 신문 판매원의 살풍경한 목소리가 이명이 되어 눈바람을 탄다. 아무리 떨쳐내려 해도 소용없다. 아니 점점 크게 들려 고막이 터질 지경이다. 그럴 수밖에 없는 것이. 동물농장 아파트란 바로 그1과 아내, 그리고 두 계집아이들이 살고 있는 곳인데, 특이한 것은 아파트의 계집아이들만을 골라 유괴하고 있다는 점이다. 1동, 2동, 3동, 4동, 벌써 네번째인데 순번 동별로 한 사람씩 없어지고 있는 걸 보면 치밀한 계획성이 있는 것 같다. 떠도는 소문도 흉흉하다. 아파트가 있던 자리가 바로 동물농장 자리였는데 그 자리를 헐값에 빼앗기다시피 한 땅주인이 정신병자가 되어 하는 짓이라는 것이다. 하지만 그 말은 틀린 말이다. 땅주인은 이미 이 세상 사람이 아니기 때문이다. 주인 한 사람뿐만 아니라 온 식구가 함께 가스 폭발에 이은 화재로 죽은 것이다. 한데 그런 사실을 다 알고 있는 사람들 간에 그런 소문이 오고 간다는 데에 문제의 심각성이 있다. 또 그래서 흉흉한 소문이라고 생각한 것이다. 어쨌든 4동 다음에 남은 동은 5동뿐인데 그 5동 주민들은 방학이 되자마자 대부분의 아이들을 피신시키고 있는 모양이다. 오늘의 그1과 그1의 아내처럼……. 오줌이 마렵다. 지하철역을 빠져 나오면서 체중 조절을 했건만 몇 분이나 지났다고 또 마려운가. 처가댁에 맡겨놓은 아이들의 마중과 장모의 혀 차는 소리를 들은 이후 벌써 몇 번째던가. 한 시간 간격인가. 반시간 간격인가. 아니 그보다 좁은 간격 같다. 몹시 오줌은 마려운데, 차를 탈 차례다. 예의 그 노란 택시다.

쳇! 또 빗나갔다. 그니n가 승객으로 걸릴 줄 알았는데 오리털 점퍼 깃에 머리통을 쑤셔 박은 듯한 그n다. 승차 거부하고 앞으로 그냥 쭉 빠져 버릴까. 그러나 이미 그러기에는 늦은 것 같다.

그1은 뒷문을 열고 왼쪽 발과 왼쪽 엉덩이부터 디밀어 넣어 택시에 오른다. 앞의 조수석보다는 그래도 운전기사로부터 안전한 곳이 뒷좌석이고 만일의 충돌 시에도 뒷좌석이 안전하기 때문이다. 택시를 타는 요령이 교회의 십계명처럼 아파트 내에 돈 적까지 있다. 기사 옆에 타지 마라, 합승하지 마라, 택시 안에서 졸지 마라 등등.

어디로 모실까요? 그2의 체념은 스스로 생각해 보아도 매우 빠른 편이다. 몸 파는 그니n가 몸 사러 찾아온 그n를 마다하지 않듯이 말이다.

동물농장요. 행선지를 말하며 그1은 찔끔한다. 기사가 가지 않겠다고 하면 어떻게 하나.

그2가 룸미러를 통해 그n를 훑어본다.

그1도 룸미러 속에 갇혀 있는 기사의 두 눈을 본다.

그1과 그2의 눈이 동시에 부딪친다.

그2는 후유, 숨을 고른다. 그n가 소(牛) 눈을 하고 있어서.

그1도 마찬가지다. 기사가 양(羊)의 눈을 하고 있어서.

그러나 소에도 뿔이 있고 양에도 뿔이 있다. 뿔에 한 번 받쳐 보라. 죽지 않으면 다행이다. 하긴 모든 것에는 숨겨진 비밀 병기가 있게 마련이다. 장미엔 가시가 있고, 꿀엔 끈적거림이 있으며, 뱀에는 독이, 벌에는 침이, 그리고 사람에게는, 사람에게는 병기의 숫자가 끝이 없다. 탐욕, 시기, 증오, 정욕, 이기, 미움, 사랑……. 그렇다. 사랑도 결국은 낚싯밥에 지나지 않는 병기다. 사랑 치고 파멸을 잉태하지 않는 것 보았던가. 또한 그1에게도 기사가 가지 않겠다고 했을 때를 대비한 비밀 병기가 있다. 그것도 딱 한 번이지만 써먹어 본 적까지 있는, 다시 말해 임상실험까지 거친 방법이다. 두 달 전쯤 되었을까. 그날도 하나밖에 없는 노선버스가 끊어져 오늘처럼 택시를 탔을 때의 일이다. 손님, 거긴 안 가요. 동물농장 소리를 내기가 무섭게 듣게 된 기사의 말이다. 안 가냐구요? 나는 안가가 아니라 박간데요. 미리 예상했던 터라 그1은 능청을 떨었고, 기사는 대뜸 신경질을 냈다. 거긴 안 간단 말이요. 그래요? 그럼 백 미터만 갑시다. 아니 장난하는 거요? 아 천만에요. 일단 가요, 공짜 좋아하는 사람 아니니까. 더 이상 버텼으면 그1은 내렸을 것이다. 그런데 기사는 천천히 차를 굴려 일백 미터를 간다. 한 이십 미터만 더 갑시다. 차창 유리를 내리며 그1이 말한다. 차는 조금 더 미끄러진다. 그1은 창 밖으로 목줄 세운 소리를 내보낸다. 김 순경, 도로변 모서리에 한 평 남짓한 알루미늄 새시 박스 안에 각진 모자를 쓴 교통경찰 두 명이 보인다. 김 순경, 그1은 연거푸 목청을 세운다. 아니 뭐 하는 거요? 뭐 하긴 뭘 해요. 승차 거부하고 있으니까 신고하는 거지요. 젊은 경찰 한 사람이 쉭, 쉭, 소리 나는 무전기 하나를 거머쥔 채 나온다. 왜 그러십니까? 김 순경 없어요? 오늘 비번인데요. 아 그래요? 다른 게 아니고 이 기사 양반이 글쎄 승차 거부를 하지 뭐요. 아무 이유 없이 말이요. 경찰이 운전석 쪽으로 갔고 기사는 유리를 내린다. 교통경찰이 거수경례를 붙이는 둥 마는 둥 하고 말한다. 사실입니까? 아니 뭐, 꼭 그런 것만은⋯⋯. 그럼 뭡니까? 그, 그건. 승차 거부하려면 뭣 하러 운전합니까? 아아 승차 거부는요. 손님 잘 모셔다 드리세요. 아 예예. 기사가 브레이크에서 발을 떼어 가속페달 위에 올려놓는 것을 보며 그1은 속으로 빙그레 웃는다. 수고하시고, 김 순경한테 안부나 전해 줘요. 그1이 팔짱을 낀 채 말한다. 누구시라고 전해⋯⋯. 그러나 차는 이미 경찰을 저만치 뒤로하고 로터리 중앙을 좌측으로 끼고 돌기 시작한다. 하긴 그1에게 그1을 알고 있을 경찰이라곤 애당초 없다. 다시 말해 기사를 속이기 위해 경찰까지 본의 아니게 속이게 된 셈이다. 남산에 올라 돌을 던지면 김, 이, 박 중에 한 사람이 맞는다고 하던가! 아참 손님도 어지간하십니다. 기사가 누그러진 소리로 항복해 왔던 것이고, 이번 기사는 그의 심중을 알아차리기라도 했는지 스스로 알아서 행동한다.

그2는 카세트테이프를 켠다. 잡념을 없애는데 음악 듣는 것 이상의 효과는 없다. 뒤에 앉아 있는 그n가 저질의 사람이라 해도 은은한 선율을 들으면 감화를 받을지 모른다. 식물도 음악을 틀어 주면 열매를 많이 맺고 닭도 알을 많이 낳는다고 했다. 여보게 저승 갈 때 뭘 가지고 가나 훨훨 마음의 짐 벗어놓게 백 년도 제대로 못살면서 근심 걱정은 천 년 만 년……. 허스키한 김도향의 목소리는 은은하다가도 우렁차지는 게 매력적이다. 텔레비전에서 본 가수의 모습이 눈에 익은 듯 떠오른다. 나이답지 않게 흰 수염을 기르고 있어서인지 아내의 모습보다도 더 선명하다. 참으로 그2는 아내에게 미안한 감을 가질 때가 종종 있다. 이 노래를 들을 때도 그렇거니와 교통방송을 듣다가 느닷없이 튀어나온 무슨 무슨 사건의 주모자들이 아내보다도 더 잘 떠오르기 때문이다. 물론 그n들을 본 적은 당연히 없다. 그럼에도 그n들이 아내보다 더 선명하게 떠오르는 이유는 뭘까. 아내의 윤곽이 뚜렷하지 않아서일까. 아무튼 모를 일이지만 어쨌거나 택시 강도를 당하고 나서부터 그런 것만은 사실이다. 음악은 잠시 뜸을 들이다가 깊은 산 속의 물소리와 이름 모를 산새들의 노래가 들리고, 시원한 소낙비 소리 뒤에서 천둥이 두둥둥 북을 울리고 있다.

아 그게 누구 노래요? 그1이 묻는다. 그1이 별로 들어보지 않던 노래여서다. 회사를 다니느라 음악을 들을 기회가 별로 없는 데다 솔직히 말해 그1은 음악과 그다지 친하지가 못하다. 그러나 가사의 처음과 끝마디는 많이 듣던 것 같다. 어느 스님의 에세이던가. 유감스럽게도 그1은 그토록 많이 팔렸다던 그 책조차 읽지 못했다. 하지만 그 책은 제목만 가지고도 대강 무슨 내용일지 짐작이 간다.

이거요? 김도향이 노래지요. 도사(道士)같이 생긴 그2는 쾌재를 부른다. 그래, 음악이 그n의 마음을 감동시킨 거다. 그2는 이 노래의 가사를 쓰고 곡을 붙인 사람에게 감사하고 이 노래를 즐겨 듣는 자신에게도 감사한다. 그리고 이 노래에 감동 받는 그n에게 고마움을 느끼며 말한다. 손님도 이 노래를 좋아하시는가 보군요. 불안해질 때마다 아차, 실수다. 불안함을 보여서는 안 되는데, 그러나 쓸어 담을 수는 없는 법 들으면 마음이 가라앉지요. 들어보세요. 명상하는 자세로 듣다 보면 마음이 맑아집니다.

그래요? 음악은 만병통치약이라더니 진짜 그런가 보군요. 그1은 잠시 귀를 기울인다. 은은한 선율이 흐른다. 그리고 사이사이 허스키한 김도향의 저음이 흐른다. 천진난만한 아기들의 목소리를 흉내내는 듯한 가냘픈 그니n들의 소리들도 뒤따른다. 선율과 목소리는 그럴 듯한데 가사는 뚱딴지 같다. 눈까풀이 흘러내린다. 양쪽 귀가 무거워진다. 양쪽 뺨이 무거워진다. 코가 아래로 흘러내린다. 아리랑 아리랑 아리랑 아리랑 흘러내린다. 한데 최면 작용을 하는 것 같다. 눈까풀이 흘러내리고, 양쪽 귀가 무거워지고, 양쪽 뺨이 무거워지면서 코가 흘러나올 것 같다. 훌쩍거려 보지만 콧물 없는 마른 코다. 콧물 없는 마른 코가 흘러내린다? 어딘가 앞뒤가 안 맞는다. 어딜까. 그1은 깊이 가라앉으려는 마음을 다스린다. 졸지 마라. 택시 안에서 졸지 마라. 정신이 퍼뜩 난다. 맞다. 졸아선 안 된다. 졸아선 안 된다. 음흉한 놈. 그 음악을 틀어줄 때부터 음흉한 속셈을 계산했구나! 안 속는다. 졸지 않는단 말이다. 기사 양반, 그 음악 그만 듣고 라디오나 듭시다.

그2는 찔끔한다. 음악의 효과가 먹혀 들어가지 않는다는 말인가. 잘못 봤나! 힐끔, 후면경을 본다. 그n가 좌석 쿠션을 즐기듯 깊숙이 앉아 있다. 한바탕 일을 벌이기 위해 잔뜩 도사리고 있는 건가? 그2의 모든 신경들이 긴장된다. 그리고 태연함을 가장해 말한다. 왜요, 재미가 없습니까?

그1은 대답하지 않는다.

그2는 할 수 없이 테이프 대신 라디오를 켠다. 아파트 주민들이 어린아이들을 대피시키고 있다는데 당국에서는 팔짱만 끼고 있어서야 되겠습니까? 그녀n의 말. 원 별 말씀을, 동물농장이 어디 사람 사는 뎁니까? 동물 사는 데지요. 그러니까 농장을 주인에게 돌려주는 것은 당연한 일 아니겠어요? 그n의 대답. 아니 뭐라구요? 그녀n의 반문.

아, 듣지 맙시다.

예?

끄자구요.

그2가 라디오를 끈다.

그1의 몸이 으스스 떨린다. 기가 막힌다. 어린아이들이 한 사람 씩 차례로 네 명이나 실종되었는데 방송국에 나온 작자들은 코미디나 하고 있다니. 어떻게 해석해야 하나. 당국을 비웃는 것인가, 동물농장 아파트 주민들을 멸시하는 것인가. 하기야 택시 기사들조차 푸대접을 하는 판이니 별 수 없지. 그1의 입 속에서 퉁명스런 어휘가 입천장을 간질인다.

그2는 또다시 오줌이 마렵다. 라디오를 켜기만 하면 오줌이 마렵다고
해도 과언이 아니다. 참으로 세상 어디까지 이런 식일까. 저승에 가도 그
럴까.

그1의 눈에 저만치 합승하려는 그니n가 보인다. 다행이다.

그2도 그니n를 발견한다. 다행이다. 차를 그니n 앞으로 댄다. 그리고 1
센티쯤 내려온 차창 유리 너머로 청각 신경을 내보낸다. ○○역. 그니n가
허리를 굽혀 말한다. 그니n의 헝클어진 머리칼 위에서 희뜩희뜩 눈발이
흩날린다.

그1과 그2는 똑같이 정신 나간 그니n라 생각한다. ○○역은 반대편에서
타야 하기 때문이고, 이 밤중에 합승하려는 걸 보면 뻔할 뻔 자다.

그2는 다시 속도를 내어 차를 전진시키면서 후회한다. 그니n를 태울 걸
잘못했다. 동물농장을 갔다가 되돌아 나와 ○○역으로 가면 되니까 말이
다. 참 이런 땐 그 좋던 판단력도 제 기능을 발휘 못해 안타깝다. 뒤에 앉
아 있는 그n를 내리도록 할까? 요금을 못 받더라도? 혹시 그n가 예의 그
동물농장 어린이 유괴 사건의 주범일지도 모르지 않은가. 오줌 마려운
게 더 심해진다. 아니 팬티가 조금 젖은 것 같다. 어떻게 좋은 방법 없을
까. 한 가지 생각나는 게 있다. 그2는 곧바로 시행한다. 무릎을 이용해 방
범 등을 켠 것이다. 이제 ' 중형 ' 이라고 쓰인 곳이 깜빡깜빡 하겠지. 그
러면 다른 차들, 특히 같은 영업용차가 깜빡이는 까닭을 알아차리고 뒤를
따르다가 적절한 때 만들어 그2를 구출해 줄 것이다. 그2는 어느 정도 마
음이 안정된다. 차는 그2의 의지가 아니더라도 신호가 이미 떨어져 있는
오거리를 금세 지나 동물농장 방향으로 달린다. 그 도로는 차들이 많이
달리지 않아서 그런지 눈이 노면을 살짝 덮고 있다. 가로등이 드문드문

서 있기는 하나 뿌옇기만 할 뿐 그2의 헤드라이트가 아니면 어둠을 못 면할 것 같다. 정말 이런 길은 가고 싶지 않다. 그2는 백미러를 통해 뒤를 힐끔 살핀다. 다행히 몇 십 미터 뒤에 승용차로 보이는 차 한 대가 따라온다. 앞에 가는 차 속에 택시 강도가 있구나! 그러겠지. 이제 됐다. 그2는 뒤차가 보다 더 빨리 다가올 수 있도록 속력을 줄인다. 속도계의 바늘이 40 이하로 떨어진다. 금방 뒤차가 따라붙는다. 그래그래 빨리 와라 빨리 와. 뒤차가 그2의 차를 휙 앞지른다. 어떤 방법으로 도와줄까. 한데 앞차는 조금도 속도를 줄이지 않고 순식간에 멀찌감치 달아난다. 도움을 받을 수 있으리라는 것은 착각인가?

왜 이렇게 차가 천천히 가는 걸까? 강도로 돌변할 장소를 물색하느라 그러는 걸까? 속내를 알 수 없다. 사람의 마음을 훤히 꿰뚫어 볼 수 있는 능력이 있다면 이런 때야말로 가장 잘 써먹을 수 있을 텐데 유감스럽게도 그1은 그런 방법을 모른다. 뒤차가 앞지르기를 해서 사라졌는데도 불구하고 여전히 굼벵이 사촌 격이다. 한번쯤 채근해 볼 필요성을 느낀다. 아, 왜 이렇게 느리 가는 거요? 그러나 실제 말이 되어 나오지 않는다.

잔뜩 기대했던 차가 사라지는 것을 보니 그2는 앞이 캄캄해진다. 방범등이 고장이라도 났단 말인가? 미리 점검해 보지 않고 운행한 게 후회 막급이다. 2~3분쯤 더 갔을까? 작은 언덕을 오르는데 길쭉한 나무토막이 얼핏 눈에 띈다. 옆으로 비켜 갈 마음을 하며 일단 브레이크를 밟는다. 그러나 이미 차의 앞바퀴가 나무토막을 타고 넘는다. 그 느낌이 핸들 잡은 손바닥에 전해져 오면서 기발한 생각이 뇌리를 스친다. 그와 동시에 차와도 교감이 이루어졌는지 시동이 꺼진다. 시동을 걸어본다. 그러나 걸리지 않는다. 망아지 우는 소리만 날 뿐이다. 이런 고물하고는! 그2는 투덜거린다.

드디어 실행에 옮기려는가 보다. 차의 고장을 이유로 정차, 이곳저곳을 점검하는 척하다 느닷없이 덤벼들지 모른다. 맘을 놓아서는 안 된다. 어느 순간이든 덤벼들기만 하면 맞받아 칠 수 있을 긴장이 필요하다.

그2는 다시 시동을 건다. 걸리지 않는다. 당연하다. 애초에 그2는 시동 걸 생각이 없었던 것이다. 그래서 말 우는소리 절반쯤 듣고는 반대 방향으로 키를 되돌리곤 했던 것이다. 손님, 이거 정말 미안합니다. 차가 워낙 고물이다 보니. 능청을 떨면서 차내의 후면경을 올려다본다. 작은 거울 속에서 그n가 대답도 없이 정중동하고 있다. 돌연 가슴속의 불안이 뒹굴어 눈덩이처럼 커진다. 눈치를 챈 걸까? 그2는 핸드브레이크를 잡아당긴 후 문을 열고 밖으로 나간다.

그1은 바싹 긴장한다. 기사가 차의 앞으로 가 보닛을 연다. 그러면 그렇지. 가로등 밑도 아닌 캄캄한 도로에서 보닛을 열고 무얼 수리할 수 있단 말인가. 하지만 그 안의 빈 공간에 숨겨두었던 흉기를 꺼내는 데는 밝음보다 어둠이 더 효과적일 것이다. 그1은 갈등에 빠진다. 어떻게 해야 하나. 눈치 못 채게 문을 열고 도망을 칠까. 하지만 평발이라서 지지리도 뜀박질을 못한다. 몇 걸음 못 달아나 뒤통수 맞을 게 뻔하다. 그렇다면 차라리 살그머니 나가 흉기를 꺼내고 있는 뒤통수에 선제공격을 가할까. 그런데 뭘로? 맨주먹? 흉기 앞에 맨주먹이 통할까?

그2는 열린 보닛 앞에 멍청히 서서 모든 신경을 그n에게 보내고 있다. 아니 그러고만 있는 게 아니다. 실은 밖으로 나오자마자 그야말로 오줌이 쌀 지경으로 마려워서 일부러 보닛을 열어놓고 실례를 하는 중인 것이다. 사실 그냥 멀리 보이는 아파트를 바라보며 실례를 할 수도 있지만 그

198

랬다가는 정말 그n에게 기회를 제공하는 격이 되고 말겠기에 숨어서 오
줌을 누는 것이다. 한데 오줌을 다 누고 소위 관물 정돈까지 했건만 어쩐
지 영 시원치가 않다.

견딜 수 없다. 기사가 눈앞에 보였을 때는 그래도 덜했는데 기사가 보
닛에 가려 보이지 않게 되자 불안이 더욱 가중된다. 밖으로 나가서라도
기사의 동태를 살펴야 할 것 같다. 만일의 경우에 행동이 자유로워지는
이점도 있을 게다. 그1은 오른쪽 문을 열고 나간다. 눈발 섞인 싸늘한 공
기가 그1의 얼굴을 강타한다. 움찔한다.

오줌을 다시 눌 수도 없다. 그n가 그2의 바램대로 차 밖으로 나온 것이
다.

큰일이다. 오줌이 마렵다니. 참아야 한다고 생각하면 할수록 더욱 더
오줌이 마려워 견디기 힘들다. 아직 기사는 보닛 때문에 보이지 않는다.
어떻게 할까. 순간의 선택이 십 년을 좌우한다는 광고 문구도 있다. 한데
지금은 십 년이 아니라 평생을 좌우할지도 모르는 현실이다. 그렇다면
바지에 싸야 한단 말인가? 아이처럼? 참으로 그1은 하찮은 오줌 마려움
때문에 진퇴양란을 겪는다. 하지만 그1의 발은 진퇴양란을 비웃기라도
하듯 차의 후미 쪽으로 간다. 기사로부터 멀리 떨어져 선 채로 지퍼만 내
리고 물건을 꺼낸 다음 시원스레 내갈기기만 하면 될 게 아니냐는 듯이
말이다. 그러고 보면 ‘앉아 쏴’가 아니고 ‘서서 쏴’ 자세라는 게 천만
다행이다. 삼십 보쯤 걸어간 그1은 여전히 열어 젖혀진 보닛을 보며 오줌
을 누기 시작한다. 한참 시원스럽게 내갈기는데 보닛이 닫힌다. 오줌 줄
기가 일순 멈춘다. 그러나 기사가 차안으로 들어가는 것을 보자 이내 다
시 오줌이 나온다. 일을 다 마치고 지퍼를 막 올리고 있는데 차의 시동이

걸리는 소리가 들린다. 단번에 걸린다. 허 참! 그1의 입안에서 야릇한 공허함이 맴돈다.

브릉, 브릉.

공회전을 두어 번하더니 차가 움직인다. 꽁무니의 후미 등이 한 차례 출렁인다. 그런데 내참, 조금 가다 멈출 줄 알았던 차가 쭉 내질러 사라진다. 웬 일일까. 요금 받을 생각도 않고 내뺀 이유는 무얼까. 기사도 그1처럼 뒤에 탔던 그1을 예비 범죄자로 생각했던 것일까. 모를 일이다. 기사의 오줌 자국을 발견한 순간 서로가 전전긍긍했던 것 같아 차라리 비애스러워진다. 어쩌다가 이리 되고 말았는가.

그2는 커브 길에서 속도를 줄이며 후유 한다. 그리고 지긋지긋한 이 기사 노릇을 당장 그만두리라 내심 결심도 한다.

그1은 예의 그 노란 택시가 사라진 길을 따라 어깨를 움츠리고 걷는다. 눈이 오고 있어서 그런지 그런 대로 길의 윤곽은 보인다. 약간 미끄러운 것 말고는 그다지 걷기에 큰 불편은 없다.

그2는 잠시 더 달리다가 자신이 지금 왜 달리고 있는가에 대해 반문한다. 이 길을 계속 달린다 해서 손님이 있을 리도 없겠지만 있다 해도 태우고 싶지 않다. 게다가 개운하게 팽개쳐버린 예의 그n가 어떤 꼴을 하고 있을까 궁금해 견딜 수 없다. 아니 호기심이다. 범죄자는 반드시 범행 장소를 되찾아 보게 된다는 심정이 이럴까? 그2는 차의 머리를 돌려오던 길을 되짚어 미끄러져 가기 시작한다.

이따금씩 차가 지나칠 때마다 그1의 가슴은 섬뜩하다. 차를 세우고 강도로 돌변하지는 않을까. 노면이 미끄러운 것을 핑계 삼아 자신을 깔아 뭉개고 몇 푼 안 든 지갑이나마 강탈해 가지나 않을까. 새삼스레 실종된

아이들이 떠오른다. 그들 중 한 명은 그1도 얼굴을 안다. 아주 귀엽게 생긴 것이 꼭 인형 같아서 특히 눈에 잘 띄었고 상당히 똘똘해 보이기까지 했다. 그 아이를 포함한 네 명의 아이들은 지금 어떻게 되었을까? 죽었을까 살았을까. 아무래도 자꾸 불길한 예감이 든다. 도대체 어떤 인간 말짜이기에 그런 인간 이하의 짓을 하는 것일까. 그리고 경찰들은 무엇 때문에 존재하는 것인가. 범인을 잡는 것도 중요하지만 범죄를 미연에 방지해야 할 의무가 있는 것 아닌가. 이래 가지고야 어디 불안해서 세상을 살 수 있겠는가. 그래도 그1은 아이들을 처가에 맡길 수 있어서 다행이라고 생각한다.

맞은편에서 상향등을 켠 차가 커브 길을 돌아 나온다. 눈이 부신 그1은 손으로 빛을 가린다. 젠장, 하향 등을 켜면 어디가 덧나나?

그2는 이마 밑에 손을 들어 올린 그n의 초라한 모습을 바라보니 측은함마저 느껴진다. 그2가 지나친 과잉반응을 보였던 것은 아닐까. 실제로는 순진하기 짝이 없는 선량한 그n를 두고 말이다. 정말 그렇다면 미안하다. 차를 돌려 세워 자신의 심약함을 말하고 그n의 목적지까지 곱게 태워다 줄까. 하지만 그2의 차가 그1을 스쳐 뒤쪽으로 달려 나간다. 그2의 결정보다 차의 속도가 빨랐기 때문이다.

노란 색 영업용 빈 택시다. 그러나 그1의 곁을 휙 스쳐 지나가고 나서야 '빈 차'라는 빨간 글씨가 고개를 내밀고 있지 않다는 것을 알아차리고 방금 자신을 유기(?)하고 달아난 택시인 것 같다는 생각도 든다. 차에다 돌멩이라도 던져주고 싶은 충동이 인다. 겁쟁이 기사를 두고 예비 범죄자로 생각해 가슴을 졸였다는 게 우습다.

그2는 백미러 속에 들어와 있는 그n를 바라본다. 그n는 희끄무레한 어둠 속으로 검고도 작은 점으로 사라진다.

그1이 먼발치로나마 동물농장 아파트에 도착한 것은 한 시간 가까이 지난 후다. 자정을 넘긴 것도 그만큼 될 것 같다. 그래서 그런지 동물농장의 불들은 모두 꺼져 있다. 시험 공부하는 학생들 방 몇 군데 정도는 불이 켜져 있으리라 생각한 게 사실이고, 적어도 가장이 아직 도착하지 않은 그1의 집은 틀림없이 환한 불빛이 켜져 있으리라 여기기도 했다. 한데 켜져 있지 않다. 왜일까? 어둠만큼이나 무거운 불안의 그림자가 드리워진 동물농장에서 남편이 도착하지 않은, 더구나 아이들도 없는 빈 아파트에서 혼자 불을 끄고 잠을 잘 리도 없다. 불을 켜 놓은 채 깜빡 졸 수도 있다는 것은 이해한다. 그러나 지금의 경우는 납득이 안 간다. 왜 불을 껐을까.

5동의 입구에 다다랐을 때다. 그1의 식구들이 늘 출입하고 있는 입구쯤에서 택시 한 대가 미끄러져 온다. 헤드라이트 빛에 눈이 부시다. 그1은 눈을 잔뜩 찡그린다. 택시는 금방 지나친다. 노란 영업용 택시다. 하필 그1을 내려놓고 도망쳤던 차와 같은 색이다.

방금 전 택시에서 내렸을 누군가는 1층이나 2층 사람인 모양이다. 두레칸이 그1을 기다리기라도 하고 있었던 듯 커다란 입을 벌리고 있는 걸 보니 말이다. 그1은 약간 으스스하다는 생각을 하면서도 늘 사용하던 것이어서 아무런 거부반응 없이 두레칸으로 들어간다. 6자 버튼을 누르자 곧 문이 제 스스로 입을 다문다. 그리고 수직 상승을 시작한다. 귓속이 윙, 하는 것 같고 발바닥을 비롯한 정강이가 저려오는 듯 스멀거린다. 고속 두레칸도 아니면서 탈 때마다 느끼게 되는 것이다. 순간 두레칸이 추락하는 상상을 한다. 일시적이나마 아찔하다. 다행히 두레칸은 정상적인 작동을 계속하다가 '6'자가 붉게 물들어서야 상승 꿈을 마친다. 꾹 다물고 있던 입도 열린다. 그1은 습관처럼 두레칸을 나선다. 이제 오늘밤에는 아이들이 유괴 당하는 꿈을 꾸지 않겠지. 따라서 실로 오래간 만에 두 다리 쭉 뻗고, 아니 보들보들한 아내의 허벅다리 위에 다리 한 짝을 척 걸쳐놓고 깊은 잠 한 번 잘 수 있을 테지. 아니 그 이전에 할 일이 남아 있다. 마음껏 아내와 사랑을 나누는 것. 사실 그동안 이제나저제나 아이들 걱정에 맘놓고 사랑을 나누지 못했던 것인데, 오늘밤은 그야말로 숙면에 빠지기 전에 아내와 진한 사랑을 나누리라. 뒷물 겸한 샤워도 아이들 눈치 안 보고 맘 편케 하리라……. 온갖 달콤한 상상을 하며 그1은 현관 문 앞에 선다. 그리고 초인종을 누를 생각을 하다가 주춤한다. 은근하게 부르돋친 심술, 아니 극적인 반전효과를 생각한 것이다. 출발하면서 전화까지 했건만 어둠으로 남편을 맞는 아내의 무심함에 은근슬쩍 놀래 주자는 심술과, 눈에 넣어도 아프지 않을 애인이 뒤에서 갑자기 등을 치면서 나타날 때의 반가움 같은 것을 연상해서다. 그1은 열쇠구멍에 열쇠를 꽂는다. 약간의 에너지만으로 문을 열려 한다. 한데 문은 이미 열려 있다. 웬일일까? 고개를 갸웃거려 보지만 의문이 풀리는 건 아니다. 그1은 추호도 불길한 생각은 하고 싶지 않다. 계원이었던 직장 친구들을 돌려보낼 때 문 잠그는 것을 잠시 잊었을 뿐일 것이다. 그리고 잠깐 눈을 부쳤다 일어난다는 것이 지금까지 내쳐 자고 있을 것이다. 하긴 어지간히 피곤하기도 할 게다. 일주일 내내 업무에 시달리다가 일요일에는 계모임까지 주선하고 있으니. 그리고 보면 아내는 마당발이다. 하지만 손잡이를 돌려 철제 현관문을 열면서 아내는 발이 크지 않다는 것을 생각한다. 천장에서 센서 등이 켜진다. 보이는 것은 익숙한 것들뿐이다. 하지만 아내의 모습은 보이지 않았고, 그래서 그런지 텅 빈 느낌이다. 그1은 센서 등이 꺼지기 전에 구두를 벗고 몇 걸음 걸어서 거실 불을 밝힌다. 그리고 반쯤 열려 있는 안방 문을 마저 밀며 불쑥 들어선다. 역시 아내는 침대에 누워 있다. 그런데 뭔가 이상한 육감이 그1을 사로잡는다. 잽싸게 방의 불을 켠다. 아, 계속된 불안의 연속이 적중하는 순간을 어떻게 표현하랴! 아무렇게나 흐트러진 팔과 다리, 거뭇하게 드러난 치부, 헤 벌어진 입, 가슴의 융기와 가늘게 뜨고 있는 두 눈, 아내의 입이 책망하는 것 같다. 여보, 왜 이렇게 늦었나요. 이미 늦었어요. 그1이 부인한다. 아니오, 늦을래 늦은 게 아니오. 택시 기사가 글쎄…… . 불쑥 뇌리에 나타났다가 사라지는 옐로우 카드, 노란 택시. 여보 . 그1은 고꾸라지듯 아내에게 다가간다. 여보, 여보 . 아내의 어깨 언저리를 잡고 흔든다. 아내의 피부는 아직 온기가 있다. 여보, 여보 . 가슴에 귀를 가져다 댄다. 가냘프게나마 둥당거리는 소리가 들리는 듯하다. 입에다 귀를 댄다. 간지럽지가 않다. 평소에 아내는 그1의 귓불을 잘근잘근 씹는 것을 좋아했다. 물론 그러면 그1은 간지러워 까무러칠 지경에 이른다. 그런데 지금은 간지럽지가 않다. 울긋불긋한 목 언저리가 눈에 띈다. 만사가 노래졌다가 까맣게 변한다. 다시 가슴으로 귀를 옮긴다. 아무런 반응이 없다. 안 돼! 안 돼! …… .

그2는 교통방송을 들으며 사거리에서 신호 대기를 하고 있다. 뒤의 손님은 그n과 그니n, 보기 좋은 한 쌍의 커플이다.

삐용, 삐용, 삐용…… . 갑자기 신호등을 무시하는 차가 있다. 구급차다. 경각에 달려 있는 누군가의 목숨이 그2로 하여금 잠시나마 그 자리에 더 머물러 있게 한다. 교통방송이 그2의 청각신경을 잡아끈다. 방금 들어온 속보를 말씀드리겠습니다. 교통방송 진행이 중단되고 있다. 연쇄적인 여자 어린이 유괴 사건이 터지고 있는 동물농장 아파트에서 지난밤에 성폭행 살인 사건이 발생했습니다. 세상 참 왜들 이러나! 그2는 또다시 오줌이 마렵다. 그러나 그2는 채널을 바꾸거나 끄지를 못한다. '동물농장'이란 소리 때문이다. 어제 자정 무렵 그2가 따돌렸던 그n가 범인일지도 모른다. 느낌이 어쩐지……. 경찰은 연쇄적 어린이 유괴 사건과 동일한 변태성욕자가 범인일 것으로 추정하고, 채취된 정액과 체모를 국립과학수사연구소로 보내 분석을 의뢰하는 한편, 용의자로 추정되는 노란 택시 기사의 몽타주를 만들어 각 택시 회사들의 노란 택시 기사들을 상대로 몽타주 대조를 하고 있습니다. 제길, 왜 하필 노란 택시 기사인가. 그렇다면 이 도시의 노란 택시 기사들 모두가 용의선상에 올려진 꼴이 아닌가. 지금 그2의 뒤에 앉아 있는 그n, 그녀n가 어떻게 자신을 생각할 것인가. 이 택시 기사는 지난 밤 자정 무렵, 피해자의 남편을 태우고 동물농장 아파트로 가던 중 시동이 꺼지자 고장 난 것으로 위장, 소변을 보기 위해 내린 손님을 버리고 앞질러 가 사건을 저지른 것으로 경찰은 보고 있습니다. 한편 현장을 처음 발견한 피해자의 남편은 방학을 맞아 아이들을 안전한 외갓집으로 피신시키고 돌아오던 길이었고, 피해자는 마침 계모임을 갖느라 집에 있었던 것으로 조사되고 있습니다. 아니 가만, 그렇다면 범인은? 그2 자신이었단 말인가? 뒷골이 떵하다. 피해자의 남편이었다는 그n를 내려놓은 이후의 어제 밤 행적이 왠지 자세하게 떠오르지 않는다. 오줌만이 마려울 뿐이다. 아니, 오줌이 질금질금 나오고 있다. 아!

　신호등이 푸른색으로 바뀌고 난 잠시 후, 차들의 빵빵거리는 경적 음이 요란하다. 하지만 맨 앞차에 해당한 그2의 차는 출발할 줄을 모르고, 속보를 대한 모든 그n, 그녀n들은 자기를 알고 있는 모든 사람들이 무사하게 잘 지내고 있는가, 불안해진다.

소리의 그늘·2

―1(원)에서 n(에느)까지

소리의 그늘 · 2
—1(원)에서 n(에느)까지

〈 1 〉

은회색 승용차가 아파트 정문을 나선다. 켜져 있던 오른쪽 조향등이 꺼지기도 전에 30여 미터 전방의 신호등이 파란 색으로 바뀐다. 앞서 있던 1톤 트럭을 따라 승용차도 자연스레 뒤를 따른다. 금세 4차선 일방통행 도로를 가로지른다. 아니, 가로지르다 말고 한번 멈칫한다. 그1이 어제 밤 퇴근할 때만 해도 없던 하얀 페인트 자국 때문이다. 언뜻 보아 사람의 형상과 이륜차의 그림자다. 밤새 안녕이라고 밤사이에 참혹한 일이 벌어진 게 틀림없다. 차를 세우고 싶은 충동과 함께 사거리 한가운데에 차를 멈춰서는 안 된다는 상식적 관성력이 힘을 받아 그대로 건너지른다. 그리고는 이면 도로를 만나자마자 곧바로 우회전한다.

오른쪽 6~7미터 전방의 파출소 앞 건널목을 횡단하던 사람을 이륜차가 들이받은 것인가. 아니면 이륜차 운전자가 저 혼자 나가떨어진 것인가.

어쨌든 흔적으로 보아 차대 차가 부딪친 흔적은 아니다. 사륜차가 행인을 치였어도 마찬가지다. 사륜차끼리 부딪친 것이거나 차대 사람의 흔적이라면 저렇게 흔적을 남기지는 않을 것이다. 갖은 상상과 결론을 동시에 내리며 한 블록을 달려 조심스레 다시 우회전한다. 예의 그 4차선 일방통행 도로다. 저만치 방금 전 보았던 흔적이 보인다. 파출소 앞 사거리다. 파출소는 사고 원인을 가장 정확하게 알고 있을 것이다. 사고 원인, 이 사고 원인은 무엇일까. 거의 반사적으로 딱정벌레 쳇바퀴 돌듯 달려온 이유도 내심 바로 이 사고 원인을 알고 싶어서였다. 한데 그걸 알아서 뭣 하자는 것인가, 하는 생각도 들었지만 반드시 알고 싶은 이유가 있다.

그1은 파출소 주차장으로 들어가 차를 세운다. 그리고 파출소의 두꺼운 유리문을 밀고 들어선다. 어딘가와 전화 통화를 하고 있던 경찰의 시선과 마주친다. 그러나 경찰은 하던 통화를 끊을 수 없다는 듯 송수화기를 귀에 댄 채 뒤쪽을 돌아본다. 팅팅 불은 라면 발 같은 전화선이 출렁인다. 이심전심 텔레파시가 통했는지 닫혀 있던 문이 열리며 동료 경찰이 나오고 있다. 방금 손 세척이라도 한 듯 촉촉하다. 하지만 금빛 안경테 탓일까 첫인상은 메마르고 냉정해 보인다.

"어떤 일로 오셨습니까? "

어떤 일? 당연히 예상할 수 있는 금테안경의 물음이지만 막막해진다. 느닷없이, 그야말로 출근하다 말고 느닷없이, 길가에 버려져 있는 깡통을 아무 이유 없이 걷어차듯 파출소 출입문을 밀고 들어오게 한 이유도 그 어떤 일에 해당한 것일까.

"말씀하세요. "

재촉하는 말이 지극히 사무적이다.

매일 한두 차례씩 보고 지나다니지만 생전 처음 들어와 보는 파출소라서 낯이 선 탓일까. 그1은 괜히 겸연쩍어져 손바닥을 비빈다.

"간밤에 요 앞에서 무슨 사고가 났었나요?"

금테안경이 웬 뜬금없는 소리냐는 듯 의자에 앉다 말고 안경 너머로 빤히 쳐다본다.

"페인트가 하얗게 뿌려져 있어서요."

"그런데요? 그게 아저씨하고 무슨 상관 있나요?"

"아아 그런 건 아니고, 그냥 궁금해서요."

전화를 하고 있던 경찰은 여전히 통화중이다. 계속해서 네네, 만을 연발하는 것으로 보아 상사와 통화중인 모양이다.

"차들이 도로 바닥에 누워 있는, 하얀 옷을 입은 사람을 마구 치고 가는 거 같아서, 끔찍해서 그냥……."

전혀 생각에 없던 말을 해놓고 그1은 내심 만족해 한다. 허허실실 전법을 써서 예리한 공격을 피해 갔다 할까. 헛다리 드리블로 상대를 따돌리고 골까지 성공했다 할까.

"그야 그렇지만 그렇다고 사고현장을 보존 안 할 수도 없지요."

금테안경의 예리함이 많이 무뎌지고 있다. 그1은 기회를 놓치지 않는다.

"무단 횡단하던 사람을 치었나요? 뺑소닌가요?"

"글쎄요, 목격자도 없고 헬멧도 안 쓰고, 죽은 자는 말이 없으니……."

"그럼 제풀에 나가떨어져 죽었단 얘기네요. 도둑고양이라도 지나쳤나! 아님 철사 나부랭이라도 걸렸나?"

뒷말을 혼잣말로 중얼거리다가 은테안경으로 하여금 생각할 여지를 주지 않으려는 듯 뜬금없이 턱밑을 치고 들어간다.

"그게 몇 시쯤이죠?"

"새벽 두 시 반경."

"오 마이 갓!"

숨길 겨를 없이 외마디 비명이 터져 나온다.

"예?"

"아, 아닙니다. 아무 것도. 사고 난 흔적 보고 그냥, 아무튼 감사합니다."

손 사례를 쳐 돌아 오른 소름을 애써 감추며 도망치듯 파출소를 빠져나온다.

도둑고양이라도 피하려다 제풀에 나가떨어진 모양입니다.

전화 통화를 하고 있던 경찰의 말이 그1의 뒷등을 잡아당긴다. 하지만 이 이상 무엇이 더 궁금하랴! 경찰조차 그1의 예측대로 추정하고 있는 마당에.

파출소 앞 주차장을 빠져나오며 잘 보존된 사고 현장의 흔적을 힐끔 쳐다본다. 아니 그에 앞선 흔적을 찾는다. 흰색이 아닌 검정색 흔적. 그러나 그 어디에도 그런 흔적은 없다. 뭔가를 발견했을 때 무의식적으로 밟게 되는 브레이크 자국인 스키드 마크가 없는 것이다. 그렇다면 그 사고의 원인은 필시?

지난 밤 두 시 경. 그1은 잠을 이룰 수 없었다. 출근하자마자 보고해야 할 업무를 정리해 놓고 난 참이었다. 잠시간대를 벗어난 탓도 있었으나 그 놈의 소리, 요즘 들어 부쩍 자주 나타나는 오토바이 굉음이 또다시 시작된 때문이었다. 밤이 늦어 차량들도 한산한 아파트 단지를 둘러싼 4차선 일방통행 도로를 빙글빙글 돌고 있는 폭주족. 소음기를 제거한 채 주

212

민들의 불면증을 양분으로 한 그 무한질주 속에서 태평세월 혼곤하게 잠들 수 있는 사람도 있을까. 아예 귀가 안 들리는 사람이거나 완벽한 방음벽 속에 갇혀 사는 사람이라면 아마도 그런 상황만큼은 혜택 받은 사람일시 분명하다. 하지만 그런 사람이 몇 명이나 될까.

그1보다 앞서 잠에 빠져 있던 그1의 아내도 악몽을 꾸는 사람처럼 잠속에서 흠칫흠칫 놀라고 있었다.

그것은 위층의 그2도 그니2도 마찬가지였고, 아래층의 그3 그니3도 부아가 치밀기는 마찬가지였다. 앞 동(棟)의 그4, 뒷 동(棟)의 그니4, 아니 단지 내 심장부를 타원형으로 둘러싼 일방통행 도로 주변의 모든 아파트의 그n, 그니n 모두가 예외일 수는 없었다. 하나같이 잠을 청하기 위해 안간힘을 써야 했다. 하지만 잠들만 하면 예의 그 부릉부릉 뿌다다다 하는 폭주족의 굉음이 누워 있는 잠을 일으켜 세우고 있었던 것이다.

그 시각, 파출소 내의 경찰은 폭주족 소음에 이은 또 다른 소음에 시달리고 있었다.

시끄러워서 잠을 못 자겠어요. 어떻게 좀 해주세요.

폭주족이 파출소 바로 앞을 지나다니는데 왜 단속 안 하지요?

고기 잡는 투망이라도 던져 잡아 드릴까요?

당신들 직무유기 하는 것 아닌가요?

소음기 제거하고 운행하는 게 불법 아닌가요?

얼마나 먹었기에 불법을 보고도 모른 체 하지요?

아스팔트에 압정이라도 뿌리고 싶은 심정인데 그냥 확 뿌려도 되나요?

하지만 놈은 경찰의 약점을 꿰뚫고 있다. 단속하려다 자칫 사고라도 난다면 과잉단속 운운하는 언론의 뭇매에 경찰이 못 견디리라는 것을 익히 간파하고 있는 것이다.

　놈은 정확히 한 뼘도 안 되는 5분 간격으로 하늘 높이 솟아오른 아파트 건물들을 뒤흔들고 있다. 여섯 개의 신호등이 있기 때문에 한 바퀴 돌려면 늦어지고 빨라질 수도 있으련만 놈은 매 5분마다 부룽부룽 뿌다다다 귀청을 때린다. 그n, 그니n는 경직된 나머지 뼈마디가 노골 노골해지는 것을 느낀다. 골머리도 지글지글 스팀 날 지경이고, 속은 부글부글 곱창이 끓고 있다. 베개로 귀를 막아도, 폭주족이 저만치 사라졌어도 귓속에서는 여전히 부룽부룽 뿌다다다 환청까지 들린다. 열나고, 미치고, 환장할 것 같다. 주먹이 불끈불끈 죽지 않을 만큼 고통스럽게 해주고 싶다. 오토바이를 빼앗아 놈을 매달고 질질 끌고 다니고 싶다. 놈이 잠자려 할 때 놈의 오토바이로 브룽브룽 뿌다다다 귀청을 때리고 싶다.

　이명을 떨쳐내기라도 하듯 자반뒤집기 하며 엎어진다. 베개에 코를 박은 채 양 손바닥으로 거칠게 귀를 막는다. 귓속에서 쐐, 하니 바람소리가 난다. 신경이 예민한 터에 잠 때까지 놓쳤으니 숙면을 취하기는 애초에 그른 것 같다. 조금이라도 눈을 부쳐야 업무에 지장이 없을 텐데 큰일이다.

　귀는 왜 말하는 입처럼 여닫을 수 없을까. 이런 때 귀를 꽉 닫고 있으면 오죽이나 좋을까. 폭주족이 있거나 말거나 잠을 설칠 일도 없을 테고, 종종 듣게 되는 듣기 싫은 소리를 듣지 않아도 될 터이니 얼마나 편리할 것인가. 말하지 않을 권리가 있는 것처럼 듣지 않을 권리는 진정 없는 것인가.

　한 뼘도 안 되는 토막잠에 들다 깨고, 다시 들고 깨다 보면 신경질에 으르르 진저리만 쳐지고, 어떻게 해야 할까. 어떻게 해야 고문해 오는 저 놈에게 멋진 복수가 될 수 있을까. 이리 생각 저리 생각, 생각 뒤집기를 수십 차례, 그러다가 끝내 생각 속의 그1이 저 혼자 현관을 나서고 있다. 오로지 한 생각, 외골수 생각으로 골똘해진 나머지 생각 속의 그1은 비몽사몽 몽유병자 같다. 손에는 서리서리 서리어진 은빛 철사 마름이 한 움큼 쥐어져 있다. 그 옛날 고향 마을 산골에서 마름모꼴 그물망으로 토끼장 짓다 남은 가느다란 샤프심 같은 철사 줄이다.

내 저 놈을 당장…….

어금니가 앙다물려 있다. 세 겹도 필요 없고 두 겹도 필요 없다. 오로지 외줄 철사 한 가닥이면 됐지 더 이상 무엇이 필요하랴!

그1이 파출소 건너편에서 멈춘다. 횡단보도 건널목 신호등이 파랗게 손짓한다. 아주 예감이 좋다. 주변에 사람은커녕 마네킹조차 없다. 건너편 파출소 안에는 경찰 그림자도 안 보인다. 긴급 출동 나갔나? 하지만 그렇더라도 최소한의 인원 정도는 남아 있어야 하는 것 아닌가. 하긴 그러면 그렇지. 저렇게 환하게 불만 밝힌 채 비워두고 있으니 개나 쇠나 다 날뛰는 게 아닌가. 저만치 부릉부릉 뿌다다다, 괴물이 다가와 눈 깜빡할 새 지나가 버리고 뿌다다다 굉음만 남는다. 요런 처 죽일 놈! 모가지를 바싹 비틀어 자리개질을 쳐도 시원치 않을 놈!

그1은 신호등 기둥 1.5미터 높이에 철사 줄을 감아 돌려 묶는다. 한 뼘보다 작은 쥐뼘만큼 기다렸다가 은빛 철사 줄을 늘이며 깜빡깜빡 파랗게 불러대는 건너편으로 간다. 건너편 신호등이 빨갛게 눈을 부라리기 전에 신호등 기둥에 철사 줄을 옭아맨다. 팅팅 소리가 나도록 팽팽하게 당겨 맨다.

요래도 니 놈이 뿌다다다 날밤 세울래?

그랬었다. 그렇게 신호등 기둥에 철사 줄을 팽팽하게 옭아매고는 뒤도 돌아보지 않고 뛰걸음으로 들어왔었다. 그리고는 곧바로 향기로운 잠에 빠졌었다. 부릉부릉 뿌다다다 소리가 들렸는지 어쨌는지 알 바 아니었다.

그랬다. 그랬었다. 그랬는데, 그랬었는데, 그놈이 제풀에 나가떨어져 죽었다. 그놈이 정말 저 혼자 제풀에 나가떨어져 죽었던 것일까?

〈2〉

부 웅붕 거리는 소리가 오늘도 들릴까, 말까 생각하며 잠을 잔 탓인지 어제의 그 시각이 되자 그니1이 저절로 잠에서 깨어난다. 아니 땡 땡 땡 종이 울리면 아 맛있는 식사시간이구나! 하고 침을 질질 흘리는 슬픈 개처럼 조건반사를 일으킨 것인가.

부 웅붕, 부 웅붕…….

그것 봐라! 그니1 너는 파블로프의 개밖에 더 되느냐며 조롱하듯 오늘도 어제처럼, 그제처럼, 아니 그 그제처럼, 부 웅붕, 부 웅붕……. 변함없이 부-웅붕 소리가 나고 있다.

새벽 2시, 온종일 일하던 소도 숨을 쉬듯 습관적으로 되새김질하며 잠을 자는 시각이다. 소리가 나거나 말거나 태평하게 잠을 잘 수 있었으면 얼마나 좋을까 싶지만 그니1의 청각신경은 부 웅붕 소리가 반복되면 될수록 점점 더 곤두서 예민해질 뿐이다. 한밤중 첫아기의 응아 소리에 깜짝깜짝 놀라 일어나 젖을 물리곤 하던 시절 같이 거의 반사적이다.

216

부웅붕, 부웅붕…….

머잖은 곳에서 지진이라도 난 것처럼 천장의 도배지를 떨게 한다. 이삿짐이 들고나느라 우당탕거리던 여운이 채 가지시기도 전부터 나기 시작한 소리다. 산등성이를 넘어간 몇 개의 고압선이 한겨울 매서운 칼바람에 부-웅붕 피울음 우는 것 같은 소리다. 관리실을 통해서 소음 자제를 부탁해 보아도 여전히 같은 시각에 부웅붕, 부웅붕 층간을 넘어 그니1의 가슴 속 심장을 긁어대는 소리다.

부웅붕, 부웅붕…….

새벽 2시, 왜 하필 벌건 대낮 두고 새벽 2시일까? 새벽 2시라는 시각하고 무슨 철천지원수지간이라도 되나. 아니면 그니1과 전생에 무슨 골 깊은 원한이라도 있었던 것인가. 하지만 진실로 그니1이 알 수 없는 전생에서라면 모를까 위층 여자와는 그야말로 일면식도 없는 사이다.

참다 참다 못한 그니1이 결국 열흘 전쯤 위층으로 올라가 초인종을 누르고야 말았었다. 잠옷 위에 얇은 등산용 바람막이만 걸친 채였다.

"누구세요?"

인터폰을 통해 들려오는 소리는 뜻밖에도 남잘까 여잘까 선뜻 구분이 안 갔다. 잠깐 주춤하는 사이 안에서 대답을 재촉해 왔다.

"누구세요?"

"한밤중에 초인종 눌러서 대단히 죄송한데요, 아래층 사람이거든요, 십이층요."

"네, 그래요. 잠깐만요."

여전히 남잔지 여잔지 구분할 수가 없다. 부웅붕 기이한 소리만큼이나 사람의 목소리 또한 기이하게도 중성적이다.

　현관문이 불쑥 열린다. 사람이 충분히 드나들 수 있을 정도다. 흠칫 놀란 그니1이 한 걸음 물러서면서 목소리의 주인이 남자였다는 것에 또다시 놀란다. 시각이 시각이니만큼 당연히 안전 고리를 채운 채 빼꼼하게 문이 열릴 것이라 생각한 탓이고, 중성적인 목소리가 남자일 것이라고는 전혀 생각지 않은 탓이다.

　“무슨 일이시죠? ”

　참으로 이럴 수도 있나 싶게 목소리는 완전 여자다. 중성적으로 들렸던 목소리가 외모를 보는 순간 역설적이게도 완전 섬세한 여자의 목소리로 들린다. 묻는 뜻조차 몰라 갈피를 못 잡았을 정도다.

　“예에? ”

　“무슨 일이시냐고요? ”

　“아, 예에. 요새 꼭 이 시간만 되면 이상한 소리가 들리는데 혹시 이 댁에서 나는가 싶어서요. ”

　“이상한 소리요? ”

　“부 웅붕 소리 같은. ”

　“부 웅붕?……. 아, 그게 아래층에까지 들리나요? ”

　“……? ”

　“첼로 같은 건데 콘트라베이스라고 오케스트라에서 가장 저음을 담당하는 악기로……. 집사람이. ”

　안쪽의 눈치를 보며 목소리가 갑자기 낮아진다. 안 그래도 여자 같던 목소리가 더욱 가냘프게 들린다.

　“사실은 집사람이 관현악단 단원을 그만둔 뒤로 우울증이 생겨서, 꼭 이 시간만 되면……. ”

218

“근데 그 부 웅붕 소리 때문에 통 잠을 잘 수가 없거든요. 꼭 지진 난
것처럼 천장이 울리는 거 같고.”

“미안합니다. 근데 실은 저도 죽을 지경입니다. 하지만 못하게 할 수도
없어요. 당장 뛰어내릴 기세라……. 어찌 해야 할지 걱정입니다.”

“뛰어내리다니요? 13층에서요?”

“예.”

남자의 짧은 대답을 듣는 순간 횡경막이 경련이라도 일으키는지 숨이
막힌다. 발코니 창을 통해 13층 여자가 하얀 소복 차림으로 뛰어내리는
게 보이는 듯하다.

“병원에라도.”

“병원은 벌써부터 다니고 있습니다. 하지만 다녀봐야 소용없습니다.
혼자 있을 땐 약을 도통 먹질 않아요. 항상 그림자처럼 붙어 다닐 수도 없
고…….”

더 이상 무어라 말할 수 있으랴! 악기를 빼앗든 부수든 소리 나지 않게
만 해 달라고 어찌 요구할 수 있으랴! 그러다 정말 뛰어내리기라도 한다
면? 자칫 그니1의 탓이 될 수도 있는 일이 아닌가.

가까스로 정말 안타까운 일이다, 병원에 입원시키는 게 어떠냐, 는 말
몇 마디를 남겨놓은 채 그니1은 도망치듯 내려왔었다. 그리고 내려오면
서 무심코 생각했었다. 위층 남자가 그니1의 남편이었다면 어땠을까. 잘
살 수 있었을까.

부 웅붕, 부 웅붕…….

콘트라베이스의 현을 울리는 낮은 진동이 층간을 울리고, 방안의 공간
을 진공관 삼아 그니1의 고막이 울린다. 오케스트라의 가장 낮은 저음으

로 울리는 13층 여자의 몸부림이다.

콘트라베이스를 강제로 빼앗긴다면 여자는 정말 뛰어 내릴까? 아니면 단순한 협박에 불과한 것일까. 직접 검증해 보자고 할 수도 없는 노릇이라 그니1은 아파트를 지은 시공사를 원망했다가, 공동주택 층간 소음 관리 기준을 엄격하게 해놓지 않은 관계기관을 원망하기도 하고, 여인네 빰치는 유약한 남자의 심성을 탓하기도 하면서 이리 뒤척 저리 뒤척 자반뒤집기를 수차례, 저 놈의 집구석 이사는 언제 가나 생각도 해보다가 절 싫은 중이 절을 떠나듯 이참에 그냥 이사나 가버릴까 싶은 생각도 해본다. 하지만 숙박업소에 잠시 투숙한 것도 아닌 터에 새가 날아가듯 그리 쉽게 보금자리를 떠날 수는 없었다. 상상으로나마 이사를 가보고 악기를 빼앗아도 보며 뛰어내리든 말든 어디 한번 해볼 테면 해보라지, 그래 봤자 죽는 년만 손해 아니냐, 하는 심정이 되기도 했다.

한데 이심전심, 텔레파시라도 통했던 것인가. 부 웅붕 소리가 뚝 끊긴다. 왜일까? 제풀에 그만 됐나? 아니면 악기를 빼앗긴 것인가. 청각신경을 곤두세운다. 발코니를 향한 우윳빛 창을 조심조심 연다. 발코니에 옹기종기 놓여 있던 화초들이 여물다 만 새벽 달빛에 젖어 있다. 잠자리에 들기 전 버티칼 블라인드 치는 것을 깜빡 잊은 모양이다. 덕분에 굳이 일어나지 않아도 될 듯싶다. 침대에 편안히 누운 채로 내다보기만 하면 될 것이다. 콘트라베이스의 여자는 노랑나비로 내려올까, 흰나비로 내려올까. 아니면 섬뜩한 호랑나비로 팔랑팔랑 내려올까.

한데 여자가 정말 뛰어내리기를 하기는 하는 걸까? 그럴 리가 없을 것이라고, 남자의 말이 임시방편으로 둘러댄 말일 뿐일 것이라고, 생각하면 생각할수록 혹시? 하는 생각이 거품목욕제 버블바스 부풀어오르듯 부풀어올라 눈 깜박거리기조차 할 수 없다. 정말 여자가 뛰어내려 주기를 내심 바라고 있는 것일까. 그렇다면 여자의 생명이 그니1에게 있어서 천장의 도배지를 울려대는 부 웅붕 소리만도 못한 것인지 모른다. 뛰어내리지 않을 것이라는 전제하에 그니1의 잠이 여자의 생명보다 더 값지다, 생각되는 것처럼.

하지만 남자의 말이 사실이라면 과연 여자가 통제하지 못할 선으로 화가 치밀어 오르기까지의 시간은 얼마나 걸릴까. 1분? 5분? 10분? 내다보이는 것이라고는 창백하다 못해 그 빛을 잃어 가는 달빛뿐, 차가운 정적이 되레 가슴을 오그라뜨린다. 잠 못 이루게 하던 소리가 그새 그리워지기라도 한 것일까 생각하는데 느닷없이 우당탕탕! 하는 소리가 정적을 깬다. 천장의 시멘트가 부스러져 내려올 것 같다. 대체 이건 또 무슨 황당 시추에이션이란 말인가.

우당탕 쿵, 우당탕탕 쿵 탁!……….

연이어 나다가 잠깐 한숨 돌렸나 싶으면 또다시 우당탕 우당탕, 망치로 두드리다가 해머로 내려치기도 하고 어떤 때는 아름드리 메통으로 집터라도 다지는 듯 울림이 둔중하기도 했다. 부 웅붕, 하는 콘트라베이스 소리하고는 질적으로 다르다. 몇 번 그러다 말겠지, 설마 밤새 저러기야 하겠어? 하며 이젠 끝날 때도 되지 않았을까 하는 기대를 가져도 보았으나 아래층 그니1의 존재 정도는 일고의 가치도 없는 듯 우당탕 소리는 계속 이어졌다. 통제되지 않는 여자의 행동에 지친 남자가 중성적, 아니 웬만한 여자보다 더 여성적인 목소리의 내면을 포기하고 나도 태생적으로는 당당한 남자요, 하고 여자에게 머리를 들이밀기라도 한 것인가.

바야흐로 일이 나도 크게 날 것 같은 예감이 달아난 잠보다도 더 생생하게 온몸을 휘감아 일으킨다. 혹시 뛰어내리게 될지도 모르는 여자만을 마냥 누워서 기다리기에는 궁금증의 폭이 너무 컸던 것이다.

열흘 전쯤 올라가 콘트라베이스의 울림이 이럴 수도 있는 것이구나, 알았던 때처럼 잠옷 위에 얇은 등산용 바람막이만을 걸친 채 현관을 나선다. 앞집인 1201호의 현관은 굳게 닫혀 있고 두레칸은 맨 아래층에 있다. 센서 등의 밝기에 드러난 그니1은 두레칸 곁에 부착된 거울 속에 갇혀 있다. 저 사람이 나였었나, 흠칫 일별하고는 곧바로 13층으로 향하는 계단을 오른다. 겨우 한 층을 올라가기 위해 맨 아래층에 있는 두레칸이 올라올 때까지 기다릴 필요도 없었거니와 계속해서 들려오는 예의 그 우당탕 소리 때문에라도 그럴 수는 없었다.

아홉 개의 계단 위에 있는 층계참을 돌아 다섯 개로 이어지는 첫 번째 계단에 발을 올려놓으려는 순간이었다. 난데없이 녹색 뚜껑의 하얀색 플라스틱 그릇 하나가 1302호에서 날아 나와 맞은편 집 1301호 현관에 부딪치고 있다. 뚜껑이 열리고 뻥튀기 옥수수가 계단 아래로 까지 흩어져 내려온다. 뚜껑도 바퀴 구르듯 통 통 통 계단 모서리에 부딪치며 굴러 내려온다. 반사적으로 뚜껑을 피해 난간을 잡은 그니1이 위를 올려본다. 난장판이 따로 없다. 기가 차 숨이 막힐 지경이고, 휘둥그렇게 뜬 눈이 경직될 정도로 가관(可觀)이다. 커피포트와 남자의 구두, 다리 하나 부러진 식탁 의자, 각종 책들, 박살이 난 화분, 책상용 조명등, 콘트라베이스 케이스 등 집안의 온갖 것들이 내던져져 쌓여 있고 열려 제껴진 현관문 뒤에는 네댓 살 안팎의 계집아이가 숨어 있다. 새파랗게 질린 채 차마 울지도 못하고 춥지도 않은 날씨에 오돌오돌 떨고 있는 모습이란.

니가 뭔데, 니가 뭔데 지랄이야!

악다구니가 비키니 표지 화보의 두꺼운 여성지와 함께 날아 나온다. 분명 여자의 목소리인데 가늘고 섬세한 바이올린 소리는 아니다. 비올라 음역도 아니다. 그렇다고 여자가 켠다는 부 웅붕 잠을 못 자게 하던 콘트라베이스의 음역도 아니다. 니가 나한테 이럴 자격 있어? 자격 있냐구. 있으면 말해. 있으면 말해 보라구. 말해 보란 말이야.

콘트라베이스의 f홀(울림구멍)이 찢어지고 부서졌어도 저런 소리가 나지는 않을 것 같다. 그 찢어지고 부서진 f홀 속 울림판 안에 양철 조각을 구겨 넣고 현을 켜대도 저런 소리는 나지 않을 것 같다. 오로지 악상 기호 중 피아노(p : 여리게)는 없고 포르테(f : 강하게)만 있을 뿐이다.

X대가리답게 말해 봐. X대가리답게 말해 보란 말이야.

입이 건 남자들한테서도 듣기 힘든 육두문자. 그러나 남자의 목소리는 단 한 마디도 들리지 않는다. 하긴 하는데 관현악단의 이미지하고는 영 딴판인 험악한 여자의 육두문자에 묻힌 것일까?

한데 대체 뭘 말하라는 것인가. 콘트라베이스를 못 켜게 한 것이 뭘 말해야 하는 육두문자 X대가리로 귀결되는 것인가.

집어 던져질 수 있는 온갖 세간들이 악다구니를 타고 계속 날아 나온다.

그니1은 올라가 볼 것인가 말 것인가, 이럴 수도 저럴 수도 없는 가운데 잠깐 망설인다. 부부싸움은 칼로 물 베기라는 말이 있고 남의 제사에 곶감 놔라 대추 놔라 하지 말랬다는데 그니1이 올라가 무엇을 어떻게 할 수 있으랴, 싶은 것이다.

그러나 그니1의 망설임은 오래가지 않았다. 발은 이미 계단을 천천히 올라가고 있었다. 현관문 뒤에 숨어 오돌오돌 떨고 있는 계집아이 때문이다. 아니 이미 초등학교 3학년이 되었을 배 아파 낳은 딸아이가 떠오른 탓이다.

니가 뭔데, 뒈져도 곱게 뒈지지 못할 니가 뭔데…….

여자의 악다구니만 가지고는 왜 그렇게 육두문자로 악을 쓰는지, 왜 세간들을 몽땅 밖으로 내동댕이치는지, 그 까닭을 미루어 짐작할 수 없다. 혹시 남자가 바람이라도 피웠나?

들여다보이는 거실과 안방은 마치 빚쟁이가 고용한 거칠기 짝이 없는 어깨들이 휘젓고 지나간 것 같다. 여자는 게거품을 문 채 또다시 던질 수 있는 물건을 찾으려는 듯 두리번거리고 있다. 여차 하면 남자라도 집어던질 기색이다. 체구로 보나 목소리로 보나 충분이 그러고도 남을 성싶다.

남자는 사색이 된 얼굴로 화장실 앞에 우두커니 서 있기만 한다. 간질환자처럼 또 발작하고 있네요, 라고 말하는 것 같다. 그런 남자의 주눅 든 표정이 왠지 그니1을 슬프게 한다. 남자로 인해 사태가 수습되어 지기를 기대하는 것은 애초에 그른 것 같다. 발작했던 간질환자가 시간이 지난 후 침을 질질 흘리며 열쩍게 일어나기를 기다리는 것처럼 제풀에 잠잠해지기를 바라고 있는 남자에게서 무엇을 기대할 수 있으랴!

뒤늦게 그니1을 발견한 여자가 식식거리며 넌 또 뭐야, 하는 듯 짚북데기 머리칼 아래 눈을 부라린다. 소름이 오싹 돋고 식은땀이 흘러 등골에 홍수가 날 것 같다. 그니1은 여자의 시선을 피해 남자에게로 시선을 옮긴다. 그니1을 바라보는 남자의 시선은 왠지 공중에 떠 있는 듯하다. 마치 그니1의 정수리 너머로 1301호를 바라보는 것 같다. 혹시 1301호에서 누가 나오기라도 했나? 고개를 외로 꼬아 돌아보았지만 1301호 현관은 굳게 닫힌 그대로다.

"저어"

"아 예, 죄, 죄송합니다."

여기까지 온 이상 무슨 말이든 해야 할 것 같아 운을 떼자 진작부터 올라올 줄 알았다는 듯 미안해 하며 남자가 말을 더듬는다.

"아랫집 생각 좀 해주셨으면 하고요. 그리고 여기 따님이……."

남편과 헤어질 때 딸아이 때문에 줄다리기를 하던 게 떠오른다. 법정은 엄마의 품에서 일곱 살짜리 딸아이를 떼어다 아빠의 손에 쥐어주었다. 그게 3년 전 일이다. 딸아이는 지금 곤하게 자고 있을까?

"죄송합니다. 악기를 빼앗자 뛰어내린다는 걸 못하게 했더니 저렇게……."

남자가 현관문 뒤에 숨어 있는 아이를 안아 올리며 여자가 들을까 무서운 듯 낮은 소리로 하는 말이다.

"……!"

그러나 남자에게 더 이상 무슨 말이 필요하랴! 아니 그보다 해줘야 할 말이 있기는 한 것 같은데 그 할 말을 잃었다 할까?

아이를 안아 들여가는 남자의 뒷모습은 초라하다 못해 초췌하다. 아니 불쌍하기까지 하다. 남자가 여자를 만나기 이전에도 저렇게 불쌍해 보였을까. 부부로서는 도저히 함께 살 수 없을 것 같음에도 그렇게 할 수밖에 없는 남자의 나약한 존재감이 안쓰럽다. 부부는 서로 반대적으로 만나야 잘 산다고 하는 말이 있다. 하지만 약자의 위치에 있는 사람을 배려한 말은 결코 아니다. 순전히 듣기 좋으라고 하는 말일 뿐이다. 부부로 살아본 사람들이라면 다 알 것이다.

남자의 초췌한 뒷모습에서 남편과의 지난날이 되새김질 된다. 모든 것이 남편의 입장에서 생각하고 강압적이고도 폭력적인……. 두 번 다시 기억하고 싶지 않다.

혹 떼려다 혹 붙인 꼴인가. 골 깊은 계곡을 어루만져주던 신 새벽의 운해가 그립다. 또한 그 운해이고 싶다. 일출과 함께 홀연히 사라지던 운해. 그니1은 그 운해 사라지듯 난장(亂場)의 1302호 앞을 벗어나 그니1의 침대로 스며든다.

다행히 그니1의 출현으로 여자의 끗발이 삭은 것일까. 더 이상 우당탕탕 소리도, 예의 그 부 웅붕 소리도 들리지 않는다. 하지만 잠은 오지 않는다. 달아난 잠을 따라 발코니 창밖으로 나간 또랑또랑한 의식만이 혹시 떨어져 내릴지도 모르는 여자를 기다리고 있을 뿐이다. 남자를 협박한 여자의 말이 단순한 협박에 불과하기를 바라는 마음과 단순한 협박이 아닌 사실이기를 바라는 마음이 함께 똬리를 튼 채.

여자의 소식은 이른 아침 상가의 슈퍼를 통해서 들을 수 있었다.

간밤에 1302호 애기 엄마 발코니에서 투신했다면서요?

〈3〉

바나나 한 보따리가 이천 원 이천 원, 노란 꿀참외가 이천 원 이천 원, 달고 시원한 설탕 수박이…….

지나가는 사람이 관심을 보이거나 말거나 똑같은 톤, 똑같은 레퍼토리로 때로는 육성, 때로는 메가폰으로 하루 종일 아침부터 밤늦도록 계속되는 숨넘어갈 듯한 소리다. 예전의 찹싸알 떠억~ 메미일 무욱~ 하는 향수 어린 소리와는 차원이 다르다. 소리 지르지 않아도 가격 정도야 매직으로 대충 흘려 써놓은 가격표를 보면 알 수 있고, 꿀인지 설탕인지는 몰라도 참외인지 수박인지는 누구나 다 구분할 줄 아는데 달보고 짖는 미친 똥개처럼 쉼도 없이 습관적으로 반복하는 소리가 거슬리다 못해 짜증난다. 살 생각이 전혀 없던 사람이 이런 소리에 귀가 솔깃해 수박 한 덩이, 참외 몇 개를 더 사 가는 사람이 있을지 모르고, 지나가는 사람이야 그저 스쳐 가면 그만이겠지만 근처에 늘 상주해 살거나 조용하게 영업하고 싶은 부동산, 편의점, 금은방, 식당, 미장원, 제과점 등의 그n와 그니n의 입장에서 보면 참으로 견디기 힘든 일이다. 조금이라도 더 많은 매상을 올리기 위해 애쓰는 것은 가상하나 일 년 열두 달 허구한 날 들어야 하는 것은 곧 소리의 폭력이요, 소리의 고문이 아닐 수 없다. 낮은 소리로는 손님과의 대화도 어려운 지경이고, 귀가 먹먹한 단계를 넘어 먹은 음식이 소화가 되지 않을 지경이다. 게다가 불편함을 관계기관에 호소해본들 씨알머리가 먹히는 것은 고사하고 큰 집 갔다 온 별을 앞세워 워낙 까칠하게 염장 지르며 대드는 판이라 후환이 두려워 섣불리 건드리지 못하고 있는 실정이다. 더위와 함께 업무상 언짢을 일로 달고 시원한 수박의 붉은 속살을 생각했다가도 금세 피 칠갑한 채 나뒹구는 영화 속의 두상이 떠올라 도리질하게 되고 말뿐이다.

게다가 음악과는 아무런 관계가 없는 휴대폰 가게와 더 이상 쌀 수 없을 것 같은 싸구려 옷가게에서도 서로 자존심 대결이라도 하듯 볼륨을 높여가며 진종일 같은 음악만 반복적으로 틀어대는 데는 정말 돌아버릴 지경이다. 옷가게에서는 퉁당 퉁당 퉁당 퉁당 퉁당~ 투둥둥둥 투닥닥닥, 투둥둥둥 투다다다닥 타악기 소리만 틀어대고, 휴대폰 가게에서는 시종 노랫말이 반말로 시작해 반말로 끝나는 예절 없는 노래들만 골라 튼다. 공영방송에서 듣기 쉽지 않는 둔탁한 쇳소리요 노랫말들이다. 향기로운 음악의 죽음을 알리는 장송곡이 이럴까 싶을 정도다. 그야말로 감미로울 수 없는 음악 아닌 음악이다. 그저 모든 소리가 심장을 할퀴고 찢는 소음이요, 패악을 부리듯 두들겨대는 싸가지 소리다.

지방선거 기간까지 겹친 가운데 유동 인구가 많은 역 광장의 경우엔 한술 더 떠 난리굿이 따로 없다.

기호 A번 ○○○, 기호 A번 ○○○, 기호 A번 ○○○, 기호 A번 ○○○, 잘 찍어줘~ 잘 뽑아줘~

기호 B번 ○○○, 기호 B번 ○○○, 기호 B번 ○○○, 기호 B번 ○○○, 얼씨구 저절씨구, B번 찍어 지역발전 서민경제.

이른 아침 출근 시간부터 로고송들이 바쁜 걸음을 놓는 직장인들의 목덜미를 휘돌아 귓속을 파고든다. 선거용으로 개조된 차량에 장착된 고성능 스피커를 통해서 쏟아져 나오는 소리다. 무심코 걷는 사람에게 느닷없이 도를 믿으세요? 하며 따라붙는 사람보다 더 찰거머리 같다. 누구나 알 수 있는 유행가에 가사만 바꾼 것으로 이쪽에서 A후보, 저쪽에서 B후보, C후보……. 출마한 모든 후보들이 너도나도 고성방가로 광장을 쥐락펴락하고 있는 것이다.

안녕하세요. 세상을 바꿀 젊은 피, 기호 X번 ○○○입니다.

안녕하세요. 깨끗한 사람 있으면 나와 보라 그래, 기호 Y번 Y번 ○○○입니다.

한복을 곱게 차려입은 띠를 두른 줌마부대가 일렬로 줄지어 선 채 밑도 끝도 없이 배꼽인사를 하는가 싶으면 뒤이어 당을 상징하는 유니폼을 입은 아가씨들도 유치원 선생 율동하듯 귀여운 표정으로 합창하며 인사한다. 지나가는 사람 괜히 쑥스럽고 민망하게 만드는 소리다.

안보가 소설이냐 천안함을 기억하라. X번 찍고 일자리 먼저 서민 먼저.

한복의 줌마부대가 목소리를 높이면, 못 살겠다 갈아보자. 못 보겠다, 언론장악. 6월 2일은 Y번 찍는 날. 유니폼 아가씨들도 지지 않는다.

모두들 미리 설정된 프로그램에 의해 움직이는 로봇 같고, 생각 없이 낯가죽만 두꺼운 로봇 인형 같기도 해 가엾기까지 하다. 누군가에게 들킬까 고개를 외로 꼬며 간혹 키득거리는 운동원들도 있는 걸 보면 스스로 생각해 보아도 쑥스러운 모양이다. 하루 일당 3만 원에 버스비 실비 식비 모두 합쳐 7만 원까지 받을 수 있다는 선거 운동원, 이들은 과연 후보자의 됨됨이를 얼마나 알고 저리도 당당하게 표를 달라 소리를 높이는 것일까. 후보자를 위해 적극적인 방어 논쟁도 벌일 수 있는 사람들일까. 그럴 만한 사람이 저들 중에 있기나 하기는 한 걸까. 아마도 저들 중에서 찾아보기란 흰쌀밥에서 뉘 고르기보다 더 어려울 것 같다.

광장의 선거 홍보전은 출근 시간이 지나고 점심시간이 지나고 가로등이 환하게 켜지고 나서도 쉽사리 잦아들 기미를 보이지 않는다.

광장에서만 제 세상인 양하는 건 아니다. 공직선거법에 허용된 시간 내에 하는 것이겠지만 장소와 시각에 따라 볼륨의 크기를 제한하지 않은 게 죄라면 죌까. 가끔가다 제 몸뚱이보다 더 큰 호박덩어리 하나씩을 등에 짊어진 채 선정적인 색상으로 디자인 된 네다섯 대의 국민차가 요란한 음악을 앞세워 줄지어 지나가는 나이트클럽 홍보차량의 소음은 차라리 귀여운 편이다. 식전 댓바람부터 주택 골목골목, 대단지아파트 안에까지 들어와 후보마다 번갈아가며 녹음된 후보자의 약력과 각오를 고성능 확성기로 틀어대고 있으니 나이트클럽 홍보차량의 소음은 소음 축에도 끼지 못하는 셈인 것이다. 어느 후보의 약력을 보더라도 도낀 개낀 특별히 잘난 후보도 못 난 후보도 없는, 그 사람이 그 사람일 뿐이라 홍보는 하나마나 모두 소음 쓰레기만 양산될 따름이다. 게다가 공약을 실천하기 위해서는 어차피 국민의 혈세가 필요하리라는 것쯤은 누구나 다 아는 터에 마치 제 곡간 뒤주에서 인심 쓰는 양 거침없이 쏟아놓는 각종 공약(空約)들이라니……. 만일 이 공약(空約)들이 모두 공약(公約)이 되어 실천이 된다면 나라 살림살이가 거덜 나도 몇 번은 거덜 날 판이다.

하긴 한 집안 두 집 살림 내자는 공약(空約)으로 재미 좀 본 사람도 있긴 하다. 흑심 숨긴 부부가 내미는 위장이혼장 같은 공약(空約)이 민심이라는 담금질로 단련되다 보니 단단하기 그지없는 공약(公約) 말뚝으로 환골 탈퇴되어 이 나라의 복부에 깊숙이 박힌 덕분(?)에 온 나라가 아직도 배앓이를 하고 있는 현실인 것이다. 하지만 아무리 공약(空約)이 더 이상 빼도 박도 못하는 공약(公約) 말뚝이 되기도 한다는 것을 입증했다 하더라도 부득이 곤한 늦잠을 자야 할 수밖에 없는 그n, 그니n이거나 조용하게 업무를 보고 싶은 그n, 그니n의 입장에서 최대한의 볼륨 크기를 참아야 한다는 것은 참으로 쉬운 노릇이 아니다.

게다가 어느 점포 개업식의 춤추는 풍선인 양 해괴망측한 춤으로, 또는 각설이로 분장하여 안 되면 말고 식의 공약들을 잡담 삼아 쏟아놓는 후보자들을 대할라 치면, 참으로 선거라는 게 저토록 저급한 나락으로 떨어질 수도 있는 것인가 하는 상념에 잠길 수밖에 없다. 이런 어처구니없는 방법을 앞세워 보다 많은 유권자의 손을 잡아보려고 안간힘을 쓰는 것을 보면서 소중한 한 표를 행사하기 위해 투표장에 가야 할지 말아야 할지 고민까지 하게 되는 것은 어쩌면 당연한 일인지 모른다.

그러면서도 50% 이상이 투표하러 가고 마는 그n가 있고 그니n도 있어 세상 꼴이 돌아가고 있는 모양이다. 하지만 미리 숙제하는 기분으로 눈도장 명단을 가지고 간 그n나 그니n나, 사람들이 가니까 그냥 앞사람 발자국 따라 간 그n나 그니n나 기표소 안에 들어가 투표용지를 펼쳐놓는 순간 막막해지는 것은 일반 유권자라면 대부분 마찬가지가 아닐까. 투표 전전 날 중앙 선거관리위원회에서 보내온 각 후보들의 면면들을 보고 심혈을 기울여 100점짜리 정답을 골랐다 싶어도 당선 된 뒤에는 모두 다 제 잇속 챙기기에 바쁠 것이기에 결국은 주사위 던지기를 한 셈이요 연필 굴리기를 한 것에 불과한 셈이 되고 말기 때문이다.

그래도 한 가닥 빛을 찾을 수 있다는 희망에 기대를 걸고 기표할라치면 뽑아야 할 사람도 많고, 뽑히고자 하는 사람도 많아 마음은 또 '갈 지(之)' 자를 걸으며 막막해지는데……기표 봉을 들고 서 있는 그n, 그니n의 귓속에는 선거기간 동안 귀청 따갑게 들어야 했던 각종 홍보용 로고송과 홍보 카피들이 앵앵거리고 있다.

소리의 그늘 · 3

소리의 그늘 · 3

어으으으, 어으으으, 어으으으, 어으으으…….

텔레비전 마감 뉴스를 시청하고 잠자리에 누우려는데 갑자기 흐느낌
소리가 들렸다. 안방 문이 밀쳐지는 소리도 났다.

"아니, 이 밤중에 웬 울음소리여?"

아버지였다.

나는 대강 겉옷만 걸치고 나갔다. 아버지의 뒤를 따르고 있는 어머니의
종종걸음이 어둠 때문인지 허둥대는 듯했다.

대청을 내려서면서 언뜻 본 하늘엔 총총히 박혀 있어야 할 별들이 하나
도 없었다. 그저 삭막하고 캄캄했다. 음습한 바람이 불어와 겉옷 밑 몸통
을 휘더듬고 지나갔다. 가을을 쫓는 비가 한바탕 내리려나 보았다. 그러
고 보니 돈사 일을 도맡아 해주는 김씨 아저씨가 돼지우리 앞에 있던 경
운기에 천막을 씌우고 마당가에 널어놓았던 각지 다발을 헛간에 들여쌓
던 게 생각났다. 몸살이 날 것 같은 날씨라고 하던 김씨 아저씨의 얼굴 표

정은 실제 고뿔이라도 걸려 있는 인상이었다.

앞서 간 아버지가 밖에 내걸린 육십 와트 전구의 스위치를 올리면서 대문을 열었다. 돌발적으로 긴 섬광의 줄기가 뻗어 들어와 내 얼굴을 더듬었다. 나는 손바닥을 펴 눈을 가렸다.

야 옹,

대청 밑의 터줏대감이 갑작스레 튀어나와 장독대 뒤로 숨었다. 빛이 고양이를 자극한 모양이었다.

어으으으, 어으으으…….

언년이 땅바닥에 털썩 주저앉아 울음소리조차 제대로 발음 안 되는 소리로 섧게 섧게 울고 있었다. 손에는 조그마한 거울조각이 들려져 있었다.

"아니, 언년이가 웬일이여? "

아버지 곁에 서 있던 어머니가 대문 문지방을 넘어서며 물었다.

어으으으…….

흐느낌의 톤이 조금도 삭아 있지 않았다. 언년의 얼굴 방향은 어머니 쪽에 머물러 있었다. 무심코 팔소매를 일으켜 세우려던 어머니가 언년의 눈과 마주치자 섬뜩 놀라는 눈치였다. 언년의 눈빛에서 무엇을 느꼈기에 그러는 것일까.

"집에 뭔 일 있는 갭이구먼. "

아버지의 어투는 어딘가 주눅 들어있는 듯한 어눌함이 스며 있었다. 하기야 언년의 행적을 미루어 볼 때 아버지의 그런 태도가 당연한 것인지는 몰랐다. 그렇더라도 나는 아버지가, 울려거든 제 집구석에서 울 것이지 왜 재수 없이 남의 집 대문 앞에서 우는 거냐고 강하게 대해주길 원했었

다. 아버지의 성격으로 보아 기대하기 힘든 말이긴 하였지만 그래도 혹
시나 했던 게 사실이었다.

언년은 이런 아버지의 심약함을 읽었다는 듯 어으으으, 어으으으를 계
속하고 있을 따름이었다. 나는 조금씩 불안해지기 시작했다. 저러다 철
민네 대문 앞에서처럼 행동하지는 않을까. 만일 그런다면 우리 집은 어
떻게 되는 것일까. 또 박씨 아저씨 댁에서처럼 밤새워 울려고 하면 어찌
해야 할 것인가. 가늠이 안 섰다.

" 얘네 아버지가 어디 읍내 가는가 보던디, 아직 안 오신가 보구먼유. "

어머니가 전혀 예상 밖의 말을 했다. 어머니도 언년에 대해서 모두 알
고 있는 만큼 나처럼 불안하기는 마찬가지일 텐데 동문서답으로 말을 하
는 게 이해가 안 되었다.

" 얘가 뭐 아버지 없다고 우는 앤감? "

" 그럼 왜 이러쥬? "

" 낸들 알어? "

아버지와 어머니는 핵심에서 겉도는 말들만 하고 있었다. 정작 지금의
상황에서 필요한 말이란, " 네가 우리를 저주하는가 본데 우린 다른 사람
하군 달라. " 라든가, " 우리 집엔 죽어야 할 사람이 한 사람 없으니 다른
델 가보는 게 나을 게야. "라는 거부의 표현이 합당할 것이다. 나는 어머
니 아버지에게 우리 집의 불운을 야기시키고 있는 언년이 앞에서 무슨 뚱
딴지 같은 소리를 하는 거냐고 불평하고 싶었으나 혀가 말을 듣지 않았
다. 언년이 천천히 일어나며 뚫어져라 나를 응시해 오고 있었기 때문이
었다. 나는 전류에 감전된 것처럼 진저리가 쳐졌다. 그리고 무슨 까닭인
지도 모르는 채 고개를 끄떡거리고 있었다. 그런 나를 본 언년이 아무 일

없었다는 듯 돌아서서 어둠 속으로 걸어갔다. 흐느낌도 언제 그랬냐 싶게 뚝 끊겨 있었다.

"언년아! ……"

어머니가 기어들어가는 목소리로 언년을 불렀다. 대답 삼아서라도 어으으으, 하고 한번쯤 흐느껴 줄 수 있으련만 언년은 들은 척도 하지 않은 채 어둠 속으로 유유히 사라졌다. 그야말로 귀신에라도 홀린 기분이었다. 정말 귀신이라는 것이 있기는 있는 것일까. 있다면 그 귀신의 실체는 무엇일까. 현대 과학은 물론 미래의 과학으로도 영원히 밝혀낼 수 없는 영역의 차원일까. 언년이 사라진 어둠 속을 한참동안 바라보던 아버지가 먼저 대문 안으로 들어섰다.

"암만해도 비가 올란가부다."

어머니는 끝까지 엉뚱한 말을 함으로써 울음소리의 진의를 부정하려 했다. 나는 아버지 어머니가 딴청을 부리는 이유를 알 수 없었다. 언년의 저주를 피하기 위해서일 것이라고는 생각되지 않았다. 누굴까? 우리 식구들 중 한 사람이 저주를 당하게 되는 것으로 치면 누가 과연 언년의 울음에 쓰러지게 될까. 아버지? 어머니? 형? 누나? 아니면 나일까? 아니 나는 아닐 것이다. 나는 집안의 어느 누구보다도 건강하고 패기 왕성한 젊은이다. 그렇다면……. 김씨 아저씨? 나는 고개를 흔들었다. 비록 김씨 아저씨는 한솥밥을 먹으며 우리 집 허드렛일과 돈사를 돌보아 주는 사람이긴 하지만 우리와는 다른 각성바지가 아닌가. 그러니 언년의 흐느낌과는 전혀 상관없을 터인 것이다.

다시 방으로 들어와 잠자리에 누운 나는 골자레가 터질 것 같은 불안으로 잠을 이룰 수가 없었다.

언년, 이름이 언년이니 커도 언년이겠지만 실제의 나이는 겨우 열 살밖에 안 되었다. 하지만 하는 짓은 어린아이의 태도가 아니었다. 어떤 때는 어른 같다가도 저능아가 아닌가 싶을 정도로 바보스러운 짓을 했다. 하긴 언년은 어린아이의 때를 일찌감치 벗었다고 봐야 했다. 나는 작년 여름에 언년이 달거리를 하고 있다는 것을 알게 되었다. 그것은 지극히 우연이었다. 마을로 들어오는 우마차 길옆의 묘지 앞 잔디밭을 지나칠 때였다. 언년은 뜨거운 태양을 이고 잔디밭에 앉아 있었다. 나는 그 언년의 모습에서 괭이밥을 뜯어먹던 어린 시절을 떠올리다 말고 갑작스럽고도 묘한 소리에 무르춤해야 했다. 어찌 들으면 우는 소리와도 같았고, 영화를 보다가 들었음직한, 일테면 교성 같은 소리였는데, 어이없게도 가랑이 속 깊은 곳을 후벼낸 손으로 손장난을 치면서 내는 소리였다. 손에 묻어 있는 끈적끈적하고 시뻘건 것이 달거리를 한 결과임을 깨달은 것은 얼떨결에 다가간 이후였다. 달거리가 언년에게 있어 처음으로 있었던 것인지는 알 수 없었으나 나로서는 뜻밖이었다. 정신적인 성숙보다 육체적인 발달이 앞서 있었다고나 할까. 하여튼 동네 어른들은 언년을 언년이라 불러주었고, 하는 짓이 미친년 짓거리라 해도 미친년이란 말들은 하지 않았다. 그러는 데는 까닭이 있었다. 언년은 날 때부터 여느 사람과 달랐다. 사람은 누구나 세상에 나온 것이 기쁜 것인지 슬픈 것인지 스스로 알아차리지는 못하더라도 한번쯤은 태어나면서 우렁차게 울게 마련이다. 한데 언년은 울지 않았다. 거꾸로 들고 찰싹 소리가 나도록 엉덩이를 때려보아도 울지 않았다. 때문에 초칠도 안지나 이상한 아이로 소문이 돌았다. 쉰둥이로 태어난 아이라 그런지 소문 하나는 일사천리였다. 우리 마을에서는 물론 타동에서도 언년에 대한 이야기를 샅샅이 알 정도였다. 그런 언년의 소문 끄트머리에는 또 하나의 새로운 사실이 매달려 있었다. 언년의 손이 조막손이라는 얘기였다. 왼쪽 손을 꼭 틀어쥔 채였던 것이다. 한데 일 주일을 넘기고 나서부터 퍼지게 되자 소문은 그때부터 또 달라지고 있었다. 전생의 업보를 지고 나왔거나, 귀신이 씌워졌거나, 아니면 신의 통찰을 거머쥐고 나온 아이라 일을 맡아도 큰일을 맡게 될 것이고, 그르쳐도 세인을 떠들썩하게 만들 아이라는 것이었다. 퍼지지 않던 왼손의 손금 때문이었다. 어떻게 보면 아무렇지도 않은 것이었지만 관심을 갖고 보면 그건 틀림없이 글자를 이루어 내고 있었다. '언년'이라는 글자. 손금을 볼 줄 안다 하는 사람들은 하나같이 그렇게 읽어냈다. 그래서 호적에도 '손언년'이란 이름으로 오르게 되었고, 알만한 사람들은 전생에 무당이었거나 무당 될 팔자를 타고났다고 앞뒤를 그럴 듯하게 꿰맞추어 내기까지 했다. 그러나 날이 가면서 그런 말을 했던 사람들을 위시해서 언년에 관해 조금이라도 관심이 있던 사람들의 입방아가 변해갔다. 돌이 되기 전부터 간단한 단절음, 예를 들면 엄마나 아빠, 또는 맘마라던가 하는 말 비슷한 소리를 내는 게 정상인데 언년은 일체 그런 예가 없었다. 세 살 네 살이 지나도 그저 멀뚱멀뚱 쳐다보기만 했다. 눈조차 깜빡거리지 않아 마주보던 사람이 당황하게 된 적도 누차 있었다. 아무리 선무당이라도 말 못하는 무당은 없는 법, 언년이 말을 못 배우게 되자 무당 될 팔자라는 말이 어느 순간 자취를 감추고 말았다. 언년은 끝내 말을 못 배웠고 죽을 고비를 수차례 넘기면서 오늘에 이르렀던 것이다. 허나 아무리 바보짓을 해도 누구든 언년을 업신여기지는 못하였다.

한번은 언년이 행방불명된 일이 있었다. 밤이 되어도 집으로 돌아오지 않아 언년의 아버지가 찾아 나섰다. 거기에 마을의 몇몇 사람이 동참했다. 물론 거기엔 나도 끼여 있었다. 밤늦도록 있으리라고 짐작이 되는 곳은 모두 둘러보았다. 심지어 뒷간에 빠져 죽은 것이 아닐까 하여 뚜껑 없는 똥독까지 손전등으로 비춰보기에 이르렀다. 그러나 어느 곳을 가도 마찬가지로 허방다리였다. 거의 포기 단계에 직면하고 있었다. 애초에 찾아 나선 것이 바보스러웠다고 투덜거리는 사람도 있을 정도였다. 그럴 즈음, 사람들은 야릇한 소리를 들었다. 짐승 우는 소리 같았고, 사람이 느껴 우는 소리 같기도 했다. 밤나무가 유난히 우거져 하늘이 안 보일 지경인 곳에서 나는 소리였다. 사람들은 모두 혼자라면 못 갈 것 같다 하면서도 그쪽으로 발걸음을 놓았다. 나도 찐득찐득한 땀을 등에 느끼며 사람들과 어울려 갔다. 거의 가까이 다가갈 때까지도 소리의 의혹은 풀리지 않았다. 짐승의 소리가 아니라 사람이 우는 소리라는 것을 알기는 했지만 누구의 울음인지 알 수 없었다. 처음 듣는 것이라 더욱 그랬다. 어으으으, 어으으으…… 조심스럽게 소리 나는 쪽을 향해 손전등을 비추었다. 울창한 밤나무 숲 속 왕소나무 밑이었다. 어른 팔로 한 아름이 훨씬 넘는 밤나무 숲의 유일한 소나무였다. 우리는 손전등을 비추다 말고 으 , 하고 짧은 비명을 내뱉었다. 바로 그 소나무에 언년이 발가벗겨진 채 묶여 있었다. 온몸에 까만 숯검정이 칠해져 있었으나 상처는 없었다.

언년은 자기에게 해코지 한 사람을 자기 아버지와 함께 다니면서 하나하나 적발해 냈다. 모두 타동의 아이들로 세 명이었다. 그 아이들은 언년의 아버지에 의해서 언년이 받았던 고통을 그대로 받았다. 어느 누구도 언년이 아버지의 화를 누그러뜨릴 수 없어 그대로 지켜보아 주는데 그쳤다. 섣불리 하다가는 칼부림이 날 것 같은 위기감이 돌아 아이들 부모들까지도 막지 못하였다. 어쨌든 그 일이 있고부터 아이들이 시름시름 앓아 누웠다. 뿐만 아니라 그 소나무도 물기가 말라 갔다. 늦가을도 아닌 한여름에 검푸르던 솔잎이 누렇게 떠서 오소소 떨어져버렸다. 사람들은 그런 상황을 보고 언년의 저주를 받아 그렇다고 하며 언년이 태어났을 때 떠들던 소문을 상기해 냈다. 더러는 그 소나무 밑에 굼벵이가 있어서 소나무가 말라죽었을 것이며 그것이 만병통치약이라고 침을 흘렸다. 세 아이의 병도 죽은 소나무를 쓰러뜨리고 그 굼벵이를 잡아다 달여 먹여야 일어날 것이라 했지만 아무도 그 나무에게 접근하지는 못했다. 추운 겨울 군불 지필 나무 없어 냉바닥에서 등 구부리고 자는 사람조차도 그 나무의 화라지를 꺾어다 때지 못했다. 잘못 건드렸다가는 저주받아 드러눕게 될 거라는 말이 께름칙했던 것이다. 그 후 아이들은 무당을 불러 죽은 소나무에 묶어 놓은 후 서낭굿을 한 연후에나 일어날 수 있었다.

　언년이 열 살이 되던 지난 봄, 밤느정이가 마을을 휘돌고 있을 때 일어난 일이었다. 밤나무골에서 가장 깊숙한 자리에 위치하고 있던 박철웅 씨 집에서부터 사건이 생겼다. 한밤중에 대문 밖에서 언년이 애절하게 운 것이 시초였다. 막 잠을 청하던 박씨가 밖으로 나가본 것은 당연한 일이었다. 그런데 어린아이임에도 그 우는 모습이 어린아이 같지가 않았다. 그 묘하게 내는 울음소리가 소나무에 묶여 있을 때 내던 것과 흡사했던 모양이었다. 몹시 기분이 나빠진 박씨는 재수 없이 남의 집 앞에서 무슨 짓이냐고 호통을 쳤다. 그래도 언년은 들은 척도 안하고 계속해서 울었다. 박씨는 살살 얼러주며 다독거려도 보았으나 그치기는커녕 젖은 눈으로 꿰뚫듯이 쳐다보아 올뿐이었다. 자신도 모르게 이년이, 하는 소리가 나왔다. 하지만 치밀어 오는 부아를 누르고 두 손을 모아 잡아 언년의 집에 데려다 주었다. 그러고 나서 박씨는 께름칙한 마음으로 잠을 청했으나 꼬박 날을 밝히고 말았다. 이튿날은 날씨가 고르지 못했다. 아무리 봄 날씨라지만 어딘가 모르게 박씨에게 있어 스산하고 울적한 날이었다. 저녁나절은 특히 바람까지 거칠어지고 굵은 빗방울까지 간헐적으로 후두둑거렸다. 마루 위에 먼지가 그득 쌓이고 처마 밑에 돌려대어져 있던 양철 차양이 요란스레 울었다. 박씨가 밤나무에 매어 놓았던 소를 끌어들이기 위해 고삐를 풀고 있을 때였다. 갑자기 죽은 왕소나무 쪽에서 불어온 회오리바람이 박씨와 소를 휘감았다. 그 순간 소가 날뛰었다. 순하기로 소문난 터여서 풀을 뜯길 때면 동네 꼬마들이 서로가 먼저 고삐를 잡으려 하던 소였다. 까닭에 박씨는 아무런 경계심 없이 워워, 하며 소를 달랬다. 그러나 소는 그 단단한 뿔로 자기를 달래고 있는 주인의 가슴을 들이받았다. 박씨는 저만치 나가떨어져 의식을 잃었다. 아내에게 발견된 박씨는 병원으로 옮겨져 생명을 건지기는 했으나 한 달을 못 넘기고 죽었다. 그런데 소의 발굽 사이에 손가락 길이만한 대못이 박혀 있었다.

사람들은 박씨의 죽음이 언년의 울음 때문일 것이라고 쉬쉬하면서도 소문을 냈고, 언년의 아버지는 두 눈에 쌍심지를 박고 소문의 근거를 찾아다녔으나 정작 언년은 생뚱맞은 짓을 했다. 어디서 구했는지 밤나무골로 들어오는 우마차길 초입에 한 발거리로 대못을 박으며 놀았던 것이다. 무슨 의미로 그러는지는 아무도 몰랐다. 다만 어렴풋하게나마 좋지 못한 징조가 느껴졌고 어떻게 대응조치를 해야 할지 모르고 있었다. 이제나 저제나 우리 집은 아니겠지, 요행을 바라고 있을 따름이었다.

그러나 그 요행이 비켜 간 집이 생긴 것은 밤송이가 영글어 갈 무렵이었다. 내가 읍내에 볼 일이 있어 갔다 오는 길이었다. 먼발치로라지만 죽은 왕소나무를 한밤중에 지나치자니 왠지 기분이 이상하고 찜찜했다. 언년의 울음소리가 기억되고 죽기 직전까지 앓고 났던 세 아이들과 소에 받혀 죽은 박씨 아저씨, 그리고 대못을 박던 언년이 생각나면서 우마차 길에 박혔던 못이 발바닥을 찔러오는 듯해 뼛속이 찌르르 했다. 즐비하게 서 있는 밤나무 사이로 죽은 왕소나무가 뚜벅뚜벅 걸어 나오는 듯했고, 예의 그 손가락만한 못이 어느 순간 하늘을 찌를 듯 키가 커져 내 앞으로 다가오는 것만 같았다. 움찔움찔 놀라 정신을 차리고 보면 그것은 한갓 환상의 어덕서니에 불과했다. 점심도 굶지 않은 터에 헛것이 보인다는 것은 과히 달갑지 않은 노릇이었다. 그만큼 마음이 허해졌다고나 할까. 나는 불안해지려는 것을 추스르기 위해 속으로 중얼댔다. 왕소나무가 죽은 것은 수많은 밤나무 등쌀에 못 견뎌 죽은 걸 거야. 유유상종이랬다고 사람이건 짐승이건 간에 함께 어울려야 하는 법인데 따로 떨어져 있으니 별 수 있었을라고. 지금쯤 그 나무는 솔보굿이 삭아 벌레들의 은신처가 되어 있겠지. 등에 갈고리가 두 개 있는 불개미가 왕초 노릇을 하고 있거나, 아니면 솔곰보바구미가 득시글대고 있을 뿐일 것이다. 그러니 까짓 말라 죽은 나무에 귀신은 무슨 귀신인가. 혹 모르지, 7년 동안 나무 밑 땅속에 살았으면서도 날지 못한 수십 년 묵은 솔굼벵이가 웅크리고 있을런지는…….

그러면서도 나는 죽은 나무가 어둠 속에서 불쑥 눈에 뜨일까 봐 고개를 외로 틀며 걸었다. 짐짓 내 의도가 아닌 것처럼 가장하면서 먼발치의 철민네 지붕 끝에 시선을 주었다. 철민네의 함석지붕 꼭대기에 있는 풍향계는 어느 방향을 가리키고 있을까. 바람이 불고 있지 않으니 바람개비는 돌지 않을 것이다. 훤한 대낮이면 보일 거리였지만 어두운 밤길이라 지붕의 형체가 시커멓게 돌출해 있을 뿐이었다.

철민네 집 뒤꼍을 돌아갈 때였다.

어으으으, 어으으으…….

기어코 나는 듣지 말아야 할 소리를 듣고 말았다. 내 발은 우뚝 선 채로 붙박일 수밖에 없었다. 어으으으, 어으으으…… 이 밤중에 웬 일일까. 누가 죽기라도 했나.

어으으으, 어으으으…….

똑같은 억양, 반복되는 흐느낌, 무엇인가에 다리의 힘이 좀 먹히는 듯 스멀거리며 맥이 풀렸다. 무슨 이유일까. 철민네 식구가 언년에게 어떤 잘못이라도 했단 말인가. 그리고 철민네 식구는 언년이 대문 앞에서 울고 있는 것을 알고 있을까. 알면서 모르는 척하고 있는 것일까. 사뭇 궁금했다. 언년에게 따져보고도 싶었다. 왜 이렇게 동네 사람을 불안하게 하고 있으며 지금은 또 무슨 이유로 철민네에게 저주를 퍼붓고 있는가를. 그러나 나는 철민네 대문 쪽으로 한 발자국도 걸음을 놓지 못했다. 아니 못했다기보다 하지 않았다는 것이 더 정확할 것이다. 나와 무슨 상관이랴. 괜히 언년의 울음을 방해했다가 그 불똥이 내게 튈지도 모르는 판국이 아닌가.

어으으으, 어으으으, 어으으으, 어으으으…….

철민네 식구 중 누구의 죽음을 예고하는 것일까. 언년은 누구의 죽음을 원하고 있는 것일까. 진짜 언년의 뜻대로 일이 터지게 되는 것일까.

나는 그냥 지나쳐 가리라 마음먹으면서도 도둑고양이처럼 뒷담 시멘트벽에 바싹 몸을 기댔다. 으르르 진저리가 쳐졌고, 입안이 바싹 말라 갔다. 도대체 어떤 식으로 저주를 퍼붓고 있을지 의문스러웠던 것이다.

언년은 대문 앞에 다리를 쩍 벌리고 주저앉아 흐느끼고 있었다. 손에 들려져 있던 무엇인가가 울음소리에 맞추어 나풀거리는 게 보였다. 작은 몸뚱이를 공중에 띄우기 위해 커다란 날개를 폴랑거리는 흰나비의 날갯짓처럼 유연하고 부드러웠다. 뭘까. 뭘 가지고 저렇게 앉은뱅이 춤을 출까. 손수건? 팬티? 나는 순간 우마차길 바닥에 앉아 달거리한 것을 만지작거리던 언년이 떠올랐다. 그 피 빛 팬티, 햇빛을 받아 그것은 더욱 검붉게 빛났었다.

나는 속으로 획기적인 증거물이라도 낚은 것인 양 무릎을 쳤다. 다른 계집아이라면 아직 초경이 오기도 이른 나이련만 언년은 이미 예전에 겪었던 것. 어쩌면 저것이 언년의 달거리한 팬티일지도 모른다. 그리고 저것에 무슨 불길한 징조가 깃들어 있을지도 모른다. 내가 만일 저걸 빼앗으려 들면 언년은 어떤 태도를 보일까. 저주의 화살을 내게 돌려 급살을 맞힐까. 순간적인 상상이 내 뇌리를 뚫고 들어왔다. 언년이 내려다보는 앞에서 피를 토하며 죽어가고 있는 나 자신의 모습이었다. 저주의 힘이 사람을 죽이고 살릴 만큼 큰 것인가.

도저히 믿어지지 않았다. 하지만 등에 땀을 느끼면서부터 가슴이 오돌오돌 떨려오기 시작했고, 어느 사이에 뒷걸음질치고 있었다. 게다가 언년의 눈에 띨까 걱정까지 되었다. 자청해서 경을 칠 필요가 없었던 것이다.

나는 바닥을 밟고 걷는 것인지 허공을 딛고 있는 것인지 가늠하지 못하며 집으로 돌아왔다.

벽시계가 갑작스레 뎅~뎅~ …… 하고 울며 내 씁쓸한 기분을 파고들었다. 열 시를 알리는 소리였다. 우리 집안의 변화를 거부하는 듯한 시계

소리. 십여 년도 넘게 그 자리에 걸려 있어 매 시간마다 뎅 소리의 횟수로 시간을 알려주던 고물시계였다. 큰 놈 작은 놈 열심히 돌면서 제 얼굴을 닦아도 검은 글자가 쓰여 있는 흰 판은 아버지의 누런 어금니를 닮아 갈 뿐이었다. 그러나 보름마다 한 번씩 태엽을 감아 밥만 제 때 먹여 주면 시간 하나는 정확하게 잘 맞아 그 자리를 꿋꿋하게 지키고 있었다.

"저 놈의 소리 듣기 싫어 전자시계로 바꾸던가 해야지 원."

나는 무의식적으로 투덜거렸다.

"아니, 얘가. 언제는 고풍스럽다고 하구선."

옆에 있던 어머니가 내 심통에 관심을 가져주었다. 그러나 어머니나 나나 더 이상 이야기를 계속할 수 없게 되었다. 때를 같이하여 뒷산에서 징이 난잡스럽게 울었고 방정맞은 징채에 여운이 뚝뚝 끊겼던 것이다. 거기에 이장집의 스피커가 시끄럽게 끼어들기까지 했다.

"주민 여러분, 강민구 씨 댁에 불이 났습니다. 불이 났습니다. 강민구 씨 댁에……."

불이야! 불이야!

밤나무골이 소란의 도가니로 빠져들고 있었다. 징소리. 스피커소리. 예서제서 질러대는 마을 사람들의 육성……. 나는 잠시 동안 맹하게 서 있었다. 강민구, 강민구 씨가 누구이던가. 하두 요란하게 뒤집혀 있었던 탓이라 강민구 씨가 어느 집 사람인지 얼른 생각이 안 닿았다.

"얘, 지훈아! 뭘 하구 있어? 빨리 나서잖구. 철민네가 불났다는데."

나는 철민네라는 소리에 현기증을 느꼈고 하마터면 버팅 아래로 쓰러질 뻔하였다. 언년의 저주가 이렇게 빨리 현실화될 줄은 꿈에도 생각지 못했던 것이다. 그 힘은 어디에서부터 나오는 것일까. 정말 달거리한 흔적이 있는 언년의 팬티 때문일까. 아니면 죽은 왕소나무의 귀신? 이도저도 아니라면 태어날 때부터 소문 무성하게 하던 언년의 그 특이한 손금? 그렇다면 그 슬프게 울던 흐느낌 소리는? 아무리 생각해 보아도 이해가 가지 않았다.

내가 멍청하게 서 있는 동안 어머니는 돼지 밥을 주는 구정물 양동이와 손전등을 준비해 가지고 앞서서 뛰며 뒷간 추녀 밑에 있는 오줌통을 들고 따라오라고 했다.

철민네 집 위쪽 하늘이 벌겋게 달아오르고 있었고, 이 집 저 집에서 뛰쳐나온 손전등 빛이 어지럽게 난무했다. 별똥별이 무수히 내려와 춤을 추고 있는 것 같았다.

나는 불난 집 걱정보다 대문 앞에서 느껴 울던 언년이 더 궁금했다. 언년이 불을 질렀을까. 만일 언년의 짓이라면 왜 그랬을까. 언년의 울음소리를 듣고도 나와 보지 않아 그 불만으로 지른 불일까. 왜 주인은 울음소리를 듣고도 나와 보지 않았을까. 언년의 울음소리에 불안을 느껴서일까. 혹 집안에 아무도 없었단 얘길까. 내 뇌리는 의혹으로 가득 차 올랐고 앞서가는 어머니에게서 자꾸 뒤쳐졌다. 더구나 어둠 속의 밤나무골을 밝힌 불꽃이 눈에 들어와서부터 내 마음은 먼발치 뒤쪽으로 물러나고 있음을 느꼈다. 대문 앞에서 느껴 울던 계집아이가 언년이 아니라 요괴였는지도 모른다는 생각마저 들었다.

철민네 집의 함석지붕이 벌겋게 달아올랐고 방에서는 불꽃이 확확 일고 있었다.

벌써 수십 명의 사람들이 밤나무골 초입에 있는 샘물을 길어 나르고 있었다. 쉬지 않고 퍼내도 바닥이 안 난다는 샘으로 콸콸 솟는 물구멍이 예닐곱 개가 넘게 있는 셈이었다. 고래실논의 농수를 절반도 넘게 충당해 주는, 그야말로 일급 농수원이었다. 그 물이 언년의 저주를 끄는 데 쓰이고 있었고, 철민네와 가까운 집의 자동 모터 수도도 지하수를 양껏 뽑아 올리느라 고열을 냈다.

나는 대열에 끼여 물동이를 나르면서도 연신 언년의 행방에 대해서만 신경이 쓰였다. 언뜻 철민네 식구들의 행방도 궁금했으나 한 사람도 눈에 띄지 않았다. 점차 사람들로 홍수를 이루기 시작하면서 오가는 말도 각양각색이었다. 집주인은 안 보이는데 어떻게 된 일이냐, 자다가 홍두깨도 유분수지 이게 웬 날벼락이냐, 이러다가 밤나무골이 무슨 구정이 나더라도 크게 날 모양 아니냐는 등 그 정신 없는 와중에도 발 없는 말들은 열심히 떠돌았다. 그리고 거기에 부응한 답변의 말들도 따라다녔다. 철민 엄마가 산기를 느껴 어스름한 해질 녘에 병원에 가더라는 말과 이번에도 저주가 있었던 것인지도 모른다는 말이었다. 나는 그런 말들 위에 언년의 저주가 있었노라는 새로운 사실을 얹어놓고 싶었으나 내 입이 떨어지지 않았다. 이토록 잔인하고 끔찍스럽게 실행되는 언년의 저주에 대해서 일말의 공포를 느끼고 있었기 때문이었다.

철민네가 아무도 없는 빈집이었다는 게 어떤 면에서는 오히려 다행일 수도 있었다. 어느 누구든 자기 집이 세간 살이 하나 꺼낼 겨를 없이 불에 타고 있는 것을 보게 된다면 가히 미치지 않고서야 배겨낼 재간 없을 것이다. 게다가 만삭인 임신부가 이 상황을 목격했을 때 어떤 일이 벌어지리라는 것은 쉽게 짐작이 가고도 남았던 것이다. 아무래도 상황이 완료된 뒤라면 충격도에 있어서도 덜할지 모르는 것이다.

그럭저럭 불길이 잡혀 갈 때였다.

"철민아! 철민아!"

아직도 연기가 제대로 빠지지 않은 안방에서 마지막 불씨를 잡기 위해 들어갔던 사람이 사색이 되어 소리 질렀다. 우르르 사람들이 몰려가고 곧이어 새까맣게 그을린 철민이가 들려져 나왔다.

"아이고 이를 어쩐대유!"

"아니 저것이……. 몇 살이나 먹었다고 혼자 두었대유? 이 밤에."

누군가 혀를 끌끌 찼다. 못 듣던 목소리인 것으로 보아 타동네 사람 같았다.

"이거야 원. 까무러칠 일이구먼, 이 꼴을 어떻게 봐."

이장의 목소리였다.

나는 가까이 들여다볼 엄두가 나지 않았다. 누군가 나를 알아보고 아는 체하는 사람도 있었으나 대꾸해 줄 기분이 아니었다. 그냥 눈을 마주쳐 줌으로써 인사를 대신할 뿐이었다.

웅성거림 속에 화인의 결론이 지어지고 있었다. 철민이의 죽음이 발견됨으로 인해서 누군가에 의한 방화가 아니라 철민이의 불장난이 그 원인이라는 것이었다. 그러나 나는 그렇지 않을 수도 있는 일이 있다고 생각했다. 언년이 대문 앞에서 그토록 섧게 운 게 철민이의 죽음과 무관하지 않다고 느껴진 것이다. 언년을 괴롭혔던 타동네 아이들이 죽도록 앓고 일어났던 점과 박씨 아저씨의 죽음, 그리고 철민이의 죽음이 모두 언년의 흐느낌과 연결되어 있다는 점이 바로 그 이유였다. 그러나 나는 그러한 일치를 사람들 앞에서 주장할 수 없었다. 그 일관성 있는 일치가 내 목을 졸라 왔기 때문이었다.

불을 끄러 몰려들었던 사람들이 거의 흩어져가고 이장을 비롯해 가까운 동네 사람들이 뒤처리를 놓고 의논하기 시작했다. 우선 이 비극적인 사건을 주인에게 알리기 위해 누가 읍내 병원에 가느냐를 가지고도 한참이나 걸렸다. 전화로 사람을 부르는 게 어떻겠느냐는 의견이 제시되었으나 사건이 사건인 만큼 직접 사람이 찾아가는 게 옳지 않느냐는 방안으로 결정들을 보고 있었다. 하지만 아무도 나서는 사람이 없었다. 좋은 일도 아닌 터에 당사자에게 말을 꺼내기란 참으로 어려운 일일 것이다. 결국 철민네가 속해 있는 3구 반장이 그 일을 맡게 되었다.

오토바이 붕붕거리는 소리가 밤나무골을 빠져 나가자 불에 탄 철민이를 맨 처음 발견했던 사람이 불내를 풍기며 조심스레 말을 꺼냈다.

"무슨 수를 써야 할란 갭이유. 무당을 불러 푸닥거리라도 하던가 말이유. 아름드리 소나무가 말라죽은 거 하며 박씨가 소에 떠들려 죽은 거 하며, 아무래도 그 언년."

"어허, 이 사람 말 조심허게. 전번 봇 봤남. 왜 그 왜낫 들고 식식거리던 거 말여."

이장이 말허리를 자르고 나서는 바람에 무슨 말인가 하고 싶은 표정에서 갑자기 굳어지는 기색이었다. 나와 마찬가지로 뭔가 짚이는 게 있는 모양이었다. 나는 내심 언년의 이야기가 더 나올 것을 기대했으나 사람들은 더 이상 확대하려 들지 않았다. 사실 나는 동네 사람들이 이구동성으로 언년에 대해서 말들을 계속 했었다면 아마 내가 목격했던 것을 털어놓게 되었을지도 몰랐다.

불행은 계속되었다. 3구 반장의 오토바이 꽁무니에 실려 왔던 철민이 아버지가 기절해 병원으로 실려 가야 했고, 예쁘고 건강한 여아를 순산한 산모가 사실을 대하고는 정신을 잃었었는데 깨어나서도 여전히 넋이 나간 사람처럼 철민이만 불러댈 뿐이었다. 옆에서 채근을 하지 않으면 갓 태어난 아이에게 젖 물릴 생각조차 하지 않아 배고파 우는 아이의 숨넘어 가는 듯한 울음소리가 듣는 이를 애처롭게 했다. 사람들은 아이의 어머 니를 동정하면서도 잊을 건 잊어야지 마냥 애달파만 하면 집안구석은 어 떻게 되겠느냐고 나무랐다. 심한 사람은, 아이를 새터니 만들려고 환장한 모양이라며 욕하는 사람도 있었다.

　나는 철민이의 어머니와 언년 사이에 보이지 않는 어떤 모종의 줄다리 기가 있을 거라고 생각했다. 그러나 언년은 언제 무슨 일이 일어났었느 냐는 듯 사람들의 시선 같은 것은 괘념치 않고 마을을 누비며 내키는 대 로 놀았다. 또래 아이들과 어울려 노는 것은 물론 아니었다. 함께 놀아주 는 아이가 없어 그런다 치더라도 혼자 노는 짓거리가 예사로 보아 넘길 일이 아니었다. 밤나무골로 들어오는 우마차길 초입, 그러니까 전에 대못 을 박아대던 그 자리에 근처의 돌멩이란 돌멩이는 몽땅 주워 한가운데에 쌓아놓는다거나, 사람들이 다니는 길을 사이에 두고 양쪽에 마주 서 있는 밤나무를 찾아내어 새끼줄을 걸어놓고는 거기에 메주 덩어리 비슷하게 짚을 뭉쳐 두서너 개씩 매달거나, 어떤 날은 부엌칼을 들고 나와 밤나무 골을 온종일 누비며 무당춤 흉내를 내기도 했고, 죽은 왕소나무에 기대어 예의 그 흐느낌 소리로 어으으으, 어으으으, 울어대곤 해 마을 사람들의 간담을 서늘하게 했다. 보다 못한 마을 사람들이 큰무당을 불러 내림굿 을 해주자고 이장에게 건의하기에 이르렀다. 그래야 박씨가 지하에서 괴 로움을 당하지 않게 될 것이고, 실성한 철민이 어머니가 제 정신을 차릴 수 있을 뿐더러 언년을 무당 딸로 보내버리면 마을에 도는 해괴한 소문도 말끔히 걷히게 될 것이라는 게 그 이유였다. 결국 사람들은 언년의 아버

252

지를 설득해 내림굿을 해주기로 하고 갈걷이가 끝난 뒤 비용을 추렴하기로 결론지었다. 하지만 언년은 그와 같은 마을 사람들의 배려는 조금치도 개의치 않았다. 하는 짓 자체가 황당무계했다.

언년의 흐느낌은 어른 아이 할 것 없이 가히 공포 그 자체여서 우는 아이에게 네가 울면 언년이도 울 거야, 하면 딸꾹질을 해가며 금세 그칠 정도였다.

그런 뜻 모를 짓을 하던 언년이 며칠 전부터는 아예 꿈속에까지 나타나기 시작했다. 3구 반장의 꿈, 긴급한 일이 있어 오토바이를 타고 나가려 시동을 걸고 있는데 어디서 나타났는지 언년이 오토바이 앞바퀴 밑에 벌렁 누워 어으으으, 어으으으, 흐느껴 울었다. 그런 언년을 비켜 돌아 오토바이를 몰고 나가다 기어이 사고를 내는 꿈이었다. 그 이후로 오토바이만 타면 손이 떨려서 못 타겠더라고 했다. 아무튼 그런 비슷비슷한 꿈을 동네 사람들이 자주 꾸었다. 경운기에 시동을 걸려다 피대에 손가락을 잘리는 꿈, 밤송이가 양 눈에 떨어져 당달봉사가 되는 꿈, 죽은 왕소나무가 들썩들썩 움직이다가 쓰러졌는데 그 밑에 깔리는 꿈 등등, 뒤숭숭한 꿈을 꾼 사람들은 갈걷이 일 맞춘 것을 파기하기 일쑤였다. 너나없이 그런 일들이 잦게 되자 품앗이가 가능한 사람들만 가을일을 계획하게 되었고, 간혹 가다 그것마저 깨어져 마을 사람 간에 의가 상하기도 했다. 그러면서도 언년에게 대놓고 말하는 사람은 없었다. 대신 농한기를 이용해 다른 마을로 이사 가겠다고 농토와 집을 내놓는 사람이 하나 둘 생겼다. 그러나 사고 팔리는 일은 좀처럼 성사 될 기미가 없는 가운데 갈걷이가 거의 끝나가는 상황이었고, 내림굿 준비가 서서히 대두되고 있는 참에 그것도 꿈속이 아닌 엄연한 현실 속 우리 집 대문 앞에서 언년의 흐느낌을 대하게 된 것이었다.

　식구들 중 누가 언년의 덫에 걸린 것일까. 아버지, 어머니, 형님, 누님, 조카……. 아무리 입 속으로 뇌어 보아도 대상이 될 만한 사람은 없다. 아니 없는 게 아니라 있어서는 안 될 일이다. 하지만 언년의 흐느낌 뒤에 반드시 찾아오곤 하는 불길함을 무시할 수도 없는 노릇, 그렇다면 누구란 말인가. 나일까? 나는 일순 캄캄한 암흑을 본다. 머리통이 터져 길바닥에 흩어지는 환상이 떠오른다. 소름이 끼친다. 이불은 덮으나 마나 한기가 돈다. 가위눌린 사람처럼 꼼짝할 수 없다. 이불자락을 걷어차고 싶어도 마음뿐이다. 무엇이 이토록 나를 찍어 누르고 있는 것일까. 어으으으, 어으으으. 내 내면의 저 뒤쪽에서 언년의 울음소리가 울려 나왔다. 그 울림엔 대못이 박혀 있었고, 불의 화신이 혓바닥을 날름거렸다. 박씨 아저씨와 새까맣게 그을린 철민이의 고통스런 얼굴이 보였다가 사라졌고, 새끼줄에 칭칭 감긴 죽은 왕소나무와 길 위에 내걸린 새끼줄이 목에 휘감기는 것 같다. 멱을 더듬었다. 칭칭 감긴 새끼줄이 있을 것 같은데 도드라진 목울대가 잡힌다. 목줄띠가 팽팽하다. 귓속이 잉잉 운다. 어으으으, 어으으으……. 또 다시 내면에서 울려나오는 언년의 흐느낌. 누군가 죽어야 하는 막다른 골목. 무엇을 더 견디란 말인가, 얼마나 더 괴로움을 당해야 한다는 말인가. 이불을 걷어찼다. 이판사판, 죽여 버리자. 죽은 왕소나무처럼 되는 한이 있더라도 없애버리는 거다. 일어서서 불을 켜고 겉옷을 걸쳤다. 방문을 밀고 대청으로 나섰다. 마침 빗방울이 듣기 시작해 슬레이트 지붕 끝에 덧달아 댄 양철 챙이 요란스런 소리를 냈다. 대청구석에 웅크리고 있던 고양이가 갑작스런 내 출현으로 도망을 갔다. 반쯤 찢겨진

254

쥐 한 마리가 고양이의 입에 물려 있는 게 방안 불빛에 보였다. 원래 나는
고양이를 귀여워는 했지만 대청에 올라온다든지 방 안으로 들어오기만
하면 볼 것 없이 마당으로 내팽개쳤었다. 사람의 영역을 침범하는 고양
이를 용납할 수 없었던 까닭이다.

　양철 챙의 요란스런 소리는 쉽게 그칠 기세가 아니었다. 저녁 무렵부터
내내 마렵기만 하던 비였다. 챙에 달려 있던 네 개의 배수구에서 금세 터
질 듯 빗물이 쏟아진다. 댓돌이 패어져 나갈 듯하다. 가을인데 여름의 작
달비처럼 퍼붓는다.

　"비설거지는 다 됐는감? "

　"저녁나절 김씨가 하는 걸 봤구먼유. 보기보단 찬찬한 양반이니께 틀
림 없겄지유. "

　아버지 어머니도 잠이 오지 않는가 보았다.

　"엇다, 스레트 지붕 부스러져 내리겠구먼, 뭔 가을비가 저려……?. "

　비 때문에 잠을 청할 수 없다는 투였다.

　"큰애한테 전화라도 한번 해보는 게 어떨까유? 영 께름칙해서……. "

　"원 벨 궁상맞은 소릴. "

　"언년이가 하필 우리 집 대문 앞에서 운 게……. "

　기어코 어머니가 언년이 이야기를 꺼내고 있었다. 언년 앞에서 그토록
태연한 척하던 어머니가 내심 속을 끓이고 있었던 이유는 짐작이 가고도
남았다. 자칫 섣불리 건드렸다가 큰 재앙을 맞게 될지 모르는 것이다.

　"내참 사람허고는! 긁어 부스럼 만들지 말고 잠이나 자. "

　"잠이 와야 말이지유, 도통. "

　어머니는 조바심을 치면서도 막상 전화를 걸려는 기색은 없었다. 대신

어머니의 목소리가 다시 흘러나왔다.

"지훈인 자나 모르겠네유. 잠 안 오거든 안방으로 건너 오랄까유? 무슨 묘안이 있을 지 누가 알아유? 젊은 애니께."

"묘안? 죽여주쇼 빌기나 하면 모를까. 참 그건 그렇고 언년이 고것이 김씨도 우리 집 식구로 보고 있을까?"

"김씨유? 언제 그 양반이 우리 집 식구가 아니라고 생각해 본 적 있어유? 의지가지없이 떠돌아다니면서 구박이나 받던 사람에게 사랑방 비워 준 지가 벌써 은젠데유."

김씨. 김씨 아저씨는 벌써 여러 해 전부터 우리 집 사랑방에서 기거해 오고 있었다. 어떻게 보면 좀 어수룩한, 그러니까 처음 본 사람이라면 머리가 돈 사람이라고 여기게 될지 모르지만 그는 참으로 마음씨 착한 사람이었다. 남들이 그토록 꺼리는 것, 다시 말해 꿈자리 때문에 깨진 일자리를 메어 주기도 하는 등, 일 처리가 좀 미숙하다는 것 말고는 법 없이도 살 사람이었던 것이다. 듣기로는 젊었을 적에 일본 헌병들한테 머리를 잘못 맞아서 그렇다고는 했지만 사실여부를 확인할 길은 없었다. 이북이 고향이고 혈혈단신으로 정박아나 다름없는 셈이라 이 집 저 집 며칠씩 옮겨 다니며 일이나 해주고 밥술이나 얻어먹는 정도였는데 아버지의 배려로 우리 집에 닻을 내렸던 것이다.

"요새 좀 시원찮은가 보더라구, 더러 쿨럭거리는 게."

"그럼 김씨가 죽을 거라는 걸 미리 알고 그런 건가 모르겠네유."

"그래서 허는 말이여. 그동안 정리를 봐서라도 장사는 우리가 치러 줘야 하는 것 아닌가 해서 말여."

"그야 이를 말인가유? 하지만 그거야 훗날 일이구 날 밝으면 김 씨랑

256

병원이나 댕겨 와유. ”

　그러고 보니 김씨 아저씨가 가끔 아프다는 소리를 하고 해소기가 있는 듯한 기침을 하는 것을 본 적이 있었다. 아무리 그렇다고 그게 죽을병으로 보였을까. 기침 좀 한다고 어느 날 갑자기 죽으리라고 보는 것은 너무 지나치지 않나 싶었던 것이다.

　“ 일제 때 죽사리 맞은 사람 치고 오래 사는 걸 못 봤는디. ”

　아버지의 말소리가 이어지는 것과 동시에 번쩍 하는 섬광이 온 집안의 내부를 비추었다. 어느 결엔지 도망쳤던 고양이가 누마루 위에 올라앉아 이쪽을 보고 있었다. 녀석은 갑작스런 빛에 눈이 부셨는지 고개를 외로 꼬고 있었다. 그 뒤쪽으로 보이는 흰색 바름 반자가 먼지와 거미줄에 가려져서 그런지 희끗희끗 했다.

　아버지의 말을 들으면서 내 불안이 어느 정도 해소되고 있었다. 언년을 죽여 버리자고 나선 내가 우습다는 생각이 들었다. 나도 악독한 인간이 될 수도 있을지 모른다는 생각이 나를 어이없게 했다. 어떻게 내가 사람을 죽인단 말인가. 그럴 수 없다. 설령 내가 죽는 한이 있더라도 살인자가 될 수는 없는 것이다.

　나는 나 자신에 대한 혐오감을 느끼며 방으로 들어가 자리에 누웠다.

　캄캄한 빗속에 서 있는 나. 빗방울이 따가운 듯 가느다란 화라지를 떨어뜨리는 왕소나무. 그 나무 밑에서 흐느끼는 언년, 어으으으, 어으으으……. 그 소리에 어둠이 부스러져 흩어진다. 그렇다고 환한 빛이 밀려드는 것은 아니다. 어둠도 빛도 없는, 마치 무중력 무공간의 상태. 뭐랄까. 내가 있는 것 같으면서 없는 것 같은 느낌이랄까.

비는 잠시도 멈추지 않는다. 언년의 울음소리도 끊어진 것이 아니다. 어으으으……, 언년이 나무 밑둥치에 붙어 안간힘을 쓰고 있다. 왕소나무가 조금 기우러지는 듯싶더니 제법 큰 화라지 하나가 뚝 부러져 내린다. 그러나 그것으로 끝이다. 더 이상 나무는 끄떡도 하지 않는다. 언년은 여전히 물에 빠진 생쥐 꼴로 어으으, 어으으으……나무를 밀고 있고…….

왕소나무로 다가간 내가 언년의 키 위쪽을 짚고 나무를 민다. 내 입에서도 어으으으, 하는 소리가 새어 나온다. 꿈쩍도 하지 않던 나무가 이상하리만치 맥없이 넘어가기 시작한다. 나와 언년의 흐느낌이 서로 어우러져 밤나무골을 뒤흔든다.

어으으으, 어으으으, 어으으으…….

어으으으, 어으으으, 어으으으…….

죽은 왕소나무가 뿌리째 뽑혀 쓰러지자 언년이 뿌리 밑에서 무엇인가를 주워들고 나를 쳐다본다. 눈물인지 빗물인지 얼굴이 흠뻑 젖어 있고 손에 들려 있는 것은 한 뼘 길이의 신칼과 꿩쇠(꿩과리)다. 검붉은 빛이 번득거린다. 가슴이 찌릿 한다.

방안이 환했다.

언제 비가 왔었더냐, 싶게 가을 햇살이 대청마루에 부챗살처럼 펼쳐져 있었다. 하늘은 몸뚱이가 풍덩 빠져들 것만 같이 푸르고 안마당은 촉촉이 젖어 있었다. 꿈속의 왕소나무와 언년. 신칼과 꿩쇠.

꿈속의 왕소나무가 궁금해 집을 나섰다. 가는 길은 밤나무로 뒤덮여 있었다. 밤새 내린 비에 쏟아진 알밤이 햇빛을 받아 반들거렸다. 미쳐 밤알이 빠져나오지 못한 밤송이가 환하게 웃으며 반겼다.

뜻밖에 언년이 왕소나무 밑을 파헤치고 있었다. 저주가 깃든 나무인데 죽고 싶어 저러는 것일까. 언년은 괜찮다는 얘긴가.

마을의 금기사항 한 가지가 내 뇌리에 떠오른다. 추운 겨울날, 냉방에서 새우잠을 잘지언정 왕소나무의 화라지는 건드리지 말라, 는 소문이었다. 세 아이가 시름시름 앓다가 일어나고 나무가 말라죽으면서 떠도는 말이었다. 다시 말해 나무를 건드리면 반드시 저주를 받게 된다는 얘기인데 특이한 점은 어느 누구도 부정하는 사람이 없었다는 것이다. 그렇다면 혹시 박씨와 철민이가 이런 소문을 무시하고 왕소나무를 건드린 것인가.

물끄러미 바라보고만 있던 나에게 언년이 고개를 돌렸다. 뭔가를 간절히 원하고 있는 듯한 시선이었다. 그게 무엇일까. 나무 밑을 파헤치는 일? 그렇다면 왜 하필 나인가. 내게 저주를 내리기 위해서? 어림없는 소리다. 내가 왜 언년의 저주를 받아야 하는가. 무슨 이유 때문에. 그리 하면 죽었던 나무가 살아나기라도 하나? 아니면 굳게 잠겨 있던 말문이 터지기라도 한단 말인가. 내 목숨을 담보로? 안 된다. 그렇게는 될 수 없다. 내가 왜 까닭 없이 언년의 제물이 된단 말인가. 설령 내가 피할 수 없는 제물이라면 나는 그냥 단순한 제물 노릇을 하지는 않을 것이다. 박씨나 철민이처럼 앉아서 당하지만은 않겠다는 얘기다. 눈에는 눈, 이에는 이라고 하지 않던가. 막다른 골목으로 몰린 쥐는 고양이를 물려고 덤비는 법이고 살려 하는 자는 죽고 죽을 각오를 하고 싸우는 자는 반드시 이긴다고 했다. 피하지 말자. 피하는 것은 패배를 의미하고 패배는 죽음을 뜻하는 것일 것이다. 피하지 말자. 언년을 돕는 길이 최상의 길이라면 피할 이유가 없지 않은가.

나는 언년에게 손을 내밀었다. 언년은 기다렸다는 듯이 내게 삽을 건네
주며 씩 웃었다. 처음으로 대하는 언년의 웃음이었다.

邂逅 해후

邂逅

다리의 통증이 망각의 낮잠을 깨웠다. 눈을 비비적거리며 상체를 일으켜 세웠다. 다리는 하얀 시트 속에서 작은 산맥으로 꿈틀대다가 한순간 툭 끊겨 있었다. 창문을 통해 비쳐든 햇살이 통증을 어루만지고 있었다.

사실 나는, 주기적으로 찾아오는 이 통증을 기다려 왔다. 통증의 파장이 넓을 때는 성미 급한 내가 참아내기 힘들 지경이었지만 어찌 할 수는 없었다. 내 다리의 욕구에 맞춰주는 일만이 내게 허용된 유일한 의무였다.

나는 통증이 시키는 대로 침대에서 내려와 외발로 섰다. 머리맡의 사물함에 기대어 있는 목발을 집어 들어 겨드랑이에 끼웠다. 머릿속이 핑하니 어지러웠다. 잠시 오른손으로 머리를 짚었다. 알맹이 없는 왼쪽 하의 환자복이 흐느적거렸다. 푸른색으로 길게 나열되어 찍힌 병원 이름이 농도 짙은 표백제에 수없이 담금질당해선지 희끄무레하게 바래 있었다.

사물함을 열었다. 병실 안의 크레졸 냄새에도 불구하고 퀴퀴한 곰팡이

냄새가 진동했다. 그 안에서 내 친구가 얌전하게 나를 기다리고 있었다.

"쫑쫑, 우리 다리 찾으러 가야지? "

매끄러운 핑크빛 몸매를 가진 친구는 하얀 치아(齒牙)빛 웃음으로 나를 반겼다.

"여어, 황보 선수. 강아지 밥 잘 먹나? "

무슨 비밀스런 짓을 하다 들킨 사람마냥 친구를 가슴에 품으며 얼굴을 홱 돌이켰다. 침대 시트로 기운 것 같은 가운의 외과 의사가 들어서고 있었다. 나는 두근거리는 가슴을 가까스로 억제하며 의사를 빤히 쳐다봤다. 의사는 나의 이런 당황스런 반응에는 별 관심이 없다는 듯 가지고 온 봉투에서 X선 사진판을 꺼내어 창문의 햇빛을 향해 치켜들었다. 햇살도 고양이처럼 졸린 모양인지 사진판에 내려앉았다. 나는 그런 한가한 햇빛의 게으름에 신경질이 돋쳤다.

"미쳤군! 이게 강아지야? 칫솔이지. "

"뭐, 뭐라고? "

의사의 입이 바보스럽게 떡 벌어졌다. 언젠가 다리를 찾아 헤매다 허탕을 치고 돌아와 옆 침대에 놓여 있던 계집아이의 인형을 목발로 걷어찬 적이 있었다. 그때의 벌렁 나자빠진 곰돌이처럼 뜨악한 표정이었다.

나는 입 속으로 뇌까렸다.

저런 어리어리한 사람이 날 어디로 보내? 정신병원? 크흐, 웃기지 말라지. 아마 이 병원에 나같이 멀쩡한 사람은 하나도 없을 걸!

의사는 이내 자기 본래의 신분으로 돌아가고 있었다. 그러나 나는 그 X선 사진판에 시선을 꽂는 의사의 옆모습에서 애써 감추려는 분노를 간파할 수 있었다.

크흐, 그러면 그럴 테지.

나는 흘끔 X선 사진판으로 시선을 주었다. 거무스름한 셀룰로이드 한복판에 뭉툭하고도 허연 도깨비 방망이 같은 게 보였다. 대체 어느 도깨비가 쓰던 것인지 짜리몽땅했다. 의사가 회진 올 적마다 가지고 오다시피 하는 그것은 다리를 찾아주기는커녕 내가 다리를 찾아 나서는데 목발보다 못한 무용지물에 불과했다. 되레 조금씩, 조금씩 다리를 갉아 가는 데 기여할 뿐이었다. 내 뜻과는 무관하게 그것을 본 의사가 자꾸만 수술을 강행했던 것이다. 외상성 절단 휴유증(over growthing)이라는 것이 그 이유였다.

나는 언제나 수술을 반대했었다. 잘린 뼈의 단면에서 뼈 진(津)이 살을 뚫고 나오려는 것은 제 짝을 찾아 나선 것이 아니겠느냐는, 참으로 합당하고도 당연한 이유에 의해서였다. 몹시 쑤시기는 했지만 잃어버린 내 다리를 찾기 위해서 그 정도야 기꺼이 참아내겠다는 내 굳은 의지이기도 했다. 아마 이번에도 그는 분명 이런 말을 할 게 뻔했다.

"나 이런 참, 도대체 알 수가 없네요. 다시 한 번 해 봅시다."

그 '다시 한 번'이란 소리가 대체 몇 번째인가. 틀림없이 다음에도 같은 소리를 할 것이다. 하지만 나는 그 소리를 듣고 싶지 않았다. 그 전에 잃어버린 내 다리를 반드시 찾아오고야 말 것이기 때문이다.

나는 화장실에 가려는 사람처럼 의사 곁을 지나쳐 병실 문을 어깨로 밀었다. 그리고 겨드랑이에 끼워져 있던 목발로 문 밑을 괴면서 체중을 들어 밖으로 나갔다.

"황보……!"

따라 나온 의사의 인텔리틱한 목소리가 잡음으로 귀 언저리를 맴돌다

삐그륵 닫히는 문짝에 의해 뚝 끊겼다. 목발 잡은 내 손아귀에 가벼운 흥분이 돌았다. 나는 목발을 힘 있게 내밀었다.

“어머, 황보강술 씨!”

마침 오후 주사를 놓으러 층계참을 돌아 올라오던 간호사의 눈과 내 눈이 맞부딪쳤다. 간호사의 두 눈은 약간 놀란 듯 어린아이의 그것처럼 해맑았다. 얼른 미소로 바꾸는 그녀의 태도가 더욱 그렇게 보이도록 했다.

“주사 맞으셔야죠?”

내 근육질의 엉덩이를 보자는 말이기도 했다.

나는 들은 척 만 척 친구를 향해 그녀가 들으라는 듯 속삭였다.

“쫑쫑, 우리 멋지게 속였지?”

“예에?”

그녀는 놀란 다람쥐 얼굴을 했다.

“ㅎㅎㅎㅎㅎ……….”

나는 그런 그녀를 보면서 흐드러지게 클클거렸다. 그리고 체중을 목발에 실었다. 매끄러운 인조석 바닥이 목발을 거부하려 했으나 신경을 쓰지 않았다. 그녀도 그제야 깨달았다는 듯이 주사를 맞으러 들어오라는 사무적인 말을 던지고는 내가 방금 나온 병실로 모습을 감추었다. 문짝 윗부분에 붙어 있는 ‘409호’란 초록색 아크릴 글씨가 커다랗게 확대되어 나를 덮치려 들었다. 나는 될 수 있는 한 빨리 자리를 피해야겠다는 일념으로 목발에 힘을 주며 돌아섰다. 간호사가 방금 올라왔던 계단이 오른쪽에 보였고, 그 맞은편 벽에는 붉은 외짝 눈을 뜬 두레칸이 입을 꼭 다물고 있었다. 나는 두 목발에 한 발을 보태어 계단을 내려가기 시작했다. 계단마다 아름아름 밟혀오는 기억에 어깻죽지가 후르르 떨렸다.

나는 어린 마음에도 후레자식 소리를 안 들으려고 꽤나 용을 썼다. 역설적으로 말하면 나는 아버지를 한 번도 본 적이 없다는 것과도 맥이 닿았다. 아버지는 조그마한 주민등록 사진조차 남겨 놓지 않았다. 그러나 나는 아버지가 그리울 때마다 내 얼굴을 거울에 비추어 보곤 했다. 내 얼굴이 아버지의 얼굴을 판에 박아 놓은 듯 빼닮았다고 어머니가 입버릇처럼 말해 왔기 때문이었다. 아버지는 내가 태어나기 전, 그러니까 휴전 말기에 마지막까지 저항하던 괴뢰군을 토벌하다가 장렬하게 전사하셨다는 사실을 어머니는 귀가 따갑도록 되풀이 해주었다. 유별나게 씨름도 잘해 큰 대회에 나가 황소를 몰고 온 적도 있다 했다. 이러한 사실들은 나의 가슴을 늘 푸르게 적셔 주었고, 이런 나의 감정이 담긴 글은 교내 반공 글짓기 대회에서 영광의 장원을 차지하기도 하였다. 애비 없는 후레자식이 아니라 훌륭한 아버지를 둔 영광스런 자식으로서의 자질을 키우는데 게을리 하지 않았다고나 할까. 영광스런 자식……. 그러나 그것은 어처구니없는 착각이었다. 철저한 어머니의 위장술 속에서 태어난 허상의 얼굴이 곧 나였다. 어머니의 말이라면 아무 비판 없이 무조건적으로 받아들인 내 내면의 실체였다. 피를 이어받은 자식이라는 관계가 조형해 놓은 점토물에 다름 아니었다. 그것도 썩은 냄새가 진동하는 시궁창 흙으로 빚어진 것이었다. 아버지가 괴뢰군을 토벌하다 전사한 게 아니라 난리 때 세포 노릇한 마을의 역적이었던 것이다.

어쨌든 나는 어머니의 말대로 황소를 몰고 온 아버지를 닮아서인지 운동신경이 잘 발달되었고 운동이라면 뭐든지 다 좋아했다. 그 중에서 가장 남성적인 것, 넓이가 16피트 평방에서 20피트 평방 밖에 안 되는 사각의 링 안에서 상대를 때려 눕혀야 하는 권투를 가장 좋아했다. 체육관을 들락거린 지 얼마 안 되어 신인왕전에 나갈 수 있는 출전권도 따내었다. 나는 거기서도 두각을 나타내었다. 씨름선수 같은 허리의 유연성과 마라톤 선수 같은 지구력 있는 다리의 근육을, 그리고 사각의 링 안에서 필수 조건인 끈기와 근성을 매스컴들은 연일 보도하기에 지면을 아끼지 않았다. 게다가 이번 선수들 중 펀치력에 있어서도 단연 으뜸이라는 것도 빼놓지 않고 짚고 넘어갔다. 한데 숙명적인 사건이 나의 길목을 지키고 있을 줄이야.

일찍 자는 사람들이라면 벌써 깊은 잠에 빠져 있을 시간이었다. 신인왕이 되었다는 달뜬 기분을 억제하며 보디블로우(복부 가격) 연습을 위해 더미(dummy)와 씨름을 하고, 흑인들같이 탄력성이 좋은 상대를 대비해 자동차 타이어에 땀을 흠뻑 쏟은 다음 체육관 문을 나설 때였다.

"황보강술 씨, 얘기 좀 합시다."

나는 흠칫 놀라며 모든 운동 신경을 곤두세웠다. 그리고 두리번거렸다. 가로등 불빛도 비치지 않는 으슥한 곳에서 한 사내가 성큼 불빛 속으로 모습을 드러내었다. 왕벌만큼이나 자기 과시적인 몸짓이었지만, 그에 어울리지 않는 것도 아닌 당당한 체구였다.

"누, 누구시죠?"

권투에서 방어보다 선제공격이 훨씬 유리하다는 것을 알고 있던 나는 의식적으로 목에 힘을 주며 물었다.

"역시 대단하더군!"

사내가 내 연습 장면을 훔쳐 본 모양으로 비아냥거렸다. 그렇다면 이 사내가 나를 가장 강한 라이벌로 지목한 자의 매니저쯤 되는 것일까?

268

"그 아버지에 그 아들이란 얘기요."

내가 잠시 머뭇거리는 듯하자 사내가 불쑥 아버지란 낱말을 꺼냈다. 그
것도 아버지에 대해 어머니 이상으로 잘 알고 있을 법한 어투였다.

"대체 누구신데?"

"나요? 차차 알게 될 게요."

사내는 시종 냉기를 뿜어내며 짧은 어휘로 일관했다. 사내의 외형은 나
보다 10여 년 가량 연상일 것처럼 보였다. 얼굴의 전체적인 윤곽이 매우
강팔진데다가 나락만한 흑갈색 점이 있는 광대뼈와 함께 이마가 툭 불거
져 나와서 그런지 눈이 깊숙하게 들어앉아 보였다. 마치 동굴 속에 은거
하고 있는 야행성 동물의 살기 어린 눈 같았다. 얼핏설핏 가로등 빛이 반
사되어 나올 적마다 내 가슴은 섬뜩섬뜩 놀라고 있음을 의식할 수 있었
다. 공이 울리기 전에 눈싸움부터 해야 하는 권투를 하고 있기 때문에 눈
싸움만큼은 자신이 있던 나였음에도 대적해 볼 엄두조차 못하고 시선을
외로 꼬아야 했다.

사내는 이런 나를 가까운 포장마차인 목포집으로 이끌었다. 목포집 아
주머니가 능란한 솜씨로 오징어를 데쳐 낼 때까지 사내는 카바이트 불꽃
이 무색하리만치 이글거리는 시선으로 나의 전신을 휘더듬어 왔다. 나는
꼭 약점이 단단히 잡힌 사람처럼 주눅 든 채 사내의 눈치를 살피는 꼴이
되었다. 사내가 권해 오는 소주잔도 나는 극구 사양했다. 원래 술을 좋아
하는 편은 아니었지만 생면부지인 사내가 주는 술을 넙죽넙죽 받아 마실
수는 더욱 없었다. 사내가 스스로 채운 소주잔을 단숨에 털어 넣어 목을
축이고는 안주 씹을 요량도 않고 대뜸 말을 꺼냈다.

"본래 원수는 외나무다리에서 만난다고 합디다."

“예에?”

“원수의 아들을 만났으니 그 아비를 찾는 것은 이제 시간문제 아니겠소?”

도무지 뚱딴지 같은 소리라 나로서는 무어라 대꾸할 말이 떠오르지 않았다.

“황보장쇠, 아니 육손 씨는 지금 어디 있는 거요?”

사내의 눈초리가 내 턱 밑을 파고들었다. 그런데 장쇠는 누구이고 육손 씨는 누구란 말인가.

“당신 아버지 말이오.”

“나는 아버지를 보지도 못하고 자랐지만, 대체 어떤 일이 있었기에 그러나 신분부터 밝혀야 하는 거 아닙니까?”

“신분?”

사내의 어금니에서 웃음이 새어나왔고 그로 인해 각이 섰던 눈까풀이 풀어지는 기미였다. 사내는 간간이 생각난 듯 자작술을 마시며 말을 꺼냈다.

사내는 열한 살 때부터 아버지 없이 자랐다. 동족끼리 싸움이 벌어졌는데 그것이 서로 대등한 경우라기보다 일방적으로 한쪽이 밀리는 싸움이었다. 사내의 마을도 예외 없이 미는 쪽의 손길이 스쳤다. 그저 순진한 농민들이 사는 동네라 크게 해코지하지는 않았다. 그러나 그들은 근 5리쯤 떨어진 초등학교에 일부 진을 치면서부터 마을의 등살을 후비기 시작했다. 많은 사람들이 그들에게 불려가서는 그만이었다. 식량이 될 만한 것은 거지반 공출당하다시피 하여 하루 한 끼 때우기도 어려울 지경이었다. 급기야 쥐를 잡아 불에 그슬려 먹는 아이들도 생겼다. 송충이처럼 솔잎을 씹어 먹고 송기를 벗겨 먹어 뒷간만 가면 함흥차사인 사람도 있었다. 그저 산목숨 생으로 끊을 수 없어 하루하루를 버텨나갈 뿐이었다. 그런 마을 사람들에게 어슴푸레하나마 고혈을 짜내야 하는 이유가 드러내기 시작했다. 누군가에게 밀고를 당하고 있다는 사실이었다. 그렇지 않고서야 비밀리에 숨겨놓은 겉보리마저 들통 날 리가 없었던 것이다. 하지만 누가 밀고를 하는지 확실한 증거가 없는 이상 함부로 지목할 수도 없었다. 쉬쉬해 가면서 깡마른 살쾡이 눈을 하고 서로가 서로를 감시하고 있을 따름이었다. 가장 눈이 많이 가는 사람은 어느 마을에선가 흘러들어와 사내의 집에 얹혀 살던 황보장쇠라는 사람이었다. 무엇을 하던 사람인지 모르지만 그는 과묵했고 손가락이 하나 더 붙어 있어서 그런지 일도 잘했다. 이따금 뼈 있는 말을 하곤 해 거슬리기는 하였으나 더부살이 사는 것만으로 홀대하지도 않았다. 그가 인민군의 뒤를 따라 산으로 들어갔을 때에서야 밀고자였다는 것을 알게 되었으나 뒤늦은 깨우침이었다.

한데 어떻게 된 일인지 그 퇴로를 막고 혈전을 벌이던 끝에 패하고 말았던 면장이 그의 도움을 받고 살았다는 이야기는 좀체 믿어지지 않는 일이었다.

면장은 다리에 부상을 당한 채 그와 한 인민군에게 발견되었다.

"아니, 장쇠 아닌가? "

면장은 너무나 뜻밖이었다.

"난 장쇠가 아니라 인민군이요. "

"그렇다면 자네가? "

"……."

갑자기 옆에 있던 인민군이 면장의 가슴에 총부리를 들이대 막다른 골목에서의 해후를 가로막았다.

"아, 아니. 지도원 동무. 이 사람은……."

"무스기요, 이 사람? 아바이 동무라도 된다는 기요?"

그러나 그 순간 장쇠가 총의 개머리판을 치켜들어 인민군의 머리통을 내려치고 있었다. 인민군은 맥없이 거꾸러지면서 장쇠를 향해 총 끝을 돌렸다. 따따따, 총성이 울렸고 장쇠가 모로 쓰러졌다. 누가 먼저랄 것 없이 몇 발의 총알이 더 교환되었다. 그야말로 미리 짜인 각본처럼 순식간에 벌어진 상황이었다.

공교롭게도 장쇠의 넓적다리뼈와 다른 쪽 발목이 정통으로 관통되었다. 면장은 장쇠의 양다리를 지혈해 주었다. 장쇠가 어금니로 고통을 짓물며 참다 말고 불쑥 말했다.

"죽여주시오. 살 가치가 없는 놈이오. 놈들에게 이용당한……, 실은 토벌대가 아니었으면 난 벌써 죽었을 거요. 자 여기 총. 이 총으로 날 쏴 주시오."

장쇠가 총을 내밀었다.

"심판은 마을 사람들에게 받아야 할 게요."

면장이 성한 다리 하나로 장쇠를 부축하려 겨드랑이에 팔을 끼웠다.

"할 수 없군요. 이러지 않으려고 했는데."

장쇠가 총부리를 면장에게 돌렸다.

"아니?"

"이 팔 놓고 일어서시오. 그리고 가시오. 뒤도 돌아보지 말고, 어서욧!"

면장은 할 수 없이 장쇠의 총부리에 겨냥된 채 절름거리며 계곡을 빠져 나왔다. 장쇠와의 마지막 이별이 된 셈이었다.

어쨌든 장쇠가 그런 식으로 잘못을 뉘우치고 백배사죄한다 하더라도 죽은 사람들이 되살아 날 수는 없을 터였다. 그의 조작된 밀고에 의해 불려갔던 사람들이 모두 총살당한 채 학교의 화장실에 켜켜이 처박혀 있는 게 발견되었던 것이다. 사내의 아버지도 예외는 아니었다. 똥독에 빠져 죽은 쥐처럼 시커먼 똥물이 들고 썩어 문드러진 송장들은 참으로 눈뜨고 볼 수 없는 참혹함 그대로였고, 또 그것을 목격했던 사내는 화장실 공포증 때문에 오랜 기간 뒷간 출입도 못했었다고 했다.

한데 그랬던 그가 아직도 살아 있어 마을 사람, 아니 사내의 심장을 바득바득 긁어댄다는 이야기였다. 그 자신은 숨어서 호의호식하면서 같잖게도 사회사업을 한다, 어쩐다 하며 더러운 돈을 보내고 있는데 피가 끓어 견딜 수 없다는 것이었다. 마을의 일부 사람들이 그 뜻을 받아들여 마을회관을 짓고 마을문고를 설립한다고 하지만 사내로서는 결코 받아들일 수 없는 일이었다. 아버지를 잃은 설움은 고사하고라도 오랫동안 한 솥밥으로 살았던 그가 그렇게 배신했다는 것은 저승에서조차 용서할 수 없는 짓이 아니겠느냐고 역설하며, 원수를 못 찾을 경우엔 반드시 그 자식이라도 찾아내어 파멸의 구렁텅이로 밀어 넣고 말리라 가슴에 새겨왔다 했다. 그렇게 게거품을 물며 악에 찬 소리를 해대는 사내의 눈빛은 차라리 절규에 가까웠다.

그러나 나는 사내에게 그 어떤 말 한 마디도 해 줄 수 없었다. 내게 있어서의 아버지란 이미 살아 있지 않은 고인일 뿐이기 때문이었다.

병원 밖의 기우는 햇살은 제법 눈이 부셨다. 크레졸 냄새에 늘 취해 있던 내게 로드웍 할 때 느끼던 여명의 인상을 주었다. 남산의 계단을 오르내리다가 쉐도우 복싱을 하며 하이야트 호텔 앞을 지나 한남동 쪽으로 빠질 때의 새벽은 언제나 한강 건너편 저쪽에서부터 찬란함을 수면에 드리우며 내 쪽으로 다가왔었다. 뭔가 이루어질 것 같은 희망의 빛이었다.

불현듯 우울한 기분이 들었다. 권투 선수로서 기초 훈련조차 할 수 없는 나의 처지가 비참했다. 닭싸움도 아닌 터에 외다리로 링에 오를 수는 없잖은가.

나는 사람들의 무리에 묻혀 휩쓸렸다. 물론 뚜렷한 목적지가 있는 것도 아니었다.

인도는 너무 비좁아 나의 세 발이 걷기에 매우 불편했다. 간혹 사람들의 정강이와 내 목발이 부딪히기도 했다. 그럴 때마다 적어도 다리를 찾기 위해서라면 죽는시늉이라도 해야 한다는 것을 알고 있던 나는 히죽 웃으며 고개까지 굽실거리기를 서슴지 않았다.

사람들 틈새로 지하철 입구가 보였다. 물고기를 잡을 때 쓰는 통발 같았다. 그 속으로 사람들이 물고기마냥 빨려들어 가고 있었다. 사람들이 왜 거기로 빨려들어 갈까? 불가항력적이어서 일까? 가슴이 두근거렸다.

입구에 다가섰을 때였다. 갑작스런 바람이 안면을 휘감아 왔다. 찐득찐득한 초여름의 더위를 식혀 주었다는 감사함보다 불쾌감이 살갗을 더듬었다. 시합 도중 코피가 터지거나 눈두덩이 찢어져 온통 피투성이가 되었을 때의 찐득함보다 더했다. 하지만 나는 개의치 않았다. 한가롭게 그런 것을 탓할 새가 없었다. 다른 사람들이 무관심하게 여기듯 나도 태연자약해야 할 필요가 있었다. 인내 없이는 잃어버린 내 다리도 찾을 수 없으리라는 확신 때문이었다.

매표소 앞에는 여남은 명이 삐뚤빼뚤 줄지어 서 있었다. 나는 그 끝에 붙어 섰다. 호주머니를 뒤졌으나 한 푼도 손에 잡히지 않았다. 다만 점심 식사 후에 나온 약봉지와 칫솔이 나왔을 뿐이었다. 모든 게 끝장났다는 극단적인 생각이 순간 들었다. 하지만 나는 줄에서 이탈하지 않고 표 파는 역무원을 빤히 쳐다봤다. 방사형으로 뚫린 아크릴 유리 구멍으로 역무원이 마주 응시해 왔다. 표를 끊으려거든 빨리 돈을 내라는 눈빛이었다. 나는 낭패감에 사로잡히며 망연자실 머뭇거렸다. 뒷사람이 표 안 끊을 거냐고 물어왔다. 역무원이 무어라 짜증 섞인 어투로 창구 바닥을 툭툭 쳤다. 나는 얼결에 행선지를 댔다.

"처, 청량리 주세요."

그러나 역무원은 표를 내어줄 생각은 않고 비음 섞인 어조로 클클대며 코를 벌름거렸다. 나는 "무엇이 잘못 되었느냐?"고 뒤를 돌아보며 눈짓으로 응원을 청했다. 이마에 주름은 잡혔지만 빙그레 웃는 한 아저씨의 시선이 내 눈과 마주쳤다.

"그건 돈이 아니고 칫솔일세."

나는 내 손을 보았다. 칫솔 한 개가 들려져 있었다. 하지만 누가 그걸 모르나. 내 귀중한 친구를 담보로 해서 표를 좀 빌리자는 데 뭐가 잘못이란 말인가. 줄지어 선 사람들이 누런 이를 드러내며 웃었다. 나는 무슨 허점을 간파당한 느낌에 얼굴이 확 달아올랐다.

"얘 밖에 없어요."

"이봐 누굴 놀리는 거야?"

역무원이 빽 소리치며 비켜서라고 손가락을 까딱거렸다.

"얘는 내 친구예요. 꼭 찾으러 올 거예요. 다리를 찾고 나면요."

나는 간절하게 말하면서 선처를 바라는 마음으로 역무원의 손끝을 보았다. 돈 때가 묻어 까맣게 반들거렸다. 역무원은 고개를 외로 꼬아 벌집 같은 표함 너머로 동료를 바라보며 매몰차게 웃었다. 뒤에 있던 아저씨가 안 되겠다는 듯 옆으로 나를 밀쳤다.

"시청 하나 하고 청량리 하나 주세요."

역무원은 애원하는 내 간절한 청은 아랑곳하지 않고 표함에서 표 2장을 잽싸게 빼내어 내밀었다. 돈의 노예처럼 보였다.

아저씨는 고딕체로 '청량리'라고 찍힌 표 하나를 내 칫솔 위에 얹으며 무어라 한 마디 하고는 갈 길이 바쁜 듯 잰걸음으로 개표구를 향해 갔다. 나는 무슨 말인가 하고 싶었으나 혓바닥이 굳어서 그런지 말이 안 나왔다. 시선만이 아저씨의 모습에서 역무원의 야멸친 웃음으로, 그리고 내 손 위로 허위허위 옮겨 다닐 뿐이었다. 비굴한 생각이 들었다.

나는 찔러 오는 눈초리에 쫓겨 개표를 한 뒤에도 계단 때문에 한 차례의 홍역을 치르고서야 전동차를 탈 수 있었다.

전동차가 서서히 움직이기 시작했을 때 방금 들어온 무리들 틈에서 노래 소리가 들렸다.

"사랑을 팔고 사는 꽃바람 속에 너 혼자 지키려는……."

가곡을 부르는 가수가 무색하리만치 바이브레이션이 아주 매끄러웠다. 마치 처량 맞은 내 신세와 꼭 같았다. 나는 그 노래를 부르는 사람을 보고 뭘 잘못 보았나, 눈을 비비적거렸다. 양쪽의 넓적다리 중간 부분에 자동차 튜브를 오려대고 질끈 동여맨, 그러니까 나보다 꼭 곱절이 더 병신인 사내가 노래를 부르고 있었던 것이다.

그는 나를 잠깐 쳐다보더니 그 처절한 음성으로 목청을 돋우며 다른 칸으로 몸을 옮겨갔다. 그도 자기의 다리를 찾아 헤매는 사람 같았다.

내 다리가 새삼 욱신거리기 시작했다. 잘려져 나간 다리를 찾기 위한 절규였다. 남은 다리와 잘려져 나간 다리가 서로 나누는 교신이기도 했다.

나는 거침없이 목발을 내디뎠다. 칸을 옮겨갈 때 까딱하다 넘어질 뻔하기도 했다. 칸과 칸의 연결부분이 삐거덕거리며 움직였기 때문에 목발을 헛짚었던 것이다.

종로 5가에서였다. '노약자 지정석'에 내 나이쯤으로 보이는 녀석이 옆자리에 있는 아가씨에게 기대어 졸고 있었다. 아가씨는 역겨운 듯 자꾸 녀석의 어깨를 밀쳐냈다. 목발로 녀석을 건드려 깨워주고 싶었으나 그만둔 채 시선을 떼었다. 열렸던 문이 막 닫히기 직전이었다. 갑자기 누군가 내 한 목발을 걸어차며 문 밖으로 뛰쳐나갔다. 나는 여지없이 나뒹굴며 내게서 떨어져 나간 목발이 바닥 면을 미끄럼 타면서 홈과의 틈새로 빠져드는 것을 보았다. 모든 것이 틀렸구나, 하는 절망감이 앞을 가로막았다. 방금 전까지 졸던 녀석이었다. 그 옆에 앉아 거북해 하던 아가씨가 맥없이 나뒹구는 나를 보고 두 손으로 얼굴을 가리는 게 그 경황 중에도 보였고, 빈자리에 중년 사내가 엉덩이를 들이밀며 앉는 것도 보였다.

전동차는 무슨 일이 일어났던지 상관할 바가 아니라는 양 입을 꾹 다물고 서서히 움직이기 시작했다.

누군가 나를 일으키며 남은 목발로 몸체를 바로잡아 주었다. 나는 심하게 치받쳐 오르는 분노를 가까스로 짓누르며 위태롭게나마 한 목발에 윗몸을 얹었다. 그리고 나를 도와준 사람을 보았다. 나보다 앳되어 보이는 그의 체구는 씨름 선수를 닮은, 한 마디로 우량아였다.

나는 까닭 모를 장벽이 내 앞에 서 있는 것 같아 도망치듯 그 자리를 벗어났다. 나를 지탱해 주던 두 목발 중 하나가 사라짐으로 해서 기동력도 약해졌고 피로도 빠르게 덮쳐올 기세였다. 다리를 찾을 수 있게 될 거라는 희망이 갈기갈기 찢어지는 기분에 울가망했다. 코맹맹이 소리로 씨부렁대는 신문 판매원들의 섬뜩한 사건 내용도 오늘은 전혀 귀에 들어오지 않았다. 그저 어디엔가 있을 내 다리를 찾기 위해 시르죽어 가는 팔의 힘을 추스를 뿐이었다.

어느 새 객실 안은 허름해져 있었고, 천장의 스피커에서 종착역을 알리는 안내 방송이 전동차 안을 가득 메웠다.

나는 내려야 할 의무를 안고 사람들의 무리에 휩쓸려 내렸다.

출구에 서 있던 역무원이 나를 힐끗 쳐다봤다. 우두커니 서서 그를 응시했다. 그러나 그는 분명 처음 보는 사람이었다.

"거 좀, 빨리 나갑시다."

뒤에서 누군가 걸쭉한 목소리로 내 등을 밀었다. 나는 고꾸라지듯 좁은 통로를 빠져나왔다. 늙은 여자가 출구 밖에 앉아 꽃을 팔고 있었다. 꽃과 늙은 여자는 뭔가 어울리지 않는 느낌이었다. '꽃 한 단에 500원, 마지막 떨이' 하고 외치는 소리에 만성적인 가래가 묻어 나올 것 같았다. 춥지도 않은 계절인데도 한껏 오그라뜨린 어깨가 불쌍하기에 앞서 고창증 걸린 암소처럼 바싹 마른 내 어머니를 떠오르게 했다. 나는 결코 아름답다고 볼 수 없는 어머니에 대한 기억을 떨쳐내려 으르르 진저리를 쳤으나 그것은 진드기가 되어 살갗을 파고들었다.

사내와 헤어져 집에 들어가 보니 밤이 이슥하도록 어머니는 나를 기다리고 있었다. 뿐만 아니라 내가 들어서는 것을 본 어머니는 못 볼 것이라

도 본 양 눈살까지 찌푸렸다. 무의식중에 트레이닝 바지를 내려다 봤을
정도로 어머니의 얼굴은 매우 일그러져 있었다.

　나는 그 나무라는 듯한, 그러면서도 놀라는 것 같은 어머니의 눈초리에
단세포적인 언어로 심문하듯 물었다.

　“아버지 어딨죠？”

　“……？”

　“황보장쇠라는 사람이 누구죠? 육손이라는 별명의…….”

　순간적으로 터져 나가는 직선적인 내 언어에 스스로 놀라며 어머니의
의중을 곰살폈다. 어머니의 얼굴은 빳빳한 자반의 소금쩍 같은 땀방울이
내비치기 직전의 안색이었다.

　“아버지는 살아 있죠? 그렇죠？”

　나는 어머니에게 바싹 다가서며 둘러댈 길을 막았다. 어머니는 대답 대
신 아무 것도 없는 빈 벽을 바라봤다. 누렇게 퇴색된 것이 마치 중풍환자
를 치러낸 방의 벽지 같았다. 어머니에게서 배어 나오는 분위기도 이와
흡사했다. 약간 솟아오른 광대뼈 언저리에 드리워진 회색빛 그늘이 더욱
그랬다. 전쟁미망인으로 4반세기가 넘도록 겪어온 풍상이 한꺼번에 일렁
이는 버거움일지도 몰랐다. 나는 뭔가 뭉클 하는 기분으로 어머니의 손
을 잡았다. 어머니의 손이 수전증 환자처럼 바르르 떨렸다.

　“아버지가 살아 있다는 게 사실이군요.”

　어머니의 머리칼이 푸수수 했다. 내가 이때까지 보고 느껴온 어머니가
아니었다.

　“네가 무슨 얘기를 들은 게로구나！”

　달빛 같이 차가운 목소리였다.

"대충 짐작이 간다. 광대뼈에 배내점, 아까 낮에 에미에게도 찾아 왔었다."

"예에?"

사내의 광대뼈에 나 있던 흑갈색의 점이 내 영상에 클로즈업 되었다. 수안(獸眼) 같던 사내의 눈도 함께였다. 총구에 겨냥되었을 때처럼 등골이 저렸다.

"역시 그랬구나!"

어머니는 기다리고 있던 숙명을 대한 것처럼 침착했다.

"언젠가 텔레비전에서 네 아버지 이름과 같은 사람을 찾던 사람 있었잖니."

그때 어머니는 캐묻는 나에게 심드렁하게 얼버무렸었다. 동명이인도 있지 않느냐고. 그래서 나는 그냥 지나치고 말았었다.

나는 어머니가 무슨 말인가 하려는 것을 얼른 가로챘다.

"아버지가 머슴으로 더부살이 살던 집주인 아들 얘긴가요?"

"그래, 다 들은 모양이구나. 지금에 와서 무슨 얘길 하겠냐만 네가 들은 게 사실일 게다. 하지만 결코 네 아버지 잘못만도 아니라고 생각한다. 그리고 이젠 다 지난 일이고…….."

어머니는 스스로의 감정을 주체하지 못하고 천장을 올려다봤다. 글썽거리는 눈물을 쏟지 않으려고 하는 눈치였고, 먼 지난날의 기억을 더듬느라 그러는 것 같기도 했다.

"아마 네 아버지는 네가 태어난 것도 모르고 있을 게다. 혹 살아 계시다면 말이다. 네 아버지가 비록 더부살이를 했지만 그럴 인물이 아니었다. 품은 뜻이 있었던 게야. 네 아버질 좋아해 너를 갖게 된 것도 그 뜻을 알고 있었기 때문이라고 할 수 있지. 아버지가 그런 엉뚱한 실수만 저지르지 않았더라도……. 네가 아버지에 대해 모르고 있었어야 했던 것처럼 네 아버지도 너의 태어남을 모르고 있는 게 어쩌면 더 마음 편할지도 모르겠다. 하지만 이제 다 틀린 일이구나. 네가 그 사실을 알게 되었고 그 사람이 두 눈에 쌍심지를 돋우고 나타난 걸 보면……. 어쨌든 네 아버지가 살아 있기는 한 모양이다."

"그, 그만하세요."

더 이상 아버지에 관련해 허무맹랑한 진실을 듣고 싶지 않았다. 벗겨도, 벗겨도 하얀 속살만 드러나는 양파가 아니었다. 이미 썩어 문드러질 대로 문드러진 냄새 고약한 양파일 뿐이었다. 그것은 아버지에 대해 혐오감을 느끼기 이전에 나 자신의 존재 자체를 부정해야 할 것 같은 주체하지 못할 혼란이었다. 결과적으로 나는 잘못 뿌려진 씨알이었다. 아니 설령 뿌려졌더라도 발아되지 말았어야 했었다. 위대한 영광의 자식이 아니라 크나큰 죄악의 씨, 죽음의 빛깔보다도 더 암울한 늪 그 자체가 바로 나였다.

이런 나의 아버지는 사내의 말대로 필시 살아 있을 가능성도 있었다. 그렇다면 지금쯤 어디에서 어떻게 살고 있으며 어머니는 그럴 가능성에 대해 얼마나 생각해 보았을까. 또한 어머니는 그런 아버지를 찾아보겠다는 생각을 막연하게나마 지닌 채 살아 왔을까. 더욱이 내게 진실을 감추어야 했던 어머니의 인생은 어떤 것이었으며 그것을 울타리로 살아온 나의 삶은 어떤 의미를 갖고 있을까.

나는 더 이상 어머니에게 확인해 볼 필요도 가치도 없음을 깨달았다.

만류하는 어머니의 손을 뿌리치고 트레이닝복 바람으로 뛰쳐나왔다.

죄를 지은 한 인간으로서의 씨이기보다 한 마리의 정직한 개의 핏줄이었으면 싶었다.

거리를 개처럼 방황하기 시작했다.

으슥한 골목에서였다. 서너 발짝 앞선 곳에서 허연 물체가 보였다. 개가 쓰레기통에서 찾아내 물고 다니다 버렸을 법한 석회질이었다. 그 모양새로 보아 틀림없이 내가 죽은 후의 모습이었다. 부릅뜬 것 같은 뻥 뚫린 눈이 자신의 이승을 보겠다는 듯 검은 빛을 내뿜고 있었다. 내게 손짓하는 죽음의 향기였다. 갑자기 오한이 일었다. 고양이 앞의 쥐가 이런 기분일까. 목젖까지 달달 떨렸다. 더 이상 바라보고 있을 수 없었다. 쥐구멍이라도 찾아야 했다. 비루먹은 개, 광견병 걸린 것처럼 좌충우돌 뛰기 시작했다. 그리고 느닷없이 포박해오는 태양보다도 강력한 광채 앞에서 우두망찰 장승이 되었다. 채집된 나비처럼 꼼짝할 수 없었다. 광채는 죄의 뿌리를 파헤치려는 듯 내 몸 속으로 파고들었다. 나는 꼿꼿하게 경직된 채 가위눌리는 꿈을 꾸기 시작했다. 꿈은 지나칠 정도로 지루했다. 똥독 속이었다. 똥물이 자꾸 입안으로 들어왔다. 헤쳐 나오려고 용을 썼다. 그러나 뒷간 귀신이 내 왼 다리를 잡고 있었다. 귀신은 똥물에 찌든 내 얼굴이었다. 한 번도 본 적도 없는……, 아버지였다.

꿈에서 깨어난 것은 외과 병동 409호실이었다. 무슨 꿈을 꾸었는지 떠오를 듯 말 듯 기억되는 것은 하나도 없었다. 내 왼쪽 허벅다리 중간 이하가 없어졌다는 현실적인 사실밖에 눈에 띄지 않았다. 시일이 지나 외상성 절단 후유증 증세가 나타나면서 부분적으로나마 꿈의 일부가 기억되기 시작했다. 그것은 불행이자 희망이었다. 아버지에 관한 것은 분명 불행이었고, 반드시 내 잃어버린 다리를 찾아야겠다는 것을 깨달은 것은 틀림없는 희망이었다. 다리를 찾고 나면 중단된 권투도 다시 시작할 수 있을 것이고, 그렇게 되면 비록 죄악의 씨를 뿌린 장본인이지만 나의 아버지도 찾을 수 있게 될 것이었다. 아버지를 찾아서 어떻게 하자는 것은 아니었다. 그저 현실적인 죄악의 실체를 확인해 보고 싶을 뿐이었다.

때문에 나는 모든 것에 우선하여 내 잃어버린 다리를 찾아야 하는 사람이었다.

아스팔트 위의 저녁 햇살이 시커먼 매연에 질식되어 차바퀴에 깔리고 있었다. 버스마다 터지지 않는 것이 이상할 정도로 미어지고 있었다. 다음 버스를 이용하라는 운전수의 쉰 목소리가 기어코 타고야 말겠다는 사람들의 발에 밟혔다. 나는 그 아우성 속에 끼어들고 싶었으나 언감생심 가당치 않은 생각일 터, 뒷목을 제키고 허공을 보았다.

하늘은 맑았다. 그러나 외딴 산골에서의 하늘은 아니었다. 맑음에도 도시와 외딴 산골 사이에는 본질적으로 격이 다른 모양이었다. '하늘색'의 색채감도 변하는 시대가 된 것일까.

끼익.

하늘을 보며 변색된 자연에 아쉬움을 달래고 있을 때 귓속의 고막을 찢을 듯한 강한 마찰음이 눈까풀을 경련시키며 모처럼 빠져들었던 감성적인 마음에 상처를 내고 있었다. 그리고 감겨진 눈까풀 안쪽 하늘에 휘황찬란한, 그러나 결코 아름답다고 할 수 없는 그림이 가득 펼쳐졌다. 여자인지 남자인지 분간 안 되는 사람이 피카소 그림의 화폭에 담겨 있었고, 녹색 영업용 택시의 운전석 핸들엔 당혹감에 넋 나간 운전수가 살구나무에 매달려 맞아죽은 똥개처럼 핸들에 턱밑을 대고 걸쳐져 있었다. 여기

저기 찢겨진 화폭엔 흩어져 나온 살점들이 달라붙어 너덜거렸고, 허공 속으로는 다리 한 짝이 바람개비가 되어 사라지고 있었다.

필시 내 왼쪽 다리일 게 틀림없었다. 하지만 나는 어떻게 손을 써야 할지 모르고 있었다. 다리가 보이지 않을 때까지 멍하니 서 있는 게 고작이었다.

밀려드는 군중들에 채여 눈을 떴을 땐 터질 것 같던 버스도 사고를 낸 녹색 택시도 보이지 않았고, 흩어져 있던 살점은 물론 핏자국도 전혀 없었다. 도로의 중앙에 무거운 중량이 급정거했던 두 줄기의 자국만이 여봐란 듯이 길게 나 있을 뿐이었다. 소름끼치게 했던 피카소의 화폭은 온데 간 데 없고 그 자리에 창백한 하늘만이 펼쳐져 있었다.

다시 버스들이 밀어닥쳤다. 나는 잠시 머뭇거렸다. 어디론가 다리를 찾아 떠나야 할 사람, 바람개비가 되어 사라진 다리는 어느 방향으로 간 것일까. 동서남북 사방을 차례로 돌아보고 다시 팔방도 모자라 이십사방위를 돌아보며 짐작해 보았으나 그야말로 탁구공에서 모서리 찾기였다. 출구 없는 미로에서 출구 찾기였다. 갑갑했고 다급했다. 이러다가 내 존재마저 사방팔방 이십사방위 가운데인 중앙으로 사라지고 마는 것은 아닌가. 중앙은 없어진 내 다리를 향해 허공 중에 남은 다리가 가리키고 있는 곳이었다. 나는 허공 중에 매달린 남은 다리를 들어 올려 보았다. 중앙이 사방팔방 이십사방위 속으로 없어진 다리와 함께 달아났다. 무수한 사람들로 붐비는 시장 골목 쪽이었다. 이 발끝 저 발끝 사람들의 발끝에 짓밟히는 내 다리가 떠올랐다. 내 다리가 절규하며 나를 부르고 있었다. 나는 미친 듯이 들려진 다리 방향을 길잡이 삼아 목발을 내저었다. 외짝 목발과 외짝다리로 걷기에는 매우 복잡했고 힘겨웠다. 걷는다는 행위 자체가 거칠어질 수밖에 없었다. 생각 같아서는 가만히 주저앉고만 싶었다. 하지만 그렇다고 주저앉아 있을 수만은 없었다. 시장의 어느 한 구석에서라도 내 다리를 찾을 수 있게 된다면 까짓 펄펄 끓는 용광로 속엔들 못 들어갈 것이며, 내 가슴을 겨냥한 저승사자의 페미인들 무서워할소냐 하는 심정이었다. 다행히 사람들은 내 거친 걸음걸이에 눈살을 찌푸리면서도 시비를 걸어오지는 않았다.

십자가 지고 계시는 주님의 고통 보아라. 십자가 아래 계시는 마리아 눈물 보아라. 가슴에 흐르는 피 얼마나 처참한가. 구원의 소명 위한 십자가 죽음이었네.

시장 안으로 들어서자마자 생뚱맞게도 성가가 먼저 나를 맞이했다. 허리를 꽁꽁 묶인 채 시르죽어 있는 오후의 푸성귀마냥 축 처진 내 어깨에 뽕이라도 넣어 주려는 것인가. 노랫말 마디마디가 무엇을 의미하는 것인지 알려고 노력할 필요도 없이 유별나게 흐느끼는 것 같은 음정이 가슴을 찡하게 했다.

성가 소리의 주인 것으로 보이는 양말 좌판을 발견하는 순간 나는 갑자기 내 감정이 격해지고 있음을 느꼈다. 좌판 위에서 잃어버린 내 다리를 발견했기 때문이었다. 내 다리는 살구빛 긴 스타킹을 신고 하늘을 향해 삿대질을 하고 있었다. 하느님, 하느님, 왜 하느님은 저로 하여금 주인을 잃게 하였나요? 왜 저의 주인으로 하여금 이 다리를 잃고 목발로 헤매는 고통을 주셨나요? 가슴에 흐르는 피, 얼마나 더 흘려야 이 고통을 끝내주실 건가요?

성가는 고통 속의 흐느낌으로 시장 골목을 휘돌고 있었다.

나는 꿈이 아닌가 싶어 옆구리를 꼬집었다. 따끔했다. 정녕 꿈은 아니었다. 아니 꿈이어서는 결코 안 될 일이었다. 얼마나 찾아 헤매던 다리인가.

그러나 양말 좌판의 주인을 본 순간 내 가슴이 먹먹해지고 있었다. 한쪽 다리는 어디로 갔나 보이지 않았고, 그나마 남은 다리는 휠체어에 부착된 낚시 받침대 같은 것에 거치되어 있었다.

마음을 가다듬기 위해 눈을 지그시 감았다. 단편적인 기억의 갈래 몇 가지가 떠올랐다. 반공 글짓기 대회에서 장원상패를 수상 받고 돌아서는 순간 박수를 치며 쳐다보는 전교 어린이들의 얼굴, 광대뼈에 배내점이 있는 사내의 얼굴, 특히 신인왕전에 나가는 것을 반대하던 어머니의 얼굴과 진실을 이야기하던 어머니의 송글송글 땀 배어난 얼굴, 그리고 내 얼굴과 겹쳐진 아버지의 얼굴에 개가 물고 다니다 버린 듯한 어느 골목에서의 허연 석회질이 한꺼번에 뒹굴어와 내 얼굴에 부딪혔다. 하얗게 부서지는 내 얼굴이 바닥 없는 늪 속으로 떨어져 내렸다.

"어머, 오늘은 살색 스타킹을 신고 계시네요."

지나가던 한 여인이 유모차의 앞쪽을 약간 들어 방향을 바꾸며 과장스레 알은 체를 했다. 휠체어에 앉아 있던 사람이 히죽 웃었다. 여인을 잘 아는 눈치였다. 나는 얼른 그 사람이 내밀고 있는 뻗정다리로 눈길을 돌렸다. 스타킹을 신기는커녕 긴 바지 차림에 신겨져 있던 하얀 바탕의 나이키 상표 운동화가 부자연스럽게 까딱거렸다. 나는 언뜻 느낄 수 있었다. 무심코 보아서는 속아넘어갈 정도로 교묘하게 신겨져 있는 운동화 속에 정작 들어 있어야 할 발이 없다는 것을.

"웬걸요."

좌판 주인이 머리를 긁적거리며 대꾸했다. 턱 밑의 그늘이 유난히도 짙은 다갈색이었다. 나는 그 두 사람의 시선이 머문 곳으로 눈길을 주었다.

286

좌판에 거꾸로 박힌 다리가 내 눈을 부시게 했다.

금방 지나갈 것 같던 여인이 양말을 매만지며 말을 이었다.

"아버님 올라오시겠다고 전화 왔었어요. 아저씨 뵙구 싶으시다구요."

"뭐라구요? 시골에서?"

"예. 아저씨가 기금 내신 마을회관 준공식 때문이라고 하시던데요. 책도 구입하고요. 아저씨도 준공식에 참석하시는 거죠?"

"참석?…… 안 되지요."

고개를 절레절레 흔드는 표정이 턱 밑의 그늘보다 더 짙었다.

"너무 사양하지 마세요. 다 지난 일이잖아요."

"그만 해요. 나는 용서받지 못할 사람이요. 용서받길 원했다면 이렇게 살아 있지도 않았을 게요."

팔을 휘휘 내두르는 그의 손이 새끼손가락 곁에 그 한 마디만한 혹이 하나 달려 있어서였을까, 유별나게 크게 보였다.

"참, 아저씨도. 저의 아버님은 아저씨 때문에 두 번 사시는 폭이라던데요? 아저씨 다리 대신요."

"무슨 그런 말을, 천벌을 받았을 뿐이요."

"아무튼 아저씨, 이따 모시러 올게요. 시장 봐다 놓고요."

여인이 유모차를 밀면서 내가 지나왔던 쪽으로 빠져나갔다.

휠체어 위의 아저씨가 넋이 나간 듯한 눈빛으로 좌판에 박힌 다리를 바라보고 있었다. 그 시선이 다리 끝에서 내 눈길과 만났다. 다리의 체온이 따뜻하게 전해져 왔다. 나는 한참 동안 그 다리에서 눈길을 떼지 못했다. 나는 이제 필요 없게 된 목발을 내동댕이쳐야 할지도 모르겠다는 생각을 했다.

顯考學生府君 神位

현고학생부군 신위

顯考學生府君 神位

민우는 방바닥에 팔꿈치와 무릎을 대고 엎드렸다. 그리고는 붓을 들어 진하게 갈린 먹물을 찍었다. 가슴이 두근거리고 붓끝이 미세하게 떨렸다. 처음 잡아보는 지방붓(細筆)이었다. 대종가 집이어서 제사는 자주 찾아왔지만 언제나 지방 쓰는 일만큼은 할아버지의 몫이었다가 겨우 몇 년 전에야 아버지 몫으로 대가 넘어 왔었다. 아버지는 지방 쓰는 일을 무슨 특권이라도 물려받은 양 제삿날이면 늘 찾아오시는 집안의 여느 다른 어른들에게도 붓을 넘겨드린 적이 한 번도 없었다.

"내가 한 번 써볼까?"

서울에서 서예학원을 운영하시는 작은할아버지의 큰아들인 종백부(從伯父)가 직업이 직업이니 만큼 멋지게 써보시겠다고 나서도 아버지는 일언지하에 거절했다.

"붓글씨야 형님 따라갈 수는 없지만 지방 쓰는 일만큼은 못 쓰더라도 종손이 해야 하는 거 아닙니까?"

아버지는 다른 것은 몰라도 지방만큼은 재주로 쓰는 게 아니라 정성으로 쓰는 것이라며 목욕 재개까지 하는 것도 잊지 않았다. 아버지보다 한 살 위인 종백부의 글씨와는 견줄 바가 못 되었지만 아버지는 결코 붓을 넘겨드리지 않았다.

먹을 가는 일도 특별했다. 할아버지가 쓰실 때 늘 아버지가 옆에서 먹을 갈아드려야 했듯이 지방 쓰는 일이 아버지의 몫으로 대물림 된 뒤에는 먹 가는 일 또한 당연하게 대종손인 민우의 담당으로 넘어왔다.

" 먹도 정성으로 갈아야 하느니라. 빨리 갈겠다고 지나치게 힘주어 갈면 못 쓰는 벱이여. "

민우가 먹 가는 손에 힘을 주는 눈치라도 보이면 아버지는 반드시 주의를 주곤 했었다.

한데 그러던 아버지가 꼭 1년 전, 유난히 생선회를 좋아하시는 할아버지의 일흔 아홉 번째 생신을 차려 드리기 위해 이른 아침 고깃배 들어오는 시간에 맞춰 포구로 나가다가 그만 교통사고를 당하고 말았다. 맞은편 반대 차선에서 달려오던 승용차가 갑자기 뛰어드는 애완견을 피하려고 핸들을 꺾으며 제동을 거는 바람에 아버지의 이륜차를 정면으로 들이받고 말았던 것이다. 편도 1차선의 지방 국도라 시속 60킬로미터가 허용된 최고 속력이었으나 25미터가 넘는 승용차의 스피드 마크 자국으로 미루어 환산해 보면 시속 80킬로미터에 가까운 속력이었다. 승용차의 운전자는 결코 졸지 않았었다고 변명했지만 사고지점이 시계가 탁 트인 직선 도로여서 맞은편에서 오는 이륜차를 발견 못할 이유가 없었다. 진정 졸지 않았다면 갑작스레 뛰어든 애완견의 목숨 대신 아버지의 생명을 앗아 갈 리 없었던 것이다. 참으로 아버지가 그렇게 허망하게 돌아가시는 바람에 어쩔 수 없이 민우가 지방붓을 조기에 대물림 받게 되었던 것이다.

그러나 지난겨울 증조부, 증조모의 기일과 연초록의 마늘 싹이 뾰족뾰족 내밀 즈음에 돌아가신 할머니의 제사가 있었을 때는 할아버지가 직접 붓을 들었었다. 하지만 할아버지는 웬일인지 이번에는 아예 쓸 생각조차 하지 않고 있는 것 같았다. 민우가 지방 이야기를 꺼냈을 때에서야 비로소 "네 애비의 지방은 네가 쓰거라." 하고 붓을 넘겨주었던 것이다.

민우는 길이 25센티에 폭 7센티의 크기로 오려놓은 한지 한 장을 왼손의 엄지와 검지로 고정을 시키며 심호흡을 했다. 한지가 마치 자신 없는 과목의 시험지처럼 보였다. 아무리 치기 싫은 시험이라도 학생이라면 모면할 길이 없듯이 아버지의 지방을 쓰는 민우로서는 누구한테든 부탁해 볼 입장이 아니었다. 막내삼촌이나 종백부가 미리 내려 와 있거나 도착하겠다는 소식이라도 있었다면 혹시 부탁해 볼 참이었으나 종백부는 학원 수강생들 때문에 참석할 수 없다는 전화가 왔고 어렸을 적부터 그림을 잘 그렸다는 막내삼촌은 아예 소식이 끊어진지 오래였다. 작지만 알차게 운영하던 공장이 IMF라는 불황의 여파를 견디지 못하고 끝내 빚잔치를 하게 되자 얼마나 충격이 크고 자존심이 상했던지 막내 삼촌은 다시 일어설 수 있는 자금을 모을 때까지 나타나지 않겠다며 휴대폰까지 두고 나간 이후 벌써 2년 째 종무소식이었다. 때문에 아버지 장례식 때에도 연락할 길이 없어 네 살 박이 사촌 동생 정우의 손을 잡고 내려온 막내숙모만이 참석했었다. 막내숙모는 친정 언니가 운영하는 식당에서 정우와 함께 먹고 자며 돈을 모아 남은 빚을 마저 갚느라 고생하고 있었다. 그럼에도 막내숙모는 오늘도 미리 내려와 나물을 무치고 전을 부치는 등 어머니를 돕고 있었다. 사실 어머니는 고생하는 막내숙모가 안타깝다며 아버지의 제

샅날을 귀띔도 하지 않았었다. 한데 어떻게 기억하고 있었는지 날짜를 잊지 않고 정오를 갓 넘겨 내려왔던 것이다. 민우는 이런 막내 숙모를 볼 때마다 스스로 행불자가 된 막내삼촌이 이해가 안 갔다. 아무리 돈을 벌기 위해 갔다지만 부모 형제, 아니 아내와 자식한테마저 소식을 끊을 것이 무엇인가. 당신의 큰 형님인 민우 아버지의 장례식에도 참석하지 못하고 제사에도 참석하지 못하는 것은 물론 바로 내일인 할아버지의 생신에도 참석 못하게 되고 있는 것 아닌가. 사실 할아버지는, 당신의 생신 날에 음식을 절대 차리지 말도록 엄명을 내려놓고 있었다. 그야말로 생선회의 '생'자도 못 꺼내게 사람들의 입을 막았다. 당신의 생신을 준비하기 위해 나가던 아들이 먼저 가고 막내아들 또한 자청해 스스로 행불자가 된 마당에 생신 상 받을 기분도 안 났을 것이다. 당신이 너무 오래 살았나 보다고 하늘의 뜬구름을 보며 긴 한숨을 토해내는 것만 보아도 할아버지의 심정을 알 수 있었다. 예년 같으면 동네 어르신들을 모셔다가 아침 식사를 함께 나누곤 했었다.

　어머니는 전을 부치는 막내숙모에게 같은 여자의 입장에서 용기를 북돋워 주는 것을 잊지 않았다.

　"지금은 힘들지만 그래도 자네는 정우 아빠가 살아 있으니 기죽지 말게."

　그 말끝에 막내숙모는 얼핏 민우를 돌아보며 말했다.

　"그래도 형님은 민우가 다 커서 든든하시잖아요."

　"이 사람아, 그래도 자식은 자식이고 서방은 서방일세."

　동서지간의 우애가 남다른 대화가 아닐 수 없었다.

　민우는 그런 저런 생각과 아버지에 대한 생각을 해보며 자세를 바로 잡았다.

 한지 상단에 붓끝이 닿자 의외로 마음이 차분해지는 것 같았다. 잘 써질 것 같은 자신감도 생겼다. 천천히 붓끝을 움직이기 시작했다. 강한 힘을 줄듯하다가 사뿐히 들어올리기도 하고, 한지에 붓끝이 닿은 듯 만 듯 획을 긋기도 했다. 그리고 전체적인 글씨의 균형을 유지하기 위해 온 신경을 곤두세웠다. 마치 지방을 쓰기 시작한 아버지가 된 기분에 사로잡히며 첫 글자인 '顯'자를 완성시켰다. 아버지가 써 놓았던 글자에는 어림없는 것 같았지만 글씨의 균형은 그런 대로 안정되어 있었다. 민우는 곧이어 두번째 글씨인 '考'자를 썼다. 한데 쓰기를 마친 민우는 숨이 컥 막히는 것을 느꼈다. 생각했던 것과는 영 딴판의 형상이었다. 왠지 뒤로 나동그라질 듯한 자세였다. 민우는 두 글자가 쓰인 한지를 옆으로 밀쳐 놓고 새로 써 나갔다. 그러나 이번에도 마찬가지였다. 세 번째, 네 번째도 실패였다. 붓대를 꺾어버리고 싶은 충동이 일었다. 그러나 지방 쓸 때만큼은 항상 엄숙하게만 보이던 할아버지, 아버지의 모습이 떠올라 다시금 붓대를 힘주어 잡았다. 그리고 산란한 마음을 가다듬기라도 하듯 벼루 바닥에 비스듬히 붓털을 눕혀 끝을 모았다. 싸인펜으로 쓰면 쉽겠지만 돌아가신 아버지의 신위를 아무렇게나 싸인펜 같은 것으로 그려놓을 수는 없었다. 게다가 종갓집 장손으로서의 자존심이 허락하지 않았다.

 붓끝이 예리한 바늘 끝 마냥 모아졌다. 민우는 한 획 한 획마다에 정성으로 자존심을 세워 써 나아갔다. 두 번째 글씨가 똑바로 선 자세로 위의 글자와 어울리고 있었다. 언뜻 '考'자에서 아버지의 시선이 느껴졌다. 가슴이 뭉클해지는 기분이었다. 지방을 통해서 아버지를 만나볼 수도 있으리라는 예감이 들었다. 한기가 돌 정도로 떨림이 왔다. 할아버지나 아버지가 그토록 지방을 도맡아 써 온 이유가 이런 데에 있었던가 싶었다.

민우는 가까스로 여덟 번째의 글자까지 쓰기를 마쳤다.

顯考 學生府君 神位(현고학생부군 신위).

오려 놓았던 한지가 아직 다섯 장이나 남아 있었다. 민우는 그 나머지
의 여분에도 몽땅 여덟 글자를 채워 넣었다. 그 중에서 가장 마음에 드는
것을 고를 참이었다. 하지만 맘에 드는 것이 하나도 없었다. 낭패였다. 진
작부터 붓글씨 연습이라도 해둘 걸, 하는 생각이 들었다. 지방만큼은 당
연히 할아버지가 쓰시겠지, 하는 마음이 무의식중에 민우를 점령했나 보
았다. 그래도 민우는 가장 어렵게 느껴지던 적분법 문제를 풀어낸 듯한
뿌듯함이 가슴속을 스멀거리게 했다. 비록 글씨만으로는 할아버지나 아
버지 것하고는 비교가 안 될 만큼 형편없었지만 나름대로 온갖 정성을 다
했다는 생각에서였다.

갑자기 아랫도리가 뻐근해 왔다. 긴장 탓에 잊고 있었던 생리현상이 느
닷없이 찾아온 것이다. 민우는 어질러진 방을 정리할 생각도 않고 화장
실부터 갔다. 안에서 밭은 기침소리가 새어나왔다. 설사병이 난 할아버
지였다. 어제 친구 분 손자며느리 보는데 가셨다가 드신 뷔페 음식이 잘
못 되었는지 저녁나절부터 화장실을 출입하고 있는 중이었다. 가까운 의
원에 들러 처방전을 받아 약을 조제해 드렸는데도 아직 차도를 보이지 않
고 있었다.

잠시 후, 할아버지가 허리춤을 추스르며 화장실을 나왔다.

"할아버지, 좀 어떠세요?"

민우가 먼저 입을 떼었다.

"글쎄다. 가볍게 체한 줄 알았더니 된통 걸린 모양이다. 그래 써 볼 만

하더냐? ”

할아버지는 아랫배가 싸르르 한 모양인지 찌푸린 눈살을 펴지 못하며 물었다. 민우는 씩 웃으며 뒷머리를 긁적거렸다.

“ 잘 안 되던 모양이구나. 허긴 지방이라는 것은 정자체로 써야 하기 때문에 그만큼 정성을 들여야 하는 것이니 쉽지만은 않았을 게다. ”

할아버지는 차마 자식의 지방을 쓰기가 뭣해서 민우에게 쓰도록 한 것이었을까? 아마 그것은 어쩌면 당연한 것일 것이다. 아버지가 어찌 자식의 지방을 쓸 수 있으랴!

“ 예, 생각만큼은 안 되네요. ”

민우는 부끄러운 생각에 얼른 화장실로 들어갔다. 그리고 기분 좋게 오줌줄기를 내지르며 할아버지의 말씀을 떠올렸다.

제사 때마다 동네 이장한테 지방을 써 달래서 혼자 제사를 지내곤 하던 어느 까막눈 시골 과수댁이 서울에서 대학을 졸업하고 온 아들에게 아버지의 지방을 쓰도록 해 제사를 지냈다. 과수댁은 지방을 쓸 줄 아는 아들이 대견스러운 나머지 지방을 불사르지 않고 간수했다가 이장에게 자랑했다.

이장은 그것을 보고 혀를 끌끌 찼다. 그것은 지방이 아니라 ‘ 아무개가 모년 모월 모일에 죽다.’ 라는 글이 쓰여 있을 뿐이더라는 얘기였다.

민우는 피식 웃었다. 아무리 하기 쉬운 얘기라지만 아들을 너무 모욕주는 듯한 이야기였기 때문이었다.

하지만 또 한 가지 할아버지의 다른 이야기는 아들을 지극 정성 효자로 만들어 놓는 이야기였다. 그것은 마치 할아버지가 직접 경험했던 것처럼 이야기를 해서 민우는 얼마 전까지만 해도 실제 있었던 이야긴 줄 알았다.

어느 장날 읍내에 갔다 밤늦게 돌아오던 길에 친구를 만났다.

"아, 이 사람아 어딜 갔다 이제 오나? "

"장에 갔다 오는 길이네만 자넨 어딜 가는 길인가? "

"아들네 갔다 가는 길이네. "

"잘 있던가? "

"암 잘 있지. 잘 있구 말구. 아, 참, 자네 보신탕 좋아하지?"

"보신탕이야 없어서 못 먹지……, 헌데 이 사람 뜬금없이 웬 보신탕 얘기야? "

"그래? 그럼 지금 우리 아들네 가보게나. "

친구는 더 이상 말을 하지 않고 어둠 속으로 사라졌다. 한데 친구가 사라지고 나서 생각해 보니 황당했다. 방금 만났던 친구는 3년 전 이맘때에 죽은 친구였던 것이다. 하도 이상하게 생각한 나머지 그 길로 할아버지는 친구의 아들네로 갔다. 집은 환하게 불이 켜져 있었고 고소하고도 구수한 냄새로 허기진 배를 더욱 배가 고프게 했다. 친구의 아들은 갑작스런 아버지 친구의 방문을 받고 화들짝 놀라 방으로 정중히 모셨다.

"내 읍내 갔다 오는 길에 자네 아버지가 생각나서 들렀네. "

"아이쿠, 그러셨습니까? 바로 오늘이 아버님 기고라서 마침 제사를 지내고 난 참이었습니다. 마침 잘 오셨습니다. "

아들은 아내에게 음식과 술을 내오게 했다.

내어 온 음식은 여느 제사 음식과 다르지 않았다.

"이 사람아, 내가 누군가, 자네 아버님 친구 아닌가? 그런데 자네 아버님만 드리고 날 안 주면 어떡하나. "

"무얼 말씀입니까? 제사상에 오르는 음식이 다 이렇지 특별한 게 있겠습니까? "

" 예끼, 이 사람아. 내가 다 알고 왔구만, 이거 올 데를 잘못 온 모양일세. "

그러면서 벌떡 일어섰다. 그러자 아들이 황망히 무릎을 꿇고는 할아버지의 바짓가랑이를 붙잡으며 용서해 달라고 간청을 했다.

" 실은 아버님이 생전에 워낙 보신탕을 좋아하셔서 제사 때마다 뫼와 함께 올려드렸습니다. 제사법에 어긋나는 못된 짓을 한 것이지요. "

아들은 머리를 조아렸다.

할아버지는 그제야 화를 누그러뜨리며 앉아 자초지종을 말했다. 아들과 며느리는 더욱 놀라 머리를 조아렸고, 말을 하고 있는 할아버지도 놀라기는 마찬가지였다. 할아버지는 그날 보신탕을 맛있게 얻어먹었고, 아들은 마을에서 효자로 칭송을 받았다는 얘기였다.

할아버지의 말씀대로라면 할아버지 제사상에는 생선회를 올려야 할 판인데 지금은 생선회의 ' 생 ' 자도 못 꺼내게 하고 있으니 어떻게 해야 하는 걸까 생각하며 방으로 되돌아와 보니 할아버지가 널려 있는 지방을 내려다보고 있었다. 마치 부적들이 춤을 추고 있는 것 같았다.

" 어지간히 자신 없었던 모양인 게로구나. "

할아버지가 입가에 웃음기를 머금으며 민우를 처다봤다. 민우는 얼굴이 화끈거렸다.

" 처음 써본 것치고는 꽤 정성을 쏟았구나. 그래 이 걸로 쓰고 나머지는 태우거라. 사실 지방이라는 게 잘 쓰고 못 쓰고가 문제가 아니라 얼마나 부모를 생각하며 정성을 들였느냐 하는 게 문제란다. "

할아버지가 한 장을 집어 민우에게 내밀었다. 맨 처음으로 여덟 글자를 채워 넣었던 것이었다. 민우 생각에 '考'자 빼놓고는 제대로 쓰인 글자가 없다 싶은 것이었다.

"향은 쪼갰니?"

"아직 안 쪼갰는데요."

"그래 어디 있는지는 알지?"

"예."

"생율도 치거라."

"예."

생율 치는 것도 할아버지에서 아버지에게로, 이제 다시 민우에게로 대물림하는 셈이었다. 민우는 직접 쳐보지는 못했어도 그 동안 보아온 이력만으로도 충분히 칠 수 있으리라 생각했다.

할아버지가 나간 뒤 민우는 우선 어질러진 방바닥부터 대강 치웠다. 그리고 다락문을 열었다. 어둠침침한 게 거미줄이 쳐져 있을 것 같았다. 그러나 거미줄은 없었다. 어머니의 정갈한 성격덕분에 다락 안은 잘 정돈되어 있었다.

민우는 향을 꺼냈다. 제사 때마다 다락에서 꺼내져 검붉은 목질부를 조금씩 깎이곤 하는 향내 짙은 나무였다. 민우가 태어나기 이전부터 다락에 보관되어 오던 것으로 알고 있었다.

아마도 민우의 다음 대까지 물려주고도 남을 만큼 넉넉한 굵기였다.

민우는 제사 지내는 동안 쓸 수 있을 만큼의 향을 창칼로 깎았다. 부드럽게 깎이고 쪼개지며 내는 향 내음으로 콧속이 향긋했다.

"늦을지 모른다더니 일찍 오네?"

산적으로 쓸 쇠고기를 양념하던 어머니의 목소리였다.

"서울 쌍문동 하고 인천에선 아직 안 온 모양이죠?"

읍내에서 몇 년째 속옷 가게를 하는 첫째숙모였다.

"쌍문동은 서방님만 온다고 했고 인천은 벌써 왔어."

뒤꼍에 갔던 막내숙모가 형님 오셨느냐며 뭔가를 퍼오는 듯 하얀 대접을 들고 들어섰다.

"아유, 힘들 텐데 일찍 내려왔네."

차마 막내삼촌 소식은 묻지 못하고 에둘러 말했다. 첫째숙모는 어머니와 마음이 참 잘 맞았다. 아마도 서로 말을 않고 있어도 상대방이 무엇을 원하는지 알 수 있을 정도라 해도 틀린 말은 아닐 터였다. 읍내에 있다 보니 할아버지 생신 준비든 제사흥정이든 장을 보아야 할 일이 있을 때 먼저 나서서 어머니와 의논도 하고 곧잘 장을 보아 오기도 했다. 서울 쌍문동에 있는 둘째 숙모만이 그야말로 서울 토박이 출신에 일가친척들이 별로 없어서 그런지 시골 정서와는 다소간의 간극이 있었다. 하지만 그렇더라도 비교적 대종가의 분위기를 이해하려고 많은 노력을 하고 있는 게 민우의 눈에도 어느 정도 감지되었다. 다만 이번에 못 내려오는 이유를 민우는 십분 이해할 수 있었다. 둘째 숙부는 다니던 회사가 제법 큰 회사임에도 불황의 여파를 피해가지 못해 부득불 정리 해고를 해야 하는 상황에 이르게 되자 과감하게 명예퇴직을 신청했던 것이고, 그 퇴직금으로 24시간 영업하는 김밥 전문점을 낸지 얼마 되지 않은 탓에 못 내려오게 된 것이다. 참으로 다들 힘들게 살고 있는 처지였다.

민우는 아침부터 물에 담가 놓았던 밤을 어머니에게 달래서 우선 겉껍질을 까기 시작했다.

“형아, 왜 밤 껍질은 이렇게 딱딱해?”

정우가 은근히 밤이 먹고 싶은 지 옆에 바싹 붙어 앉으며 말을 걸어왔다. 아주 평범한 질문 같았지만 막상 다섯 살박이 아이가 이해하기 쉽게 대답하려니 어떻게 설명해야 할지 난감했다.

“글세 왜 그럴까? 밤한테 물어봐야 하나?”

“음, 사과하고 배 같은 건 금방 잘 까지잖어.”

“그러게. 사과하고 배는 인심이 후해서 그런 건가? 살도 많고.”

“그럼 밤은 스크루지네.”

“스크루지? 너 벌써 동화책 읽을 줄 아니?”

“응. 한데 스크루지는 이모네 형아가 읽어 줬어.”

아주 영리한 동생이었다. 사과와 배가 인심이 후해서 그런가 보다는 말 끝에 대뜸 겉껍질이 단단해 잘 까지지 않는 밤과 동화 속의 구두쇠 영감 스크루우지와 동일시하는 비유가 놀라웠다.

민우는 정답을 일러주어도 제대로 이해 못할 어린 사촌 동생에게 밤알 중에서 가장 큰 것으로 속껍질을 벗겨 주었다.

“자, 하나만 먹고 나머지는 큰 아빠 제사 지내고 나서 줄게.”

하지만 타원형의 형태로 치는 과정에서 나오는 쪽밤의 절반은 정우 차지였다.

“쪽밤은 혼자 먹으면 이 날 때 쪽니가 나는 거니까 한쪽은 형아가 먹는다!”

평소 밤을 까먹을 때마다 하던 대로 쪽밤은 나누어 먹었다.

생율 치는 동안 친척들이 속속 도착했다. 대전의 큰고모가 군 입대를 앞두고 휴학한 아들 고종사촌을 앞세워 도착했고, 비교적 가까운 곳에 사는 큰당숙 내외분은 승용차로, 작은당숙은 오토바이로 거의 동시에 도착했다. 할아버지의 여동생인 대고모, 즉 고모할머니도 아들인 오촌척의 부축을 받으며 대문을 들어섰다. 고모할머니는 아버지 장례 때 병원에 입원 중이었던 탓에 직접 오지 못하고 오촌척만 조문을 왔었다. 고모할머니는 대종손의 첫 제사에 참석하기 위해서라기보다 바로 내일의 할아버지 생신에 참석하기 위해서라고 볼 수 있었다. 바로 오늘 잡아 냉동도 되지 않은 두 살박이 암소의 안심이라며 어머니에게 건넨 말 한 마디가 그것을 증명했다.

"내일 아침 미역국 끓일 때 쓸 게야."

마치 당신이 직접 미역국을 끓이기라도 하려는 듯한 말이었지만 아버지의 제사상에 올리려고 사온 것이 아니라는 뜻이었던 것이다.

그리고는 밤을 치다가 벌떡 일어나 공손하게 인사하는 민우를 보고도 한 마디 던졌다.

"에이그, 뭐 그리 급해 어린 자식더러 밤을 치게 하누. 쯔쯧……."

민우가 측은해 보여 하는 소리였지만 실상은 일찍 돌아가신 아버지가 안타까워하는 소리일 터였다.

고모할머니는 막내숙모에게도 한 마디 하는 것을 잊지 않았다.

"아직 연락 없지?"

막내삼촌에 관한 물음이었다. 다들 묻고 싶었으나 묻기를 주저하던 말이었다. 막내숙모는 어두운 그림자를 얼굴에 드리우는 것으로 대답을 대신했다.

"연락 있었으면 형 제사에, 아니 즈이 애비 생신에 안 올 아가 아니지. 그 총명하던 아가 어째 그리 됐을꼬!"

탄식에 이어 고모할머니는 위로의 말도 잊지 않았다.

"너무 걱정 말래이. 반드시 일어설 끼다……."

애처로운지 정우의 머리도 쓰다듬어 주었다.

민우는 고모할머니의 말을 들으며 남은 밤을 계속 쳤다. 처음 쳐보는 것이라 속도는 느렸지만 비교적 모양새는 예쁘게 잘 나왔다. 제사상에 올릴 한 접시 분량의 생율을 다 쳐놓고 보니 쳐놓은 밤에 비해 버려져야 할 부분이 몇 곱절 더 나왔다. 그것을 본 고모할머니가 한 마디 얹었다.

"아이고 예쁘게도 쳤네. 한데 줄줄이 제산데 매번 이렇게 밤을 치라고 할 작정이라더냐? 그냥 속껍질만 까도 될 걸. 쳐낸 밤도 아깝고……. 하여간 느이 할아버지 고집은 못 말린다니까."

고모할머니는 고집스런 할아버지의 성격을 익히 알고 있기에 가능한 얘기였고 또 고모할머니 빼놓고 그와 같은 얘기를 할 만한 사람도 없었다.

큰당숙이 할아버지에게 앞으로의 제사에 대한 건의를 했다.

" 이제 민우가 제사 지내야 하는데 맨 윗분은 시앙(시제)으로 올려야 잖나요? "

"그렇지. 그래야 할 때가 됐지. 내가 다시 제주(祭主:집사자)가 된다면 모를까."

" 어쩜 좋으시겠어요? "

" 옛날이야 고조까지는 지냈지만 요즘이야 그렇지 않으니……. 암만 못 지내도 저놈에게로 증조까지는 지내야 할 게야. 증조라고 해야 나한 테는 아버지 어머닌데 내가 살아 있는 이상 시앙으로 올릴 수는 없고……."

할아버지가 집사자로 있을 때 고조까지 지내는 것을 민우도 어렸을 적에 함께 참례했었다. 할아버지에게 고조이니 민우에게는 6대조 어른이 될 터였다. 그러다 아버지로 넘어와서도 다시 고조까지 지냈으니 민우에게는 5대조 봉사를 한 셈이었다. 하지만 아버지가 일찍 돌아가시고 나자 곧바로 돌아온 4대조 제사부터 모든 것을 할아버지가 준비해 주시고 집사자 역할만은 민우 몫으로 넘겨주었다.

"늙은 할애비가 다시 하기도 그러니 니가 제주를 하거라. "

그러나 자식인 아버지의 제사는 모든 것으로부터 돌아앉아 있었다. 할아버지는 아예 자식의 죽음을 인정하고 싶지 않은 모양이었다. 더구나 당신 생신 준비 차 나가다 그리 됐으니 더욱 그럴 터였다.

어쨌든 할아버지의 아버지 어머니까지만 지내기로 한다면 이제 증조부모와 할머니, 아버지, 이렇게 기제사가 네 번, 설과 추석 차례 두 번해서 총 여섯 번으로 줄어든 것이었다. 교를 믿으면 제사를 안 지내도 된다는 개신교 신자들의 회유도 없지 않았지만 그 때마다 할아버지의 불호령은 대단했었다.

"부모 자식도 모르는 후레자식 같은 놈들! 내 눈에 흙이 들어가도 나는 가만있지 못한다! "

그만한 고집 없이 대종갓집 역할을 제대로 수행할 수는 없을 터였다. 4대 봉사만 해도 1년에 기제사가 여덟 번, 명절 차례까지 합치면 열 번이 아닌가. 그야말로 가난한 집에 제사 차례만 온다고 어느 달은 세 번까지 제사를 지낼 때도 있었다. 하지만 늘 보아 오던 것이라 민우는 자신이 직접 집사자가 되어 제사를 지내는 것도 당연한 것으로 받아들여질 뿐이었다.

밤을 치다 보니 시간도 꽤 흘러 제사를 지내도 될 만한 아홉 시가 되어

가고 있었다. 그 사이 회사에 출근했던 고모부와 함께 오느라 늦었다는 작은고모도 도착했고, 작년 이맘때 해외여행 중이었던 탓에 아버지의 장례에 참석하지 못했던 아버지의 육촌 동생인 재당숙도 아홉 시를 갓 넘겨 도착했다. 한데 늦게 도착한 재당숙의 말 한 마디가 즐거울 수만은 없는 아버지의 첫 제사의 분위기를 완전히 수면 아래로 떨어뜨렸다.

“정우애비는 안 왔어요?”

“……!”

할아버지는 어둠 때문에 아무 것도 안 보이는 대문 밖 진입로를 내다보며 긴 한숨으로 대답을 대신했다.

“두어 달 전에 텔레비전에서 본 것 같아서요.”

“뭐라고? 텔레비전에?”

“못 보셨어요? 무료 급식 차에서 밥 타먹는 모습이 카메라에 잡혔던데…….”

“무료 급식 차?……아닐 게야, 아닐 게야. 잘 못 본 걸 게야.”

할아버지는 강하게 어필했다. 막내삼촌은 죽었으면 죽었지 절대 그러지는 않을 것이라는, 아버지로서 지켜주고자 하는 막내아들의 자존심이었다.

“글쎄요. 제가 잘못 본 건진 모르지만 정우애비 왼쪽 눈 꼬리 끝에 있는 검은 점하고 입술 오른쪽 아래 난 점, 안 뺐지요?”

막내삼촌의 얼굴이 떠올랐다. 재당숙의 말대로 얼굴에 점 두 개가 선명했다. 잠적하기 전 할아버지를 뵈러 내려왔을 때도 점은 그대로였다. 그때만 해도 막내삼촌은 태연했었다. 빚잔치를 했다는 소식을 듣고 나서야 그때의 삼촌 얼굴에서 어떤 그늘이 있었음을 뒤늦게 깨달았을 뿐이었다.

"그놈아 자존심이 어떤 놈인데……."

할아버지는 그래도 믿을 수 없다는 듯 혼잣말처럼 말했다.

막내숙모가 눈물을 글썽이며 슬그머니 집밖의 어둠 속으로 사라져서야 처음 말을 꺼냈던 재당숙이 머쓱해 했다.

"이거 내가 실수했구먼. 제수 씨 있는 걸 생각 못하고……."

"살아 있다는 걸 알았으니 됐지 뭐. 아마 그놈은 틀림없이 다시 일어설 게야."

막내삼촌에 대한 허탈함과 믿음이 할아버지에게서 교차하고 있었다. 막내삼촌은 막내라서 할아버지의 사랑을 유달리 많이 받았을 터였다. 게다가 6남매 중 가장 공부를 잘했고 리더십도 좋아 초등학교 때부터 반장은 거의 맡아서 하다시피 했으며 대학에서조차 총 학생회장에서는 떨어졌어도 학생회 간부 역할은 늘 했었다. 그리고 대학 졸업과 동시에 대기업에 취직되었고 5년 뒤 창업, 작지만 한때 잘 나가던 중소기업을 운영했었다. 그러나 IMF라는 한파만은 비켜갈 수 없었던 모양으로 꽁꽁 언 나머지 공중분해 되고 말았던 것이다. 민우도 막내삼촌만은 결혼 후에도 '숙부', 또는 작은 아빠라는 호칭보다 막내삼촌이라고 불렀다. 할아버지도 첫째, 둘째 숙부 때는 결혼하자마자 숙부나 작은 아빠라고 부를 것을 엄명(?)했었으나 막내삼촌만은 아무 소리도 하지 않았다.

어쨌든 분위기가 한참 가라앉아 있는데 서울 쌍문동 둘째 숙부가 들어섰다. 차량 전복 사고로 수 킬로미터가 정체 중이어서 좀 늦을 것 같다는 전화를 해왔었는데 그래도 비교적 빨리 도착한 편이었다. 둘째 숙부는 할아버지나 고모할머니에게 인사를 하는 둥 마는 둥 하며 물었다.

"집에 무슨 일 있었어요?"

"일이라는 게 뭐 있냐. 니 형 제사가 있을 뿐이지."

고모할머니가 아무 일도 아니라는 듯 말했다.

"제수 씨가 창고 옆에서 울고, 형수님이 달래고 있던데요?"

"내 입이 방정이라서 그랬네. 내가 막내 얘길 했거든."

"정우애비요?"

"응."

"소식 들으셨어요?"

"뭐 들었다기보다……."

"이제 그만들 해."

할아버지가 또다시 반복되려는 막내삼촌의 이야기를 가로막았다. 더 이상 듣기가 거북한 모양이었다.

"민우야 빨랫줄은 걷었냐?"

제사를 지내라는 할아버지의 표현법이었다. 민우는 이미 대문 쪽의 처마도리와 맞은편 감나무 줄기에 매어져 있던 빨랫줄을 풀어놓았었다. 귀신이 제사 음식을 먹으러 들어오다가 걸리지 말라는 뜻에서 그렇게 하는 것이라는 것을 어려서부터 늘 들어오던 말이었다. 할아버지는 말을 마치고 또다시 배가 싸르르 해 오는지 얼굴을 찡그리며 일어섰다. 어디 편찮은 데 있으시냐는 둘째 숙부의 걱정스런 물음을 뒷덜미에 매단 채 급히 문지방을 넘고 대문을 나섰다.

"어제 결혼식장 가서서 드신 음식이 잘못 됐나 봐요."

민우가 할아버지 대신 대답했다.

"무슨 음식을 드셨길래?"

"부폐 음식요."

"약은 드셨다니?"

"예."

대대로 대물림되며 제사 때마다 펼쳐지는 산수화 그림의 병풍이 펼쳐져 세워지고 그 앞에 제사상이 놓여졌다. 일찌감치 써놓았던 지방, 아니 아버지의 신위를 병풍 앞 가운데 북쪽(항상 지방 놓이는 쪽이 북쪽이 됨)에 모셨다.

"민우 네가 썼니?"

재당숙이 물었다.

"예."

"처음 치고는 제법 썼다!"

"생각보다 잘 안 되대요."

민우는 할아버지한테 그랬듯이 겸연쩍게 웃었다.

어머니와 막내숙모가 들어오자 다시 집안은 원상태대로 제삿집 분위기로 되돌아왔다. 대종손의 제사이기는 하지만 부모를 앞서 일찍 가신 탓에 아버지보다 윗사람들이 참석하지 않다 보니 제사꾼들도 예전 같지 않았다.

제사 음식이 들어오기 시작했다. 민우가 태어나기 전부터 사용해 오던 목기에 정성스럽게 담겨진 음식들이었다. 그토록 오래 사용해 오고, 1년에 열 번에 달하도록 자주 사용해 오고 있지만 어느 한 구석 귀가 떨어져 나가거나 터진 곳 하나 없었다. 요즘의 목기처럼 반들반들한 광택은 없었지만 민우에게는 참으로 골동품 같은 귀한 제기였다.

민우는 제상 위에 격식대로 제물들을 진설해 나갔다. 좌포우혜(左脯右醯), 어동육서(魚東肉西), 동두서미(東頭西尾), 홍동백서(紅東白西), 조율

이시(棗栗梨柿) 하고 속으로 굳이 외워 보지 않고서도 제자리를 찾아 놓을 수 있었다. 제사에 참석할 때마다 무수히 들어오던 용어들이어서 구구단 외우는 것보다 자연스레 떠올랐던 것이다. 게다가 어느 자리에 놓이던 것인지 알쏭달쏭할 때에는 어른들이 먼저 알고 묻기도 전에 조언을 해주었다.

민우는 무릎을 꿇고 앉아 향로의 잿불 속에 향을 깊숙이 박아 분향했다. 금세 짙은 향내가 방안 가득 피어올랐다.

민우는 둘째 숙부가 집어주는 잔을 받아 술로 부셔내고 도로 건네었다. 그리고는 재배를 해 신위의 강림을 청했다. 제주(祭主)인 민우가 강신을 마치자 곧이어 참신(參神)이 진행되었다. 방 안 가득하게 서 있던 사람들이 일제히 재배를 시작했다. 한데 마침 그때였다.

"어? 도, 도련니임?……."

둘째 숙모의 목소리였다.

"예, 형수님. 접니다. 그런데 오늘이 누구, 제사예요?"

막내삼촌은 뭔가 짚이는 것이 있었던 모양인지 말을 하다 말고 구두를 벗는 둥 마는 둥 마루로 뛰어올라와 방안으로 재빠르게 비집고 들어섰다. 삼촌은 어이가 없는 듯 눈이 휘둥그래지면서 입이 벌어졌다.

"아버님."

동시에 막내삼촌의 입에서 격한 소리가 나왔다. 향로 앞에 넘어질 듯 꿇어앉으며 왼손으로 제사상 모서리를 거칠게 짚었다. 대추 두 알이 떨어져 방바닥으로 굴렀다.

"아버니임, 저 막냅니다. 막내가 왔어요."

막내삼촌은 연거푸 '아버님'이란 단어만 토해내며 어깨를 들썩거리기 시작했다.

　모두들 오늘의 제사에 대해 설명을 하긴 해야 할 터인데 하도 뜬금없이 벌어진 상황이라 그냥 멍하니 서 있었다. 잠시 후, 첫째 숙부와 재당숙이 막내삼촌의 어깨를 흔들며 무어라 말을 하려다 이미 격해진 막내삼촌의 울음소리에 먹혀버렸다.

　"생신을 앞두고 이렇게 돌아가셨다니 이게 웬 일입니까. 아버니임."

　큰당숙도 어깨를 잡아 흔들며 자초지종을 말해 주려다가 막내삼촌의 뿌리침에 주춤했다.

　민우는 지방을 바라보았다. 顯考學生府君 神位. 분명 아버지의 제사임이 분명했다.

　"아버니임."

　그때 화장실에 갔던 할아버지가 대문지방을 들어서다 방안의 광경을 보고 한 마디 했다.

　"막내 왔냐?"

　오열하던 막내삼촌이 멈칫 뒤를 돌아보았다.

　"아니, 아버님?"

　"내, 니 올 줄 알았다!"

　막내삼촌의 표정은 그야말로 무어라 표현하기 어려울 만큼 어리벙벙해 있었다.

　둘째 숙부가 한 마디 했다.

　"아버님 제사가 아니고 작년에 돌아가신 큰형님 제사야."

팽달 씨의 豚夢_{돈몽}

팽달 씨의 豚夢

팽달(朴烹達) 씨가 호스 끝을 눌러 잡고 물을 뿌린다. 강해진 물줄기가 덩어리졌던 오물을 맥없이 흐트러뜨린다. 오물을 실례한 녀석이 죄지은 듯 잔뜩 겁먹은 표정이다.

꾸륵 꾸륵, 꿀꿀.

하얀 털을 가진 돼지새끼로 우리 집의 복돌이다. 어제 처음 들여와 복(福)돌이로 명명하고 나무와 합판을 사다 발코니에 우리를 만들어 주었다. 아내와 아이들이 황당해 한 것은 두말할 나위 없었다. 아예 팽달 씨를 정신병자 취급까지 했다. 그러나 아내여! 조금만 참으시라!

"아빠? 우리 푸들 키우자!"

초등학교 5학년의 보미다. 학교에서 돌아오자마자 컴퓨터의 전원 스위치를 켜고 나서 부팅 되는 동안 기회다 싶은지 팽달 씨를 조른다.

"다, 알면서 또 그런다!"

팽달 씨는 일언지하에 보미의 말을 막는다. 보미는 금세 풀이 죽는다.

그러나 그냥 단념하고 말 애도 아니다.

"피! 또 그 소리."

핀잔이다. 보미는 지독한 선천성 천식과 태열, 그리고 알레르기 피부다. 특히 동물의 털이나 꽃가루는 보미에게 있어서 쥐약이다. 애완견을 키우는 집에 놀러라도 가는 날이면 30분도 못되어 온몸을 긁느라 용을 쓰곤 하는데 그것을 바라보는 것 자체가 고통이고, 기분전환 삼아 벚꽃놀이조차 함께 가는 것도 금물일 수밖에 없다.

보미도 자기 자신을 잘 안다. 하지만 알면서도 성화다. 돼지새끼보다야 사람을 알아보고 재롱떠는 애완견을 키우자는 것이다. 틀린 말은 아니다. 그러나 해로움을 아는 부모로서 철없이 보채는 아이의 욕심을 들어줄 수는 없는 노릇이다.

냄새가 역겨운 듯 보미가 코를 쥐어짜며 눈살을 찌푸린다. 푸들은 고사하고 하다못해 똥강아지도 아닌 것이 발코니의 주인 행세를 하고 있으니 얄밉지 않을 수 없을 것이다. 사철 싱싱하게 자라고 있던 벤자민이나 아키라, 그윽한 향기와 더불어 하얀 꽃을 소담하게 피우는 치자, 그리고 곧 새순이 돋아나면 잎겨드랑이마다 층층이 하얀 꽃망울을 매달아 놓아 초롱꽃을 연상케 한 후 어느 순간 작고도 빨간 꽃잎을 샐쭉 내미는 댄드롱 등, 발코니의 화분들을 응달진 북쪽 다용도실로 밀어낸 녀석이니 더욱 그럴 것이다. 팽달 씨도 정성 들여 키우던 화분들을 내보낼 때 좀 미안하긴 했었다. 하지만 어쩌랴! 녀석은 우리에게 복을 안겨줄 복돌이로서 새로 입주한 터가 아닌가. 녀석의 도움으로 딱 한 번만 터져 주면 햇빛 잘 드는 보다 넓은 집으로 이사할 수 있을 것이고 정원도 꾸밀 수 있을 것이기에 화분들에게 잠시만 자리를 양보해 달라고 부탁할 수밖에. 딱 한 번이면

316

되는 것이다. 딱 한 번의 돼지꿈! 그러면 이 박팽달이의 인생도 남들 앞에 역전의 모습을 보여줄 수 있으리라.

"그럼, 기니피그도 안 돼?"

"기니피그? 니 아바타?"

인터넷상 아바타존의 캐릭터라면 팽달 씨에게 물어볼 일이 없을 것이라는 생각을 하면서도 관심을 보인다. 무뚝뚝한 아빠보다 자상한 아빠가 되고 싶어서다.

"아빠? 기니피그도 몰라?"

보미가 어이없어 한다.

"왜, 니가 새로 지어준 아바타 이름 아니니?"

솔직히 팽달 씨로서는 처음 듣는 이름이었다.

"우리 반 슬이네가 키우는데 아주 귀여운 토끼 같아. 햄스터보단 크고 알록달록한 게."

보미가 제법 구체적으로 설명했다.

"그럼 그놈도 털 날리겠구나!"

"피! 그럼 돼지는 털 없나?"

"있긴 있어도 날리는 털이 아니잖니."

"그럼 냄새는?"

"구수하지. 고향 냄새가 나고."

"또 그 소리. 냄새나는 고향이 뭐가 좋다고."

보미가 설득을 포기하고 컴퓨터 앞에 가 앉는다.

"니가 고향냄새가 뭔지 알기나 하니!"

팽달 씨가 혼자 중얼거린다.

복돌이에게서는 고향냄새가 난다. 아니 실제 고향에서 가져온 녀석이다. 원래 팽달 씨는 애완용 미니돼지를 생각하고 가격을 알아보았었다. 그런데 웬걸 조그만 것이 웬만한 송아지 한 마리 값을 능가하는 게 아닌가. 어미돼지의 체중이 100 Kg까지 나가기 때문에 애완용이라고도 할 수 없는 소호저란 이름의 돼지는 60~70만 원이나 하고, 애완용으로 가장 인기가 있다는 포토베리란 놈은 150만 원에서 200만 원을 호가하는 데다 첸게이라는 녀석도 비슷한 가격을 형성하고 있으니 회사에서 해고까지 당한 팽달 씨의 처지로는 감히 엄두도 못 낼 일이었다. 하여, 고향에서 양돈업을 하는 친구에게 젖도 안 떨어진 가장 작은놈으로 한 마리 얻어왔던 것이다. 다 좋은 친구를 둔 덕택이다.

팽달 씨는 복돌이에게도 물을 뿌려 목욕시킨다. 복돌이는 그야말로 돼지 멱따는 소리를 질러댄다. 그러나 개의치 않는다.

집안에서 돼지 똥 냄새 나면 그땐 알아서 해요!

아내의 다짐이 겁나서가 아니라 팽달 씨 대신 식당에 나가 생계를 책임지는 아내에게 미안해서라도 아내의 말을 귀담아 듣지 않을 수 없는 것이다.

보미는 인터넷상에서 친구들과 대화를 나누고 있다. 중학교에 다니는 큰놈 보람이는 컴퓨터 앞에 앉기만 하면 게임밖에 모르지만 보미는 친구들과 1대1 채팅을 주로 한다. 금방 학교에서 헤어져 왔으면서 무슨 할 말이 그리 많은지 시간 가는 줄 모른다.

"학원 가는 거 늦지 않도록 해라!"

우리 안 청소와 복돌이 목욕을 마친 팽달 씨가 간편한 외출복으로 갈아입으며 채팅에 너무 빠지지 말라는 뜻으로 한 마디 한다.

"아빠는… 내가 언제 학원 빼먹은 적 있어? "

보미는 시선을 모니터에 묶어둔 채 하지 않아도 될 말을 한다는 투다. 조금쯤 삐친 어투다. 하지만 팽달 씨는 걱정 않는다. 보미는 성격이 좋아 토라졌던 것도 금방 풀리고 책임감도 있어 제 할 일은 알아서 잘 하기 때문이다.

"문 잘 잠그고. "

"알았어요. "

역시 안 해도 될 말을 또 했지만 이번에는 순순히 대답한다. 역시 착한 딸이다.

아파트를 나선 팽달 씨는 버스 정류장 쪽으로 향한다. 봄을 시샘하는 꽃샘추위가 양손을 주머니 속으로 압류한다. 승용차 키가 아파트 열쇠와 함께 손에 잡힌다. 그중 승용차 키를 꼭 쥔다. 어제 고향에 가서 복돌이를 데려오느라 오래간만에 써먹은 키다. 퇴사한 뒤로 밤늦도록 일하고 들어오는 아내의 몫으로 차를 넘겨주다 보니 이제 쓸모 없어진 녀석이다. 그러나 떳떳하게 다시 제구실할 날이 올 것이다.

매표소 앞에서 잠깐 걸음을 멈춘다. 나란히 진열되어 있는 각종 복권들이 먼저 눈에 들어온다. 가끔 재미 삼아 사곤 하던 것들이다. 그러나 5등짜리 한 번 맞아본 적 없다. 더러 걸려드는 것이라고는 겨우 6등. 도대체 팽달 씨하고는 인연이 없는 것들이다. 당연한 일이지만 매표소에서 판매하는 기존의 복권과는 인연을 끝내야 할 판이다. 로또복권의 확률보다 높기는 하지만 5백 40만 가지의 확률이나 되는데 당첨금이라는 게 커봐야 겨우 5억 아닌가. 어차피 단 한 번의 기회, 복돌이와 함께 오는 기왕의 행운이라면 액수를 한껏 끌어올리는 편이 낫지 않겠는가. 바둑 격언에 소탐대실(小貪大失)이라는 말이 있다. 아무리 복돌이라 해도 행운을 두 번 세 번 가져다주지는 못할 터, 복돌이의 행운을 낮출 수는 없는 것이다.

팽달 씨는 마침 도착하는 버스에 눈길을 돌린다. 가려고 하는 방향으로 가는 버스다. 탈 생각은 없다. 급할 것도 없는, 팽달 씨에게 있는 것이라고는 진종일 늘어지는 시간뿐이다.

팽달 씨는 버스가 남기고 간 바람을 따라 걷는다. 각종 매스컴을 장식한 로또 관련 보도부터 시작해 귀가 솔깃한 이야기들이 팽달 씨의 발자국에 밟힌다.

로또. 원래 로또복권 1등에 당첨될 행운이라는 게 벼락 맞은 사람이 응급실에 실려가서 방울뱀에 물려죽을 확률이고 16번 벼락 맞을 확률이라고 한다. 그야말로 ' 0 '에 가까운 확률인 셈인데 고등학교 수학의 조합 공식을 이용해 행운의 숫자 45개를 조합해 보면 45C6 = (45 44 43 42 41 40) / (6 5 4 3 2 1) = 8백14만5천60가지의 확률로, 매주 10만 원어치씩 산다면 자손 대대로 3천1백20년 동안 사야 1등에 한번 당첨될 확률이라 한다. 대도시 하나를 싹 쓸어버릴 만한 크기의 소행성이 지구와 충돌할 확률을 2~3백년에 한번 정도라고 과학자들이 예측한 그 확률은 차라리 높은 편이라 할 수 있겠다. 하지만 그것은 다 부질없는, 할 일 없는 사람들이 심심풀이 삼아 계산해 본 짓에 불과하리라. 1등에 당첨된 사람이 조상 대대로 3천1백20년 동안 로또복권을 사 왔던 게 아닌 것이다. 8백14만5천60번에 걸쳐 복권을 사 온 사람이 아닌 것이다. 어느 누구든 행운만 있으면 되는 것이다. 희망은 분명 행운 안에 있고 팽달 씨는 그 행운을 집안으로 들여온 터다. 행운도 잡으려 하는 사람에게 잡히게 돼 있는 법, 돼지 농장을 한다고 행운이 저절로 굴러 들어가는 게 아닐 것이다.

걸어서 몇 분 안 걸리는 곳에 있는 모 학원의 버스 기사 얘기다. 무심코 1등에 당첨된 번호와 일치하는 숫자에 표식을 해 놓고서도 미처 돈을 내고 전산 입력하지 않아 천운의 행운을 놓치게 되었는데 그 아쉬움에 3일간 출근도 하지 않았다고 한다. 해프닝 사례도 있다. 토요일 동창 모임에 갔던 남자가 추첨하는 것을 텔레비전을 통해 보고는 아내에게 전화해 확인해 보니 1등에 당첨된 게 아닌가. 당연히 이어진 것은 부어라 마셔라 5백만 원어치나 쏘고 카드로 긁고 나서 집에 와 보니 아뿔싸! 지난주에 꽝 먹었던 복권 번호가 아닌가. 세상에! 다시 한 번 재입력했더라면……

건다 보니 로또복권 전문 판매소가 보인다. 붉은 글씨가 우에서 좌로 깜빡거리며 기어간다.

이번 주 1등 예상 당첨 금액 800억!

몇 차례 1등 당첨자가 나오지 않아 이월되다 보니 금액이 천문학적으로 불어난 것이다. 그것은 팽달 씨에게 찾아오는 행운의 피켓이다. 800억! 말이 800억이지 그 숫자는 팽달 씨가 가장 인상 깊게 떠오르는 숫자에 가까운 숫자다. 우리나라의 1년 예산 총액이 드디어 1조가 넘어섰다고 매스컴에서 떠든 적이 있다. 비록 어렸을 때의 일이기는 하지만 한 나라의 살림살이에 필요한 액수였다. 그런데 그 액수에 버금가는 돈이 복권 당첨금이니 어찌 아니 적은 액수라 하겠는가. 벼락을 맞은 후 응급실에 실려가 방울뱀에 물려죽을망정 이 한 방의 행운을 맞을 수 있다면 무슨 짓인들 마다할 수 있으랴!

좁은 판매소 안에서 세 명의 남자와 한 명의 여자가 행운을 잡기 위해 열심이다. 텔레비전에서 본 어느 번화가의 판매소보다는 한가한 편이다. 몇 십 미터씩 줄을 서야 하는 곳도 있었다. 죽어도 좋으니 어디 한번 행운에 맞아보기나 하자고 덤벼드는 부나비다. 복돌이 행운의 가치를 높여주는 사람들이기도 하다.

"나도 좀 몇 장 주시오."

팽달 씨가 복잡한 안으로 들어갈 생각대신 사람들 사이로 말을 들여보냈다. 노랑머리 주인 사내까지 합쳐 5명밖에 안 되지만 알루미늄 새시로 건물 외벽에 덧달아낸 작은 공간이라 들어가기가 비좁아서였다.

"거기 문 앞에 있네요."

스스로 알아서 집어쓰라는 듯 턱짓과 함께 노랑머리 사내가 말했다. 바로 문 안쪽 곁에 복권 용지가 꽂혀 있었다. 전량 일본에서 수입되고 있다는 슬립 용지다.

팽달 씨가 몇 장의 복권 용지를 집어 들었다. 노르끄레한 용지에 핑크빛 글씨가 자잘하게 쓰여 있다. 너무 작은 나머지 언뜻 읽을 수도 없다. 회사를 퇴사한 이후 급격하게 나빠진 시력이다. 어느 덧 노안이란 달갑지 않은 것이 죽음의 그림자처럼 스며들고 있는 것이다.

안에서 갑자기 작은 알갱이 소리가 난다. 여자가 유아용 장난감 같은 로또복권 추첨기를 들고 히죽 웃고 있다. 열없어 웃는 것 같기도 하고 어찌 보면 미친 여자 같기도 하다. 로또 열풍이 여자를 미치게 한 것일까.

"나도 한번 빌려 써 볼까요?"

곁에서 열심히 번호를 골라 표기하고 있던 콤비를 입은 사내다.

"대신 행운의 10프로는 제 몫이겠죠!"

"그야 되기만 한다면야 10프로뿐이겠습니까? 50대 50이지."

호탕한 성격인 양 하지만 그것은 법적으로 허용된 거짓말이다. 미래의 불확실한 상황을 두고 구두로 약속한 것은 지키지 않아도 된다는 말을 들은 바 있다.

여자가 추첨기를 사내에게 건넨다. 사내가 스위치를 누르자 콩알만한 흰색 작은 알갱이가 투명한 플라스틱 원형 안에서 어지럽게 튀어 오르다가 하나 둘씩 작은 구멍으로 빠져 나와 차례대로 쌓인다. 알갱이에는 행운의 숫자가 쓰여 있다. 사내는 그 알갱이에 쓰인 숫자대로 복권 용지에서 번호를 찾아 표기한다. 겸연쩍은 듯 히득히득 윗니를 드러내기도 했으나 이내 신중해진다.

“그런 거 어디서 팔아요? ”

느닷없이 팽달 씨가 물었다. 복돌이가 있긴 하지만 가상 추첨해보는 것도 괜찮을 성싶다.

“요 아래 슈퍼요. ”

여자가 서슴없이 대답한다.

“아, 그래요. ”

팽달 씨는 슬립 용지가 구겨지지 않도록 조심스레 안주머니에 넣으면서 판매소 앞을 벗어나 ‘ 요 아래 ’를 향해 간다. 그러나 ‘ 요 아래 ’가 바로 요 밑 방바닥을 의미하지는 않는 모양인지 여자의 ‘ 요 아래 ’는 금방 다가오지 않는다. 한참을 걸어 내려가서야 조그만 구멍가게 하나가 보였고 유리창에는 ‘ 로또복권 추첨기 판매 ’라는 문구가 서투른 글씨를 뽐내듯 붙어 있다. 로또 바람을 함께 타보려는 구멍가게 주인의 상술인 셈이다.

중국산이다. 한국 기업인이 임금 싼 중국에서 만들어 들여온 것인지는 모르지만 어쨌든 수입품이다. 참으로 잽싼 아이디어 상품이다.

3천 원. ‘ 대박 ’에 비하면 푼돈도 안 되는, 지극히 가벼운 마음으로 살

수 있는 금액이다.

팽달 씨는 '대박'을 위한 투자를 기꺼이 한다. 그리고 나온 김에 할인 마트에 들러 복돌이에게 먹일 분유와 아가용 우유병도 산다. 젖도 안 떨어진 녀석이라 그런지 팽달 씨가 먹던 밥을 덜어 줘도 잘 먹지 않던 것이 생각난 것이다.

집에 와 보니 보미는 학원에 가서 없고 복돌이가 그새 실례를 해놓고는 잔뜩 기죽어 있다. 아직도 바뀐 환경에 적응이 안 되는 모양이다.

팽달 씨는 물 호스를 들이대어 청소부터 한다.

꾸륵 꾸륵, 꿰 엑, 꿰 엑.

순수 애완용이 아니라서 그런지 꾸륵 꾸륵, 칭얼대다가 물줄기가 제 몸으로 뻗치자 젖도 안 떨어진 어린 녀석임에도 제법 돼지 특유의 먹따는 소리를 낸다. 그러나 팽달 씨는 개의치 않고 물세례를 퍼부어 샤워까지 시킨다. 녀석이 더욱 기세 높게 소리 지른다.

그래, 질러라, 질러. 돈몽(豚夢)을 꿀 수 있도록 해준다면 까짓 소리를 지르는 것쯤이야 무슨 대수겠냐!

팽달 씨는 마른 수건으로 젖은 몸의 물기를 닦아주고 나서야 분유를 타 복돌이에게 물려준다. 젖 먹던 녀석이어서 그런지 익숙하게 젖꼭지를 빤다. 우유가 금세 줄어든다. 한 병 더 타서 준다.

우유 먹이기를 마친 팽달 씨가 복돌이를 바라보며 소파에 눕는다. 복돌이도 팽달 씨를 빤하게 쳐다본다. 배가 부른 탓인지 처음보다 좀 여유 있어 보인다.

복돌아, 대박 한번 부탁한다.

팽달 씨는 간절하게 소망한다. 그리고 대박 터졌을 때를 상상한다. 얼마짜리가 터질지도 궁금하다. 요즘 추세로 보면 몇 십억 단위가 아니라 몇 백억 단위다. 하지만 지나친 욕심은 삼가자. 몇 백 억이 아니라 몇 십억 정도라도 근사하지 않은가. 삼분의 일 정도, 아니 절반 정도는 세금과 기부금으로 아예 떼어놓자. 그리고 절반의 일부는 복돌이를 분양해 준 친구를 비롯해 가까운 친척이나 이웃들에게 이 팽달 씨의 행운을 함께 나누자. 친척들에게 언제 한번 베풀면서 살아본 적 있었나. 그 잘난 셀러리맨의 궤적에서 이탈되지 않기 위해 이 눈치 저 눈치 살피며 살얼음 딛듯 살아온 처지일 뿐이지 않은가. 그렇게 15년 넘게 견뎌온 대가가 고작 아내의 가냘픈 어깨에 의지해야 하는 것이라니! 밥 알갱이가 모래알 같을 수도 있다는 것을 처음 깨닫는 중이었다. 하지만 대박의 행운을 잡게 되면 그야말로 숨도 여유 있게 쉬어 보면서 남들 보기에 보란 듯 멋지게 살아보리라. 맛나게 살아보리라. 정원이 있는 전원주택으로 이사부터 하고 빌딩 한 채쯤 사서 세도 놓으리라. 세만 받아도 사는 데는 지장 없을 것이다. 그도 귀찮으면 은행에 넣어두고 이자만 찾아 써도 충분하리라. 아, 뱃살이 두꺼워질지도 모르니 먼저 헬스클럽, 아니 골프장 회원권을 구입해야 할지 모르겠다. 아니다. 사람이 갑자기 180도로 변하면 뒤끝이 꼭 안 좋게 끝나는 법이다. 일상의 궤도를 벗어나서는 안 된다. 아내는 아내대로 식당에 나가고 팽달 씨는 팽달 씨대로 계속해서 직장을 알아보자. 그러다가 정 마땅한 자리가 없으면 그때 가서 뭐든지 생각해 볼일이다. 처음부터 크게 벌리지 말고 차근차근 벽돌 쌓는 기분으로 경험을 쌓으면서 사업을 키워가도 늦지 않으리라. 소일 삼아서라도 말이다.

팽달 씨의 상상은 끝날 줄을 모른다. 유명 여행지에서의 자신을 떠올리기도 하고 심지어 꽤 물 좋기로 소문난 클럽에서 쭉쭉 빵빵 아가씨와 러

브 샷을 하는 모습도 그려보기도 한다. 그러나 한낮의 꿈이던가. 별로 크지도 않은 초인종 소리에 상상은 화들짝 달아나 버리고 만다.

얼굴보다 머리가 먼저 늙어 눈 내린 한겨울의 다복솔인 양 하는 경비원 최씨와 바로 아래층 여자, 위층 여자가 현관밖에 버티고 서 있다.

"혹시 애완용 동물 키우세요? "

최씨가 얼굴 가득 안면 인사 끝에 묻는다.

" 애완용 동물요? 아, 예예, 어제 들여왔습니다만, 그게 뭐 잘못이라도 됐습니까? "

"무슨 동물이죠? "

아래층 여자가 따지듯 나선다.

"왜요? 무슨 동물인가가 문제되나요? "

"될 수 있지요. "

위층 여자도 턱 밑을 받치고 든다. 아주 작심한 듯한 표정들이다.

대체 왜들 이러나. 돈몽 한번 꾸어 대박 한번 잡아 보겠다는데 그게 그렇게도 시샘의 대상이 되는가. 참으로 기막힌 이웃 인심이다.

"다른 게 아니고 돼지 멱따는 소리가 들린다고. "

최씨가 보다 분명한 이유를 댄다.

"우리 복돌이 소리가 그렇게 크게 들립니까? 허허 참, 그놈 ! "

팽달 씨는 오히려 대견스러워 한다. 그러나 그것이 기폭제가 될 줄이야.

"호오, 복돌이요? "

아래층 여자의 억양이 갑자기 비아냥거리는 투로 바뀐다. 상대방을 존중하는 화법하고는 거리가 멀다. 게다가 브레이크를 걸어 바로잡아 줄

기회조차 주지 않는다.

"돼지새끼가 복돌이라! 그런데 문패가 없네요?"

"……?"

팽달 씨뿐만 아니라 함께 온 최씨와 위층 여자도 무슨 소린가 의아해하는 눈치다.

"돼지새끼가 입주했다면 점잖은 말로 〈돈가(豚家)네〉, 뭐 이런 거라도 걸어 놔야 하잖아요?"

어지간히 성질이 급한 여자다. 비위가 거슬린다. 그러나 내색하지 않고 여자의 말끝을 비틀어본다.

"아, 그러잖아도 그럴려고 했는데 문패 단 집이 없어 그만 두었습니다."

"어머머!"

아래층 여자가 위층 여자와 얼굴이 마주쳐지자 맥주병 김빠지는 소리를 냈다.

"애완견 키우는 집에 〈견가(犬家)네〉라는 문패가 없더란 말입니다. 요새 TV를 봐도 그래요. 소파나 침대에 개나 고양이가 우글거려도 문패가 달린 집은 없더라구요."

"이봐요, 아저씨―."

아래층 여자가 팽달 씨의 말끝을 치받는다.

"누가 말장난이나 하자고 온 줄 아십니까?"

"말장난은 아주머니가 먼저 하신 거 아닙니까?"

팽달 씨도 지지 않는다. 밀리는 날이면 복돌이의 안전을 장담 못하게 될지도 모르고 따라서 그토록 기대하던 대박도 물거품이 되고 말 것 같은 위기감에서다.

분위기가 다소 험악해지는 것 같아지자 위층 여자가 나선다.

"기분 나쁘셨다면 미안합니다. 하지만 아파트에서."

"개는 되고 돼지는 안 된단 말인가요?"

"제 얘기는 공동 주거 공간이니 만큼 아래 위층도 생각해 달라는 얘깁니다. 꿀꿀거리는 정도도 아니고 돼지 멱따는 소리는 곤란하다 이 얘기지요. 아이가 깜짝깜짝 놀랄 수도 있거든요."

그래도 위층 여자는 좀 낫다. 말 한 마디에 천 냥 빚이라고 팽달 씨는 기분을 좀 누그러뜨린다.

"우리 복돌이가 들어온 지 하루밖에 안 지나서 낯가림하는 모양입니다. 차차 좋아지겠지요. 저도 신경 쓰겠습니다."

"끝까지 치우겠다는 말은 없군요. 좋아요. 그렇다면 나도 별 도리 없네요. 순수하게 말로 안 된다면 법대로 하는 수밖에. 자, 갑시다."

아래층 여자가 식식거리며 방금 타고 왔을 두레칸 스위치를 눌러 완전히 열리기도 전에 뒷모습을 보이며 들어간다. 최씨와 위층 여자도 각오 단단히 해야 할 게요, 하는 표정을 남기고 아래층 여자를 따른다.

팽달 씨는 재수에 옴 붙은 것 같은 기분이었지만 겉으로 표출시키지 않는다. 화를 돋우어 봐야 보다 격렬해진 형태의 화로 되돌아올 것이 뻔할 것이기 때문이다. 다만 현관문이 평소와 달리 좀 거친 소리를 낸 것만은 분명하다.

복돌이는 여전히 간헐적으로 꿀꿀거린다. 벌름거리는 콧구멍을 치켜들고 팽달 씨에게 눈길을 주기도 한다. 미안하다는 표정 같다. 그러나 복돌아, 넌 미안해 할 필요 없다. 대박 한 번만 터뜨려 주면 그만이다. 아래층 여자, 위층 여자, 기가 팍 죽는 꼴을 한번 보자꾸나!

팽달 씨는 식탁 의자 등받이에 걸쳐놓았던 외출복 안주머니에서 로또 추첨기를 꺼낸다. 기분도 끌끌한데 연습 삼아 추첨이나 해보자는 생각이다.

스위치를 누른다. 흰색의 작은 알갱이들이 투명 플라스틱 속에서 요동을 치다가 탈출구를 찾은 녀석들이 한 알 두 알 빠져 나온다. 2등을 위한 보너스 번호까지 합치더라도 일곱 개면 되는데 순식간에 여덟, 아홉 개를 넘어 탈출구가 꽉 막힐 때까지 빠져 나온다. 11, 22, 43, 17, 13, 10… 모두 검정 글씨들이 쓰여 있다. 팽달 씨는 빠져 나온 알갱이를 원위치 시켜가며 계속 반복한다. 같은 동작만을 반복하게 되어 있는 기계 같다.

보미가 왔다. 아빠를 보자마자 한 마디 했다.

“아빠도 로또 해?”

“왜, 누가 또 하는 사람 있니?”

“우리 반 애들, 4등 된 애도 있어…….”

아이들도 용돈 받아 로또 열풍에 한 몫 하는 모양이다. 어쩌면 당연한지도 모른다. 지친 한 몸 편히 뉠 곳도 없는 거리의 노숙자들에서부터 국가의 중대사를 좌지우지하는 사람들까지도 다 동참해 본 모양이고, 당첨금을 균등 분배하기로 하고 직원들끼리 공동으로 구매하는 방법까지 동원되고 있다 하니 가히 로또 열풍이 아니라고 누가 말할 것인가. 아마도 로또 복권이 무엇인지 아는 사람 치고 한두 번쯤 번호를 고르느라 고민하지 않은 사람은 없을 것이다. 진정 자신은 해보지 않았노라 하는 사람도 어쩌면 누구보다 먼저 해봤을지 모른다. 알량한 자존심 때문에 겉으로 드러내고 싶지 않을 뿐인 것이다.

학교에서 곧바로 학원엘 갔던 보람이까지 집에 오자 팽달 씨가 저녁 식탁을 차린다. 차린다고 해야 아내가 해 놓았던 찬밥을 전자레인지에 데우고 몇 가지의 반찬을 냉장고에서 꺼내놓는 것이 고작이다. 때문에 젓가락으로 깨작거리기만 하는 보미를 보면서도 나무라지 못한다. 다만 발코니에서 멀뚱멀뚱 어설픈 가족을 바라보며 꿀꿀대는 복돌이에게 바램을 전할 뿐이다. 복돌아, 내일이 추첨일, 오늘 밤 부탁한다.

"아빠, 어디 아프세요? "

아내가 돌아오기도 전에 잠을 청하려 하자 보람이가 한 마디 한다. 중학교에 들어가면서부터 제법 어른스러워진 녀석이다. 대견스럽다.

"아니, 괜찮다. 숙제 해놓고 일찍 자거라 ! "

돈몽을 꾸기 위해 토막잠을 자려는 아빠의 속뜻을 아들이 어찌 알까. 그러나 돈몽은커녕 토막잠도 오지 않는다. 낮에 있었던 일이 생생하게 재현될 뿐이다. 아래층 여자가 장담한 '법대로'는 어떤 방식일까? 과연 신고를 하기는 할까? 구청에 할까, 경찰에 할까. 아니면 관리사무소에 할까. 자고로 다음에 보자는 사람 치고 무서운 사람 하나 없고, 큰소리치는 사람 치고 일 벌려 제대로 매듭짓는 사람 없지 않은가. 피식 속웃음 짓고 잠을 청해 보지만 어디로 달아났는지 여전히 잠은 오지 않는다. 두 아이들이 다 잠이 든 뒤에도 마찬가지다. 해고당하기 전 의기양양하던 시절이 새삼 떠오른다. 15년 간 청춘을 바친 결과가 고작 해고 통지서냐며 바드득 이를 갈던 끈 떨어진 자신의 모습도 겹친다. 이곳저곳 이력서를 들고 다니며 15년 경력의 노하우를 내세우던 초췌한 몰고도 예외가 되지 않는다. 하지만 돈몽 한번 꾸어 대박을 잡고 나면 이제 웃으면서 지난날을 이야기 할 수 있으리라.

그러나 잠은 고사하고 말짱한 정신으로 현관문을 따는 아내의 인기척

을 단박에 알아차린다. 용수철처럼 튀어 일어나는 팽달 씨의 눈에 새벽 2
시를 가리키는 시계바늘이 보인다. 원래 낮 정오에 출근해 밤 10시까지
근무하기로 되어 있는데 수당을 높이기 위해 연장 근무를 자청한 아내
다. 그러면서도 실업자가 된 남편에게 불평불만을 늘어놓지 않는다. 팽
달 씨는 아내에게서 돌아가신 어머니의 모습을 볼 때가 한두 번이 아니
다. 그런 아내에게 미안할 따름이다.

"안 잤어요?"

눈길 마주칠 면목 없어 아내의 어깨 너머에 시선을 준다. 현관 센서 등
에 드러난 아내의 어깨에는 쇳덩이 같은 피곤이 얹혀 있다.

"어휴, 냄새!"

배를 쭉 깔고 누워 있던 복돌이가 발딱 일어서서 꿀꿀거린다. 아내는
발코니의 복돌이에게 잠시나마 눈길을 준다.

"청소도 몇 번하고 목욕도 몇 번 시켰지."

팽달 씨는 기회를 놓치지 않는다. 그러나 아내는 더 이상 복돌이에 관
련한 말은 하지 않는다. 하지만 표정으로 보아 정신병자 취급하던 어제
의 아내가 아니다. 아내도 은근히 대박을 꿈꾸는 것일까?

아내는 곤히 잠든 아이들의 볼에 입맞춤을 해주고는 샤워를 하자마자
침대에 쓰러진다.

"힘들지?"

회사에 다닐 때 아내로부터 곧잘 듣던 말이다. 아내는 아무 말이 없다.

"미안해!"

달리 무슨 말이 필요하랴. 아내는 눈빛으로 말한다. 받아들이기에 따라
달리 해석될 수도 있는 눈빛이다. 팽달 씨의 무능을 탓하는 것 같기도 하

고 그동안 고생했으니 너무 조급해 하지 말라는 의미 같기도 하다.

아내는 5분도 못되어 코고는 소리를 낸다. 원래 쉽게 잠이 드는 아내이기는 하지만 이렇게 금세 잠이 들고나면 좀 서운한 생각까지 들 때가 있다. 함께 이야기를 나누다가 어느 순간 대꾸가 없음을 느끼고 돌아보면 아내는 이미 잠들어 있곤 하는데, 그럴 때가 그랬다는 얘기다. 남편의 말에 이토록 무관심한 아내였나 싶은 것이다. 까닭 없이 잠 못 이룰 때는 잠 잘 자는 아내가 부럽기도 했던 것도 사실이다. 그러나 지금은 다만 안쓰러울 뿐이다. 실직한 남편 대신 밤늦도록 손님 시중들며 자존심을 삭히자니 피곤하기도 할 것이다.

하지만 여보! 조금만 기다리구려. 이제 우리도 대박 한번 터질 날이 올게요.

팽달 씨는 고르게 들리는 아내의 코고는 소리 너머로 발코니의 복돌이에게 청각신경을 곤두세운다. 조용하다. 복돌이도 아내처럼 잠이 든 모양이다. 그러나 꿈을 꾸는지 간헐적으로 잠꼬대 같은 소리를 내기도 한다. 녀석에게도 꿈이라는 세계가 있을까? 있다면 어떤 꿈들을 꿀까? 어미의 젖을 빨며 형제들과 살을 비비는 꿈을 꿀까? 아니면 낮에 목격된 상황이 재생이라도 되고 있는 중일까? 기왕이면 1등에 당첨될 여섯 가지 번호를 짚어내는 꿈을 꾸어 주었으면 좋겠다. 그리하여 팽달 씨의 꿈속으로 텔레파시를 통해 그 번호를 전해 주었으면 좋겠다.

문득 누군가에게서 들었던 에피소드 한 토막이 떠오른다. 서울에 사는 어떤 남자가 여의주 대신 각기 다른 숫자 하나씩을 입에 물고 나타나 차례로 줄을 서는 용꿈을 꾸었다. 세어 보니 일곱 마리. 깨어나서도 그 숫자만큼은 너무도 생생한 게 아닌가. 남자는 그 숫자가 무엇을 의미하는지 몰라 잠을 설친 것은 당연지사. 결국 그 숫자가 주택복권 숫자와 일치한다는 것을 깨닫게 된다. 날이 밝자 주택은행 본점으로 달려가 그 번호가 대전지점으로 가 있다는 것을 알아내고 그 길로 택시를 전세 내어 대전으로 직행, 그 번호가 모 복권 판매소에 가 있다는 것을 알아내 그리로 가보니 마침 판매되기 일보 직전의 위치에 용이 제시해 준 번호와 일치하는 복권이 놓여 있는 게 아닌가. 그야말로 천신만고 끝에 구입하게 된 복권으로 1등 당첨이 됐다는 애긴데 복돌이도 반드시 그렇게 해줄 수 있을 것이라 팽달 씨는 믿고 있는 것이다.

팽달 씨는 잠을 청한다. 잠이 들어야 꿈을 꾸고 꿈을 꾸어야 복돌이의 텔레파시를 수신할 수 있기 때문이다.

그러나 잠은 좀체 오지 않는다. 청하면 청할수록 온갖 잡념들이 집요하게 잠을 방해한다. 단순한 생각을 하다보면 잠이 오지 않을까 하여 숫자를 헤아려본다. 1. 2. 3. 4. 5……40. 41. 42. 43. 44. 45. 44. 43. 42. 41. 40……9. 8. 7……. 아이러니 하게도 45개의 로또복권 숫자 안에서 뱅뱅 돈다. 45개의 숫자. 8백 14만 5천 60 가지의 확률. 5백 40만 가지의 확률보다야 떨어지지만 당첨 금액이 수십, 수백 배에 달하지 않은가. 복돌이의 행운을 기대하자. 그 행운이 3천 1백 20년을 단축시켜 준다면 1등에 당첨될 확률도 그리 어렵지 않지 않겠는가. 저절로 오는 게 운이고 자신이 만들어 나가는 게 운명이라지만 꼭 그렇지 않을 수도 있다. 뿌린 대로 거두고 꿈꾸는 자에게 성공도 있는 법, 땀 흘린 자에게는 반드시 대가가 있게 마련일 것이다.

팽달 씨는 날이 밝는 대로 1부터 45까지의 숫자를 써넣은 45개의 피켓을 만들어 복돌이의 우리에 둘러주어야겠다는 생각을 하며 계속해서 숫자를 헤아린다. 45. 44. 43. 42. 41. 40……. 5. 4. 3. 2. 1. 2. 3. 4. 5…….
40. 41. 42. 43. 44. 45. 44. 43. 42. 41. 40……. 9. 8. 7…….

응축된 고뇌 거쳐 탄생된 秀作들

吳 仁 文 (소설가)

작가생활을 만 50년 동안 해오면서 이런 글을 처음 쓰자니 어쩐지 쑥스러움부터 앞선다. 문학지에 월평을 쓰고 또 논문집에 문학론을 더러 쓰기도 해서인지 인터넷에 소개된 내 이름에 '문학평론가'라는 가당찮은 꼬리표를 붙여놓는 곳을 보기는 했지만 나는 '소설가'라는 칭호 하나도 벅차다. 그래서 남의 창작집에 '○○의 소설세계' 같은 글을 한 번도 써본 적이 없다는 말이다.

그러면서도 내가 이번 청을 기꺼이 받아들인 것은 세 가지 이유 때문이다. 그 첫째는 30년 가깝게 양승근을 곁에서 지켜보아 왔기에 그의 소설세계에 대해 내 나름의 할 이야기가 있어서이고, 그 다음은 이 작가가 올해로 등단 20년이 넘었으므로 작품세계를 한번 뒤돌아볼 때도 되지 않았나 하는 점에서이며, 마지막으로, 내 나이 이제 고희가 되어 이런 글도 쓸 기회가 앞으론 별로 없을 터이기 때문이다. 이 중에서도 마지막 세 번째 이유가 더 절실했다.

양승근은 정직하고 성실한 작가이다. 정직하다는 것은 허구(虛構)를 본업으로 살아가는 작가에게 있어 마이너스 요인도 되고, 오히려 부담스러울 수가 있다. 그럼에도 불구하고 그를 대할 때마다 정직성과 성실성을 먼저 확인하게 된다. 그는 소설을 종교처럼 알고 거기에 충실하고자 하는 구도자(求道者)적인 작가이며, 세평에 휘둘리지 않고 묵묵히 자기 길을 가는 고집스런 작가이기도 하다.

그와 내가 인연을 갖게 된 것은 1980년대 초, 한국일보 문화센터를 통해서였다. 요즘은 대학에서도 평생교육원, 사회교육원이 많이 생겼고, 창작 지도를 하는 대학원도 생겼지만 그때는 문학도에게 창작 지도를 해주는 곳이 대학의 문예창작과 같은 곳을 제외하고는 거의 없어 문학열을 가진 성인(成人)들의 갈증이 컸었다. 문단에 등단하는 길도 일간지 신춘문예와 현대문학, 자유문학 등 정통문학지 몇 군데뿐이어서 등단을 하기 위해선 구도자와 같은 자세를 가지는 것을 문학도의 기본쯤으로 알던 시기였다. 이런 때에 성인들을 상대로 한 사회교육, 평생교육의 새 바람이 일어 그 효시로 한국일보와 동아일보사, 중앙일보사에서 문화센터를 개설했다. 언론사가 중심이 되어 이러한 사회교육기관을 최초로 설립했기 때문에 원로 소설가 등 사계의 권위자들을 담당교수로 모셨고, 수강생도 수준이 높아 '대학원 강의' 같다는 게 중론이었다. 그런데 초창기에 김동리 님이 맡았던 '소설실기' 반 강의의 바통이 얼떨결에 그 제자인 내게 넘어왔다. 학비 전액 면제 장학생으로 입학한 서라벌예대에서 당시 문예창작과 과장교수와 과대표로 인연을 맺은 것을 시작으로 졸업 후에도 스승의 대타(代打)로 몇 번 하명을 받아 문학 특강 등을 수행했고, 그 분이 문협 이사장 직을 맡아 문단을 이끌었던 무렵 내가 소설분과회장직을 맡았었는데(당시 시분과 회장은 뒤에 문협 이사장을 지낸 성춘복 시인이었

다), 1983년도엔가부터 한국일보 문화센터의 소설 실기반 강의까지 내가
담당하게 된 것이다. 이 무렵부터 인연을 갖고 그 뒤로도 계속 문학강의
를 맡아왔는데, 양승근은 이때 소설반 모임의 창립 멤버로서 궂은일도 도
맡아 하는 그 동인회 핵심 간부였던 것이다.

그는 1957년 충남 당진생으로 1990년 11월, 계간 〈시대문학〉(겨울호)
신인 문학상에 단편소설 〈굴뚝이 그리운 새〉가 당선됨으로써 문단에 나
왔다. 그 이후 4년만인 1994년 10월, 이 작품 제목을 표제로 하여 첫번째
창작집을 내놓는다. 그리고 이번 책이 두번째 창작집인 셈이다. 이 기록
만을 놓고 볼 때 그는 문학을 종교처럼 엄숙하게 육화(肉化)한 선배 세대
작가들에 비해 꾸준히 발표를 해온 셈이다. 이 얘기는 문학을 진지하게,
어렵게 생각하는 작가일수록 과작(寡作)이어서, 작품 한 편 한 편에 온갖
정성을 다 쏟고 그것을 고치고 또 고치느라 발표작도 몇 편 되지 않고, 그
러다가 지친 나머지 도중에 붓을 꺾고 만 사례도 적지 않았기에 이런 작
가들을 많이 보아온 내겐 그의 끈기와 근면성이 돋보이는 것이다. 물론
비슷비슷한 작품들을 붕어빵 찍어내듯 기교만 앞세워 발표하면 그게 더
평가받는 예가 있는 것을 모르는 바 아니지만 어떤 자세가 더 나은지는
시간을 두고 독자들이 판단할 몫이겠다. 양승근은 작품을 한 편 발표하
고 나서도 그것을 고치고 또 고친다. 이번 작품집에 실린 소설 〈정상이
보이는 방〉, 〈물낯 아래 그늘〉에서 보이는 작품의 변화가 그 좋은 예라고
생각된다. 때문에 정신을 차려서 정독하지 않으면 이러한 작가의 변화,
또는 발전을 놓칠 위험이 있지 않을까 싶다.

　반(反)소설, 해체주의, 포스트모던 등의 격랑을 헤치고 오늘에 이른 우리들 앞에는 '소설의 종말'과 같은 음산한 화두가 버티고 있다. 그것은 로브그리예 같은 작가들이 앙띠 로망의 기치를 높이 들었을 때부터 이미 예견되었던 일이지만 모든 것이 컴퓨터의 지배를 받는 이 정보사회에서는 소설이라고 해서 예외일 수가 없다는 것이다. 소설에 주인공이 과연 있어야 되는가, 구성과 주제는? 이런 질문에서부터 시작하여 작가와 독자라는 이 발화(發話)자, 수화(受話)자 관계까지 새로운 정립을 요구받고 있다. 예전에는 작가가 소설을 발표하면 독자들이 그것을 선택해서 읽으면 되었지만 이제는 수화자가 발화자로 바뀌는 소설까지 등장하고 있다.

　이 다중(多衆)의 시대에 우리의 주인공은 과연 어떤 모습을 지니고 있어야 하는가. 물론 소설미학을 위해 양승근은 꾸준히 작업을 해왔다. 첫 소설집에서 보여준 일정한 성과가 그것을 증명해 준다. 그러나 이번 소설집에서는 이러한 긍정적 평가와는 달리, 주제를 중심으로 그의 작품세계가 어떻게 변화해 왔는가 등에 초점을 맞춰 살펴보고자 한다. 그것이 한 작가의 20년을 정리하고, 다음 작품을 쓰는데 더욱 도움이 되리라 생각되어서이다.

　프란츠 카프카는 이미 오래 전에 익명(匿名)의 주인공 K를 창조했다. 그의 이름이 K든 H든 간에 우리들 중의 하나에 불과하다는 것이다. 이런 의문은 작가 양승근의 소설을 읽을 때도 우리를 사로잡는다. 그가 정성을 기울여 쓴 연작 〈소리의 그늘〉을 먼저 살펴보자.

　〈소리의 그늘〉은 무려 16년에 걸쳐 그가 같은 제목을 붙여 발표한 문제작이다. 그렇다고 이 소설들이 흔히 보아온 연작(連作)소설들처럼 인물과 사건이 연속성을 갖는 것은 아니다. 1994년도를 전후해서 이 작품들을 발표하기 시작했는데 그것이 2010년 작에도 또 동일 제목의 작품이 나타난다. 이것을 구분하기 위해 1, 2, 3 등 번호를 제목 뒤에 붙여놓긴 했지만 이 숫자에 별 의미가 있는 건 아닌 듯싶다. 이 소설에서 등장인물의 호칭이 그1, 그n, 그녀n 등으로 나타난다. 사건도 다양하다. 시제(時制)도 현재형이다.

1995년작인 〈소리의 그늘 · 1〉의 내용부터 살펴보자.

동물농장 아파트는 택시 운전사들이 가기를 꺼리는 곳이다. 그래서 택시 잡기가 매우 힘들다. 그런데 이 아파트에서 여자 어린이 연쇄 유괴 사건이 발생한다. 범인은 그2 자신? 피해자의 남편이었다는 그n을 내려준 이후 기억이 잘 나지 않는다.

〈소리의 그늘 · 2〉에서도 파출소 경찰의 말이 의미심장하다.

"목격자도 없고, 헬멧도 안 쓰고, 죽은 자는 말이 없으니……."

폭주족. 뿌다다다 소음. 부웅부웅 콘트라베이스 소리.

간밤에 1302호 애기엄마 발코니에서 투신했다면서요?

상가의 슈퍼에서 그런 말을 듣는다. 결말 부분에 가서 이 소설은 이런 메시지를 흘린다.

〈…그러면서도 50% 이상이 투표하러 가고 마는 그n가 있고, 그녀n도 있어 세상 꼴이 돌아가고 있는 모양이다.

기표봉을 들고 서 있는 그n, 그녀n의 귓속에는 선거기간 동안 귀청 따갑게 들어야 했던 각종 홍보용 로고송과 홍보 카피들이 앵앵거리고 있다.〉

이 소설과는 달리 1994년작인 〈소리의 그늘·3〉은 색조가 이 작품들과는 크게 다르다. 작중인물의 이름도 있다.

한밤중에 대문 밖에서 언년이의 애절한 울음소리가 들린다.

죽은 왕소나무 쪽에서 불어온 회오리바람에 놀라 날뛰는 소의 뿔에 받혀 한 달을 넘기지 못하고 죽은 박씨. 소의 발굽 사이에 박혀 있던 손바닥 길이만한 대못. 어디서 구했는지 밤나무골로 들어오는 우마차길 초입에 한 발 거리로 대못을 박으며 놀았던 언년이.

철민네 집 앞의 언년이 울음소리. 그 뒤로 철민네 집에 화재사고가 나고 철민은 불에 새까맣게 그슬려 죽는다. 그런 꼴을 보고 작중인물 '나'는 혼자 묻는다.

〈… 어으으 어으으 … 또다시 울려나오는 언년의 흐느낌. 누군가 죽어야 하는 막다른 골목. 무엇을 더 견디란 말인가. 얼마나 더 괴로움을 당해야 한다는 말인가.〉

결말 부분에서 나는 언년이에게 손을 내민다.

〈언년은 기다렸다는 듯이 내게 삽을 건네주며 씨익 웃었다. 처음으로 대하는 언년의 웃음이었다.〉

불행과 재앙을 예고한다는 언년이의 실체는 무엇일까. 그리고 그 웃음의 의미는?

이렇게 복잡한 원시와 현대의 압축도를 이 작품은 보여주고 있다.

소설을 가리켜 흔히 '인생의 압축 파일'이며, 사람이 사는 거리를 비춰 보여주는 거울로 비유를 한다. 그런데 작가에 따라서 그 거리와 파일은 다를 수밖에 없다.

어느 한 시대를 유사한 체험을 하며 동일하게 호흡한 작가라고 해서 그 '거울'에 비친 내용이 서로 유사하다면 독자들은 여러 작가의 작품을 읽을 필요가 없게 된다.

대부분의 작가들은 오감(五感) 가운데 시각(視覺)을 비교적 중시하는 경향이다. 이 시각은 사회 전체를 지배하기도 해서 사람들은 자신이 성공했는가, 행복한가 하는 문제까지도 남들의 시선에 의해 결론을 내리려 들기도 한다. 남들이 그를 성공했거나 또는 행복한 사람이라고 인정을 해줘야 비로소 그는 성공한 사람이 되고 행복한 사람도 되는 묘한 세상이다. 그래서 사람들은 '남에게 보이기 위해' 더 큰 아파트를 장만해야 하고, 더 큰 승용차를 굴리려 드는 '공간(空間)의 확대'에 집착을 한다. '보이기 위한 문화'가 몰고 온 변화다.

그런데 양승근은 이와 달리 청각(聽覺)을 중시한다. 청각은 시각과 달라서 '공간의 확대'를 요구하지 않는다. '공간의 확대'가 남에게 보여주기, 과시하기의 성격이 강하다면 청각은 오히려 자기 자신의 내면과 더 깊은 관련을 갖는다.

이것을 가장 잘 드러내고 있는 작품이 그의 동일제목 소설 〈소리의 그늘〉이다. 그리고 이 '소리'와 '그늘'은 양승근 소설의 내밀한 부분을 잘 암시하고 있는 듯하여 특히 주목된다.

청각이 예민하면 고음(高音) 상태에선 견딜 수가 없다. 청각이 파열될 따름이다. 예민한 청각이 동원되는 건 남들이 제대로 듣기 어려운 저음(低音)을 들을 때이다. 이 저음을 듣기 위해서는 듣는 사람 자신부터 상대보다 더 낮게, 더 조용해져야 한다. 이것이 시각문화와 청각문화의 차이이다.

"목소리 큰 사람이 이긴다."는 말이 있다. 우리 사회의 한 단면을 대변하는 말이다. 그러나 잘 듣는 사람은 목소리가 높지 않다. 자신이 말하지 않고 먼저 상대방의 얘기를 충분히 들어 그를 이해하려고 들기 때문이다.

'그늘' 역시 이 '소리'의 특성과 잘 어울린다.

그늘은 빛이 만드는 그림자에 속한다. 서양문화의 이분법에 의하면 빛은 광명이며, 밝음, 곧 선(善)이며 천사이고 천국과도 연결된다. 이에 반해 그림자는 어둠, 암흑, 악, 지옥을 떠올리게 된다.

그러나 동양에서는 그렇게 해석하지 않는다. '그늘'을 나타내는 음(陰)은 태극이 나누인 두 가지 근본 기운의 하나이며, '소극적인 기운'을 상징한다. 이 음과 양이 조화를 이루어야 천태민안(天泰民安)도 가능하다고 보는 것이다. 그래서 남모르게 하는 덕행이 음덕(蔭德)이며, 조상의 덕도 음덕이다. '남이 모르게 덕을 쌓는 사람은 뒤에 남이 알게 행복을 받는다'는 뜻으로 음덕양보(陰德陽報)라는 말도 있다. 양승근의 첫 창작집 제목인 〈굴뚝이 그리운 새〉도 겨울의 추위를 이겨낼 수 있는 '굴뚝' 즉 '조상의 음덕'에나마 기대고 싶어 하는 작가의 의식을 드러내 보이고 있는 게 아닐까.

양승근 소설은 '죽음' 속에서 태어났다고 보아도 지나치지 않다. 이것은 두 가지 의미에서 그러한데, 우선 작가자신이 이것을 고백하고 있다는 점이다.

어려서부터 죽는 꿈을 많이 꾸었다. 대체 죽음이란 게 무엇인가. 보이는 것으로부터 탈피하기 위한 허물벗음인가. 나비가 되기 위해 애벌레가 자기의 몸을 죽이듯.

이것은 1987년 5월, 그가 속한 소설마당사람들의 첫 동인지 〈존재의 그늘〉에 소설 〈등메〉를 선보이면서 쓴 창작노트에 나온 말이다.

두번째로는 '음덕'이 나타내고 있는 그 의미가 이중(二重)이듯 죽음의 의미도 '새로운 탄생'을 그 안에 포함하고 있다는 점이다. 그러나 죽음이 새로운 탄생으로 나타나는 그 과정은 암울한 터널을 통과해야 한다. 그만큼 그가 인식한 현실상황은 춥고 각박하다.

소설 〈나를 찾는 게임〉에서 미국으로 시집 가버린 딸을 둔 허달수가 자기 존재의 확인을 위해 황금열쇠 사건을 일으킨다. 작가에게 있어 에펠레이션(appellation)의 문제는 중요한데 이 작품에서는 '허달수'라는 3인칭을 사용한다. 아무 것도 없는 허허로운(虛) 지경에 이르고 마는(達) 사내라는 의미로 그런 이름짓기를 한듯하다(이렇게 작중인물의 호칭 하나까지도 그는 계산하고 있는 것이다). 그런데 아무도 그의 존재를 인정하지 않음으로써 그는 실상 '이 세상에 없는 인물'이나 마찬가지다. 이 '없음'을 '있음'으로 바꿔놓고자 슬기라는 이름의 여자아이 유괴사건과 황금열쇠 사건을 일으킨다.

"근데 할아버진 누구야?"

아이가 뜬금없이 물어왔다. 순간 허달수 씨는 무어라 대답해야 할지 막막했다.

"글쎄다."
"피. 어른이 그것도 몰라?"
"어른이 되면 모르는 게 많단다."

이런 한가로운 대화를 나눠보지만 허달수의 허전함은 채워질 길이 없는 것이다.

소설 〈나비야 날자〉(2007년 8월)에서도 절망적인 분위기는 이어진다. 문밖출입도 제대로 못하는 퇴행성관절염 환자인 분이네는 자살 유혹에 시달린다. 온몸이 검정색이고 동전만한 점이 이마에 하얗게 박힌 늙은 고양이인 나비. 노랑머리 사내를 따라 멀리 떠나버린 딸 분이를 그리워하며 늙은 고양이와 동반자살을 시도한다.

… 간단없이 나비의 몸부림과 함께 시간이 흐른다. 어둠과 밝음이 시간 속에서 교직되고 나비의 몸부림도 잦아든다.
거기에 긴 시간의 먼지가 내려앉고 있다.

희망을 암시하는 제목과는 달리 이렇게 비극적인 결말을 맞게 되는 스토리다.

〈어떤 대리인〉(1997년 12월)에서는 이 절망이 희화화(戱畵化)되어 나타난다.

상주 대리인? 이 무슨 해괴망측한 소리인가? 아무리 웬만한 것은 임대해서 쓰는 세상이기는 해도 부모 자식 관계마저 임대가 가능하단 말인가?

상주인 친구 형준이는 장례 절차 전부를 장의사에 일임해 놓는다. 상가
에 가서 친구도 못 만나고 이런 장면을 목격한 그는 상주 대신 망자의 유
골을 받아들고 그것을 뿌릴 장소인 고향으로 찾아간다. 그런데 유골을
뿌릴 예정이었던 그 장소는 모두 논으로 변해 버렸다.

　… 나는 유골 상자를 안은 채 망연자실 했다. 비료 주듯 논바닥에라도
유골을 뿌려야 하는 것인가. 하지만 그럴 수는 없는 노릇이었다. 어떻게
해야 할까. 나는 잠시 논바닥을 내려다보며 생각에 잠겼다. 그러다 문득
생각난 듯 언덕배기 두꺼비 바위를 바라보았다.
　그래, 형준이가 올 때까지 니가 그의 어머니를 지켜 주려무나.
　나는 주말농장에 갈 때마다 사용하곤 하던 모종삽을 트렁크 안에서 꺼
냈다. 그리고 유골 상자를 않은 채 두꺼비 바위를 향해 언덕배기를 오르
기 시작했다.

　돼지꿈을 둘러싼 해학적 소설인 〈팽달 씨의 豚夢〉(2003년 9월)은 돼지
꿈을 둘러싼 해프닝을 그린 작품이다. 돼지꿈을 꾸어 복권에 당첨되었다
는 얘기에 접한 주인공은 그 돼지꿈을 꾸기 위해 아파트에 돼지를 사다
놓고 기른다는 얘기다. 현실의 상황이 오죽 답답했으면 이런 일까지 벌
어질까. 복권에 당첨되기를 바란다는 건 현실성이 없는 꿈인 줄이야 잘
알지만 그렇게라도 하지 않고선 이 ‘죽음 같은 절망상황’을 이겨낼 수
없으니까 오히려 역설적으로 이런 해학적 분위기라도 연출하자는 것이
아닐까.
　소설 〈해후〉(1993년 4월)는 과거가 현재에 어떤 영향을 미치는가를 생

각케 하는 작품이다. 민족의 비극적 전쟁인 6. 25가 남긴 아픈 상처에 관한 얘기인 셈이다.

"죽여주시오. 살 가치가 없는 놈이요. 놈들에게 이용당한 ……, 실은 토벌대가 아니었으면 난 벌써 죽었을 거요. 자 여기 총. 이 총으로 날 쏴주시오."
"심판은 마을사람들에게 받아야 할 게요."
면장이 성한 다리 하나로 장쇠를 부축하려 겨드랑이에 팔을 끼웠다.

그 모든 과거를 묻고 그가 낸 기금으로 준공을 하는 마을회관. 드디어 그들은 과거와 화해를 한다. 이렇게 서로의 상처를 감싸주며 화해를 한다는 게 무엇을 의미하는 것인지 독자들로 하여금 생각하게 한다.

다른 작품 〈어머니〉(2005년 3월)에서는 어머니가 2명인 주인공의 의식을 통해 어머니로부터 이어받는 자식의 의미가 무엇인가를 보여주고 있어, '화해'와는 또 다른 측면으로 진일보한다.

어머니2의 위독 소식을 알려온 어머니1. 진짜 생모는 누구인가, 용수의 이런 의문은 어머니2의 과거를 듣게 되면서 밝혀진다. 그와 함께 어머니2가 준 야생란 '보춘화'의 의미가 강조된다.

"새끼 아니랄까 봐 니도 난초에 대해 잘 아는가 보구나. 그래 줄기가 변해서 생기는 거라는데 어미 난이 살기 힘들어지면 바로 그 영양 저장고를 남겨서 새끼를 키우는데 쓴다는 거야. 비록 니 어미가 니 외할머니와 외할아버지를 돌아가시게 한 그 옘병(전염병)에 걸리지만 않았어도 ……."

어머니1은 끝 부분에 가서 희망적인 얘기를 들려준다.

"걱정하지 마라. 이파리는 망가졌어도 영양저장고라는 게 있잖니?"

그 영양저장고에 의해 '보춘화'라는 그 난초는 새로운 생명이 자라난다는 것이다.

소설 〈顯考學生府君 神位〉(2004년 12월)는 전통적 글쓰기 방법의 소설이다. 종가의 후손인 민우는 아버지의 제사 준비를 한다. 그 제사 과정이 리얼하다. 다른 것은 몰라도 지방만큼은 재주로 쓰는 게 아니라 정성으로 쓰는 것이라며 목욕재계까지 하는 것을 잊지 않았던 아버지. 그런 아버지가 1년 전 일흔 아홉 번째 할아버지 생신을 차려드리기 위해 생선횟감을 사기 위해 시간에 맞춰 포구로 나가다가 그만 교통사고를 당해 죽고 만 것이다. 생신 상이 제사상이 된 할아버지는 상주가 정성 들여 쓴 지방 글씨를 칭찬한다. 이렇게 제사 분위기가 무르익을 무렵, IMF 파동에 몰려 사업이 망해 집을 나갔던 삼촌도 귀가하여 온가족이 다시 한 자리에 모인다. 이 제사의식이 한 가족이 가족애를 되찾고, 그것이 새로운 힘이 됨을 암시하는 장면이다.

〈3〉

이제 우리는 양승근 소설의 또 다른 면모를 확인하기 위해 소설 〈정상이 보이는 방〉과 〈물낯 아래 그늘〉로 눈을 돌려야 할 차례다.

〈정상이 보이는 방〉(1997년 12월)은 현실과 환상이 융합되어 있는 소설이다. 이 작품에 이르면 양승근은 리처드 버크가 소설 〈갈매기의 꿈〉에서 보여줬던 갈매기 리빙스턴 조나단의 비상처럼, 프란츠 카프카의 〈

변신〉에서 그레고리 삼사에게 일어났던 탈바꿈 같은 현상이 나타난다.

해가 꼴까닥 정상 너머로 사라지고 나자 어둠의 첨병 산그늘이 숲을 정찰한다. 하지만 햇살이 정상 너머 하늘에 눈 시리게 살아 있어 어둠의 본대가 도착하기에는 아직 이른 듯하다.

돌연 선영이 나타난다. 이토록 느지막하게 나타난 건 처음이다.

팔랑 ~ 팔랑 ~ 팔랑 ~…….

추락할 듯, 추락할 듯, 하늘과 지상을 넘나들며 창문턱을 선회한다. 그러던 순간, 내 호흡이 일순 정지하고 눈이 감긴다. 동시에 목울대도 경련을 일으킨다.

아앗!

사마귀란 놈이 여태까지 그 자리에 웅크리고 있었더란 말인가. 날마다 찾아오는 선영을 포획하기 위해 그 자리에서 그토록 기다리고 있었더란 말인가.

주인공은 선영과 함께 그 정상을 정복하기 위해 도전하다 조난을 당해 지금 손가락 하나 움직일 힘도 없이 다만 〈소리〉를 질러댐으로써 자기 존재를 확인할 수 있는 몸이다. 세상에서 폐인(廢人)과 같은 존재다.

이 작품에서도 양승근은 그 특유의 알레고리를 보여준다. 이들이 그 정상을 정복하기 위해서는 그 목표에 합당한 장비를 갖추고 그 바위에 덤벼들었어야 했다. 그러나 이들은 맨손으로 무모한 도전을 감행한다. 그것은 세상사의 잡다한 기교를 거부하고 맨몸으로 순수 그 자체를 지켜내려는 의지를 보여주는 것으로 해석된다.

그 결과 선영이 먼저 추락을 하고, 그녀에게 손을 내밀다가 그도 사고를 당한다. 사랑하는 대상을 위해 자신이 그 사랑을 표현하는 방법은 상대방의 입장에 동참하는 것이라고 이 작가는 해석했는지도 모른다. 자비(慈悲)라고 하는 어휘의 상스크리트어는 〈상대방의 처지에 동참해서 그와 똑같은 신음소리를 내는 것〉이 아니던가. 아무 것도 할 수 없을 때 이런 자비심이라도 표현하려고 시도하고 있는 것이다. 작가 양승근은 주인공들이 처한 상황이 너무 견고해서 그렇게라도 표현하지 않고서는 길이 없는 것으로 파악하고 있는 것인지도 모른다. 그런데 선영이 나비가 되어 〈소리〉로만 존재하는 이 주인공을 찾아오는 길목을 지켜 그 나비를 잡아먹으려는 한 마리 사마귀가 도사리고 있는 게 아닌가. 그 나비는 순수한 사랑 때문에 사마귀의 밥이 되어야 하는가.

선영아…….

꿈결처럼 부르짖으며, 울부짖으며, 작은 새가 된 내 마음의 손이 놈을 낚아챈다. 네놈이 감히……. 놈의 모가지를 비튼다. 잘린 모가지에서 진초록 피가 흐른다. 길고 튼튼한 놈의 앞다리가 방아깨비 방아 찧듯 발버둥치자 자유의 영혼 선영이 팔랑팔랑 시어가 된다. 팔랑팔랑 창틀 아래와 하늘을 넘나들며 춤추는 시가 된다.

절대절명의 위기에서 그 주인공은 〈신음소리를 같이 내는 것〉에 만족할 수가 없다. 그것만으로는 아무 것도 해결될 수가 없다. 무언가 행동을 해야 되는 것이다. 지금까지 양승근의 소설 주인공들이 보여주었던 '소극적 자세'는 이 고비에서 변화될 수밖에 없다. 그런 의미에서 나는 이 작품을 주시한다.

　작은 새 한 마리를 보았던 것 같기도 하고 꿈을 꾼 듯싶기도 하다. 아무튼 창틀에 사마귀란 놈은 보이지 않는다.

　휴, 안도의 가슴을 쓸어 내리며 놈을 낚아챘던 마음의 손을 본다. 천장을 바라보는 것 말고 할 수 있는 일이 있었던가 싶었는데, 세 치도 안 되는 혀를 날름거리는 것 말고 할 수 있는 일이 있었던가 싶었는데, 있었다. 할 수 있는 게 있었다. 할 수 있는 게 …….

　선영이 팔랑팔랑 창문턱을 넘어온다.

　영민 씨, 안녕! …… 뭐해?

　응. 꿈꿨어.

　무슨 꿈?

　할 수 있는 게 있다는 꿈, 내 마음의 손이 새가 될 수도 있다는 꿈, 시가 된 네 영혼을 지킬 수 있다는 꿈 …….

　와우! 내가 시가 된 거야? 네 맘속에?

　응! 넌 내 마음 속의 시야. 팔랑팔랑 자유로운 영혼의 시.

　그래 고마워. 내가 네 맘속에 살 수 있게 해 줘서!

　선영이 방안을 한 바퀴 팔랑팔랑 선회한다. 벽지 속의 무수한 나비들도 일제히 깨어나기 시작한다. 선영을 에워싸며 함께 팔랑팔랑 발레를 한다. 어둠이 먹물 번지듯 방안 구석에 똬리를 틀 때까지 팔랑팔랑, 팔랑팔랑 …… 선영이 정상 너머 하늘로 비상한다. 내 가슴 속의 시가 된다. 시가 되어 흐른다. 팔랑~팔랑~팔랑~팔랑~팔랑~팔랑~팔랑~팔랑~팔랑~팔랑~팔랑~팔랑~팔랑~팔랑~팔랑~팔랑 …….

이러한 결말부분은 양승근 소설의 새로운 출발점을 보여주는 것 같다.

그의 대표작 중 하나로 꼽힐만한 소설 〈물낯 아래 그늘〉에서 이러한 출발을 확인해 보자.

잠수부의 생활을 철저한 헌팅에 바탕을 두어 그린 소설 〈물낯 아래 그늘〉로 눈길을 돌리자.

이 작품은 바다에서 사고를 당해 죽은 시체를 찾아 바닷속을 누비는 잠수부를 그 주인공으로 삼고 있다. 대부분 그의 작품이 그렇듯 이 소설도 답답한 바닷속을 무대로 구원 없는 절망적 상황이 펼쳐진다. 아내는 지금 당장 수술을 받지 않으면 살아날 길이 없는 절망적인 상황이나 그에겐 그런 거액을 마련할 길이 없다. 성실하게 게으름 피우지 않고 살아왔건만 이것이 그 앞에 안겨진 현실이다. 그런데 그 앞에 기회가 주어졌다. 재벌의 딸이 여름철을 맞아 바다로 피서 여행을 왔다가 익사했으나 그녀의 시체를 찾지 못해 재벌인 그 아버지는 초조해한다. 그 익사체가 누워있는 곳을 그가 발견한 것이다. 딸의 시체를 찾아오는 잠수부에게 현상금을 높여 그 돈을 주겠다고 할 때까지 그는 익사체 발견을 비밀로 한다. 그의 이 시도는 성공할 것인가. 2008년 3월 이 소설을 처음 발표했을 때는 그 시도마저 실패로 끝나고 마는 결말이었던 것으로 기억된다. 그런 해결책마저 용납 안 되는 답답한 현실상황으로 그는 인식했던 것 같다.

그러나 그는 이번 〈물낯 아래 그늘〉에서 실낱같은 빛을 보여주고 있다. 소설 〈물낯 아래 그늘〉의 경말 부분을 살펴보자.

인플레이터를 잡았던 손으로 다시 공기주입 버튼을 눌러 부력조절기를 부풀렸다. 그만큼 몸이 더 가벼워지고 있었고 또 떠오르기 시작했다. 이

제 입수 지점 같은 것은 안중에도 없다. 오로지 빨리 나가 여인을, 아니 '회장님'에게 딸의 주검을 넘겨주고 아내의 생명인 돈을 받아내면 그만이다. 5%, 아니 10%의 생명.

10여 미터를 더 올라갔을까 싶었을 때 그는 또 본능적으로 다시 감압에 들어갔다. 한데, 한데 이게 어인 일인가. 문어가 따라올라 온 것도 아니고 낙지가 함께 붙어온 것도 아닌데 먹빛, 아니 검붉은 수중 연기(?)가 그의 목 언저리를 휘감고 조여 온다. 숨쉬기조차 힘들다. 다리가 뻐근해 오는 듯싶더니 발목, 무릎, 아니 온갖 마디마디마다 바늘로 찌르듯 쑤시는 것 같기도 하다가 스멀스멀 간지러워지는 것 같으면서 없어지는 것 같기도 했다. 마비라도 오는 것일까.

그는 가까스로 수중 연기에서 헤쳐 나왔다. 하지만 녀석은 끈질기게 다시 휘감아 온다. 이놈이 대체 뭔 놈이란 말인가. 녀석의 근원을 따라가 본다. 방금 전까지 문어가 붙어 있던 여인의 한쪽 눈과 양 코에서 비롯되고 있었다. 잠긴 수도꼭지가 풀리기라도 한 듯 새어나오고 있는 주검의 빛깔이었다. 수압의 차이로 인한 현상이었다. 따라서 그의 혈액 속 모든 것들도 똑같은 현상을 꿈꿀 것이다. 산소도 질소도 그만큼 부피가 크게 부풀어올랐을 것이다. 아무래도 뭔가 잘못 될 것 같은 예감이 들었지만 예감은 예감일 뿐이다. 이 예감으로 감압을 보다 철저히 한다면 예감은 단순한 예감을 벗어나 좋은 징조의 밑거름이 될 것이다. 따라서 이 예감은 불길한 현실을 빨리 탈피하고 싶은 본능을 압도한다. 기본 탐색 메뉴얼을 벗어난 만큼 감압 메뉴얼 또한 강화시키는 계기가 된 것이다. 가슴이 답답하고 기침이 나올 것 같은 것도, 온갖 마디마다 따끔거리는 것 같은 것도, 스멀스멀한 간지러움도 여유가 되어 온몸으로 퍼진다. 아내의 수술 성공 확률이 5%, 10%가 아니라 95%, 100%가 될 것이라는 확신이 된다. 감압의 성공은 곧 수술의 성공인 것이다. 죽은 사람의 시체가 죽어 가는 사람을 살려내는 사례가 되는 것이다. 이것은 또한 그가 한갓 잠수병으로 죽을 수 없는 이유이기도 한 것이다.

그는 굳이 시계를 보지 않기로 한다. 온몸이 시간의 흐름을 체크해 줄 것이다. 느낌대로 따르자. 몇 분이 더 흘렀을까. 드디어 감압의 시간이 흐르고 있었음이 전해진다. 여기 저기 따끔거리는 것 같던 것이, 스멀거리는 간지러움 같던 것이 서서히 사라지고 있음을 온몸이 느끼기 시작하고 있었던 것이다. 숨쉬기도 한결 부드러워지고 있었다. 감압이 성공했음을 깨닫는 순간이었다. 이쯤 되면 고압 산소 감압치료기에 들어가지 않아도 될 성싶었다. 그는 그제야 부력조절기의 공기 주입 버튼을 천천히 눌렀다. 동시에 그의 몸이 양성부력을 얻기 시작한다. 아득히 가라앉는 물낯 아래의 그늘을 침대 삼아 여인의 시체를 움켜쥔 그가 물낯 위로 두둥실 떠오른다. 파란 하늘에 떠돌던 조각구름 사이로 태양이 눈부시다.

사랑하는 아내의 생명도 이제 구하게 되었다. 자신이 살아나려는 이기적 목적에서 발버둥치는 게 아니라 〈나 아닌 남〉 즉 아내의 생명을 구해야 한다는 한결같은 생각이 그를 구한 것이다. 그 돈을 마련하기 위해 자신이 술수(術數)를 부렸다는 그 사실을 용납할 수 없어 그 잠수부마저 죽게 했던 처음의 결말로부터 작가 양승근은 벗어난 것이다. 참으로 오랜 동안 그의 의식 같은 곳에 또아리를 틀고 앉아 그의 상상력마저 제한하게 만들었던 죽음의 의식. 그것은 어쩌면 모든 책임을 나 아닌 남의 일로 돌리고 절망하게 만들었던 음습하고 어둡고 답답한, 그 견고한 틀을 허무는 신호탄으로 봐도 무방하다.

　자기를 속이고 남을 기만한 대가로, 돈 많은 회장으로부터 돈을 받아낸다는 것은 정직한 행위가 될 수 없다는 것을, 그 상황에서까지 죽음에 함몰되면서라도 지켜내야 하는 인간의 순수를 보여주는 것이 발표 당시의 주제였다면 이제는 그것마저도 초극(超克)의 대상으로 보았다는 게 놀라운 변화인 것이다. 소극적인 책임을 느끼는 자세만이 아니라 아내의 생명을 건져내는 일을 위해 과감히 일어선 것이다. 그래서 돈 많은 회장은 바다에서 익사한 딸의 시체를 찾아 장례를 치를 수 있게 되고, 그는 아내의 생명을 구한 것이다. 남을 기만하는 것은 도덕적으로 옳지 못한 행위라는 굳어진 관념 안에서 자칫 '죽음의 길'로 접어들 뻔했던 그가 〈구해야 할 생명〉 때문에 관념의 틀을 깨뜨리고 삶의 길로 나선 것이다. 이러한 변화는 그의 다음 작품세계에 높은 관심을 갖게 해준다.

　'음덕'이 나타내고 있는 그 의미가 이중(二重)이듯 죽음의 의미도 '새로운 탄생'을 그 안에 포함하고 있다. '죽음'이라는 개념이 '새로운 탄생'으로 뒤바뀌고 있는 것이다. 발전을 빈다.

고교시절, 처음 원고지에 써 본 작품이 〈死의 對話〉란 시와 〈내가 죽거든〉이라는 제목의 시다. 나는 그 시를 당시 소설을 쓰고 계시던 국어 선생님께 가지고 가 작품 평을 부탁드렸다. 한데 한참을 생각하시다 조심스레 이야기해 주신 말씀이 충격적이었다. '이런 초현실주의로 계속 시를 쓰다가는 자살한 OOO 시인처럼 너도 자살할지 모르겠다' 라는 말씀이었다. 참으로 충격적이지 않을 수 없었다. 초현실주의가 뭔지 제대로 이해하고 있지도 못하던 나에게 '자살' 할 지도 모르겠다니……. 당시 나는 무슨 무슨 주의 하며 작가들을 분류해 놓은 교과서 내용에 반기를 들고 있던 때였다. 작가가 낭만주의 작품을 쓸 수도 있고 퇴폐주의, 사실주의 작품을 쓸 수도 있는데 왜 작품을 놓고 분류하는 것을 넘어 작가를 놓고 그렇게 분류해 놓았느냐는 생각이었던 것이다. 한데 그 이후 감성적 사고의 시보다 논리적 사고의 소설을 써 보는 게 어떻겠느냐는 권유에 따라 소설 습작을 시작하면서 교과서의 분류를 이해하게 되었다. 습작하는 소설의 소재 주제가 온통 죽음과 관련한 내용들이 대부분이었기 때문이었다.

삶이 뭔지, 죽음이 뭔지 제대로 알지도 못하면서 그랬다. 문 밖이 저승이고 발바닥과 닿아 있는 지면 아래로 이 몸 들어가는 것 자체가 죽음이듯 살아 있는 모든 것은 죽음으로, 존재하는 모든 것은 존재하지 않는 것으로 모두 귀착되는 게 아니던가, 하는 생각 탓이었다고나 할까. 한마디로 같잖은 치기였고 시건방진 무게 잡기가 아니었지 않나 싶다. 하지만 어이없게도 지금까지 그 범주의 생각에서 벗어나지 못하고 있음을 부인할 수 없다. 자꾸 앞면보다 이면을, 강자보다 약자를, 양지보다 그늘을, 삶보다 죽음을…… 자꾸 들여다보게 된다. 죽음 속에서 삶을 이야기하고 싶고, 그늘 속에서 양지를 찾고 싶고, 부정 속에서 긍정을 논하고 싶기 때문이다.

톨스토이의 〈행복론〉에 세상에서 가장 중요한 3가지 질문이 있다. "세상에서 가장 소중한 사람은 누구이며, 삶에서 가장 중요한 시기는 언제이고, 중요한 일은 무엇인가?"라는 질문이다. 톨스토이는 스스로 이렇게 답했다. 가장 소중한 사람은 지금 나와 함께 있는 사람이고, 가장 중요한 시기는 바로 지금 현재이며, 가장 중요한 일은 지금 내가 하고 있는 일이라고. 나는 늘 반문한다. "지금 그렇게 살고 있는가?" 하고. 그리고 작품을 쓸 때 "그렇게 쓰고 있는가?" 하고. "가장 소중한 사람은 지금 쓰고 있는 소설 속의 주인공이며, 소설을 쓰고 있는 바로 그 순간이 가장 중요한 순간이고, 또한 글을 쓰고 있는 그 행위 자체가 가장 중요한 일인가?" 하고. 왜냐하면 죽기 살기로 글을 쓰는 일에 매달리지 못하고 있지 않나 싶기 때문이다.

나는 가끔 고교시절 국어선생님의 말씀을 생각해 본다. 선생님께서는 왜 그토록 충격적인 말씀을 해 주셨을까. 선생님의 말씀처럼 초현실주의로 시를 계속 써 왔다면 지금의 나는 어떻게 되어있을까. 자살했다는 〇〇〇 시인처럼 나도 자살했을까. 어쩌면 그랬을는지도 모르겠다. 때문에 현실과 적당히 타협하며 소설을 쓰고 있는지 모른다.

그러나 지나치게 현실과 타협을 한 탓일까. 첫 소설집을 묶어낸 이후 너무 오랜 기간 뜸을 들였다. 이제야 문학지에 실린 후 컴퓨터 파일 속에서 곰팡이를 피우던 글들을 꺼내 장마철 반짝 든 햇빛에 이불을 말리는 심정으로 소설집을 묶는다. 톨스토이의 3가지 질문을 곱씹으며…….

건강이 안 좋으신 데도 불구하고 작품 평을 흔쾌히 수락해 주시고 심혈을 기울여 평을 해주신 오인문 선생님께 감사드리며 빠른 쾌유를 빕니다.

2011년 여름
함봉산이 바라보이는 창가에서
양승근

양승근(梁承根)

소설가. 1957년 충남 당진 출생. 1990년 시대문학(겨울호)에 단편소설 〈굴뚝이 그리운 새〉가 당선되어 신인문학상을 수상하고 문단 등단. 한국문인협회, 한국소설가협회, 인천문인협회, 부평문학회 회원. 소설마당 및 작가들 동인. 1987년 〈존재의 그늘(소설마당사람들 공저)〉, 1993년 〈대학로의 작가들(작가들 동인 공저)〉, 1994년 양승근 소설집 〈굴뚝이 그리운 새(달무리출판사)〉, 2003년 〈코리즘을 아십니까?(소설마당사람들 공저)〉, 2005년 〈존재하는 것은 아름답다(소설마당사람들 공저)〉, 2010년 〈존재의 마당(소설마당사람들 공저)〉 발간. 작품으로 〈圓形의 사슬〉, 〈사슬 속의 아메바〉, 〈만유인력〉, 〈장례식〉, 〈하늘의 失踪〉, 〈등메〉, 〈두 발 달린 게〉 등이 있음.

나를 찾는 게임

2011년 10월 15일 1판 1쇄 인쇄
2011년 10월 20일 1판 1쇄 발행

지은이 양 승 근
펴낸이 김 송 희
펴낸곳 메 세 나

우편 : 405-110
주소 : 인천광역시 남동구 간석4동 607-12(2F)
전화 : (032)463-8355(대표)
팩스 : (032)463-8339(전용)

홈페이지 : www.jmg.kr(출판그룹 JMG)
　　　　　www.olinews.com(온라인인물뉴스)

출판등록　제353-2004-000012호(2002. 11. 20)
　　　　　ISBN　978-89-90468-43-7　03810

ⓒ 양승근, 2011. Printed in Korea

※ 책값은 뒤표지에 기록되어 있습니다.

※ 이 책은 인천문화재단 문화예술지원사업으로 선정되어 발간되었습니다.